# 谁把谁的青春埋葬了

白蕊 著



凤凰出版传媒集团
江苏文艺出版社
JIANGSU LITERATURE AND ART
PUBLISHING HOUSE

图书在版编目（CIP）数据

谁把谁的青春埋葬了 / 白蕊著.—南京：江苏文艺出版社，2010.3

ISBN 978-7-5399-3590-4

Ⅰ.①谁… Ⅱ.①白… Ⅲ.①长篇小说－中国－当代 Ⅳ.①I247.5

中国版本图书馆 CIP 数据核字（2010）019498 号

书　　名　谁把谁的青春埋葬了
著　　者　白　蕊
责任编辑　姚　丽　赵　阳
责任校对　闻　艺
责任监制　卞宁坚　江伟明
出版发行　凤凰出版传媒集团
　　　　　江苏文艺出版社　http://www.jswenyi.com
集团网址　凤凰出版传媒网　http://www.ppm.cn
照　　排　江苏凤凰制版有限公司
印　　刷　江苏新华印刷厂
经　　销　江苏省新华发行集团有限公司
开　　本　718×1000 毫米　1/16
字　　数　280 千
印　　张　21.75
版　　次　2010 年 3 月第 1 版，2010 年 3 月第 1 次印刷
标准书号　ISBN 978-7-5399-3590-4
定　　价　26.00 元

# 目录

# 目录

# Chapter One
# 局　中　人

就在她们对视的瞬间，有个男人从她眼前的窗外掉了下去，这一变化来得太过突然，她猛地惊跳了一下，那迅速的坠落却比风来得更加的凛冽、迅疾，就像是一只沉重的大沙包，砰一声着地，崩裂的袋子，弹射出无数的沙砾，女人尖叫出声，声音尖厉而又激烈。

# 1

那时的他还是个孩子，他的母亲患有白血病，医生说她时日不多，他的父亲正在修剪花园里的盆栽，那是一个沉默寡言的人，在他得知妻子即将不久于人世后，变得更加的沉默。

他家正对着一座山，那高耸的悬崖就像是张开的血盆大口，那座山上，已经死了很多人，说是抗日战争那会，在这一带传得沸沸扬扬的，让日军闻风丧胆的三姐妹就是在这里被逼上山顶，最后退到悬崖上跳崖英勇就义的，只是那尸体一直未曾被找到。

也有人说她们并没有死，只是在那山上隐居了起来，有胆上过山顶并活着下来的人说，山顶有房子，还种着很多美丽的寒兰花，上面到处是毒蛇、猛兽。之后，那山顶便再也没有人上去过。

他的母亲总喜欢带着他到这座山上画画，而他总是离开她到处玩，他的脚在踩上崖下那厚实的草地之前，他看了一眼他那忧郁的父亲，脑海里突然闪现出一个画面，他似预感到了点什么，惊恐地抬起头来，他还来不及张口就看到有人张开双臂像鸟羽一样突然从悬崖上飞落了下来。

她的头先着地，面目全非，血染红了一地，触目惊心，那时山上的杜鹃花开满，她就这样摔死在他的眼前，他忘了尖叫，远远的，他看到悬崖边上站着一个穿白色衣服的女人带着一个和他年纪相仿的孩子……

若干年后，半夜时分，他总在那个梦中惊叫着醒来，沉重地睁开眼睛。

那悬崖下的记忆，即使再多的流年消逝而去，它也依旧深深留在那里，就像在花岗岩上镌刻的字迹，等待着夜的来临，倾巢般的涌出。

他起身坐在床沿上，点燃一支烟，他从来不认为吸烟是一种风度的象征，什么时候学会的，忘了，他感到了疲惫，也许他可以放开一切的，不会有人怪他，他没有想要让她死，他只是讨厌她，讨厌她那歇斯底里的大叫，讨厌她动不动就莫名其妙地掀桌子砸碗，讨厌她总是无端地挑起战争，他不恨她，因为她是他的母亲，可是她死了，他看着她死了，死在他的面前，他并没有诅咒她，他觉得自己没有错，他可以从那黑暗的边缘走出来，重新投入阳光中……

可他不会想到，就在这同一片天空下，也还会有类似的这样几个人。

在一面很大的镜子前，站着一个女人，她虽然裹着浴巾，但却掩盖不住她那玲珑有致的身材，她只是站着，很专注的一动不动地盯着镜子。

不知何时，她的腰被一双美的吓人的手臂包围着。

“亲爱的！你在干嘛！”身后传来女人娇滴滴的声音。

她拉开那手臂，慢慢转过身，近距离地看着女人粉红色的性感香唇。

“You are so sexy!”女人粉唇轻启。

她看着女人的眼睛，有着一种暧昧。

就在她们对视的瞬间，有个男人从她眼前的窗外掉了下去，这一变化来得太过突然，她猛地惊跳了一下，那迅速的坠落却比风来得更加的凛冽、迅疾，就像是一只沉重的大沙包，砰一声着地，崩裂的袋子，弹射出无数的沙砾，女人尖叫出声，声音尖厉而又激烈。

在阳光下、红白相间中那白闪闪的应该就有脑浆吧！她想。

一声尖叫过后，世界顷刻间安静了下来，她往窗外一瞟，恍惚中就看到刚才摔下去的男子正血淋淋地趴在窗外的玻璃窗上，那血肉模糊的脸正对着她，凸出来的眼球黑白相间的就那样挂着，好像微微的还在转动着，他盯着她看，她也盯着他……

有一种恍惚，却不再是害怕，她用手在脸上掐了一把，证明不是梦。

生和死，空气中夹杂着丝丝疼痛游荡着。

她转过脸的时候，发现女人的嘴角挂着一种难以掩饰的诡异笑容。

天已经很亮，早晨的太阳耀眼的悬在空中，丁灵拉开窗帘，太阳，霸道地直射进来，错觉让她以为自己一觉睡到了大中午，一阵惊慌，抬起手一看表，八点二十几分了。

丁灵理了理头发，朝窗外看了看，她希望能下场雨，这样暖暖的天，总是让人有一种懒洋洋的心绪。

她想起了几年前爬过几千米所到达的西藏的某个小镇，那里有着世界上最淡定、最从容的用笔，最明艳、最大胆的用色，天空，很近，近得似乎可以伸出手去就能触摸到，很蓝，蓝得似乎稀释不开。

昨天又到很晚才睡着，总感觉睡不踏实，身上好像被什么压着似的，迷迷糊糊中用手去抓，却什么都没被抓到，只是一把空气。

她摇摇头想，可能是因为蓝吧初上轨道，太辛苦的原因！

蓝吧这个名字的灵感在很大程度上来源于她之前所到过的那个藏族小镇，在那里，能找到美学书上所讲的颜色冲撞的强力反证。

丁灵一开始设想蓝吧，定位就相当高，也许只是眼高手低的缘故吧！总之，它带着点怀旧色彩的浪漫主义情调。

丁灵整理好之后就开着她的小毛驴去蓝吧，下车后头盔也忘了取，看到方雪，她就把头盔取下来，然后用力地甩了甩她那头乌黑的长发，接着把头盔递给小雪后再从手腕上拿下那条既可以当手绳又可以当头绳的红咖色方形长绳，顺手把头发束了起来。

这时，小雪走过来附在丁灵耳边小声地打趣说："姐，你的桃花要开了，有个男人坐那等你好久！帅帅的，很有型！"她有点暧昧地指指吧台。

丁灵冲着方雪翻了翻白眼轻声但字字清晰地说："你不知道姐的桃花经常开吗？你去忙你的，我过去看一下！"

"真善变！"方雪扬了扬眉毛，看着丁灵故意抖了一下。

丁灵走到吧台顺势在男人身边坐下。

男人有着一张让人无法抗拒的英俊脸孔，浓眉下的双眼充满锐气。

帅哥正认真地把玩着手里的红酒杯，他那挺直的鼻梁上架着一副金质镜架的眼镜，头发微卷，米色的西裤，灯光下的他被一种金色的光芒笼罩着。

"你从维也纳回来了？"丁灵用手在他眼前晃了晃，开始结结巴巴起来，她的脸也慢慢地升腾起一股燥热来，谁让她看到帅哥就喜欢呢？只是能喜欢多长时间谁也不知道！

"是啊！"帅哥终于回过神来说，"最近过得好吗？"

"还不错。你老婆呢？"她努力让自己平静下来，尽量以一种比较正常的口吻说话。

"我有老婆吗？"帅哥笑着反问。

"离婚了?！为什么？"丁灵惊奇地瞄了帅哥一眼，以为他在开玩笑。

帅哥轻松地挑了挑眉说："女人嘛！因为对一个男人的憧憬而结婚，但也因为这个憧憬过的男人并不是一个神而选择离婚。"

"是啊！离婚的最佳借口用得最多的就是性格不合或者感情勉强不来，可这年头好歹都是自由恋爱吧！"

“你还小，懂什么？”欧阳影笑笑。

没想到帅哥欧阳影也会对着感情伤感，难道真是世道变了，婚姻是蛮折磨人的。

“那你觉得跟她离婚是对你的一种解脱吗？我想你应该给她一个机会，每个人都是在慢慢地学着长大。”丁灵把目光转到他的脸上，他确实是未婚女子梦寐以求的白马王子，只是现在，他在她的眼里瞬间失去了光辉，也许婚姻的魔力就是让一个男人变得暗淡无光，安全可靠，而这种特质又恰恰是男人十分憎恶的。

欧阳影凝视了丁灵一眼说：“说不上来，总觉得人与人之间有无尽的隔阂。”

“不会是你自己的原因吧！影？”丁灵斜着眼看着他。

“我可是很有责任心的好男人，绝对！其实我才是受害者，这么多年的婚姻生活，最后我只得到了两句虚伪的借口。更没想到的就是她会找来律师把我告上法庭。震惊！只有这两个字比较贴近我当时的感觉。”

丁灵无语地看着自己的手，轻轻抚摩着，原来每个人的心里都有一处不愿被人触碰的伤口。

沉默了许久，她说：“影，不要认为她在抛弃你，只是因为她不配，所以没有勇气和你一起走下去!”

“说说你吧！感觉已经不是以前的那个丁灵了。”欧阳影理解地笑笑，环视了“蓝吧”一眼。

“少来！都结过婚的人了。”丁灵捶了他一记。

“知道我为什么讨厌婚姻吗？”他突然变得深沉。

“因为你觉得不幸福。”丁灵幽幽地说。

“那你现在幸福吗？”

“幸福不是谁都能得到的，我从来都不知道什么叫幸福，它离我太过遥远，不奢求。”她的眼里突然多了点忧伤和迷离。

“想一个人到几岁？有没有为以后打算过？难道就真的不再想找个人结婚了吗？”欧阳影对丁灵的伤感有些着急和不舍起来。

“是啊！有时候，我总感觉自己这辈子都结不了婚了!”她沉默了许久终于说出一句话来。

“那你还真是恐怖了！家里不催你结婚了？”

“还能怎样？总不能跟不爱的人结婚吧？不但得不到任何的幸福，也许会更加的孤单。”

## 2

欧阳影转了下身，脸对着丁灵认真地说："好歹嫁一次吧！最多以后离，也就没人说你了，再过两年不嫁，估计你都不好意思出门了，丁灵，为什么你能够在任何事情面前都如此的平静，平静得好像不是活在这个世界上的人。难道这个世界上就没有你在乎、想要、珍惜的东西吗?"

丁灵无奈地笑着说："我能改变什么？有什么事情是我在乎了、想要了、珍惜了就能改变、得到、完好。我的无能为力就像是你的精疲力竭。很多时候，不是你想怎么样了，生活就真的如你想象的那样。"

丁灵抬头的时候发现在她和欧阳影斜侧面坐着三个男人，其中一人背对着她，看不到脸孔，但丁灵从他的背影里能感觉到那是个英俊、熟悉的男子。

面朝着她的是个有小胡子的男人以及另一个满脸横肉像日本相扑的，丁灵猜测是两日本人，他们用口音怪怪的日语说着。

"老爷子下了命令，就在这地方找。"

"少爷，你来这里这么多年了，难道一点发现都还没吗?"小胡子男人露着精明的眼神询问，他显然不是很相信自己所听命的男子。

"那老头对我并不信任，可能还要再多花点时间才行，或者再想想其他的办法。"

丁灵虽然听得有点云里雾里，但大致知道他们是在寻找某样东西，她觉得跟天天的相识让她学到了很多的东西，至少现在，她能听得懂几句日语全亏了他，只是心里某个地方似乎裂得好痛。

在欧阳影眼里，此刻的丁灵被一种忧郁所笼罩，使得他充满一种怜惜之情，他动了动手指，想要抬起双臂拥她入怀，但这种情绪又突然被另一种思绪击中，然后他怔了怔说："你真的变了，也成熟了，后天可以陪我去一个地方吗?"

"后天？为什么是后天?"

"你有很重要的事吗?"

"这?"

"你忘了吗？后天是干爹的祭日。难道你不愿意陪我一起去看看他吗?"

"哦!"

"我已经订了机票，明天两点的。"

"嗯!"丁灵把手伸进口袋捏着那张两天前预订的机票，冻结的心突然裂得好痛，好痛，有些事，她在心里面拒绝向任何人解释。

他们所乘的飞机按时抵达，一下飞机，就有两名穿着黑色制服的人上来接过欧阳影和丁灵手中的行李。

欧阳影则接过其中一人手中的车钥匙，招呼着丁灵上车，穿黑色制服的两人上了另一辆车。

“丁灵?”她坐上车的时候，有人叫她的名字，这时她才注意到车里还有另一个人，一个帅哥，不过不认识就是了。

“你？我们?”她仓促张皇地比划着。

“怎么？不认识了吗？我是天天，真是的，多少年没见了，我们!”那人说完后还流露出一脸的期望和等待。

天天，有没有搞错！我还向上呢？丁灵抬头求救似的看正发动车子的欧阳影，他那俊美的如刀削般深刻的脸庞上尽是促狭。

丁灵想这之间肯定有她所不知的秘密，她到底疏漏了什么。

“你？天天?”她认真地看了一眼眼前的男人，摇摇头闭着眼睛睡觉，她决定对眼前的这个男人不予理睬。

这时，脑海里突然闪现出一个熟悉的身影来，重逢的情景她想过多少回，可想象跟现实毕竟还是有很大差别的，只是没想到他们还会有相遇的这一天。

“你是天天？你真的是天天。”她依然还是个不知道怎么处理人情世故的女子。

于是，她又仔细看了他一眼。

“你还记得我？这是我的荣幸。”他用低沉魅惑的语调说。

“噢！不对！我肯定眼花了。”丁灵揉揉自己的眼睛。

“你的这种表情是否表示你一直都不曾忘记过我?”这个男人的脸皮还真的不是一般的厚，怎么看都不像是那种不会察言观色的人才对。

丁灵睁大眼睛，吃惊地看着眼前这个比天天更成熟的男人，她淡笑着说：“就算是，那又如何?”

“我以为你看到我会很惊喜、很感动。”

男人完全不忌讳欧阳影正坐在前面，俯身执起丁灵的手。

“感动？惊喜？为什么你会有这么离谱的想法。”她心底打了一阵冷战，压抑的愤怒使得她给他眼睛就是狠狠的一拳，有些事一窝蜂似的涌上来。

男人捂着眼睛哇哇叫道：“丁灵，你出手也太狠了吧!”

“滚！谁让你吃我豆腐。”她揉揉自己的手，终于出声，很意外的却是怒中带笑。

“你真凶残，在我记忆中的你貌似很温柔的。”

丁灵恶狠狠地看着眼前的男人，她感到手被他碰触过的地方，鸡皮疙瘩都起来了，双颊也不由的燥热起来。

“你到底知道我多少事情？可是我们并不熟，不是吗？”她故意违心地说。

“难道你真的忘了我们之间有过的一夜缠绵？”男人已经不知道从哪弄来一副墨镜戴上。

“你！”丁灵抡起拳头又准备袭击。

幸好他这次有所防备，及时躲开。

前面的欧阳影握着方向盘，依然是那副事不关己的态度。

“好了，丁灵小姐，言归正传吧！我是普菲勒先生委派给你的秘书，我叫杰克·金，但事实上我们并不是第一次见面。”他仍不死心地试图再一次说服。

见毫无效果，他只好无奈地拿下自己的墨镜叹了口气。

“是你！真的是你？”丁灵装出终于想起来的样子露出惊喜的表情来。

“是的，是我？”杰克·金抑扬顿挫的语调让丁灵很担心他会伸开双手扑过来抱着她，她不自觉得缩了缩。

“你为什么会出现在这里？你跟欧阳影到底是什么关系？”

“朋友。”

“朋友？什么时候的朋友？你们的年纪都相差好几岁了。”

“年纪有问题吗？很早以前了，也许你不知道，我们的缘分应该追溯到十年前！”

“十年前？”

“是的，不过我们还是先算算六年前的那笔账吧！”

“六年前？我们什么时候有那么深的渊源了。”

“那是你来普菲勒家族的第一个晚会。”

“是啊！菲娅，你一个人躲在储藏室里，把家里人都找疯了，金还是第一个发现你的呢！干爹告诉我你失踪的时候，我正在晚会现场，当我开始寻找你的时候，就看到金慌张地从储藏室这边赶过来，他说储藏室可能有小偷，让我过去看看，我说我正找人，没时间管那事，金一走，我很快就想到那个小偷可能就是你。”欧阳影握着方向盘轻松地说着那晚的事情。

丁灵看了看欧阳影，思绪回到了那个晚上。

“先生，菲娅小姐不见了，今天晚上可是小姐跟金少爷第一次见面，这可关系到两个家族的大事情啊！”

“快派人找找吧！这孩子一直在外面疯惯了，也没人教导，不知道还会做出多少离谱的事情，这个晚会可不能被她搅乱了，这孩子还真让人担心。”

“先生，金少爷一家人都到了，哦！不过金少爷好像也没出席。您看怎么办？”

“我去先应付着，让影去找找！影比较了解菲娅。”

丁灵听着脚步声渐渐走远，才从角落里探出头来。

就在她冲出去的时候，迎头撞上一堵墙，嘴、鼻子隐隐传来一阵剧痛，她睁开眼，发现自己的眼睛正对上另一双眼，而她的嘴巴似乎……她不敢多想了，身子颤了颤，忙把那人推开，扭头关门，重新躲回储藏室。

没一会，就有人进来把她带走，她临出门的时候，偷看了一眼站在旁边的那人，是她的干哥哥——欧阳影。

“那，那天不是你把那些人叫来的吗？”

“不是我，是金。”

杰克·金正懒洋洋的把背靠到坐椅上，眯起眼睛看着丁灵变化不定的表情。

一股无名火直直地冲上了她的脑门，但她最终还是控制住紊乱的心绪。

“哈哈哈！你就是那个在晚会上逃跑的金？”她大声地笑着，笑这个跟她有过一夜情的男人竟然是普菲勒先生生前为她安排的相亲对象之一，也是唯一一个在那个场合中落跑的人。

“你们两个也算是不打不相识！”欧阳影适时地发声。

对于欧阳影的置身事外让丁灵更加地确定她被眼前这两个男人设计了，而一切的主谋很有可能就是现在坐在她的身边，那个春风得意的男人。

春风得意吗？丁灵看看金那黑着眼圈的脸，终于有了一点点忏悔之心。

丁灵正准备开口，欧阳影已经把车停在普菲勒家族的门口。

这房子已有上百年的历史，有着和平与美好，这个家到现在已经经历了鼎盛、辉煌的时期，虽然看来依旧繁荣、富裕，但现在，这房子在丁灵眼里却因为失去了家里的顶梁柱而随之散去了应有的光辉。

丁灵跟着欧阳影和金一起跨进大门，屋前的草坪上几个熟悉的身影吸引了丁灵的目光，大伯、表哥莱恩、书静，以及杰克·金的父母。

金从前座下去后，为她拉开车门。

## 3

丁灵故意不看他一眼，径自缓缓下车。

金却厚颜无耻地挽着她的胳膊，众人面前她也不便发作。

“菲娅，保持风度，无论接下来会发生如何让你震惊的事情，你都要忍住。”金附在丁灵耳边轻轻地说。

“你的出现已经让我震惊万分了，难道还有什么事情比这更让我惊讶的吗?”

丁灵、杰克·金、欧阳影走在前面，穿黑色制服的两个男人跟在后面。

待他们走过去的时候，众人都微笑着过来跟她拥抱。

寒暄过后，一行人向大门走去。

屋内的摆设依然是普菲勒先生生前的那个样子，也许这是普菲勒家族一贯的装饰吧!

这时，一个中年男人向他们走过来。

“父亲?”丁灵停止前进的脚步。

金推推她，轻轻地说：“菲娅，冷静，冷静。”

丁灵极力地控制自己即将爆发的情绪，她踌躇了一下，此刻她希望金能够给她多点的暗示，她心中的恐惧和不确定在慢慢滋长，眼睁睁地看着金，心里急切地想要说点什么，可是却不知道要说些什么来缓冲这突如其来的一切。

“你们都骗我，为什么?”丁灵未接到金的任何暗示，然后傻傻地盯着自己的父亲，他就站在那里，实实在在的不像是幻觉，她突然哭叫起来，像受伤的野兽。

“你这么大声干什么，普菲勒先生也是为你好，驯服你这个小野猫可不是凭谁的一己之力就能办到的。”金终于出声。

普菲勒先生直走到丁灵面前停住。

“菲娅。”他的脸庞依然维持着威仪，但不难看出此刻的他多了份慈祥。

丁灵没有任何久别重逢的激动，她只知道父亲联合了家里的所有人，甚至是外人，一起欺骗了他唯一的亲生女儿。

“嗯，回来就好。”普菲勒先生抱了抱丁灵。

“父亲大人，您就没有什么要对我解释一下吗?”心剧烈地疼痛了一下，这里有太多太多不想触及的伤痛。

“跟我来，孩子。”

金准备随众人离去，但她却叫住了他。

“金秘书，我想你也应该留下来吧!”

“不了，这是你们家内部的事情。”

丁灵的声音大了起来，“我跟你怎么说，你就怎么做好了，怎么这么啰嗦。”

“菲娅，别为难金了!”普菲勒先生转过身对着金尴尬地笑笑，示意他离开。

普菲勒先生领着丁灵进到一个小房间，那里的摆设与大厅的风格全然不同，里面的摆设极具浓郁的东方色彩。

“父亲，什么时候你也有这么强的中国情结了?”

“我一直没有忘记过你的母亲，虽然直到她去世的那一天，我们都只见过一次面，但是我爱她，这就是我为什么没有结婚的原因，因为我相信总有一天，我会再一次碰到她，也许这很傻，等待一个明知道不可能再相遇的女人。”

“既然这样，你为什么要联合这么多人来骗我，你是不是想要见识一下我是否遗传了母亲的摧毁能力?”

“孩子，人不锤炼不成钢，放在什么样的环境下就会锤炼成什么模样，人天生就有一种很强的适应环境的能力，我只是给了你这样的一个环境，让你明白，其实你可以做到很多你想象不到的事情，只要你放手去做，一切都会迎刃而解。”

“你忘了我曾经是个被怀疑杀人，且进过公安局接受审讯的人吗?”

“你不会做那样的事！因为你是个品性纯良的孩子，无论这个环境再怎么改变，你都会找到一种最合适的方式生存下去，而不会自暴自弃，自我毁灭，我们所有人都对你有信心。”

“那我真的要感谢你对我的信任了，但是很抱歉，我并不适合这里，你们的良苦用心我也很感激，今天我回来并不是为了讨论这件事情的。”

“那你……”

“金也是你们安排中的一部分吗?”

“金？你在中国的这段期间，有跟金碰到过吗?”

“没有，可能是我误会了。”

“孩子，你真的想要回中国，离开这个家吗?”

“怎么会呢？无论我走到哪里，身上依然流着你的血，这分亲情无论如何是割舍不下去的，这你很清楚的不是?”

“只要你好好的，我就不会再勉强你什么。”

“对不起，刚才对您的态度有点不对，您不要往心里面去。”

“你也累了，去休息一下吧！你的房间我一直为你留着，除了定期有人进去整理，连摆设都没有变过。”普菲勒先生点点头说。

“恩，好的，那我出去了。”

“哦！菲娅！如果你不喜欢金的话就直接跟他说吧！不要有所顾忌。”

“顾忌？到底发生什么事情了?”

“没事，只是金对我们家族有恩，但是这个恩我自己会偿还的。”

丁灵不知道在她离开的这么多年，家里到底发生了什么事情，而金的家族又在什么时候对她们家有恩了，她明白若想要知道这个谜底的话，问金是最直接的。

金的房间在她的隔壁，丁灵不知道是他们刻意的安排还是巧合。

经过金的房间时，她犹豫了一下，最后还是下定决心敲响了房门。

门打开了，金探出头来，他穿着浴袍，近距离看，他那俊美的脸上还残留有肥皂的泡沫，手上拿着把锋利的剃刀。

“是你！我知道你会来找我的，进来。”他有点未卜先知似的。

“我好像来的不是时候。”丁灵仰视着曾经的情人，心跳突然狂乱起来，这么长时间不见，这个男孩已经彻底成为一个男人。是什么促成了金的改变，会让一个纯情的男孩变成一个表面无害却带着让人害怕的冷酷气息的男人。

她准备转身离去。

金急忙拉住丁灵说：“不是有很多迷惑吗？只有我能给你解答不是吗？还是进来吧。”他的声音带着点温柔，平息了她心中过多的恐惧。

“你到底想怎么样？”她极力地让自己保持冷静，不能让这个男人看出一点的惧怕心理。

“其实想要知道也很简单，只要你能让我开心。”金的眼睛直直地看着她，眼中充满浓浓的欲望。

“你把我当什么？”丁灵一动不动地站着。

“不愿意也可以，那你就看着你父亲再一次蹲监狱吧！”

她隐隐中明白了一些东西，这个男人是在报复她。

“你什么意思？我父亲公司破产难道是真的？你准备拿这个要挟我吗？”

“为了你，我可以不惜一切代价！”

“就这么恨我吗？”

“NO！只要是漂亮的女人，特别是像你这种的，我爱都来不及，怎么会有恨，只要你取悦我，你父亲就可以没事，再说了，他也不再年轻，身体也比不上以前，你是个聪明的女人，相信你知道该怎么做。”

“是吗？”丁灵恨恨地看了一眼金，上去用力地抱住他，然后狠狠地吻着他的唇。

“够了吗？”她抬起头来，眼泪正流着，无声地掉落着。

他没料到丁灵会这么做，见她流泪，忙拿袖子去擦。

她撇开头去，后退了几步，不知道是发泄心中的不平还是对眼前这个折磨她的男人的报复，她又粗鲁的上前，她想此刻她是失常的，她一定是疯了，被眼前的这个男人逼疯了，所以她要疯一次给他看。

金察觉到丁灵的靠近，不自在地把头住后仰，伸手推开她。

“你走吧！”

“你说什么都来不及了，我不是那种你想要就要，想不要就不要的女人。”她再一次靠近他，她知道她在招惹一团火，有可能她会被烧得体无完肤，但爱与恨的火焰已经容不得她退缩了。

“丁灵，你在玩火。”金低沉地迸出这句话，显然她的挑逗已经在他身上显示出效果了。

“我是在玩火，我倒是要看看你真的能把我怎么样，像我这样的人你玩不起。”她依然若无其事地用她的手及嘴巴游移在他的脸上，她要让这个男人明白招惹了她，他也得不到什么好处。

“原本，今天我是没打算真的要对你怎么样的，但现在我改变主意了。”金一把捏住丁灵不安分的手，然后用力地拉近，唇结结实实地碰撞在一起。

这一刻，丁灵觉得自己的人生已经没有了希望，一切都像是一场虚空的梦，无论她再怎么的努力，终将逃脱不了被安排的命运。

“你到底想怎么样？要我做你的奴隶吗?”她捉住金的衣服。

“是的，我要你做我的奴隶，一生一世跟在我的后面，只有这样子我才能放心。”没待丁灵开口，金一把把她抱起来说，“恨我吧！菲娅，不能得到你的爱，被你恨，对我来说也够了。”

丁灵偏过头，闭上双眼，不愿意看到这个时候的金，她以为金会扑到自己的身上，然后像一头发了疯的野兽一样报复她。但很意外的，金竟然扑到她身边的床上，当她回过神的时候，才发现他开始发出轻轻的熟睡声音了。

看着这个熟悉的睡姿，丁灵突然有那么一丝的不忍，这个男人，自己到底有没有爱过。

## 4

“菲娅，我们不要再相互折磨了好吗？你为什么就不能爱上我！你爱过韩易悠、裴俊、影，或者更多，暗恋、初恋、热恋，可为什么就唯独不爱我！我那么爱你，一直都爱，你为什么就不愿意看看我！哪怕一次都好，我们注定是一对的，为什么要等到我们面目全非的时候才看到彼此的真心呢!”突然地，身后一股强大的力量将她包围住，那力量几乎捏断她身上的骨头。

“是你一直在折磨我，你有没有想过我，你真的很自私。”她低低地哭着，有点不舒服地扭捏着，哭了一会后，发现背后这个男人一点响动都没有，她试图转过身，但这个男人依然死死地把她锁住，奈何她怎么的扭动都于事无补。

早上醒来的时候，金已经不在，崭新的衣服整齐地叠在她的床头。

“你醒了，菲娅小姐!”一个佣人过来整理房间，露出淡淡的笑容。

她忙用棉被紧紧裹住自己，有点慌乱地说：“恩，我的衣服呢?”脖子依然隐隐作痛。

“昨晚金少爷吩咐，已经把您的衣服处理掉了。”

她伸出一只手拎起旁边的衣服说：“这是为我准备的吗?”

“恩，金少爷吩咐我让菲娅小姐穿上这身衣服。”

“那他人呢?”

“金少爷昨晚就出去了。”

“是吗？那你先出去吧!”

佣人出去后，丁灵穿上衣服，化了点淡妆也走了出去，她的嘴角有笑容蔓延开来。

在走廊转弯处遇到正迎面而来的欧阳影，远远的，她就一眼认出他来。他穿着一身休闲的服饰，但却无法遮挡他那高大、强健的体态。

“有事吗？看你挺急的。”欧阳影见是丁灵就先出声了。

“哦！没什么大事。”她有点慌张地遮了遮自己的脖子。

“哪不舒服吗?”欧阳影看着丁灵疑惑地问。

“噢呵！没什么！能有什么呀!”她掩饰性的夸张笑着。

“这就好，菲娅，真希望你可以留在这个家里，你父亲需要你。”欧阳影走过丁灵身边的时候说。

丁灵沉默了下说：“影，我们的集团已经名存实亡了对吗?”

“对也不对，因为它已经度过了危机，现在营运得很好。”

“集团的最大股东是金?”

“为什么问这个？金在整件事情当中起到了生死攸关的作用，他完全可以掌握公司的最大股权，但是他没有这么做。”

“为什么?”

“你！因为你。”

当丁灵听到这个事实后，她一再地警告自己不可以被金感动，但偏偏的，她依然无法平静，这个一直在她身边时隐时现的男人，让她爱恨不得的男人，他已经成功地闯入她的生活，吸引她的视线。

“知道金在哪里吗？我找他有事。”

"他好像去了那边。"欧阳影为她指路。

经由欧阳影的指示，丁灵终于在书房找到了金。

她敲了敲门后进去，金正专注的对着电脑显示屏，神情严肃。

金转过头看到丁灵，轻轻点击了下鼠标。

"有事吗？过来!"他声音嘶哑地说，显得有点疲惫。

莫名的心痛涌到她的心口，她直直地走过去，看着他的脸，然后鬼使神差地抱着他。

金有点意外地搂住她，身体跟她紧紧地贴着，他觉得快乐、舒适，一种熟悉而又温暖的气流席卷他的全身。

"这身衣服很适合你，也只有你穿上才是最合适的。"他放开她，手略微搭在桌上和她说话。

"因为是你准备的。"她注视着金。

"丁灵，为什么你身上有一种让人想靠近的气息，让人想要为你付出更多的力量，你是否能够勾人心魂。"金的声音低低的。

"只是你的欲望和不认输的个性让你有这种想法而已。"

"难道你就这样认为我吗?"

"是你让我这么觉得。"丁灵突然生气起来，加重语气。

"你为什么对着我总是动不动就发火？我只是想得到的更多，包括你的人，你的心，以及有关你的一切。"

"你是想包养我，还是想让我成为你的奴隶、附属？抑或等你厌倦了才肯放我走。也许你有决定很多事情的能力，但你能决定我的心的去留吗?"丁灵愤怒起来。

"留在我身边，不然我会让你后悔的。"金眯起眼睛，眼眸中跳动着危险的因素。

"你是在威胁我吗？要不我们试试看。"

"你这是在向我挑衅吗?"

"好像一直都是你在针对我吧。"

"觉得我很狡诈吗？你很委屈?"金轻轻地贴近她，深深地吐出一口气，"那你恨我吗?"

"恨？为什么要恨你，对有恩于我的人，我从来都不恨，不管怎么说你对我们家族都是有恩的。"

"你全知道了?"

"是的，你想要我怎么样？我都会满足你。"

"你这是想要报恩吗?"

“你说是就是吧!”

丁灵知道自己始终是要面对金的，她也知道她始终是要做金的情人，直到哪一天他厌倦了她为止。

“呃……从今天起我们就是情人关系了吗……”丁灵有点不确定地问，就像是一个不知道游戏规则的孩子，在确认这个规则后才敢放心地去玩。

金奇怪地看着她，眼睛变得有点深沉，他有点疑惑地伸手抬起她的下巴!

“你真的对这些不懂吗？我以为你很懂，甚至是个老手。”

丁灵看着他的脸，不知道他的这句话是吃惊的成分多点还是讽刺的成分多点。

“没有什么话可以对我说了吗？如果没有的话，我们的情人关系就从明天开始吧!当然，在明天天亮之前你都有反悔的机会。”

“不，没什么好思考的，就这样了吧……”她不愿意再去想一些无谓的事情。

“你这个样子，倒像是我占尽了便宜。”他笑。

“请你明白一件事情，在我成为你的情人的时候，你也成为了我的情人，我们是互求所需，所以在这个交易中没有谁吃亏，也没有人要对谁负责。”

“哈哈！你能这么想我就放心了。”金爽朗地大笑。

“金，你为什么在我进来之前切换了那个网络页面，难道有什么不能让我知道的秘密吗?”

“没有，你想多了!”金若无其事地说。

“既然没什么！为什么不让我看?”丁灵轻轻把金的手一推，然后迅速切换页面。

画面的满目疮痍和混乱的大石能够证实这里发生了什么，丁灵怔了怔，她低低地说：“哪里地震了吗?”

金知道自己已经隐瞒不了什么，就对丁灵说：“菲娅，地震了，中国地震了，汶川……你看。”

金点出另一则新闻，上面赫然出现头条红色大字，北京时间2008年5月12日14时28分，在四川汶川县发生7.8级地震。

“我想我该走了。”不等金开口，丁灵直接跑了出去。

地震了！在那座废墟里有我身边的人吗？裴俊呢？你在哪里？

一座城市的痛，一个民族的殇，她能为这国殇做些什么？

金的大笑让丁灵那颗坚硬的心在滴血，虽然她并没有想过要他负责，或者从他那里得到卑微的爱情，但此刻她没有时间去想这些事情，她觉得自己应该要为灾区做点什么!

丁灵虽然成了金的情人，但是她仍然没有忘记要回到中国。

在大家的眼里，他们依然是情侣，就是那种以结婚为前提交往的男女朋友，在这一点上，丁灵还是感谢金的，当然，她也很佩服金的演戏水平，他可以游刃有余地在不同的场合切换自己的身份。不过，她也不差，能够配合得天衣无缝。

就如现在，她跟金亲密的挽着手去见她的父亲，他们要去参加一个舞会，这是普菲勒先生正式介绍丁灵给他生活圈中的那些所谓的名流。

当丁灵和金一起出现在会场的时候，顿时引起了轰动。

在来舞会现场之前，她曾被告诫要老老实实地做该做的事情，那就是该讲话的时候讲话，该唱歌的时候唱歌，该弹奏的时候弹奏，反正就是表现出大家闺秀的风姿来。这不是刻意为难她吗？明知道她来自乡下，不懂那么多烂规矩，却非要给她出难题，让她出丑，虽然这几年确实也被魔鬼式的训练折腾得有点模样，但却始终算不上专业。

“天哪！这高大英俊的男人不就是杰克·金吗？他什么时候回来的？”

“旁边那个是谁呢？这么有幸能够站在金的旁边！”

“是情妇吗？但也不像。”

“可那女人为何在这样的场合素面朝天地穿一袭黑色晚礼服，并佩戴一朵那样的白花出现，虽然如此，但不可否认那合身的晚礼服把她那高挑有致的身材淋漓尽致地展现。”

这时，会场突然响起一段动听的旋律来，以丁灵那半吊子的水平判断应该是舒伯特的小夜曲。

一下子私语声也就都停了下来。

弹钢琴的是书静，也就是丁灵现任的妹妹。

一曲终了，普菲勒先生适时地过来抱了抱丁灵，人群中传出惊呼，私语声又重新开始。

有人在叫：“普菲勒·菲娅小姐，这就是传闻中普菲勒先生流落在外的女儿吗？真是太漂亮了，比传闻中的还要漂亮呢！”

“那当然，那气质更是没话说啊！”

## 5

“也不看看是谁的女儿。”

“她可是普菲勒先生的独生女呢！”

普菲勒先生走到主席台上开始向大家介绍，只见他挥了挥手，台下便变得异常的安静。

“今天我很高兴的站在这里向你们介绍我们普菲勒家族的新成员，也就是我一直流落在外的女儿——菲娅，中文名字丁灵。”普菲勒先生大声地向在场的人宣布丁灵的存在，并向她招手。

丁灵在众人的掌声中走向主席台，她知道这样的社交应酬，如果出点差错，就会成为别人茶余饭后的谈资，站定后，她做了个深呼吸。

台下的人看着丁灵，都吃惊地闭上嘴巴。

“今天本是我这一生中最开心的日子，可我却笑不出来，谁会想到大洋彼岸有个地方撕心裂肺的轰然倒塌，5月12日北京时间14点28分，中国汶川的人民失去了他们的家园，死伤无数，他们正等待着我们全世界人的帮助，请你们为灾区难民献上一份自己的爱心吧！在这里，我替灾区的百姓谢谢了。”丁灵忍住眼泪向主席台下的众人深深鞠了一躬，她拿出从网上打印出来的照片，一张张分发给这次聚会中的每一个人，并抱出中国红十字基金会的赈灾捐款箱。

在接下来的时间里，在普菲勒先生的带领下，捐款活动有序展开。

捐款活动后，普菲勒先生说了些话，然后让大家随意、尽兴。

舞会开始，舞池里，丁灵和金便成了全场最受瞩目的焦点。

期间一直有男士过来邀舞，丁灵一一拒绝，但她的视线一直都没有离开过金，她也一再地在心里警告自己，她只是他的情人，不能对他有超过情人以外的奢求。丁灵觉得自己呆在这个地方太久了，也许今天之后她真的可以回中国了。

“菲娅，考虑跟金结婚吧!”影的突然出现让丁灵的思绪回到现实。

“结婚？跟金吗?”丁灵依然不习惯自己的这个英文名字。

“除了金，你还有另外交往的人吗?”

“呵呵！还早呢!”她有点慌乱地说。

“你也不小了，真的应该考虑一下了，我可是看的出来的，你眼里有金，金的眼里也有你。”

“你误会了。”虽然这样子说，但丁灵的心依然酸酸的，如果他眼中有她的话，也不会一直把她晾在一边了。

“你别看他一直若无其事的样子，他眼睛的余光可是一直注意着你，他骗不了我，要不我们试试看。”

一说完，影就拉着丁灵的手进入舞池。

“影，你这是在帮我吗?”

“说不上帮，我只是想试试看这样子能否引出点什么。”

“是吗？你是在看好戏吗？我看不见得有什么效果。”

“那就等着瞧吧！”欧阳影的嘴角提了一个漂亮的弧度，舞步拉近的时候，他小声地说，“看到了吗？人群中有双嫉妒的眼睛。”

丁灵眼睛白了白欧阳影，故意表情夸张地说：“有吗？”

在丁灵手抬高准备转身的时候，才发现站在她后面牵着她的手，伴着她的男人已经不是欧阳影了。

丁灵忽然颤了颤，这个熟悉而又温暖的气息一下把她包围住，她又开始觉得呼吸困难了起来。

“你是我的情妇，只属于我一个人的情妇，怎么可以对着其他男人展露如此豪放的笑容。”

丁灵的手脚都开始不听使唤起来，踩了金好几脚，但是他却当作什么事情都没有一样继续带着她舞着。

“怎么？不能理直气壮地告诉我你不爱欧阳影吗？你就这么的不懂得掩饰自己的情绪吗？不觉得自己这个情妇当得不太合格了点吗？”

“够了！金！你也说了，我是你的情妇，又不是你的妻子，所以你还是没权管我这些的，我们之间只是一种交易。”

“你在提醒我应该娶你吗？”

“金，我要回中国，你也跟我一起去吗？我想回去做点什么！”

“不行，留在这里，你去了，也只会添乱。”金带着丁灵继续在舞池里旋着。

“你真的要把我当作你的金丝雀吗？我有我的自由！你不能阻止。我不敢保证以后会不会拿上一张greencard，会不会在法律形式上接受自己成为真正的普菲勒家族的继承人，但是我永远都会热爱我的祖国，所以没有人可以阻止我回到中国，特别是这个时候。”

“是的，我知道自己阻止不了任何事情，但我想守着你一辈子。”

“你这是在承诺，你只爱我一个吗？”

“我不喜欢承诺什么！”

“我也不相信承诺。”丁灵不以为然地脱口而出。

“你真的要一直这样对我吗？”金对着丁灵那双眼神复杂的眼睛，手拂过她的脸庞，轻轻地把落在前面的刘海整理好，握在她腰上的另一只手也微微加了点力度说，“菲娅，你没发现我一直在努力地迎合你吗？”

“你好像搞错了，是我在迎合你才对。”丁灵真的想走了，她想自己总有一天会死得很难看，爱上这个可恶的男人，他总是给人一种错觉，让你觉得他爱上了你，但嘴上说的却总是那些让人猜不透而又模棱两可的话。

“我有点累了，想休息下。”说着丁灵挣脱了金的怀抱，而金也正好被迎过来的少女掳获。

丁灵径直走到一个没人的角落坐好，这里的视线有点暗，把她隐入黑暗中，她可以很好地看着会场的所有人。

拿起桌上的鸡尾酒，独自轻啜起来，看着这隆重奢华的舞会，丁灵的心异常的孤独，就像是被掏空了一样，这里与灾区有极大的不同，他们的反差是那么的强烈和讽刺！人什么时候才能够学会居安思危呢！想着的时候，她突然伤感了起来，眼泪不自觉地流下来。

这时，丁灵意外地收到裴俊的信息。

他说："空格，我要走了，大概是去受灾最为严重的四川广元县，这次浙江支援队定在杭州集结。"

裴俊，是你吗？真的是你吗？丁灵含着眼泪想着。

她担忧的事情终于发生了，地震它真真切切地影响到了她的生活，裴俊马上就要走了，她可能已经赶不及去看他，再见又会是何时？也许永远都不再见到，丁灵有点不敢想下去了，虽然她为裴俊自豪，却也为他担忧。

丁灵继续喝着酒，感觉这酒就像白开水一样的没有任何味道。

她终于醉了，隐约中觉得有个人把她扶回卧室，她甚至还看到普菲勒先生那担忧的眼神，她的头脑还是清醒的，只是手脚不听使唤了而已，脚一点劲都使不上，像在云团中深一脚浅一脚地踩着。

丁灵感觉到金的温柔，他的一只手掌轻轻的抚着她的脸，不知道是酒精的作用还是金的抚摸，她的脸变得奇热无比，整个人陷入一种昏昏沉沉的状态之中。

第二天早上，丁灵在金的床上醒来，金还沉沉地睡着，当时她没敢大叫，脑子里只有一个念头，那就是快点离开金的房间，让别人看到可不好，正当她慌乱的寻找衣服的时候，赫然发现门口站着一大帮人。

丁灵顿时傻在了那里，接着就是一声大叫。

疯了，她即刻想到自己又被这帮人设计了，真的是糗到家了！魔窟，简直就是不折不扣的魔窟，天哪！这帮人到底是怎么回事啊！怎么连普菲勒先生都参与其中了！这个家真的呆不下去了。

“可以筹办婚礼了。”金的父母喜笑颜开地说着。

“是啊！这两人真的是天生一对。”

“我这就去打点。”莱恩在一边也凑热闹。

金翻身坐起，揉着自己的头发，看着丁灵一脸古怪表情忙看向刚才噪声发出地。

不过金倒是没有发出惊天动地的声响，似乎很习惯了这帮人的把戏。

自从那帮闲着无聊要寻她开心的人说要给她和金操办婚礼后，就都消失得无影无踪了，而金也似乎消失了。

丁灵觉得这个时候，是她离家的最好时机，于是她就盘算着回中国。

可是，那帮人好像意识到她要乘机溜走一样，派了好几个人一直跟在她的身后。

真的要跟金结婚了吗？这次真逃离不了这里了吗？可是跟金结婚不是一直是自己的希望吗？现在似乎可以很快地就可以完成了，但她却胆怯了，因为她一直觉得金不爱她。

丁灵摆脱了身边那几个一直跟着她的人，提了行李快速出门，但鬼鬼祟祟的她还是被莱恩抓住了。

“菲娅，不会又要离家出走吧?”

“普菲勒先生说过，我可以随时离开。”

“你怎么还普菲勒先生，普菲勒先生这样的叫，他可是你父亲，还有，此一时彼一时了呵！现在你可是金的新娘，所以哪里都不能去。”

“我可没答应要当那个坏蛋的新娘，我是被逼的。”

“你真的不喜欢金吗？如果你是真的不喜欢，表哥我会帮你离开。”

“看来还是莱恩表哥你最好了。”

“你啊！少拍我马屁，不过，看你这么开心的样子，我是不帮你也不行拉!”

## 6

上了飞机，丁灵坐下拿出笔记本放在桌子上打开，裴俊告诉她说：“省厅带的东西已经托运到成都，可能要把自己带的东西做一些精减，可没办法，想要都带，可哪里又带得过来!”

丁灵说：“裴俊，有没有后悔做出赴川这个决定。”

他说：“我想我应该去做一些有意义的事情，等老的时候，会有一些让自己觉得自豪的事可以回忆。丁灵，这次比预想中的时间可能还要长，有个厅里的领导说大概要呆一个月!”

“一个月啊！多漫长!”

下了飞机后，丁灵直奔蓝吧！当她看到小悦那张认真又关切的脸，不禁蹙了下眉，然后笑着开口说："你该不会认为我发生什么事了吧？"

"对啊！难道你没变吗？傻瓜都能看出你变了！"

"啊！人当然会变一些的啊！毕竟人文环境、气候都不一样！"

"你在掩饰！"小悦很直接地指出。

"好，我承认是发生了一些事，但那不是主要原因，你也知道地震了，裴俊去了四川，我的未婚夫，你知道的，所以我回来了，在美国的那会，我就捐了100万，但我答应父亲会把那笔钱如数补上，除了这些，我想应该没有什么比地震还大的事了，当然还有北京奥运会。"当丁灵说出这些话的时候，她知道一切都只是开始。接下来会是什么样的，老实说，连她也不知道。

"我不相信，裴俊在十年前就跟你没有那关系了吧！而且，他还死了很多年了，拿死人说事，丁灵你不觉得有些过分吗？一定还有其他什么事，是不是跟欧阳影有关，是不是？"小悦把心中的疑问全吐了出来，在她的心里，那个让丁灵发生改变得必定是欧阳影无疑了，原因有三点：一、她是和欧阳影一起离开的；二、她暗恋过他；三、她回来了，欧阳影却没回来。

"不是！跟影没有什么关系啊！"

小悦弯着嘴不相信地说："是吧！就知道有事！承认了吧！走的时候还好好的，现在回来就一副萎靡不振的样子，不是他还会有谁？难道这么多天就在美国另寻新欢了，演绎一段感伤恋情？"

"走拉！回去再说吧！你就不能让我把不痛快的事情忘记吗？"她拖着旅行包向外走去，小悦也跟着上来。

"切！什么话哦！我可是在开导你呢！"

"是…是…是…我的大小姐！我是不是还要感激涕零一下啊！"

"咦！真恶心啊！不过呢！无论你遭遇到怎么样不开心、不好的事情，我们都会收留并且帮助你的，不过只是在精神上支持你！"

丁灵没再讲什么话，理解地笑笑。

出到门口的时候，小雪已经把车停在外面，丁灵在飞机上的时候就已经电话通知她了。

"姐！"小雪微微笑着，然后把一串钥匙放到丁灵的手上，接过她手上的行李往后备箱走去。

丁灵打开车门坐进驾驶座上，看着这些熟悉的街道，熟悉的景物，熟悉的人，她感到心中升腾起一种温暖的感觉来，这里让她感到十分的舒适和自然，丝毫没有任何的压力。

一到家门口，三人同时被眼前的景象吓了一跳。

门外，一个男人正交叉着脚靠着门。

男人听到脚步声，抬起头、眯着眼看。

丁灵的心一颤，像被谁捏着脖子似的，她皱着眉头有点口吃地说：“你，你怎么在这里?”

男人没有说话，只是斜着眼睛一副吊儿郎当的表情。

小悦倒是有点兴奋地附在丁灵耳边轻声说：“是因为他吗？你有什么事瞒着我们对吧?”

“悦姐！走拉!”小雪拉着小悦往外走。

“知道拉!”小悦被拉出几步后又走近几步附在丁灵耳边说，“你们好好聊，我们还有其他的事要忙呢!”

丁灵看着她们离去的方向无奈地摇摇头，接着转过头看着金。

“你什么时候回来的，为什么没告诉我?”

“那你走的时候怎么不记得告诉我啊!”

“我……”

“你也算是我的半个新娘嘛！在新婚前逃跑你胆子也够大的，就这么喜欢玩失踪么?”

“你说什么啊?”丁灵故意装傻。

“还装傻呢！真有你啊！菲娅。”

“我看我们还是先进去再说吧！站在这里多不好意思!”

“你也会不好意思吗？我以为你不会。”金故意跟她较劲。

丁灵从进门开始，就一直低着头，视线不敢往上移，她不敢看他的眼睛，更不敢有太大的举动。

他怎么可能在这里出现？而且……怎么可能会比她更早一步到中国，真的太匪夷所思了。他又是什么时候发现她已经离开的？这一切的疑团都在丁灵的脑中积聚。

虽然疑惑，但她不得不承认看见金的时候，心里是喜悦的，被一个人重视和爱着的温暖。虽然逃跑是一件让人很不能容忍的事情，但金表现出更多的似乎并不是对她爱的怀疑，而是一种溺爱。也许他已经习惯了她这种一到关键时刻就选择逃跑的性格。

金从进来坐到沙发上后，就一直沉默着，让她看不出他的任何表情。

“你不是来抓我回去结婚的吧?”丁灵有点惊吓地往后退了几步。

“你不回去跟我结婚，难道还想劈腿吗？快去买点菜回来，做奴隶去，你老公我饿了。”

这个男人大言不惭地命令着，丁灵站一边哭笑不得。

“不去是吗？是不是想让我吃了你？”

哼！现在就敢命令我，往后的日子还怎么混？丁灵翻着白眼看着这个跷着二郎腿的家伙。

“记着，现在我做饭给你吃，是纯属怜悯。”

“怜悯？菲娅！你知道我现在想做什么吗？”

看着金那黑中泛着淫荡光芒的眼神，丁灵忙抱住自己往后又退了几步警觉地说：“你想做什么？”

“想做什么？当然是想把你吃了。”

“色魔！”

“这不叫色，是义务，我在尽一个丈夫的义务。色是指烂情，我只对你一个人行使特权。”金不知什么时候已从沙发上站起来，把她揽进他的怀里，低头吻住她的唇，他的舌头轻易地启开她抿紧的嘴唇。一股暖流从脚底迅速流窜她的全身，把她狠狠地出卖，她对这个男人始终有着无法抗拒的热情。尽管她一再的否认这吻的威力不过是她枯燥太久的原因，但是她依然不能否认金能够带动她的热情，给予她生命存在过的痕迹。

“菲娅！除了你，从来没有一个女人能让我如此的沉迷，可以不在乎她的一切，可以为她做任何事情，即使她做了任何让我痛心以及违背我意愿的事情。”

像是被击中了心中最柔弱的痛处，丁灵试图推开金。

“我不明白，在我之前你到底有过几个女人？”

“很多，至少有一打吧！”

丁灵眯着眼睛问：“爱吗？”声音冷静得像是在问一件与自己毫无关系的事情一样，但是她知道现在有一把火在她心底熊熊地燃烧，只差火山喷发了。

“爱，而且都是些千金小姐呢！觉得自己真的挺幸运的。”

“爱？挺幸运？”她快要疯了，她到底爱上了一个什么样的男人！她为自己感到不值。

“放开！你放开我！如果是男人就不要跟我比力气。”丁灵有点歇斯底里地叫着。

“吃醋拉！骗你的，我记得我的第一次好像是献给了你！这么会吃醋还嘴硬不承认！”

“哦！天哪！难道你就不觉得害羞吗？怎么什么都讲得出口，吃醋，是的！我是吃醋了，可是更多的是伤心！为自己感到悲哀！你怎么能够这样对我，你应该骗我的，酷酷地告诉我，你没有过，这样子我就会当你没有爱过，像鸵鸟一样，相信你，爱着你……这样我就有勇气在你消失后一直等着你，为你守住自己。”

金皱着眉头一副无奈致极的表情：“看，女人就是麻烦！越讲越激动了？你的脑袋怎么这么复杂，难道就是用来胡思乱想这些事情的吗！真奇怪！女人都是这样的吗?”

“我复杂?”

“是啊！难道不是吗？想这么多还狡辩说自己不复杂!”

“金，哦！不，应该叫你天天！你说我们的关系怎么会变成现在这样了！十年了，我以为我们不会再见面！可为什么我们一见面就这样！我真的很难过，如果是这样，为什么又要让我们相遇，老实说，我宁愿我们没有再遇到。”

“是啊！时间过得真快，一晃就是十年，本来我们都可以很幸福吧!”

“幸福?”她呢喃着，她曾经试图忘记并打算努力永远尘封在心底的所有过去，现在又以某种排山倒海之势侵袭而来，记忆中带着一种强烈的恐惧以及夹杂着一种神秘的诡秘气息。

# Chapter Two

# 奇妙的邂逅

在这里，她觉得自己不再是现在的自己，从很早开始，她便觉得自己不该属于这个小地方，她是要出去的，她的身体里有一种蠢蠢欲动的情绪，那强烈而又深刻的情绪让她觉得自己的世界就要爆炸了。

# 1

如果说，那一年，丁灵没有遇到韩易悠，那她的生命就不会出现裴俊这样改写她一生的男人。而一切都似乎是冥冥中注定的一样，所以丁灵肯定是要遇到韩易悠，也逃避不了裴俊。即使丁灵既遇不到韩易悠，也遇不到裴俊，也将会遇到与他们同类的男人，比如金，这就是丁灵这一类人的宿命，无论这爱来得迟还是早，因为每个城市中总会有一些人在等待着爱和被爱。就像当初韩易悠把他的爱传达给丁灵一样，她也要把这份爱传达给另一个人，因为只有这种爱的传承，才能够给予这人世间的希望。

丁灵遭遇韩易悠的时候，他在距离她大约七、八米的地方停下，因为是同种生物，她多看了两眼。

那一天，天很蓝，蓝得几乎要穿透它的尽头，这样的天让丁灵害怕，害怕它是空的，就像生活，来了，又走了，匆匆的，或战争，或疫病，或自杀，或他杀。短短的，相遇了，分开了，永远不再见到，毫不相干，就像曾经把还不会讲话的她遗弃在别人家门前的父母一样，永不再出现，真空消失了一般，冰冷而又绝望。

因为是在山上，所以四下里很难看到人，但丁灵却喜欢这样的幽静，在这里，她觉得自己不再是现在的自己，从很早开始，她便觉得自己不该属于这个小地方，她是要出去的，她的身体里有一种蠢蠢欲动的情绪，那强烈而又深刻的情绪让她觉得自己的世界就要爆炸了。

很多年后，丁灵再一次遇到裴俊时，她说：

我总记得易悠的笑容，很灿烂，也许只要是笑容都是美丽的，即便那个人看起来多么的憔悴、落魄。

我和他之间不是彼此的选择，而是注定，也许你并不认同命运之说，如果没有韩易悠，所有的一切都将改写，他是促成这命运之说的其中一个关键步骤。

我从没想过会跟易悠有交集，对我来说，他是个散发着光芒的陌生人，上天并没安排我们因为有了这一次的擦肩而产生任何的缘分，更不会因为这一短暂的相遇而把阳光般的笑容储藏，因为他也会像很多曾经走过我生命的其他人一样离我而去，日渐淡漠，直至完全泯灭。

你知道，我虽然像这凡世中的所有人一样，有自己的梦想，有自己的坚持，但我并没能强大到为自己建造一座梦的城堡的资本，因为在现实中造梦唯一不能缺的便是钱，但我一无所有。

我知道我只能像一些人一样过着有了上一顿不知道下一顿在哪里的日子，整天的彷徨、彷徨，直至生命的结束，都不会有轰轰烈烈的经历，如果运气好点的话，或许会考一个不怎么样的大学，然后安安静静地读完四年，接下来找一份能维持生计的工作，相亲认识一个老实本分的男人组织一个家庭，生一个男孩或者女孩，我的一生也就这样敲定了，这样明朗、直接的人生路线让我对生活失去了起码的信心，遇到韩易悠，我那强烈的情绪复苏了，那一刻我才真正明白，他就是那个给我沉寂了的梦想重新注入生机和活力的人，瞬间，一切都开始改变，让人难以置信。

“我叫丁灵。”当韩易悠即将下山，从此远离她的生命，可能再也不出现的时候，她叫住了他，尽管丁灵很是诧异，平时口舌灵活的她却怎么都发挥不了作用，她多么希望自己能留给他一个深刻的印象，多么希望他在见她一面之后还能对她念念不忘。

丁灵想了很久，虽然最后也只是带点慌乱地叫住他，然后带着点想撞墙的情绪告诉他自己的名字。

她说：“我叫丁零，无的意思，应该是生我的父母亲取的吧！在我懂事后，养父把零改成了灵。”

他的眼睛重新抬起来，对着她微笑起来，他说：“你可以回家了，这里并不适合小女生。”

丁灵对着他，鼓起腮帮有点不高兴地说：“还没到走的时候呢！我还可以再呆一会。”

这个时候，他便知晓她的反叛，眼前这个看似怯弱且带着矜持的少女。

她把目光慢慢移到他的脸上，摸索他的脾气。

他正看着她。

她迅速收回目光，觉得自己浑身提不上劲，为着刚才那句脱口而出的话语，她觉得自己是不应该说的，这不仅不能给她带来分值，只会激怒眼前这个人。

为了挽救刚才的失误，她补充了一句说：“我就住在山下，很近。”

“好吧！”他说，“那你得在天黑之前赶回家里去，你不能在这里呆久，特别是一个人的时候。”

他的脸上掠过一丝烦恼的神色，但只是一闪而过。

她在回去的路上一直在玩味他的那些话，心里也一直疑惑，疑惑自己在他心里会是一个怎样的存在，想他是否会想起她，心里觉得他非想不可，他应该没有不想她的道理，不必说她长得有多么的惊艳绝伦，单单是相遇的方式他也非得记住她不可。

那时候的韩易悠在画画界已小有名气，他是美院最年轻的博士、讲师，是个天才，从小学开始就三级跳，进入美院那年才十二岁，是没有经过全国联考直接保送进去的。

韩易悠的妈妈患有白血病，因不愿丈夫及儿子看到自己日渐变丑，慢慢走向死亡的焦虑与悲痛，毅然跳下了南山的悬崖，那时的韩易悠才八岁！

“那天是我妈的祭日。”在韩易悠和丁灵成为朋友后，他轻轻地告诉她。

无缘的两个人却因为刻意制造而变得有缘，这个时候，丁灵就会相信，缘分是把握在人的手里，至于丁灵跟韩易悠两个本无缘的人后来变得有缘，丁灵认为是她在适当的时间把握了一下，尽管她已记不得自己当时舌头打结，呆呆看着他的那种窘境了。

在韩易悠的眼里丁灵是一个单纯的女孩，也许这是他看走了眼，也许是他的欣赏水平有问题，也许单纯的人看任何人都是单纯的，丁灵常常这样想。

韩易悠对单纯有很深刻的见解，他说：“单纯与幼稚不同，单纯是一种心态，喜欢简简单单的生活，只是一个人想要的生活模式，即使她老得走不动了也还是很单纯。幼稚是一个人不成熟，对生活的理解比较少，对社会的接触面比较窄。”

丁灵知道韩易悠是中国美院讲师时竟开心得差点出去狂叫，其实这种心理真的有点像乡巴佬进城，不过你能看到点纯真，师父是天才并不代表徒弟也肯定是。

丁灵当时是像捡了宝一样的开心，好像自己的成功就在眼前，前途也跟着光明起来。

她为着与韩易悠的认识，觉得自己已经非常的了不起，并且被这种优越感左右着，她觉得自己的人生本就应该是这样的，很久以前，她在心里便觉得自己是异于常人的，只是没有说出来而已，后来她想想那时候知道个啥前途啊！不是被妈妈赶着往前走，她是不知道自己想要什么的，然而知道自己想要什么却也是不知道为什么想要。

她有时候觉得自己是恨她的，因为她总是逼迫着她成才，这个逼迫使得她三岁开始就一个人面对漫长的黑夜，没有生日，没有礼物，但恨有时候却只是一阵烟雾，散去便无痕迹。

韩易悠对丁灵说："我唯一的业余爱好就是摄影，因为它能够让时间和美丽在那一刻停留、凝固，让逝去的光阴变得深刻和永恒。"

丁灵觉得韩易悠是一个念旧的人，一个念旧的人总能让别人安心和平静，就是这份独属于韩易悠的安全感让丁灵十分的眷恋和不舍。

也从那个时刻开始，丁灵朦胧中开始觉得她喜欢眼前的这个男人。

现在，丁灵认为自己在画画方面应该是有点天赋的，她甚至觉得自己将来在艺术方面也会有所成就。

"你知道吗？像你这样的小女孩要懂得保护自己，不要让任何人伤害到，懂吗?"韩易悠讲这句话的时候充满一种保护的欲望，同时也让丁灵感动，因为这是她长这么大唯一得到的一份区别于亲情的能让她感到温暖和珍惜的感情。

韩易悠身上透露的浓浓爱心跟他母亲的早逝多少有点关系！在他眼里女人是需要保护，需要疼爱的，无论这个女孩多么的娇纵，多么的不可理喻。

认识到了这一点，丁灵就会羞愧得要死，她想自己总有一天会遭报应的，但丁灵只是说："知道了。"

"要保护的是你才是啊?"每次对着韩易悠的时候，丁灵就有一种冲动，想要对他说这句话，但一直到韩易悠离开，丁灵都没把这句话说出口，她怕伤害了他，其实她更怕的是韩易悠会因为她的坦诚离开她，这是她好不容易得到的温暖，她没有勇气去赌，与其说她不相信自己，不相信韩易悠，更应该说她不相信所有的人。

丁灵经常会问韩易悠说："那天我突然冒出去有没有吓着你?"

她也经常会在他的脸上寻找他有可能怀疑她是故意接近他的蛛丝马迹。

## 2

她有时候甚至跟韩易悠讲话也变得小心翼翼起来，害怕自己不经意说漏了嘴。

而韩易悠总装出一副很怕的样子说："我差点被你吓出心脏病！你不知道!"

这句话多少是有点夸张的，因为丁灵从他那趣味的脸部表情感觉到他很开心。

这样几次下来后，丁灵终于放下了心。

她从来没有见过像韩易悠这样的一个男人，她不希望他就这样走出自己的视线，远离自己的生命，悄无声息地离自己而去，从此再也见不到，她想要认识他，这是丁灵当时的想法，一种强烈的感觉。

丁灵在他走后忙追了过去，尽管追上他的时候，她已经上气不接下气，但他回过头时，镜头正好对着她，她对着他笑，有些难为情，显得有些惊愕，不知道说什么好，尽管在途中她想了很多种出现在他面前的方法，但是又怕被认为是一个不怀好意或者有目的地接近他的人，她就这样呆呆地看着他，她想如果自己再不说些什么的话，他一定会认为她是个疯子。

他放下相机，然后把她从头到脚打量了一遍，他脸上的神情有着午后阳光下的慵懒，看着她的样子似乎她是一个多么好玩的人儿。

丁灵生怕自己留给他的印象不够深刻，他会一转头就忘了，此刻她多么希望自己能有闭月羞花之貌，沉鱼落雁之容，能有一颗充满智慧的头脑，那样她就可以让他赞赏，让他着迷，她要让他觉得自己的举动是那样的自然大方并且充满一种巧合以及命运的神秘光辉。

事后，丁灵觉得效果显然不错，她的动作非常成功，漂亮并且无懈可击，因为他毫无猜疑地接受了她。

不过这在多年后丁灵读大学的时候，一个教授揭示了她的这种想法是多么的自欺欺人和年少无知。

他说："缘分不存在巧合，即使有也是刻意的，一个男人不会因为经常在路上遇见一个丑女而跟她结婚，一个女人也不会因为经常在路上遇见一个穷光蛋而对他产生任何的缘分，所以他不相信巧合和缘分。"

"裴俊，易悠很英俊，尽管他有些苍白，但很温暖。"丁灵在韩易悠即将结婚的那天再一次向裴俊提起，那时的她，嘴角有淡淡的笑容，似在回忆。

她是那么清楚地记得，记得那天，浮现脑海的第一影像便是那一地斑驳的树影，那一瞬间，有如催眠般，她对着他笑，他转过头来时，脸上亦带着笑，只是不可捉摸。

她的脸微微向上仰着，那阳光透过零散的树叶丝丝缕缕地落在她脸上，那笑似黑暗中响起的风铃，且又带着点甜的味道，似山涧沼泽里的白花，清淡而脱俗。她的头发柔软顺滑，自然地从脸的两侧温顺的垂泻。

他说："你很喜欢笑，是否因为常常觉得快乐？"

"是的。"她说，"我没有哭的理由，所以只好笑。"她靠近他一点又说，"你很帅，嘴唇很薄，但漂亮，你只是显得白了点，一种病态的苍白，太耀眼。"

韩易悠尴尬地笑笑，很隐约。

说完之后，丁灵才发现自己的失态。

因为他正用研究怪物的眼神研究着她，似乎看穿了她的心。

这样的男人让人感觉总是遥远，就像是黑暗的天空里闪现的星星，但是她就是想要去接近他，哪怕只是跟他多讲几句话她都觉得开心。

很多时候，韩易悠都很少讲话，不是他不想，而是面对很多人，他无话可说。

一个失语的人生，在外人看来是多么的值得同情和怜悯。但对韩易悠来说，他却乐在其中，至少，在遇到丁灵之前，他觉得自己的这种生活状态很好。

丁灵知道自己的心理多少是有点变态的作为，但她就是无法克制自己对韩易悠的好感。她喜欢这样话不多，却字字珠玑而又颇具品味的漂亮男生。

她睁大眼睛对韩易悠翻了一记白眼，随即就又笑了，虽然她觉得自己此刻在他的面前赤裸裸一般，但是她不愿意表现出自己的惊慌以及无措的样子。她觉得每个男人都很聪明、高深莫测，且很具洞察力，因为她的心思好像他们都能看透，所以她想既然都这样子了就没必要再掩饰什么。

尽管暖暖的阳光依然普照，但它毕竟无法抵挡寒风的凛冽，丁灵不经意地打了个哆嗦，手也缩进了那件宽松的橘黄色棉衣里。这种冷让她想起小时候那些日子，天地间总有奇迹般的一夜雪白的惊喜，那种冷是喜悦的，之后，她就再也没有看过那种白，在往后的所有岁月里，只有冷，没有惊喜，偶尔，会有那缥缈的白，却只是短暂，稀薄的，她就是这样一年一年地看着全球的气候慢慢变暖，四季再也没有那时候的明朗、寥廓。

丁灵没有再追问下去，因为他们只是第一次见面，还没熟识到能够彼此敞开心扉的地步，也许她与他一辈子也就这一次的交集，而她也不会再有任何的缺憾，路上的人能有这样的际遇已经是莫大的缘。

于是她说："我要走了。"

"你不应该经常一个人出游，对一个女孩来说不应该。"他依然轻轻地重复。

丁灵犹豫了一下，但没说出任何话来。

他们彼此静默着，树的叶子幽幽地飘落，撒满一地，起风了。

她俯下身，捡起一片熟透的树叶递给他说："送给你，请好好收藏。"

"我要走了，这就要走了。"丁灵看着韩易悠接过树叶终于显得有点紧迫起来，"真的就这样走了。"她希望他能挽留一下她，或者主动说送她回家。

韩易悠看了看远处，再抬头认真地看着丁灵点点头说："恩！旅途中的人终归是要分手的，我们就在这里分手吧！"

"我们还会再见面吗？"

"会！也许不会！"

"我说会。"丁灵表情坚定得像个任性的孩子般，那时候的她就像四季般明朗、直接。

“不管会不会，你可以来找我的，”他从上衣口袋掏出一支笔，走近，拉起她的手，写下一串数字后郑重的又强调了一遍说，“这是我的手机号码，我叫韩易悠。”

做过这一切，韩易悠走了，他往山顶，而她往山下。

回到住处，丁灵拖着疲惫的身躯重重地倒在床上，这个秋天，她突然想要独立，决定离开父母，离开学校，也许这个想法早就萌生，只是在那一刻突然变得特别坚定和义无反顾。

躺在坚硬的竹床上，她又开始做梦，也许只要跟床有关，就便有梦，她想要用自己的双手创造美好的未来，有时候觉得这个梦似乎也不难，觉得自己的愿望也不怎么的贪心，只是希望让自己活着有尊严，想让家里人过上幸福、快乐的日子。

再见韩易悠是两天后的一个早晨，空气清新湿润，一切都似乎注定了他会在那里安静地等待着她的出现。

如果那个寂静清爽的清晨，她没有下那个决定，抑或如果她没有喜欢上画画，如果……只要这如果中的一个，她便再也遇不上韩易悠，所以这在丁灵看来，那便是注定。

早起是丁灵的习惯，因为她有一对勤劳而辛苦的父母，他们需要早起谋生，而她亦为了吃上那热腾腾的早餐，也必须早起，日复一日，年复一年，最终习以为常。

她像平常一样从后门出来晨跑，穿过弯曲的竹林小路，再轻轻地从潮湿的泥路走到街上，然后绕着南山路回住处。

每每经过南山路，她都会作几分钟的停留，因为那里有一个让她向往已久的殿堂，那里有一个放满盆栽的花园，她总是不经意的被各种造型奇特的盆栽吸引，而每次经过那里，她都会留恋的多看几眼。

她曾经有几次试图闯入的念头，但最终都临场退缩。

她还记得八岁那年，因看到邻居家的栀子花开的娇艳、芬芳，一时按捺不住便采摘了一朵，可偏偏不凑巧，被逮了个正着，不但花被没收，还挨了父母一顿批，最尴尬的莫过于那邻居见一次说一次，好在年纪小，归罪于不懂事。

长大后，她反思后认定一切都得归罪于人的欲望及侥幸心理。她认为当一个人的欲望超过理性认知的时候，便会做错事。

那些天来，她的内心一直在激烈地角逐。

她说：“走吧，回去吧，你要控制自己的欲念。”

另一个她又说：“去吧！没什么，只是看一下就好，爱美之心人皆有之，即使被发现，也会得到体谅。”

于是她一步一步地往阶梯上走去，带着点决然，带着点一意孤行。

越接近目标，她就越左顾右盼起来，生怕旁边突然跳出个人。

终于到了，丁灵松了口气，她想，一般人，谁会这么早起床，于是胆子又大了点，她开始觉得这其实也没什么不妥，就径自欣赏了起来。

但她总不是个幸运的人。

## 3

丁灵刚准备从花园出来，就有个男人也从屋里出来了，那人穿着白衬衣，黑色熨烫平整的西裤，同一色系一尘不染的皮鞋，一头茂密黝黑干净整齐的短发，长脸，看起来也不过三十五岁，脸上挂着笑，是丁灵见过的最具艺术气息的男人。

“你是……？”男人笑着开口。

丁灵努力遏制住自己慌乱复杂的情绪，尽力表现得大方得体，她环视了四周，一脸无辜带点抱歉地说：“您的盆栽真漂亮，远远地就被吸引了，其实，我是想做您的学生。”她指指墙上的那块南山画室课程表。

丁灵为自己的快速反应感到满意，她越来越觉得老天其实也待她不薄的，毕竟她总能在倒霉的时候碰上一点点幸运，以至她不觉得很多事情会变得很绝望。

她觉得自己真的长大了，即使做了小小的坏事，也开始可以镇定地处理，她已不再是当年被追着满村子跑的小女孩了。

男人虽有顾虑，但沉默了一会后，把丁灵上上下下打量了一番，而后温和地说：“你真的想学画画吗？能否把你心中的感觉告诉我。”男人似乎看出丁灵想要学画只是临时起意，并不能坚持。

丁灵略微思索了下说：“一切美好的画面，见过之后欢喜，回忆起来依然挂念，因为心有所动，作有所念、有所动的画。”

“恩，小朋友，希望你能正确的看清楚自己想要并且需要的是什么，画画，并不能为每个人带来财富，它有可能让你变得很辛苦，很辛苦。如果你想好后还是当时的那个决定，那就过来吧，带着你的画！”男人微微有些惊讶，但控制得很好，不是那种喜形于色的人。

等到丁灵再回来时，那男人已不在家中。

而就在那一天，丁灵见到了一个女人，她叫花琴，韩易悠的阿姨，他妈妈花月的姐姐，这个女人住在这个幽雅的院子里，俨然是一副女主人的样子，丁灵一直很好奇，她是怎样的一个存在。

这个女人，她的下巴中间有一颗痣，不大，穿着复古的缀花上衣，袖子略微轻轻地挽着，同样是麻料的宽筒裤子，略微发福，但很和蔼，有如春风般和煦。

丁灵顿感亲切，有点涩涩地说："阿姨，这是我的画，刚才有位叔叔让我拿来看看的。"

丁灵把情况简单跟她说了说后，那女人就笑着说："哦！是这样的啊！他有点事出去了，让小易帮你看看吧！"女人转过身去。

这时传来一个声音，丁灵微微震了一下。

那声音的主人必定长相不俗，她想。

声音还在继续："姨，我正忙着呢！一会就出来。"

女人叹了一声说："哎！这孩子！"她继而又转过头仔细地打量了丁灵一遍。

没过多久，丁灵便看到一人从内门出来，那人拿着条毛巾搓着头，没抬头自顾自说着："姨，什么事？"

"是你！"丁灵惊叫起来。

那人抬头震震地看着她，好半晌才反应过来，他有点吃惊有点兴奋地说："我们又见面了。"

有时候生命的确不可思议，就像花的绽放，看似既定的规律却又无迹可寻，谁会想到一个花蕾会开出什么样颜色和香味的花朵，谁又会想到一段感情的开始会是如此的意外和惊喜。

丁灵觉得她可以，并且能够和另一个人交换自己的感情，她觉得自己可以去爱，爱一个在路上仅仅只是看一眼的男人，所有的一切都是未知，只是因为那个人，独立意义上的某个人，那个人就像是很久之前便早已熟知，有一天，他在茫茫人海中突然出现，然后告诉她，他可以爱她，而她亦满心欢喜，心甘情愿跟着他走。

"是啊……又见面了！"丁灵笑笑，继而她有点小声地说，"我是过来学画画的，你能否帮忙看一下？"

丁灵有时候会想，缘分还是可以相信一点的，因为即使当时不是她刻意的制造，他们也可能会不期而遇，但是结果会如何？那就不得而知了，至少不会像此刻这般的融洽，这般的让人开心吧！当然那已是另一个不可能再发生的故事了，而现在，他们又相遇了，这就是生命，不确定的美丽。

"没问题，不过我得先整理下我的头发。"韩易悠一手拿着毛巾，一手指指还有点湿的头发，笑着跟她说。

他的笑有一种催眠的功效，每次看着那笑，丁灵都会觉得自己在恍惚，他真的很英俊，至少在头发凌乱的时候让人感觉很亲切，很孩子气，丁灵如是想到。

他再出来时，她正投入地盯着摊开在膝上的画，专注而平静，她的脸因为低着，显得线条更加的柔和、安定。

她是个美丽的女子，整齐如画的眉毛，洁净的脸庞，透明的皮肤，有如盛开的纯白野山茶。

她因为察觉到有目光的注视而轻轻地把脸抬起，表情略微惊愕，当四目交接的时候，一种神秘而又浓郁的气息在彼此间流转，然后他们都转移目光。

此刻的韩易悠看起来干净挺拔，他穿着条洗的有点褪色的牛仔裤，上面配件白色的长袖T恤，脚上一双白得耀眼的球鞋，这样的韩易悠显得阳光、帅气。

尽管丁灵的目光有点舍不得从他的脸部挪开，但意识到自己的失态，她尴尬地笑笑说："你的眼睛真好看，总是在笑似的，很明亮，很善良。"

她是特别的，她总是那么直接的表达她的喜怒哀乐，甚至她对一个陌生男人的赞美之情，她有一种让人无法讨厌的纯美，她的表达方式能直达他的内心深处，让他觉得惊喜。

说完，丁灵把画递到韩易悠的手上，然后默默地仰着头，继续盯着他的脸。因为不是四目相接，她感到了些许的镇定，尽管心一直处于高强度的跳动状态，而她也在努力地控制自己的情绪，生怕一不留神就被看出些端倪来。

韩易悠接过后仔细地看着画，颇有研究地说："你的造型能力很强，只是基础不扎实，落笔不稳，有点毛糙，要有正规引导才行。"

在丁灵面前，韩易悠就是这样的大男孩，热情又带点让人不讨厌的倔强。

他说："明天就过来吧！你要抓好所有的时间，不得浪费一分一秒，就搬来我家住着吧！那样，晚上你也可以练习，而我也会有更多的时间督促你，反正我家房间也多。"

"易悠，这样不妥吧？"女人正好从里间出来听到了韩易悠的话，她看了一眼他，再看了一眼丁灵有点意外地说，"你们俩认识？"

"啊……是啊！可以这么说吧！——不过这样不好吧？住在这里，会打扰到你们的。"丁灵显然没少被吓。

"怎么！有问题吗？阿姨。"韩易悠看了一眼女人，虽然是征询，但却充满强硬的肯定，同时他也看了一眼丁灵。

"就让她住我们家吧！一个女孩子在外租房也不怎么安全。"一个声音从门外传了进来。

丁灵一看，原来是刚才的那个男人，她有点慑于他的威严，也震惊他对自己情况的了解。

"爸！你也赞成？"韩易悠冲着从门外进来的男人有点意外、有点欣喜的出声。

男人点了点头后向里间走去。

“爸?”丁灵吃惊地张大嘴巴看着韩易悠，她从没想到男人和韩易悠的关系竟是父子，因为他看起来怎样都不像是一个有韩易悠这么大儿子的男人。

女人倒是看不出任何表情地说了句：“你们父子俩想怎样安排就怎样吧!”说完有点无奈地摇摇头进厨房去了。

韩易悠看着女人进去后，回转目光盯着丁灵说：“就这么说定了。”

韩易悠觉得丁灵是无意间坠落凡间，机缘巧合来到他面前的精灵，他有责任让这折翅的精灵回归原位。他很感激，感激宿命的安排，让他们有机会再一次相遇。

在韩易悠的督促下，丁灵当天就搬进了他家里，她的东西少得可怜，一面很大的镜子，几本书、几件换洗的衣物和一些必备的日常生活用品。

“这是你全部的家当?”韩易悠皱着眉头问。

“恩!”她认真地点点头。

“这是用来做什么的?”他指了指那面很大的镜子问。

“看自己!”她说。

“看自己？你很自恋?”他更加的疑惑。

“我想有一天能把自己画下来!”

“找人画不就好了。”他笑着。

“没有人比自己更了解自己。”她说。

“你长得很特别，发现没?”韩易悠突然叫起来。

“什么?”她问。

“你的耳朵很奇怪。”

“怎么了?”

“比脸白！还有耳朵长得也很高，比眉毛还高点呢?”

“唔！那我肯定很丑!”丁灵摸着耳朵难过地看着韩易悠。

“像精灵。”他笑着说。

她被安排住在韩易悠的房间里，他的房间干净、整洁，光线充足，散发出浓郁的独特格调和品位，当她拉开窗帘，当那丝丝缕缕的阳光照射进来，那光便赋予了这房间一种强烈的真实感觉。

## 4

南方是台风多起的地方，在南方长大的孩子，都会烙上台风的印记，丁灵害怕那样的晚上，没有电，没有水，玻璃窗被震的发出很响的声音，这样的夜晚总能让她感觉到死亡的气息。

就在丁灵搬到韩家的第三个晚上，便有台风在这一带登陆，那是个不好的兆头。

躺在床上独自听着那惊心动魄的雷声，看着窗外那凌厉而冰冷的闪电，一种凄楚的情感又蔓延开来，她睁着眼睛直直地看着窗子，突然，她隐约中看到了一个黑色的人影站在窗外，是谁？韩易悠吗？这么晚，他出来做什么？

她屏住呼吸，只是一动不动地躺着，但眼睛却大大的盯着窗外那黑色的人影。那人影没有动，丁灵分不清是背对着她还是面对着她。只觉得全身汗毛孔都是直立着的。

突然一道闪电而过，她看清楚了那张脸，琴姨，她正盯着自己，就在目光接触的瞬间，她抖动了一下，琴姨就跟幽魂一样的矗立着，像被施了咒语一样的瞪视着，一阵刺骨寒冷突然从背脊慢慢渗透到五脏六腑，她的直觉告诉她，外面这个人此刻对她有着深深的恨意。

她想跳起来，打开门询问，可是恐惧让她胆怯了，这种恐惧几乎让她昏厥，她感到自己开始有点喘不过气来，当她再睁开眼的时候，她的床前已经站着一个人。

她发不出声音来，只是抖动。

“你很冷吗？是不是病了？”一个声音响起，有点机械。

“没！我没有生病，只是对这样的天气有一种恐惧。”她有点结巴地说。

一只手轻轻地触碰她的手背，有声音说：“别害怕，一会就好，你很像他，我的孩子，他对这样的夜晚也总是害怕。”

丁灵惊恐地缩了缩手，不知道她口中的他是指谁。

然后她听到有轻柔的歌声响起，渐渐地，她意识开始迷糊，她睡着了。

那晚之后，一切就又恢复正常，没有再发生过任何奇怪的事情，而琴姨似乎根本就不记得那天晚上的事情，也没有跟任何人提起过。

接下来的日子，丁灵和韩易悠也常常在时间充裕的时候结伴去写生，摄影，荡秋千，有时候也会开车带她去海边，听大海的声音，画海水碰撞礁石激起的浪花。

他们会到附近的番薯地里挖几颗番薯，捡些柴火在沙滩上烤番薯，晚上的时候搭起两个帐篷，生起火来看星星，清晨很早起来听大海的呜咽声，然后等待日出。

开始的时候，韩易悠画，丁灵就静默地看着，偶尔也会上前添上几笔。

渐渐的，她也开始和他一起画，他们的角度总是一致，参照物亦相同。

画完后，韩易悠总是仔细的找出他们的差距，然后细心地讲解，包括明暗变化、用色过渡、虚实方面的处理，有时候他会夸她有所进步，会疑惑地说她画里有淡淡的哀伤，而她总是接受，因为她没有反叛的实力，她不甚懂得，这一领域对她来说，他是她的施舍者，他的慷慨与否直接决定她在这一领域的起跑点。

韩易悠不知道丁灵的心里有个洞，就像蓝天的裂痕，谁都无法弥补。

很多年后丁灵对金说："如果一个人的感情太过复杂，目的太过强烈，那还算是一份爱情吗？那时候的她亦不知道自己何以如此的迷恋着韩易悠，是因为他能弥补她所缺失的一切还是她对爱情的极度渴求。"

那时，丁灵觉得自己是爱韩易悠的，他那高挺的鼻梁、紧抿的薄唇以及他安定富足的生活都是她所喜欢的，她没有不爱上他的理由，却有爱上他的千万个好处，矜持使得丁灵始终没有向韩易悠开口表白，他们只是彼此感受着对方的心意，奢侈地玩味着眼神相触那瞬间的惊心动魄，尽管她觉得自己似乎已经很强大，并且非说不可。

丁灵常常想，自己连偷看韩易悠的相册，并偷偷窝藏了他其中一张小时候照片的事都做了，难道现在连表白的勇气都没有吗？当时怀着一种冲动的心情翻开相册，不过她确实是被吓了一跳，因为相册里第一张出现在她眼前的就是被烧去了一大半的照片，为什么要烧这张照片？这张照片上的另一半又会是谁？应该是一个还是几个呢？虽然她有那么一刻想过，但最终还是被后面韩易悠帅帅照片吸引并忘了那张烧毁了的照片。

丁灵有时候觉得自己是个没有什么勇气的人，她没有办法让自己冲破那道勇气的界限，因为当碰到自己真正喜欢的人时，她就再也勇敢、洒脱不起来了，害怕失去的心理让她变得小心翼翼。

他们时常还会扮浪漫去南山后面的老式咖啡馆喝咖啡，然后去电影院看电影，电影情节还不错，偶有女子露背的镜头，他们亦不讲话，只是盯着画面，但影院内的昏暗里时常弥漫着暧昧而杂乱的气息，尽管他们都看的拘谨而又安静，偶有身体间不经意的细小碰触都能产生惊涛骇浪，只是表面却依然风平浪静。那无法控制的心脏跳动让他有一种停止呼吸的窒息感却也带着强大的活的惊喜。

为了让丁灵能够更好的画画，韩易悠一开始便把自己那个有阳台的房间让给了她，他认为像丁灵这样的女孩，应该会钟情于落日时的晚景，也正如韩易悠所想，丁灵是一个很特别的女孩，她对天空的爱是不可言喻的，她可以静静地盯着它看上几个小时。没有人知道她到底在看些什么？这天上到底有什么可看的，但是她就是喜欢看，并且成为一种习惯，因为那是一个可以让人想象的星空，有梦想，有激情。

她房间的窗子对出去就是南山，只是隔着一条南山路，山脚亦是大片的竹林，竹叶茂密而苍翠。一条小路从南山路叉开弯曲地盘升而上，消失在树荫下。

清晨，总有三三两两的人走上这条小路，然后分散在南山的各个角落，可是谁还记得这里曾有个年轻、美丽的女人跳崖自杀。她被发现时，已经断气，她的血染红了一地的野花，无尽的渗透，她是安详的抑或带着深深的抱怨和谴责，没有人知道她的灵魂是安息还是无尽的游荡，而时间早已经覆盖了所有的爱恨情仇，一切都还将继续。

在画画班的时候，韩易悠亦很少出现，即使出现也很少在丁灵的身边徘徊，亦不跟丁灵多作交谈，他甚至不会多看她一眼，虽然有时候他会跟画室里的几个小学妹打情卖俏，但是唯独对她严肃，这让丁灵多少觉得有点特别，然而有时候却也觉得低落。尽管她知道他从来都不曾属于她，以后也将不会，就算她无数次地幻想并且试图索取。

丁灵觉得自己是个天生依赖，内心脆弱并且敏感易怒的人，但这种若即若离的感情仍然经常折磨着她，让她倍受煎熬，他的感情方式亦让她无法接受，他的陌生和遥远让她怀疑韩易悠有潜在的双重人格。

秋天很快过去，冬天来临了，南方的冬天阴冷潮湿，它的冷比北方更彻底，更深入骨髓。

韩易悠只有在吃晚饭的时候，偶尔才露一下脸。他们已经很少再碰面，尽管丁灵时常想念。

她住在他的房间里，这里的摆设以及每个角落她都再熟悉不过了。

先前，只要一打开房门，他的气息就会迎面扑来，继而紧紧包围，但现在，她的气息开始慢慢充斥这个房间的每一个角落，他的味道已经变得越来越稀薄。

之后的一天，家里来了一个漂亮的女孩，她和他一样，是个洁净、素雅的人，她的父亲是某医院的院长，两家是世交，他俩儿时亦青梅竹马。

丁灵想这样的两个人应该是要走在一起的，他们才是同一类人，这里再也容不下她来插足了，她应该祝福，然而内心深处却隐隐作痛。

一天，丁灵拿了一个难度极高的模型尝试着来画，却被突然出现的韩易悠看到，他走过去，冷冷地说："丁灵，你到底想要表现什么呢？你真以为自己学这么几天就可以飞了吗？你真以为自己是个天才吗？"

丁灵一下子愣住了，她握着画笔的手也一动不动地放在画纸上，身体挺得笔直，她的心原本就已疼痛，而现在，一种沮丧、忧伤的情绪迅速笼罩在她心头，她觉得自己就要死去，那种痛已经再也承受不住一粒沙的重量，哪怕是轻轻飞来的一根羽毛掉落其上，都足以让她崩溃。

她能感觉到眼里的泪水在打转，她不看任何人，亦不作任何回答，她怕一出声就被其他人察觉，她不愿让人看到她的柔弱。

这种疼痛对丁灵来说，不仅仅宣示着他再也不是她的守护者，更在表示她在他心里已无任何特权，只是她从来没想过有一天韩易悠会对她讲出如此伤透她心的话。

## 5

丁灵觉得自己真的什么都不是，于是她自卑了。

自卑其实很可怕，它潜藏在一个人内心深处最阴暗的那个角落，在适当的时候把人彻底的击垮，同时也成为人一辈子都无法摆脱的阴影。

那时，韩易悠似乎意识到了自己语气的严厉，他轻轻地走过去，按着丁灵的肩膀，语气温柔地说："其实我是希望你能循序渐进，欲速则不达，你懂吗？我希望你不仅在技巧上纯熟，更要在性情上稳重，修身养性是取得成功的关键因素。"

然而这些话对丁灵来说还有什么作用呢？当一个人没有任何强有力的基础让她可以自信时，她只能朝不好的一面去想。

对于韩易悠的晚归，丁灵已经习以为常，只是最近几天，丁灵觉得有些异常，因为晚上的时候，她迷糊中总能听到一些奇怪的对话。

"你这个孩子到底怎么了，你要我怎么跟你死去的母亲交代！是不是那个新来的女孩，你说啊！我早就说过让你离她远点的，你倒好，偏偏安排住在自己家里，你这样让柳柳怎么想，她可是你的未婚妻。"

"这不关她的事，我的事与她无关，我和柳柳之间的问题已经不是一天两天了，都是我的错。"

"那你的意思就是我的错了，我没有把你照顾好！"

"阿姨，你别自责，这与你无关，是遗传，我的遗传注定了我的命，我无话可说，可是我不能害了别人。"

"你说什么？你胡说什么？你的什么遗传，你很健康，你怎么会有白血病。你怎么可能会遗传她的病？你是我的……不会的……不会的……"

韩易悠难道要死了吗？她的心痛痛的，不敢置信。人为什么要生病呢？怎么就非要死呢？她躺在床上不知道应该要做什么。

人活着、死了就两个字，两个字决定了一个人生命的延续还是终结。

丁灵一直都不知道该以什么样的姿态去面对花琴，她除了同韩易悠一样叫她阿姨外，亦不知道还能如何称呼，从搬进韩易悠的房间那天起，丁灵就已隐隐觉得不安，她那带着点敌意的目光让她们之间并无太多言语，碰个正着时，也只是对着她尴尬地笑，而她亦无太多表情。

人与人的相处对丁灵来说太过艰难，进一步太火，退一步太冷，那个度总是难于拿捏，她亦厌倦这种负累。

无论是同学间的聚会还是偶尔被带着去某些公众场合，她亦能听到些背后的议论或诋毁，是她，或是他，只是与自己无关，所以能听着。嘲讽和被嘲讽者之间，或朋友，或同学，或姐妹，她亦不愿为此哀伤，故宁愿不曾快乐过。而她也一直未曾懂得如何处理这人际关系。

也许再怎么和蔼可亲的人，只要是面对自己的亲人有所拖累的人，都会有所防范，甚至变得猜忌、多疑、诚惶诚恐。

很不幸的是，丁灵从一开始便注定要成为她的假想敌。

她想要离开，但这里有韩易悠，她放不下，而她亦不愿为着自己的离开多作解释，于是她决定妥协，继续这种活在别人注视且处处设防的生活里，而她也知道自己的处境只有沉默。

韩易悠和丁灵终于有了在长时间僵持后的第一次出游，他们坐在南山的那一块石头上，相对无语地坐了好久。

他们的关系已今非昔比，对彼此的感情亦有很多保留。

“你应该去接受更好的教育，你有这方面的天赋。”韩易悠似乎酝酿了很久，他终于开口。

之前，他一直在等待，等待一个机会，现在，他终于等到了这个机会，他要送她走了，如果那一晚，她没有听到韩易悠和阿姨的对话，她会以为韩易悠就要结婚了，而她会成为这段感情的拖累，但现在，丁灵不知道韩易悠送她走的真正目的，因为不得而知，她便无法做出正确的决定，这种急于知道，想要去做点什么的执念让她几近疯狂。

“人的一生只有干自己喜欢干，想干的事才有可能成功，我想以你的资质，我已无法给你再多的帮助，你明天就去吧！那边会有人来接你，这是那边的电话号码。”说着韩易悠递给丁灵一张纸条，然后又轻轻地说，“来接你的人叫裴俊，很有绘画方面的天赋，所以你遇到不懂的都可以向他请教。”

他的话很像一个人，丁灵梦中的那个人，她不知道自己是不是被梦牵制着了，还是自己试图要把梦中的人套到现实中的某个人身上，她似乎在追，追寻一个梦。那个梦跟她的现实一点关系都没有，那也许只是她头脑中的一种想象，丁灵觉得自己应该抛弃这种思想，她应该要抛弃的，这种关于命的东西能相信吗？丁灵觉得自己一直都是相信自己的，相信自己的创造能力，相信自己能够改变一些关于命的东西。

“你觉得我能成为一名出色的画家吗？我觉得好有难度。”她说。

“难度是后天的，超越难度的才华是先天的。”他语气坚定而严肃。

“你觉得我有天赋吗？”她问。

“我觉得你可以更优秀。”他说。

“可你为什么要这么急，你是受不了我的性格呢还是其他什么？但真要这么急吗？”丁灵有点生气，有点疑惑地问，她多么希望韩易悠收回这个决定，她在抗争并且试图挽回。

“小灵，你太过任性，虽然你有时候什么都不说，但你的眼神早已说明一切，我对你真的失望，你现在还是当初为了能够画画而到处找画室的女孩吗？你觉得你去学画画就是因为高考吗？你以为我这么看重你是因为你这个人吗？现在，我要告诉你，只要那个人有天赋，即使不是你我也会这样做的，我想你是太高估了自己！丁灵，你以为像你这样的一个小女孩能够吸引得了我吗？我爱杨梦柳，正如你所知，我俩青梅竹马，是要结婚的，所以请你收起你那漫无边际而又奇形怪异的想象力。”

往往这个时候丁灵就希望别人把一切的真相都告诉她，不管是好是坏，反正她就是想知道真相，别人真实的想法，而不是带有个人感情色彩的变相实情。她不愿意顺着别人的意思走下去，她试图想要引出真实的东西，但是这似乎很难会成功，当一个人决定了一件事的时候，当一个人钻进牛角尖的时候，往往他已经无法再回头，而一切你的游说都是徒劳。



“那你觉得这样子跟我说又有何意义？如果我真的这样想，而且也真的这样做的话，你能对我怎么样吗？你是否真的爱杨梦柳，只有你自己知道。韩易悠，你是个不诚实的人。”她以成人的方式看着他。

“那你呢？你觉得顺着你妈妈的意愿你会快乐吗？你真的快乐吗？”韩易悠盯着丁灵的眼睛，试图看出她眼里的真正表情，但他失败了。

丁灵从小就是个撒谎高手，甚至可以说是个演戏的高手，她很能掩饰内心的真实想法，至少她自己是这样认为的。

韩易悠说：“小灵，我希望你快乐。”

也许韩易悠是过来人，丁灵想，难道他有什么未曾实现的梦想吗？当初被自己放弃了的梦吗？这个时候她才发现自己对韩易悠了解得远远没有他对自己的了解。“你以后别这样对我好吗？你大可以像先前那样对我，你以后要多照顾自己，我希望你没事，你是我最好的朋友，我是那么的爱你，我多么希望你能好好的。”这个时候丁灵觉得自己勇气可嘉，她不知道为什么会像生离死别一样的紧紧抱着韩易悠，因为她不想错过任何的东西，即使这些动作看起来多么的滑稽可笑，但是她真的不在意。

“小灵，别想那么多，我不希望你有任何的负担，只希望你能快乐的生活，以后，你会有爱情，会有家庭，会有个跟你一样的孩子。那很好！”韩易悠神情迷离地说着。

“我们这叫爱情吗？”她问。

他沉默。

“我会很好，如果那是你所希望的，我会好好学习，好好谈一场恋爱，好好组织一个家庭。”丁灵没有等到他的回复，心里虽然失望，却也明白他的决定，男人总是害怕担负责任，也总是以各种各样的理由把爱情拒之门外，因为有爱便会有责任，有责任便会有负重，而这种负重便是一辈子的担待，有谁会在这么小的年纪就担待起对另一个人的责任呢？

“傻丫头！你有大好的未来在等着你，等你再长大点，你亦会明白。”韩易悠亦紧紧地抱着她，亲吻她的头发。

有童话就会有公主，有公主就会有王子，但有王子就真的会有骑着白马或者黑马英姿飒爽、英气逼人地去拯救公主吗？童话之于现实，是因为她的美丽动人，空无虚幻，并且遥不可及。

而现在她的童话这一刻在她心里垮塌了。

她的眼中有泪滴落，因为这里将会是他们邂逅的开始，也是结束，她即将离开，他们的感情也会在这里结束。

# Chapter Three

# 乡巴佬进城

看着缓缓后移的车窗外风景，她知道自己在离开，在告别，就这样他们分手了，分手，可以是恋人之间，也可以是朋友之间，分手，不一定要哭的稀里哗啦，分手也不一定要选在雨天，分手，也可以只是为了彼此更好的选择和发展。

# 1

丁灵匆忙而又安静地离开了学校，就像被吹落的花瓣随风而去，校园依旧是那个校园，同学们还是照常忙碌着高考。没有多少人会发现旁边少了一个人还是多了一个人，即使偶尔一两个发现，但也终归趋于平静，就像这个世界上的人太多了，死了一个，还是生下一个都不会引起太大的变化，所以当一个人选择自杀时，就要明白一个事实，你的死不会有太多的人伤悲，那死亡就像是一堆废弃物占据了一个空间。当你带着使命来到这个世界，却什么都没做，什么东西都没留下，留下的却也只是让人清理的废物时，除了那些尚且还爱着你的人外，不会有谁再为你掉一滴眼泪。

丁灵经常感到茫然，对未来的路。

看着缓缓后移的车窗外风景，她知道自己在离开，在告别，就这样他们分手了，分手，可以是恋人之间，也可以是朋友之间，分手，不一定要哭的稀里哗啦，分手也不一定要选在雨天，分手，也可以只是为了彼此更好的选择和发展。

现在，她在出发，她将要去一个陌生的地方，一个人，这是她生命的第一次远行。

她想到了她的母亲，那个她爱着、珍惜着的亲人，她感到羞愧，感到无地自容，曾几何时，家在她心中已日渐淡漠，她所记得的便是很早以前的温暖，八岁那年对丁灵来说那是个分界线，八岁之后，他们再也没吵过架，亦再也没有坐一起笑过。他们这辈子简单而又辛劳，他们之间尚且恩爱，只是偶尔为着钱吵架，也许就是从那时候开始，她希望能赚更多的钱。

下了车后，丁灵拨通了那个电话。

电话那头是一个男声，他说：“是丁灵吗?”

“是，我是。”

“太好了，你在哪？穿什么衣服？”

那人就是裴俊，丁灵把自己所处的位置以及穿着告诉他后就回寄存处拿行李。

等她从车站出来时，一个男孩站在清晨的阳光下，冲着她微微笑，这是一张很有诱惑力的脸，虽然彼此未曾相见过，但他们认出了彼此。

那是个高个子男孩，戴着副黑框眼镜，脸显得有点白，头发遮住半边脸，穿了件黑色的紧身保暖内衣和破旧的牛仔裤，外面罩一件长长的黑色披风，感觉有点庞克牛仔的味道。

看到他，她的眼泪便开始止不住的掉下来，就像一地的樱花。

他走过去，卸下她肩上的包。

他说：“韩老师他们一家还好吗？”

丁灵不答反问，语出惊人。

“你跟韩老师他们认识多久了？知道易悠患有白血病这件事吗？”

“你看起来好像很累!”他看着她的脸，拦下一辆出租车，对他的直接有点难以适从。

他们上了车子后，裴俊才开始回答丁灵刚才的问题：“我跟易悠他们认识十几年了，一年前，易悠被检查出患有白血病，他在消失两天后回到学校办了手续，除了我，他没把这件事告诉任何人。”

裴俊把头转向窗外接着说：“易悠真的很可怜，听我妈说，月姨并不是因为患有白血病而选择跳崖的，她是为了报复丈夫的不忠。”

丁灵狐疑地看着裴俊说：“我看不像，韩老师不像那种会做出越轨之事的男人，其中会不会有什么误会。”

“误会？听说你住在易悠家里吧？”裴俊平静地说。

丁灵吃惊地看着裴俊，有点难以置信，她说：“这个你都知道?”

“我跟易悠无话不谈，我甚至知道你的所有，只要是易悠知道的。”他显得有点自豪，为着和易悠不一般的友谊。

“之前韩易悠有跟我讲过他母亲的死，我看真的不像。”

“易悠真的跟你讲过他母亲的事?”裴俊满脸疑惑看着丁灵。

丁灵转过头瞪视着裴俊，踌躇了一会说：“我说的是真的，你别一副我作假的表情。”

“我可没这么说。”

汽车转了弯，前方出现大铁门，门大开着，门旁边的小屋子里坐着看门人。

车子在裴俊的公寓楼前面停下，他付了钱，先钻出车子，一手接过她递出来的行李，一手为她扶着车门。

那是个清幽雅静，与世无争的别墅区。

进了门是长长的白色水泥车道，道路很宽敞，两旁有树、有草、有花，绿意一下就沁入了眼底，再抬头看那漂亮的楼房都与绿叶混成一片。房子不高，两三层，它们都很个性的穿插在绿色之中，那些爬山虎的叶子正努力攀爬向上，浓密异常，整一片天地似乎都沉浸在清晨太阳的金色光辉里。

他一个人住，房子的装潢采取欧陆风格，里面宽敞而又整洁，除了一个独立大套房外，还有大厅、客厅、家庭娱乐设备等一应俱全。他带她转了一圈，然后带她去看了房间，他说："除了走廊那头的那间外，其他你自己任选一间。"

她说："就我们俩吗？"

"是的，就我们俩，你看这里除了你、我，还有其他人么？"他笑着说，"不过钟点工每天早上十点会过来一次，还有问题吗？"

"没，我只是想，你一个人租这么大的房子，会不会太大太奢侈了点。"

他提了提嘴角，没作解释。

丁灵觉得裴俊是可以相信的，因为他是韩易悠的朋友，最重要的一点就是他的眼睛告诉了她——他的真诚。

在车站的外面，他对着她笑，站在阳光下的样子让她觉得很安全，很温暖。那一刻，在这陌生的地方，她把他当成了神，就像是散发着白色光芒的天使，她像找到了一根救命的稻草一样，完全地信任他，依靠他。

丁灵一直跟在他的后面，不敢近距离地正眼仔细打量他，她也不知道他帮她做完这些后她应该要做些什么？是请他吃饭还是说声谢谢。

他说："既然你不知道选择哪个房间，那我就帮你定一间吧，反正也不会住久。"

听到这句话，她愣了一下，明显感觉到他对她的排斥，这种排斥不是针对她个人，而只是他对一个陌生个体闯入的不适应。

他为她选了一间离他说的不能选择的那间房最远的一个房间。

他说："我并不是能和谁都能做朋友的，希望你能明白这一点，我对着你笑，提供一切，只是因为你是易悠介绍来的。"

裴俊突然间的澄清让丁灵有点不舒服，她说："你是想说你并不欢迎我吗？"

原本的热络因为裴俊的突然间冷漠而使气氛变得有点尴尬。

"我不想违心地说不是，但我也不想说是，只是我已经习惯了一个人，希望你能体谅。"

她的猜想是对的，这个男孩正是这样的一个孤独的人。

“我知道，只是现在，一时半会也找不到房子，而且我钱也并不多，我想，等我找到房子就马上搬出去，可以吗？”丁灵有点无助地说。

“恩，那样是最好。”他说，“如果没其他事，我就先出去了。”他没有正脸对着丁灵，因为手在为她弄窗帘布。

“哦！没事了，你去忙你自己的吧。”丁灵抬起头来。

裴俊看了丁灵一眼说：“你喜欢什么颜色的窗帘布？”他似突然想起来，然后问了一句。

“我又不住久，没必要这么麻烦。”

“也是，那你就先好好睡一觉。”

丁灵看着裴俊的背影鼓着腮帮，她很意外的在他身上看到了韩易悠的影子。

她觉得自己这几个月来一直在梦里般。

先是韩易悠，一个中国美院的天才级人物，接着是裴俊，一个隐含着太多秘密的庞克小子。

丁灵从没想过自己的生活有一天会变得如此的玄妙而又丰富多彩。

这一切会是一个局吗？丁灵甩甩头，她何德何能？需要人家刻意设个局什么的，像她这样平凡而又倒霉透顶的女孩怎么会连续碰到两个光彩夺目的异性，怎么会成为童话故事中的灰姑娘，这一切应该只是一个梦，因为内心的强烈渴求，以致潜意识的自我催眠。

明天就好，明天醒来的时候，她就会在自己学校宿舍的床上，然后黑着眼圈打仗般的准备高考。一定是这样的，她只是做了一个看似美好的梦，因为太过美好，所以不愿醒来而已。

丁灵一直睡到了第二天中午，这之间，没有一个人来打扰过。

十二点多的时候，裴俊来敲她的门。

于是，丁灵睡眼惺忪地打开门，她以为自己在学校里，然后，她的眼睛对上一张脸，整个人一下子就全清醒了。

门口站着一个男孩，他头发干净整洁，五官端正明朗，脸部线条刚毅严肃。

“啊！鬼啊！”她彭一声关上了房门，靠着门，丁灵大口大口地喘气，她的心脏剧烈地跳动，她讨厌这种感觉。

她经常会对出色点的异性有这种没出息的动作。这个时候，丁灵会把对对方有心跳的感觉就是爱上了一个人的信号剔除出去，因为她觉得爱一个人不应该只是心跳，心跳只能归结为好感，这种感觉也许会随着时间消失掉，她一直觉得爱一个人应该是一个更持久更特别的信号，但是丁灵不知道那是什么。

## 2

裴俊开车带丁灵去画室，他从车库把车开出来时，她惊呆了，他开的是辆银白色法拉利敞篷跑车。

丁灵没见过这么豪华的车，有点结结巴巴地说："你？这是你的车子？上帝！你昨天早上是从哪里去车站的？"

他皱皱眉头，故作深沉地说："你似有很多芝麻绿豆大的疑问？以后，是否我每天都要跟你汇报？"

"我可没那意思，只是心有疑惑。"丁灵尴尬地澄清。

"给！"他递了个手机给她。

丁灵有点惊愕。

"你不是没有嘛！"他淡淡地说。

杭州是一座历史文化名城，它的商业气息并不浓郁，街道两旁有序排列着清一色的法国梧桐树，它们隔绝于街道两旁，彼此相望，那是个错误的宿命。

裴俊车子开得不快，丁灵把脖子抵在车门上看着街上形形色色的人群，他们或行色焦虑，或悠闲信步，或左顾右盼，她想象和猜测着他们。

车子经过延安路，他们去叫了点吃的东西，然后边吃边闲散地聊天。

丁灵偶尔会静静地坐着，看玻璃窗外的阳光和人群，然后静默思索，旁若无人。

裴俊只是坐在她对面看着她，然后开点无伤大雅的小玩笑，他们之间的唯一话题便是韩易悠以及他的家人。

她说："裴俊，你给我讲讲易悠好吗？"

"你到底想知道些什么？"裴俊颇具玩味地看着丁灵，他说："你是否爱上易悠了？你们之间一定有什么。"

"我们之间没什么，有什么的是我，跟易悠无关，哪怕他病得很厉害，他也不愿我陪伴着他。"

"我想他只是害怕婚姻，害怕自己无法给予任何人承诺和幸福，我不知道易悠是否喜欢你，但至少不会讨厌你。"他说，"易悠不是月姨的亲生儿子，月姨23岁的时候收养了一个男婴，那个男婴就是易悠，他们不是自己不能生，只是不想再要，因为他们的第一个孩子死了。"

说到这里，裴俊突然停顿了一下，脸上有着不可捉摸的阴沉。

"月姨的心里有太多的哀伤，但她总是把这哀伤轻轻地收藏，她的丈夫在爱上她的同时亦爱上了她的姐姐琴。琴为了成全月的婚姻而独自离家出走，她在半年后生下了一个男孩，长得跟月异常的相似。你还想知道什么？有时候真相是残忍的，现在我告诉你的就是真相。”裴俊看起来异常严肃的简略解答了丁灵心中的疑问。

见丁灵没反应，他盯着她的眼睛，忽然笑了，放声地大笑。他说：“我就知道你会信这个版本的韩易悠，哈哈，没错吧！你真容易骗，你还真以为是拍电影啊！生活就是生活，哪经得起这么的折腾。”

“你……裴俊，太过分了，我怎么听着听着也感觉怪怪的，原来是你作弄了我，算了，你带我去租房子吧。”

“开你玩笑的拉！你这人还真缺少幽默感，看你好玩，逗逗你不可以吗？不过你急什么急啊！我又没逼着你走。”

“你!”丁灵气得牙痒痒，却又无处发作。

“行了，你赶快吃吧，吃完我带你去画室转转。”

丁灵今天穿了蕾丝花边的淡蓝色格子百褶裙，上面一件贴身白衬衣，外套黑色中袖小西装，下面一双黑色高跟鞋。

这一套是裴俊为她准备的，他在她把门开了的时候把装有衣服、鞋子的袋子递到她手上，然后叮嘱她换上。

裴俊带丁灵去的地方摆着各式各样的盆栽及假山，还有一个鱼池，池的两边种着各种造型奇特的树，开着花。

裴俊说：“丁灵，你自己一个人到处转转，我还有点事要去办。”

裴俊，丁灵的师兄，他是杭州人，听说有个温暖、和谐、美丽的家，父亲是东洲集团董事长裴松仁，母亲是一个不怎么做事的全职太太，种种花，写写小说，炒炒股。

裴俊很少来画室，一个星期去两次，而且很不定时，也很少理人，画画的时候总是一个人一间画室，别人跟他讲话也是爱理不理的，但是他画得很好。

丁灵第一次见到裴俊的画，虽然心里有诸多的意料，但仍是被深深的感动，他的那幅“维纳斯”素描主次分明，繁简恰当、虚实相生，他把维纳斯塑像的高雅气质，洁白质地以及散发的内敛之美，柔和之美淋漓尽致的表现在画纸上。

同画室的一个女孩告诉她说：“这是裴俊的画，你知道吗？他父亲是这里很有钱的私营企业家，他一直想把他培育成一名优秀的集团继承人，可他却对经营管理无任何兴趣，经常离家出走，他父亲万般无奈，最后只好对他放手，他把自己所持有股权的 40% 转到他的名下以稀释自己的财力，更是间接地给他施加压力，让他担负起自己身上的责任。”

丁灵想，不管是出身豪门，还是出身平民，各有各的难处，有些人即便坐拥无数家产，却原来也不快乐，人从来都不会满足于自己所拥有的一切，从来都不会珍惜，直到失去的那一刻。

丁灵偶尔会看着窗外想念韩易悠，但她也会想着裴俊在做些什么？他会跟哪些人在一起，做些什么，虽然他们也经常抬头不见低头见的，但她总是想念，没来由的。

知道裴俊拒人于千里之外的性格也是一个星期后的事，因为他帮她的时候挺热心，尽管他时常装出一副冷冷的样子。

那天，裴俊终于来画室画画，丁灵就跑到他的画室去看他，想要请他吃饭，因为他是她在这里唯一稍显熟悉的人。

看到裴俊正专注地在画画，丁灵不好意思打扰到他，于是准备先行离开，可是不小心绊倒了旁边的画架，接着他的画及画架就噼里啪啦地全倒在了地上。

"我真受够了！"裴俊皱着眉朝地面一声低吼，接着厌烦地抬起头来。

丁灵看着他那欲发火的眼神，一阵心慌。

裴俊见是丁灵，强忍着怒火，那火最终被浇熄在他的心里，他的手显得有点无力的捡起地上的画，露出哀痛的眼神。

丁灵想，他是很爱画的，不是一般的爱。

"对不起，对不起！"丁灵慢慢缓过神来道歉，她看到他脸上被水粉颜料溅上的污渍，忙拿袖子去帮他擦。

裴俊没料到丁灵会有这一举动，想用手挡，但已经来不及了，他的脸很快就被涂成了大花脸。

看着裴俊的脸，丁灵突然弯下腰大笑，

"你是故意的吧！丁灵。"他逼近她。

她用眼睛的余光瞄到他正欲使用暴力时，忙起身闪一边去。

这时，窗外已经挤满了很多围观的人，个个露出惊愕的表情。

丁灵努努嘴，忙跑了出去。

她一出门就被人拉到了一边去。

那人说，"你跟他很熟吗？什么关系啊？"

丁灵有点奇怪抬头地说，"不怎么熟，你是记者吗？为什么这么多的为什么？"

"难道你不知道我们这幢画楼是没有一个人敢进他的这个画室吗？"女生有点虚张声势地说着。

这个女孩叫晴熙，长得小巧玲珑，是典型的小鸟依人型。

丁灵有时候会很怀疑这个世界为什么创造人这种奇怪而又有趣的生物。

丁灵说：“其实我也不是有意的，我想他明白，所以就不会对我怎么样了，其实他除了霸道了点，人还是很好的，你们应该要重新审视一下他，或许会发现他还是个不错的人。”

“这样啊！”女生狐疑地看了丁灵一眼后，回转身离去。

丁灵低头准备回裴俊的别墅，突然有个人又窜到她的前面说：“你叫什么名字？”

她一看原来是刚才的那个女孩。

“丁灵，你呢？”丁灵出于礼貌也问了她的。

“我叫晴熙，今年 18 岁，是杭州本地人，如果有什么事的话就找我哦！”那个叫晴熙的女孩跳啊跳的远离了丁灵的视线。

下课后，裴俊打了个电话给丁灵，她有点受宠若惊。

他说：“等会我们一起去菜市场吧！我好久没在家里煮东西吃了，你会烧菜的吧？”

丁灵歪着头想了一下说：“会一点，就是不知道合不合你的口味，这顿饭就当是我向你赔罪的吧！今天真对不起！”

裴俊在画室门口等的她，坐上车，两人径直去了菜市场，因为去买时，两人心中都有了底，丁灵买了两根火腿肠，一些剥壳的生花生、一棵娃娃菜、大葱、五花肉。裴俊则买了西红柿、鸡蛋、鱼、蘑菇、青菜。

出来时，丁灵看到卖板栗的，就又买了点板栗。

她说：“我们再去买点糖桂花和西湖藕粉以及白糖，我们可以做板栗桂花羹来当夜宵吃。”

于是裴俊又带丁灵去了杭州麦德龙超市，那里位置有点偏，但场地大，车位多，停车方便。

裴俊刷了会员卡进去，丁灵尾随其后，里面空间很大，看得很远，摆放的东西也很全，他们逛得很是惬意，丁灵进去很快就找到了自己要买的东西。

他们出来时，天色已经挺晚。

## 3

匆匆回到别墅，两人便开始忙碌起来。

裴俊负责杀鱼、剥板栗壳、洗娃娃菜等准备工作。

丁灵则负责把他洗干净的东西切好放在盆子里。

丁灵偶尔会嘲弄一下裴俊说："你是不是在家从不做家务的，青菜梗上还有泥，鱼鳃也没洗干净，板栗皮还有留在肉上的。"

裴俊看着丁灵，拿起她递到面前的青菜，偷偷用手指擦掉说："有吗？你看，没有嘛!"

"你还真赖皮，明明就有。"丁灵斜眼看他。

裴俊嘴唇往两边拉了拉，想说些什么，最后终于吐出一句："你这女人，那又怎样？还怕吃死人么？算了，算了，都你来弄吧！免得我把你毒死。"他转过身去，解下围裙，偷偷笑了。

丁灵冲他嚎叫了一声说："裴俊，你这个赖皮鬼，你就等着吃吧！反正你买的那些菜，我是不会给你弄的。"

丁灵把切好的菜放在水里又淘了遍，然后把鱼再清洗了下，用刀在鱼背上割了几下，在刀口处撒上点细盐，抹上红糖，再倒上醋，就放一边了。

透过厨房的玻璃窗，能看到对面楼的灯光，有一种心情溢满丁灵的心房。这一刻，她感到了家的温暖，一个可以平和、放心的地方，哪怕是斗嘴，都会有一种温情，也许这就是幸福吧。

丁灵做了两个菜，两个都是她的新创，一个是娃娃菜切片炒三丁，另一个就是丁灵特色的回锅肉。

丁灵还在做第一个菜的时候，裴俊闻到香味就跑出来好几回，等她把第二道菜热腾腾的上桌时，发现第一个菜已经所剩不多。

"裴俊，现在轮到你了，快出来。"

然后，他咧着嘴巴，拖着拖鞋从房间出来了，尽管依然英俊，却流露出一副大男生的调皮捣蛋相。

他拿起筷子夹了一块回锅肉放进嘴里，咀嚼了几下，然后无限回味地说："你的手艺还真不错，比我家的阿姨做的菜好吃多了，不过现在要看我的表现了。嘿嘿!"他冲着她邪邪地笑了两下。

丁灵不禁打了个哆嗦。

他先是把切片的姜和捣烂的大蒜放在油里用细火慢慢的煎，待到姜片呈现金黄状再把两样东西一起捞起放在小碗里，然后把鱼放在油里煎炸，这时候的火开得很旺，鱼在油里发出吱吱的声响，那鱼背上被刀割过的地方已微微翘了起来，里面的肉开始呈现白色，等到外面的皮有些金黄的时候再加上水，放上蘑菇，倒上小碗里煎炸过的姜和蒜。做完这些，盖上锅盖，裴俊把火调为中火慢慢地熬。

趁着当会，他坐到丁灵的对面开始搭话。

他说："丁灵，你看我们现在这样多像小夫妻。"他拿起筷子打算再偷吃。

丁灵忙用她手上的筷子往他的筷子一夹，轻轻的就挑开了他的筷子。

他努了努嘴吮了下筷子说："都说女人最小气且最记仇，真的是一点都不假。"

"哼！谁让你油嘴滑舌来着。"丁灵再一次翻他白眼。

"肚子真的好饿，快去先盛点饭来让我先垫垫底。"

"饭??? 哪来的饭？你有煮饭吗？"丁灵突然想到从进门到现在，他们提都没有提到过煮饭这事，而一直都只是纠结在烧菜这个问题上。

"你这女人也真是的，烧菜之前先煮饭这是常识，我是男生不知道还可以理解，可你是女生，怎么连这个都不懂。"他戳戳丁灵的额头。

丁灵轻轻把他的手指头一撩说："这是你家，又不是我家，谁知道你把米放在哪里？还有就是谁知道你这里有没有米放着。"

两人就这样吵吵闹闹的把饭煮上，非正式的一起共进了晚餐。

饭饱汤足后，丁灵开始洗碗、拖地板。

裴俊则擦桌子、清洗水槽。

他说："丁灵，如果每天都这样子，你会觉得累和厌倦吗？"

她边拖地边抬起头认真地看着他说："生活本该如此吧！只是你希望早点进入这个状态还是晚点进入这个状态的问题。就像结婚、生孩子一样，有些人早婚，有些人晚婚，有些人自己还是孩子就已经成为一个孩子的父亲了。有些人则年纪一大把了还觉得自己还是个孩子。这主要取决于一个人的思想状态！就像我，一个早熟的孩子。"她拿起碗放在水槽里再清洗了遍说，"碗放在哪里呢？"

"呵呵，我来吧！"裴俊接过丁灵手中的碗。

丁灵解下围裙，然后泡了杯茶，走到阳台上倚着。

远处灯火通明，温馨的夜色里有着一种祥和和安宁。

易悠，你还好吗？这个世界的夜晚是那硝烟散尽的和平，你会战胜这所有的黑暗迎来每一个晨曦吗？你是否也如我般思念，思念那曾经所拥有过的幸福。和我在一起的日子，你有幸福过吗？心若有爱，便不能过着平静而又简单的生活，就像你我，之间倘若无情，彼此便不必逃避。

她转过身，看到裴俊，他的眼里流露出怜悯和不舍。

他说："你的背影看起来好孤单，丁灵。"

"晴熙，我们画室的那个女孩，你认识吗？"她突然问。

他动了动嘴角，没说话，表情变得很奇怪。

晴熙是个活泼并且活力十足的女孩子，活得很潇洒，她家在杭州市最繁华的街区，父亲是公安局长，母亲一年前改嫁，家里有个操心的保姆，负责晴熙的生活，她的房间布置得像个公主的宫殿，却不为晴熙所喜欢，她过着与自己理想所不符的生活。

正如晴熙自己所说的那样，她是特别的，特别得让丁灵见一次面就再也忘不了。16 岁之前，她是个成绩优秀，品行优良的好学生，她有个气质优雅迷人的妈妈，她每天都开车送她上下课，学校里的人都羡慕她，几乎每个男生都喜欢她。16 岁那年，她以全校第一的成绩考进本市最好的重点中学，她本可以有大好的前程。可是那一年发生了很多事情。她母亲因忍受不了内心的孤独，与她父亲离婚并移居国外，听说是早有情人，等待离婚好多年了，就是那时候开始，晴熙开始逃课，开始酗酒，开始抽烟，开始在网上结交男人，她先碰到了一个网名叫沙漠狼的男人，他说他是北京在校大学生，可谁知道呢？根本就无从考证。

没有人知道她在想些什么，也许她只是寂寞，成长的道路总是艰难，艰难得会让人脱胎换骨，直的或者弯的，害怕是每个孩子成长的痕迹，骗或者被骗，一个是过程，一个是结果，这个过程或者结果的产生决定于这件事情相对立的人的主观决定，是承担，抑或是对自己所作所为的逃避，逃避爱，逃避责任，逃避负重。

丁灵第一次到晴熙家时，她提前打了电话给保姆，说晚上家里会来人。

到晴熙家已经五点多，保姆开了门后很高兴地拉着丁灵的手偷偷说，我们家晴熙太孤独了，她很久没带朋友回家了，你以后可要多来陪陪她啊！

就是那时候，丁灵看到晴熙的房间，她的房间被打扫得很干净，布置得也很温馨，只是这种外在的温暖却无法填补晴熙内心的空虚和寂寞。

她们吃完饭后，坐在一起看电视，然后一起吃保姆拿上来的水果，她给她们泡茶，然后坐一边静静地看着她们笑。

晴熙不爱看电视，她揉着头发走来走去，然后在镜子前一动不动地站着。

丁灵看着晴熙眼睛闪过一抹奇怪的表情惊讶地说："晴熙，你家的镜子好大啊！我也有一面很大的镜子，不过没你的漂亮。"

"这有什么大惊小怪的，只要是爱美的女生都会有块这么大的镜子。"

"哦！那也是。"她说。

"丁灵，你有 QQ 号吗？我想把你加进去，那样即使晚上一个人的时候，我们也可以交谈。"她还是对着镜子，没回头。

她说："我没有 QQ，也没有电脑。"

"你太落伍了，现在还有谁不玩电脑，不上 QQ 的，来，我去给你申请一个。"

她说，"丁灵，晚上就住我家吧！我们可以聊聊天，讲讲话。"

丁灵说："好是好，不过我得打个电话说一下。"

丁灵拨通了裴俊的电话说："我在一个朋友家里，晚上不回去了。"

电话那头的声音突然有点恼火起来，"你这女人，怎么能这么随便，快说在哪里。"

"我在晴熙家，延安路这里。"丁灵像个犯错小孩似的低声回答。

"你快出来，我马上就过去接你。"他干脆挂掉电话。

挂了电话，丁灵看着晴熙无奈地撇撇嘴说："晴熙，看来今天晚上是不行了，谢谢你帮我申请的QQ，我想我要回去了。"

"你就不能留下来吗？"晴熙的眼神似在乞求，丁灵以为自己看错。

"晴熙，下次吧！今天有点晚了，我从未在外面逗留到这么晚过。"

"好吧！好吧！你这个乖乖女，我能有什么办法！"晴熙露出了笑容，她那眼神消失了。

丁灵说："晴熙，你就别送我下去了，谢谢你的晚餐，我吃得很开心。"

丁灵在公交车站边等的裴俊，他仍然开着他的法拉利过来，很引人注目，香车美男。

他停下车，冲着神游的她喊，"过来，快。"

然后所有人的目光都集中在了丁灵的身上，她尴尬地向众人笑笑，心里却是喜悦的。

丁灵打开车门一屁股坐定，然后开始数落他的不是。

他不理睬，只顾开着车子，嘴角挂着笑。

## 4

天天戴着大大的遮住半张脸的黑色墨镜，使得他的轮廓更加的深刻，一顶压得很低的鸭舌帽以及一身休闲而随意的装束使得他融入人群里，这应该是最后一班飞机，从机场出来，没有引起任何骚动，他的助理霍非跟在后面。

"这不是天天吗？"这时，走在前面的有个女孩回过头来看到惊叫出声。

"天啊！好像是真的耶！"

"是吗？是天天吗？"一个女孩宁可错认一百也不放过一个地走过来问。

"小姐，你认错人了！其实我家少爷只是跟他长得有点像而已，真不好意思。"霍非急忙从后面上前来解围。

“原来不是哦！”女孩悻悻地回走。

“是吧！是你吧！天天！”女孩还是不死心地回转头再确认了一遍！

“你真的认错人了！我家少爷正从美国回来，我们还有事，真不好意思！”

天天终于笑着走了过去说：“没事，我来给她签个名吧！”

他接过女孩的本子写下杰克·金几个字，然后笑着说：“其实这个名字比天天更出名！”

“杰克·金？出名？”女孩念着这个名字，奇怪！这名字怎么好像在哪听过呢？

“是的，出名？”他重复了一遍。

“可为什么我没什么特别印象？”女孩偏着头努力搜索着这个名字。

“你不知道杰克·金很富有吗？非常，非常的富有！”

“是吗？”女孩云里雾里地想了很久，等她抬起头来时，却发现早就没了那个长得很像天天的奇怪男孩的踪影。

她被骗了，这个天杀的，丁灵神色黯然地走出机场，如果不是被晴熙这个臭丫头骗她来这里，她说什么都不会做这种神经脱线的事情的，她可不是什么追星族，她已经很累了，等了这么久，好不容易等到一个很像照片里的人，可结果还是个 IQ 为零的低智商，不是就不是嘛！干嘛莫名其妙说一大堆，还说自己很富有，真正富有的人怎么可能到处张扬，他身边的那个就更弱智了，都什么年代了，还少爷！



“天天！”她看着手里的照片，念着这个名字。长得真不错，大概是个混血儿吧！可是再帅也跟自己没有关系啊！

她喜欢的男孩注定只是远观，他们从来都不曾属于她，就像他人后花园里雨后飘落的一地红茶花，不忍惊动，远远地站在窗口，凝视。

多年以后，丁灵偶尔会想，当初和易悠的认识也许只是为了见到裴俊，而学画画也只是为了让她遇到晴熙，然后再遇到金，就像是一种轮回或者某种注定。

有时候，她总觉得易悠是爱过她的，在她和他离别时，她有一瞬间觉得，在易悠的心里，她是他最珍贵的爱人，但他最终还是选择放弃她，并且决然而狠心地把她推开，推到另一个相关且看似注定的命运当中。

裴俊是那种任何女孩都可以轻易爱上的男孩，不仅是因为他有个有钱的父亲。

他的过去，她无从参与，他的现在，她正在慢慢渗透，他的将来，她无从得知。但她知道她会爱他。

丁灵还记得她来杭州市区前一天，铭娟对她说的话，她说：“傻瓜，如果你什么都知道了，生活还有什么意义。爱情什么时候到来谁都不知道，它什么时候悄悄溜走，我们也不知道，以前，我也跟你一样，一直觉得自己是为了爱情才来到这个世界上，那时候，好想拨开我的未来看一看，看一眼那个男人，那个将会和我走完一生的那个人，可是我什么都看不到，因为他是虚无的，毫无声息，因为看不到，所以有期盼，有等待，生活才会有希望。”

铭娟，她是她的同班同学兼死党的好姐妹，她们之间几乎没有秘密，无论什么事情，她都跟丁灵讲，只要她知道的，她想到的，她经历的，她总是走在时代的前列，她说她的爱情永远只有在小说里才会有，她要暂时对丁灵保密，丁灵第一次见红那天，她送了一块玉佩给她，说是送给她当护身符，只要戴着这块玉，她就能转运。

那时，在裴俊住的别墅区里，丁灵经常会遇到一个男孩子，那人长得白白净净、清清爽爽，喜欢围一条深蓝色配上斜斜的稍微比深蓝色偏淡一点的围巾，他表情淡然，据丁灵目测应有 180cm 的个子，他有一双深的不见底的蓝色如宝石的漂亮眼睛。

第一次见着他的时候，丁灵就跌进他的那双眼睛里不能自拔，因为他喜欢那样的眼睛。

她有时候，会经常在别墅旁边徘徊，她希望遇到他，有时候她会拿一个速写本在他住的别墅边上写生，她期望他从她身边经过时会驻足，然后靠近她说：“你在画画啊！”

但男孩每次都未曾靠近她，也未曾跟她搭过一句话，但她知道他在看她。

在往后的日子，他们时不时地偶遇一下，她经常会发现他从自家的窗子往楼下的空地瞄，他住在裴俊对面的别墅里，丁灵觉得自己的地理位置十分的优越，正所谓近水楼台先得月。

丁灵觉得自己不是一个什么好女孩，因为她知道如何去勾引一个异性，至少在这一点上就足以否定她的单纯。

自离开学校之后，丁灵一直处于一种孤独的境地，她失去了与亲人的联系，失去了与同学的联系，失去了与韩易悠的联系，她以为距离可以拉远人与人之间的感情，以为时间可以淡化对一个人的思念，但是她错了，她发现自己越来越想念以前的一切，越来越担心家里的一切，她想自己留下的烂摊子是否已经解决？韩易悠的病情是否已经稳定？现在的她已经受到了良心的极大谴责，哪怕是混在美男堆里都无法再转移这种愧疚之心了。

丁灵想给妈妈打个电话，但是又怕她质疑的口吻。

握着话筒，她的手无力的颤抖，话筒拿起又放下，她想逃跑，眼泪一滴滴地滚落，她把话筒挂上，蹲在地上哭起来。

“怎么了？小朋友，你好像喝了很多酒啊！”公话吧的师傅关心地询问着。

“没什么！师傅，多少钱？”丁灵有点醉意地掏出钱包。

“小朋友，你根本就没打通电话，哪来的话费?”

丁灵又哭着说：“我妈妈听到了，她一定是听到了，她会原谅我的，我每天都在忏悔。”

“小朋友，你都做了些什么了?”

“我不是小朋友，大叔你不要总是小朋友，小朋友这样的叫。”

“她没做什么，她在演戏，今天晚上她有个演出，所以出来寻找灵感。”裴俊突然冒出来，把丁灵围到臂弯里往前走，然后回过头冲着正云里雾里的公话吧师傅笑着。

走出几步，裴俊警告丁灵说：“女人，你快清醒清醒吧！你再这样，我就不管你了。”裴俊两手撑着她的胳膊，几乎是拖着她到车上。

他把她往位置上一扔说：“你又在发什么神经呢？我虐待你了么?”

“没！没事！我只是心里面不舒坦，就一个人去喝了两杯，我想跟她说声抱歉，没能成为她的好女儿。可是我不知道怎么联系她，裴俊，我家根本就没电话。哈哈，你终于知道我为什么觉得你好命了吧！当我慢慢长大后，当我无意中听到别人背后议论并嘲笑我时，我突然觉得贫穷是一种耻辱，我还记得那时候，那些人的嘴脸，我本该不用在意，但心却在颤抖，我家很穷，买不起好看的衣服，那天，我穿了一身的草绿色，那是妈妈给我买的，但我知道，那件衣服需要配一条白裤子，可我没钱，我没有资格讲究品味，起先，我只知道她们在笑，但我不知道她们在笑什么。我去了趟洗手间回来，从教室后门进去，然后我就听到了她们几个人的对话。”

“哈哈，那个白痴穿得跟个油菜花一样的，她还以为自己真是花呢!”

“什么油菜花，油菜花的季节早已经过去了，现在是桃花，十足一副桃花颠相，哈哈哈。”

“就是，就是，她这是在勾引谁呢！哈哈。”

“裴俊，那笑声是多么的刻薄和尖酸，然后我就看到了她，我的好朋友，她在她们中间，一起嘲笑着我，那刻起，我才知道这个世界上，有那么一些人，表面上总是阳光满面的跟你做朋友，背地里却有无尽的嘲弄和讽刺，我从不曾想到这世界上却也有如此多龌龊的人。

我不喜欢女人，裴俊，她们太过复杂，难以相处，虽然我也是女人，可我总觉得，如果有前世的话，我的前世必定是个男人，我喜欢男人的简单和豪爽，所以我是喜欢男人的，相较于女人，我更愿意亲近男人。裴俊，如果将来我伤害了你，必定是我在轮回的时候，终究带上了点女人的东西，所以请你原谅作为女人的我的自私。”

“我会原谅你的，女人，无论你以后对我做了什么！我都会好好地守护你。”裴俊看着靠在椅背上翻来覆去的丁灵在心里默默地许诺。

“我想唱歌，我想唱歌，裴俊，我唱歌没事吧！哈哈!”她突然从坐椅上站起来，风吹乱了她的长发，乌黑而浓密的长发飞舞在空气中，与风胶着缠绵。

“你坐下来，很危险，你这个女人真是的。”裴俊一手握稳方向盘，一手把丁灵拉到座位上坐下。

然后，她开始唱歌，唱了一会她又说：“裴俊，你觉得我不漂亮吗？哈哈哈！裴俊，你觉得我没有品位吗？哈！裴俊，其实我有一颗很透明的心，它是颗玻璃心，这颗心容易破碎，无法复原，它总是受到伤害，破碎了，然后一片片，一点点的掉落，将来，总有一天，我会变成一个没有心的人。”她苦笑着，轻轻地把手放在心脏的位置。

## 5

她酒有点清醒了后说：“裴俊，你不怕我吗？你不觉得我是个神经病患者吗？我经常觉得自己有病，是个疯狂的精神分裂者，我有时候害怕这种精神分裂终究会给身边的人带来灾难。”

“不怕，我知道你是个好女孩。”他说，“我们先回去吧！我不知道你究竟发生过什么！但我能感觉到你的悲伤和痛苦，先回家，睡一觉，一切都会好的，因为你还有我。”

在房间里，她看到裴俊注视她的眼睛，充满爱惜，他的眼睛告诉她，在他的心里，有她，只是她感到微微的疼痛，哪怕他离他再近些，他亦不会是她的男人，因为这个社会有它既定的阶层，就像是深深的烙印烙在一个个无辜而又苍白的生命上，丁灵知道，他们无论如何都不会是同一个阶层，他是如此近的看着她，他的嘴唇几乎碰到她的，然后她的酒全醒了。

“裴俊，有时候，我真希望你是个和我一样有着苍白生命的人，因为那样，我们便可以相爱。”她说。

裴俊从房间出去后，丁灵就听到外面的雨声，雨更大了，噼噼啪啪。

“女人，开开门，你又把自己关在房间里了，我的这个房间什么时候变得有这么多秘密了。”房间外面裴俊在敲门，敲的很响很急。

“来了，来了，你先别敲了，敲得人心慌。”

丁灵做完准备工作忙下床穿拖鞋，然后急速给裴俊开门，但她只是把门拉开了一点探出头去。

“在干嘛呢?”裴俊一手推开她的脸，然后挤进她的房间开始到处寻找。

“人呢？你藏了什么人在房间里呢？该不会是学人家金屋藏娇吧!”他边说边把能藏人的地方全找了，最后是打开窗户左右观看。

“哈哈！该不会是对面屋这小子吧！难道你们都关起房门隔街相望？真有点牛郎织女的味道嘛!”裴俊站在窗口盯着对面那亮着灯的窗户以及站在窗户边上的那个人影，此时那边的人也正盯着他。

“你在瞎说什么呢？裴俊，”丁灵过去把裴俊从窗边拉走，然后关上窗子，拉上窗帘，“我想我不必要跟你解释这么多，这是女孩子的房间，你不应该闯进来的，你现在可以出去了。”丁灵黑着一张脸下逐客令。

“切，你这个女人也真是的，紧张什么呀！开不起玩笑啊！现在很有出息了嘛！完全不把我这个主人放在眼里了嘛！猪就是猪，一点都不懂得忠诚。”裴俊依然一副我行我素，大言不惭的表情。

“出去了啦！还不出去吗？需要我拿扫把吗?”丁灵连推带拉，硬是把他驱逐出境。

“我要睡觉啊！大哥！我酒还没醒呢！没空跟你瞎磨蹭，记得不要来打扰我啊！不然以后都不要再进我房间半步了。”丁灵在关上门之前不忘恐吓裴俊一番。

赶走裴俊，丁灵小心地来到窗边，她想确认一下，那人是否依然还在那里，她轻轻地从中间拉开一条缝，可是对面窗只有洒满一室的灯光，并无一人，那窗是开着的，有斜斜的雨在灯光下忽明忽暗。

然后，她看到了，路灯下，站着一个人，他正抬头看往她这里，他全身湿透，雨水从他的头发落下，到处都是。

丁灵犹豫着是否要下去，她想，他是否看到了她跟裴俊之间的拉扯，他是否以为他们在吵架，他是否……丁灵突然感到点温暖，于是她下了决定。

她四处搜索了下雨具，然后打开门轻轻地下楼去，她并未惊动裴俊，他应该在自己的房间里听音乐，丁灵想。

她打开别墅的门，然后撑起伞走出去，可是他已经不在那里了，丁灵走过去，站在他站过的地方，她抬头看着自己的窗户，这个位置看到楼上很清楚。

突然，背后一双手很坚定地抱住了她，他说：“别回头，一会就好，我知道，我知道你心中是有我的。”

在这一瞬间，拥抱的人之间产生了某种瞬间的爱情，就像是从未真正恋爱过的人，突然对爱情充满美好的幻觉，丁灵知道那人是谁，她只是静静地让他抱着，他们能感受到彼此身体发出的轻微颤抖，但是感觉好温暖。

不远处，有个人影晃动了下。

早上，窗外意外的嘈杂，人声鼎沸，丁灵被迫从沉睡中醒来，她直起腰，然后两手不停地来回使劲揪着自己那乱蓬蓬的头发，她看着窗外，突然感到无比的烦躁。

——来电话了～～懒猪！来电话了～～懒猪！

丁灵听到这个铃声就知道是铭娟的，她的几个好朋友，她都设了不同类型的铃声，只要听到铃声便能知道是谁打来的。

“灵灵啊！你成绯闻女主角了！你旁边有电脑吗？上网搜搜啊！虽然里面没说是谁！但我一看照片就知道是你，现在我们学校都传遍了，说你不但跟富商之子裴俊同居，还跟影视红星天天搞地下恋情！现在都快乱套了。”

“娟娟，刚起床！我这是在做梦吗？肯定是在做梦。”丁灵边说边拧了一下自己的脸颊。

疼疼的，难道是真的？丁灵突然大笑了起来，怎么可能，做梦也不可能这么的离谱。

“别跟我开玩笑了，娟娟。我可是乖乖地整天窝在房间里，哪里都没去过，什么事情都没做过。”丁灵继续解释着。

“我想我说什么都没用的，是真是假，你上网一看便知晓。”

“乱说什么呢！今天是愚人节吗？你又不是不了解我，我才不会上你当，哎！”听到铭娟的声音，她自是欢喜，她觉得这么大清早有人跟她开这样的一个玩笑也还不错。

“难道你连我也要隐瞒吗？我们还是不是朋友？这事可是人尽皆知了！”

“哈！你别闹了！适可而止吧！不然我得生气了。”丁灵边说边理着她那乱糟糟的头发往窗口走去。

她轻轻地把窗帘布拉开一条缝，这窗帘是裴俊前段时间换上去的，说是跟丁灵很配，明显的自作主张。

“天哪！”丁灵倒抽了一口气，楼下现在到底是什么状况，到处都是记者和围观的人们以及一群维持秩序的警察。

随着时间的推移，前来的媒体记者越来越多，难道昨晚死人了？丁灵脑袋顿时嗡嗡作响。她突然想到刚才铭娟的话，莫非？如果真是那样！天哪！我可怎么办？怎么办啊！丁灵在房间里团团转，如果真如铭娟所说，那裴俊呢？裴俊去哪了？还有那个叫天天的，天天到底是谁？难道是他吗？他说他叫天天，乱了，真的是世界大乱了！

丁灵赶紧走到电脑旁，打开电脑一搜索，一张照片赫然进入眼帘。

是他，那个智商零蛋的白痴，她急忙翻箱倒柜地寻找那个签名笔记本，真的是他，原来对面楼的那个男孩竟然是金，也就是大明星天天。

她在雨中被天天紧紧拥住的照片，此刻正被登在网络娱乐周刊电子版的头条上。

丁灵两眼无神地环视了房间一周后向床走去，然后转身软趴趴地往后倒在床上，两眼盯着天花板。

砰砰，砰砰，有人正敲丁灵的房门。

应该是裴俊吧！这会除了他还会有谁！可是她该如何面对他！丁灵还在举棋不定时，外面的敲门声又响了。

死就死吧！丁灵把心一横，拉开了房门。

然后她的眼睛都直了，就这样看见了神话般的人物，她仿佛窒息了。

门外正站着的不是凶神恶煞的裴俊，而是两慈祥可亲的中年男女，如果没猜错，眼前的两人应该就是裴家二老了。

两老见打开房门的是个唇红齿白可爱的紧的漂亮女娃，身上穿的虽然并不是些华丽富贵的服饰，但却也不显贫寒之气，一看便都喜欢了。

“你看怎么样？要不要选个日子，让他们赶紧把婚给订了。”中年妇女笑得开心。

“那也好。”中年男人说。

“哎呀！多漂亮的孩子哦！你说是不是？”

两个人一唱一和就像是在选购家具一样。

丁灵看着他们，不知道两人葫芦里到底卖的什么药，握紧拳头做好暴风雨来临前的所有准备，连她自己都不清楚为什么要握紧拳头。

好久，她终于把眼一闭，把心一横说：“叔叔、阿姨，你们要打要骂都好，都是我的错，我似乎无心做错事了，你们说该怎么办都好，只要不让裴俊受到伤害，你说怎么样就怎么样！你让我怎么做，我就怎么做！我没想到会这样！真的没想到。”

“你们过几天订婚吧！你跟我们家俊儿。”

丁灵睁开眼睛，张大嘴巴，吃惊地看着眼前的那对中年男女。再也说不出话来，她是怕自己又会因为冲动而说出一些不该说的话来。

她甚至可以想象得出这对中年男女离开后一定会冷笑着谈论她：多么粗鲁没教养的女孩，她怎么配得上我们家俊儿，如果不是实在没办法！……我们的俊儿真的太委屈了……

不过丁灵觉得自己也管不了这么多了，事已至此，也不是她所能管得了的了。

# Chapter Four

# 那该死的绯闻照

寒兰多生长在陡坡上，枝叶茂密的阔叶林下，它不喜光、根基浅，这种兰花就像晴熙，似天生注定不能在一个地方深深扎根，她在随时等待着有人把她带走。

# 1

“我要订婚了，阿爸、姆妈。”在丁灵家那简单的客厅里。

此刻，丁灵、裴俊以及丁建中夫妇一起围坐在餐桌旁，面对他们，丁灵说出了这个事实。

那是独立的房子，两层，周边无其他人家，有点与世隔绝。这是丁建中在其父去世后，用他留给他的积蓄建造的住所，无论是对丁建中抑或丁灵来说，这里有着贫穷以外的某种爱的张力，是承载所有不能表达的感情和理想，有着中国式农村的内敛情结。

“什么？你在说什么？”花妍吃惊地看着丁灵，她的呼吸开始急促，眼泪止不住地往下掉，拳头像雨点般落在她身上说，“你这孩子，我这辈子没别的指望，唯一的心愿就是你能考个好点的大学，嫁个好点的老公，为什么你现在要订婚？你才几岁？不好好读书，以为自己是大户人家的小姐啊？为什么要做出这么多事情来啊！你原本是多么乖巧的孩子，到底是为什么呀？为什么啊？”

丁灵下意识地皱了皱眉头，她最不愿意听到的就是这些话了，当花妍每次讲这些话的时候，她觉得自己想死的心都有，她有时候真想报复一下她的姆妈，就是在一个合适的时间选择自我了结，然后留书告诉她这一切都是她逼的，让她为自己的所作所为后悔，可是每次，都下不了这个狠心，是真怕她伤心难过，一辈子在悔恨中度过还是自己根本就是没那个胆儿，反正自杀这事也都留于心中的邪恶想法而已。

不在沉默中灭亡，便在沉默中爆发。也不知道丁灵这会是从哪来的底气，竟大声地吼叫：“哪有的事？姆妈你别瞎猜。”

“你还有理了？我们家怎么养出你这样的女儿？那时候我让你好好读书，你却偏要学什么那些奇形怪状的毕加索还是达芬奇的，我就从来没想过在这些上面让你有什么出息。”花妍铁青着脸站起来。

“姆妈!”

“阿姨，你先听听我们怎么说吧。”裴俊不卑不亢地对着花妍说，“那件事，你应该有所耳闻了吧！那全是造谣。”

“造谣？无风不起浪，空穴不来风，我从学校老师那里了解情况后还真不敢相信。”坐旁边一直保持沉默的丁建中终于发话。

“阿爸，是这样的，我只是无意中看到楼下有人，那人站在雨中，我怕会出什么大事情，就拿了把雨伞下去，可我没想到那人会突然抱住我，还被人拍了照，甚至闹成今天这样的大事件，其实真的什么事情也没有……其实我们都是受害者。”丁灵避重就轻把绯闻事件大致说了一遍，可能是觉得自己太委屈了，忍不住哭起来。

“是啊！叔叔、阿姨，我也相信丁灵并非报道中所说的那样，都是那些记者瞎编乱造，见风就是雨的，你们要相信丁灵。”裴俊抬起头来直视丁建中。

“哭什么？不要让别人瞧见你这模样，回你房间去。”丁建中厉声说。

“那你们之间到底又是怎么一回事？怎么会闹出同居一说？你们都还小，还只是个孩子呀！你一直都是个守规矩的孩子，就算你要去学画画，那也没什么！可你却怎么会做出如此找不着边的事情，你是不是要伤透了我的心才罢休。”花妍擦擦眼泪，又开始唠叨抱怨。

“阿姨，我们之间就更无辜了，丁灵只是寄居在我那里，就同主人跟房客一般，我给她提供住所，她给我月租，清白得不能再清白了。”

丁灵有点震惊，震惊此刻裴俊的袒护，因为那张照片并无反抗的迹象，如果是突然被抱住，而且又是不认识的人，绝对是不可能如此的安静，除非她亦对他有情，并知道他在那里。

“既然是捏造，你们又为何要订婚？时间一久，大家自然会遗忘。再说你们都还小，有大把的青春，却为何要给彼此上这把枷锁，总有办法可想，难道非要订婚才能解决吗?”

“阿姨，你不会明白，我们这样做也是为了尽快结束这场风波，这次绯闻三方涉及的人太多，影响力之大也不是一般人所能预料的。绯闻的最大男主角是小天王天天，而我家的情况想必你们也听说了，我父亲是企业家裴松仁，我家本来就是经常处在风口浪尖里的家庭，这场闹剧可是要折腾一段时间的，你们要保持平常心，尽量做到无视、无听，不视、不听。”

“什么？我可没明白怎么回事。”丁建中加了一句，“她是我女儿，你们都是贵胄，是否就要把我们家丁灵推出去死，这无论如何我都不能坐视不理的，花妍，你带灵灵先出去一会，我想跟这小子单独谈谈。”

花妍和丁灵出去后，裴俊赶紧说出自己的想法：“叔叔，你放心吧！我们不会把丁灵往死路上推的……”

“不需要你们操这个心，我看你还是走吧!”

“叔叔，你听我说，这只是权宜之计，我会赶紧联系相关负责人，并与天天方面的经纪人取得联系，磋商后制定一份澄清报道，然后再订下婚期，我们只能做到这分上了，我想这是能把伤害减到最低的唯一可行办法。”裴俊冷静地分析着当前的形势，那表情和眼神完全是成人的方式。

“什么？你们这还不是把灵灵往死路上推吗？被你们这样一搞，她以后还能嫁给谁？这辈子不都毁了吗?”丁建中把头扭向一边生闷气。

裴俊焦急地解释道：“叔叔，我想你也能看出，我对丁灵有感情，请你相信我，只要以后丁灵愿意，我一定会娶她的，如果她不愿意，我会还她自由。”

丁建中转过头，看着裴俊，终于想明白了说：“那倒是好，不过，我也不是老糊涂了，我也能看得出丁灵对那人有感情，可目前，也只能那样了，这世上哪个父母不偏心自己的子女，我的女儿给你们家添麻烦了，发生这样的事情，难得你们还不嫌弃，灵灵以后就交给你们了，这孩子跟着我们吃过太多的苦，希望以后你能好好善待她。”




裴俊把胳膊放在桌子上，坚定地看着丁建中的脸，然后对他保证道：“叔叔，我会的，我会把丁灵看得比我自己还重要的，这是我们男人和男人之间的约定。”

丁建中终于舒缓了一口气说：“有你这句话，叔叔就放心了，其实丁灵并非我和花妍的亲生，她将来终究是要去寻找自己生身父母的，所以我不愿她有任何的缺失，这个孩子，我总得要还璧归赵的。”

裴俊点了点头说：“叔叔，你的心思我懂，我总想着丁灵如此好命能碰上叔叔和阿姨，可她却不懂得这份恩情。”

“她懂得，只是不善表达，恩情太重，反而不知所措。你要保守我们之间今天这份男人和男人间的承诺，答应叔叔，帮她找到她的亲人。”

房间外，在充满古典气息的长廊上，花妍轻轻抚摸丁灵的长发，这长廊是丁建中亲手建造起来的，她也帮忙一起搬运过木头和竹条，顺便跑跑腿，拿拿钉子什么的。那时候丁灵还小，她睁大眼睛，亮闪闪的有如皓月，她是那样的天真和不蔼于世俗，无辜又带点生命的原罪。

现在，她长大了，她从来都不曾知道自己是如此美丽的女子，这容颜终将是要为她带来一世的困惑和劫难。现在这样自是因祸得福，叫裴俊的男孩看来是个有决断有担当的孩子，在那样的家庭熏陶下，灵灵的未来必将是另一番景象，朝着一个家庭主妇的方向努力，那对她来说未尝不是件好事，祥和家庭的温暖会慢慢地化解她身上的这份锐气。

花妍擦了擦眼泪，拉过丁灵怜惜地说："你也长大了，要有自己的归宿了，真好。来，孩子，让姆妈抱一下。"为人母的总是不容易，纵使自己孩子没做错，在外人面前，总是要先教训自家的。

丁灵有点不习惯，她慢慢地，试探性地把手放在花妍的背上，然后轻轻地说："十年了，姆妈，这十年来，你都未曾抱过我。"

"是啊！孩子，十年了，这样多好，我的女儿，姆妈应该多抱抱你的，我的好孩子，对不起！对不起！"花妍哭泣，"都是姆妈不好，姆妈没用，没能管得住你的吃穿用。"

"你不怪我吗？女儿闯祸了，让你们丢脸了。"丁灵此刻赫然发现自己却原来这么害怕遭遇到未来。

"这个世上哪有不疼自己孩子的父母，哪怕你犯了再大的错误，一次又一次的原谅并肯给机会的就是父母，如果你是男孩子，我会忠告你三样事情不能做，一是毒，二是赌，三是嫖。可你是女孩，所以我要让你做三件要做的事情，一是做一个好妻子，二是做一个好母亲，三是做一个好女儿。未来离我们很近，近到仿佛触手可及但却又似永远无法得到，它在我们即将得到的时候便已失去踪影。你只记住自己活在当下即可，我的孩子，未来其实并没有那么可怕，那只是你的想象。"

## 2

天天好不容易从记者的眼皮底下逃脱出来，一到公司，助理就赶紧拿出一张报纸摊开在他面前，不用看，他都知道是怎么回事。

早上他便已经被千万个电话搅得头都疼了，而这许许多多的电话中，唯独没有她的，他不置可否，只能以静制动。他以为她会在得知消息后马上会来找他商讨对策，可是他等了很久，都没有任何她的消息。他以为现在她只能依靠他，他觉得只要她愿意，他可以带她离开这个是非之地去过一种很平凡的生活，去国外的某个小镇或者农场里安家，然后生一堆的孩子，过着那种与世无争的逍遥日子。

"董事长让你赶紧去他办公室一趟。"助理刻意提醒。

他回过神来，知道是什么事情，沉默了一会，然后起身。

他走进董事长办公室，老狐狸却在通电话，语气有着些许的火气，他只好与他面对面地坐着，天天本觉得这种绯闻并没什么，传传也就过了，以前老狐狸也是很少去关注旗下演员这些个事情，也从未亲自出马过，不过这次似有点不寻常。看他黑着一张老脸，天天就感觉到事态有点严重，但他顾不得这么多，再说，他从不会为这种事情担心。

他低头把老狐狸桌上的报纸掉转了个头，映入眼帘的又是那版面。虽然他表现得若无其事，但心里却万分惦念着她，不知道她是否正经受着风雨。因为他的小小失误，她将会面临一个什么样的处境，那杀千刀的狗仔队。

老狐狸看了看天天，然后开始苦口婆心地做他思想工作。

他说："天天啊！我们合作也快三年了，我们之间的关系你比谁都清楚、明白，我们可是同一条船上的人啊！我可不想看着你翻船的，你一向都是很少让我们操心的，可这次谁不好惹！偏偏惹上东洲集团太子爷的女人，即使你觉得没什么！但流言蜚语是把毒箭，它会射死人的，不过所幸东洲集团董事长不是个狠角色，把这事全权交给他儿子裴俊自己处理，那小子确实有点能耐，上下其手，算是把此事平息下去了，对方也发话了，只要我们出面澄清下即可，其他的事全部由他们那边解决，可见那女人在他心中的位置，所以天天啊！不管你是真爱人家还是只玩玩，就此打住吧！我们方面也就当完全没这回事。"

天天无语，他只是盯着那照片。

"天天！你这是梦游还是怎么的？我们是同事、朋友、合作伙伴……我可是站在你这边的！我都给你掏心掏底了，你倒是说句话啊！"

这老狐狸说穿了就是要控制他的一切，用尽手段让他成为他手里最具商业价值的一件商品。

"现在，作为朋友，我只想告诉你一件事，她是我爱的女人，是我唯一真心爱过的女人。"他终于发话。

"那请你也别忘了，天天，你是公众人物。"他指出这个事实，"只要在见得着光的地方，你就没有任何隐私和小事。我不想对你吹鼻子瞪眼，那是你必须清楚的事情。过几天你去海南吧！假期早就已经给你定了，你就趁此机会出去散散心，这边的事情由我们来处理，这次事件对你非常不利，你还是少出面为好。"

"难道你要让我做缩头乌龟吗？在我是一个艺人之前，我首先是个男人，我觉得自己有必要承担起这次绯闻的责任，真的就是真的，假的就是假的，我不认为爱情有罪，更何况我们是清白的。"天天固执道。

"清白？你还敢说清白？"老狐狸拿起报纸指着那大幅的绯闻照，啪一声甩在桌上，“你说两个人深更半夜在大雨中淋得湿透，你天天从背后抱住人家，头版没登你是色情狂已经是手下留情了，你还敢大言不惭说自己是清白的，你去监狱看看，哪个不说自己是清白的，你去精神病院看看，哪个不说自己没有精神病的。可问题是到底谁信！”

“反正我说什么都是没用的，你就把你的安排都说了吧！想必在我来之前，你早就想好了对策。哪一次我有过自己的主见？”天天无奈道。

“你嘟囔什么呢！说狠点，褪去演员的身份你什么都不是，人家是什么人？钱都可以压死你，人家裴俊哪一样不比你强，要家世有家世，要身份有身份，要地位有地位，要长相有长相，我就不相信那女孩子会选择你，现在这世道，你觉得还真会有爱情吗？不要以为我老了，我曾经也年轻过，你经历过的，我哪样没经历过，做这么多事情还不是为你好，你倒霉，我还能跟着好受？皇帝不急太监急这句话用在我们之间可真是再合适不过了，我为了什么？还不是希望把你捧成永久明亮的恒星，而不是流星。”

天天起身，似无意再无谓地争执下去。

“你要珍惜！天天，你的一切都来得不容易。”老狐狸说完，拿了根香烟点燃，雾气中看不出心思。

“我心情不好，难道跟你们倒一倒苦水都不行吗？你真觉得这有多么的丢脸吗？”

“你现在到底在说什么？天天！你是不是疯了！竟然大言不惭地说出这种话，我真的对你太失望了。”老狐狸黑着一张脸。

天天经纪人第二天在杭召开记者见面会，天天的影迷、歌迷把见面会现场围得是水泄不通，这场见面会同时也安排了警察到现场维护秩序。只是疯狂的影迷、歌迷未见到天天。

经纪人称：“对于报纸和网络一夜轰动的企业家之子裴俊和小天王天天争夺女人的绯闻感到非常诧异，那些报道绝非真实，爱与不爱绝非外物所能左右，他们三人都是好友，亦有共同嗜好，都喜欢演戏，那晚只是他们饭后的一次排演，就在几天前，××报刊亭的老板可以提供证据，如果大家不信，可以去证实一下，而且，东洲集团太子爷和女友的感情亦非常的好，据可靠消息，他们即将订婚，谣言止于智者，这次事件就此告一段落。”

“猪，快起床。”一大清早的，裴俊就在丁灵房门外大叫。

“啊！烦死了！烦死了！”丁灵蓬头散发地坐起来，用力抓自己的头发，大声喊叫。这会她全然忘了几天前自己那副天都要塌下来的死鱼样了。

她半闭着眼睛摸到衣服就套上，然后打着哈欠，拖上鞋子去开门。

他们在丁灵家住了一晚上，第二天就驱车回到了别墅。

“丁灵啊！我为什么每次看到你都是这副模样？好歹我即将成为你的准未婚夫，你就不能注意点形象吗？”

“哦！知道了。”她准备关门。

“还有，你快点穿好衣服去洗脸刷牙。”裴俊转过头又叮嘱了下。

“哦，知道了。”她又准备关门。

“等会阿姨会拿礼服过来，记得穿上，还有不要忘了去化妆。”

“哦，知道了，知道了。你干嘛一大早的叫我起床啊！现在才几点，几点啊！”丁灵跺着脚，一把推开裴俊把门关上。

砰！砰！砰！门又被拍响了，裴俊想想自己有点委屈，回过头来找丁灵理论，“女人，你这什么态度嘛！祸还不是你惹出来的，现在谁在给你擦屁股，不说感激也就算了，还这不情不愿的，今天要订婚，你不知道吗？你爱去不去，之后会怎么样，自己看着办吧！我现在要放弃你了。”

“订婚??? 啊!!!! 订婚!!! 裴俊……”丁灵此刻全清醒了，她回忆起之前自己闯了多大的祸，急忙拉开门冲出去，强挽着裴俊的胳膊说，“俊少爷，奴婢知错了，你就原谅小的这一次吧！下次会对你百依百顺、服服帖帖的。知道你是个外冷内热的好人，所以这次就全靠你了，你想想吧！我还要去准备高考，以后还要读大学，还要赚很多很多钱的，所以你一定要救我。”

“这可是你自己说的，没人逼你的吧？以后全听我的，是吧!”裴俊躬下身看着丁灵。

“是!”丁灵声音很细地回答。

“没听到，大声点!”裴俊故意把耳朵凑过去。

看着裴俊的脸，她愣了一下，心里的伤痕似乎裂开了，好痛，有那么一个人，那么一段不愿想起的往事。

“别欺人太甚啊！适可而止吧！裴大人!”丁灵附在裴俊的耳边小声但字字清晰地强调，说完故作轻松地把头一甩走回自己房间。

裴俊看着丁灵摇摇头笑了。

有些伤口，别人是看不到的。

订婚宴放在本市最高星级酒店里办的，该酒店是东洲集团旗下的产业。当晚，来的都是些重量级政要、演艺界的名人以及男女双方的亲人和朋友。女的个个珠光宝气，艳丽迷人，男的则大都是有头有脸的大人物，场面自是鲜活华丽，流露着上流社会的富足气息。

订婚宴席开了30桌，裴世仁为人素来低调，此次大摆宴席全是为了爱子裴俊的绯闻。

## 3

丁灵这一天是被身边不知道从哪冒出来的几个女人一会拉到这，一会拉到那的，化妆的时候，还被无数只手在身上、脸上弄来弄去，终于折腾得差不多后，就被拉到车里往酒店方向驶去。

她在不知不觉中就到了订婚现场，丁灵放眼望去，酒店里进进出出都是人。

就在这时，裴家的秘书从外面走进来，不时地往裴松仁这里张望，他知道他必定有事，便找了个理由从众人中脱身来到秘书身边问道："发生什么事了？"

秘书对裴世仁耳语道："裴董，订婚仪式马上就要开始了，可到现在都未见到阿俊。"

"不要惊动客人，赶紧派人去找，无论如何一定要把人带到。"裴世仁保持镇定地吩咐。

秘书一出去，马上调派人手去寻找裴俊，而这一幕刚好被进来的丁灵看到，她的心突然沉了沉，想起早上裴俊的那些话。

他是认真的，他该不会真的不来这里了，怎么办？丁灵咬着嘴唇矗立在那里。

先去更衣间啊！别磨蹭了，仪式就快要开始了。

丁灵还没来得及细想，就被三四个女孩推着去了更衣间。

当她被拥着出来时，她看到一个白影深情款款地向她走来，裴俊，是他！穿着白色礼服的他英气逼人，丁灵有点不相信自己的眼睛，她从没想象过裴俊穿上新郎服的样子，此刻她却亲眼见证了这一幕。

此刻的他与经常跟她斗嘴的他有多大的不同，俨然是一副风度翩翩美公子的样子，他的尊贵气息在这一刻展露无遗，他最终没有放弃她，她加快脚步上前拥抱住他，声音颤抖地说："谢谢你，裴俊，谢谢。我多么害怕你不会出现，对不起，我为早上的一切跟你道歉，原谅我，裴俊！"

"咦！你还真肉麻！"裴俊故意推开丁灵说，"不要这样了，你千万别哭出来，否则就会把妆容弄花了，演戏不用这么逼真吧！"

此时音乐响起，裴俊挽着丁灵慢慢走向大厅最前面的那个台子。

前方的人群让出通道，接着掌声四起，礼炮砰砰，整个空间彩纸飞舞、掌声、欢呼声、尖叫声连成了一片，场中气氛也由此达到高潮。

丁灵今天穿的婚纱是裴俊前一天从巴黎订购并空运回来的，那精致高贵的剪裁、优雅浪漫的风格，散发着独一无二的魅力光芒，让在场的人都赞叹不已。

裴俊则灿烂幸福地站在她旁边守护着，丁灵为在座长辈奉茶后，新郎新娘便互相交换订婚戒指，订婚对戒也是由裴俊亲自挑选，是一款简单但意义深刻的对戒。

他们交换订婚对戒的时候，裴俊又悄悄对丁灵说："喏！是你喜欢的，上次你目不转睛地盯着看，我就知道你想嫁给我想疯了，所以成全你。"虽然裴俊这么说，但他还是得意的，在场的几乎没有一个人不赞美丁灵的。

"切，你少臭美了，这只是演戏。"丁灵翻翻白眼。

司仪见机忙说："大家，你说让他们亲一个好不好？"

台下马上响起热烈的掌声："好，亲一个，亲一个……"

丁灵听到那呼声，马上换了副表情先冲众人害羞地笑笑，然后低下头去。

裴俊见丁灵那羞红的脸很是漂亮，竟鬼使神差地搂住丁灵，低下头，在她脸颊上印下深深的一吻。

台下又响起掌声和欢呼声！

这时裴松仁走到麦克风前开始讲话："欢迎各位赏脸参加小儿的订婚典礼，感谢各位政府要员、商业同仁，同时也感谢各位到场的亲戚朋友们，今天是我裴家的大日子，客套话也就不多说，希望大家能玩得尽兴，喝得痛快！"

裴松仁的话不多，但却铿锵有力，中气十足，引来台下一浪接一浪的掌声。

裴松仁讲完话，担当司仪的歌星马上接过话筒，调解气氛。

在这热闹欢腾的时刻，谁都没有注意到在一边一直注视着裴俊和丁灵眼中露出复杂眼神的晴熙，也没有人注意到一个戴着墨镜黯然神伤地离开酒店的男孩。

天天在报纸上得知丁灵的婚事，当天就从海南亚龙湾度假酒店赶回杭州，他没有直接回别墅，也没把这一决定告诉任何人，他想，若是被记者逮到又该乱写一通了，他在一番精心乔装后混入丁灵和裴俊举办订婚仪式的酒店。

他不知道自己还能做些什么！丁灵和裴俊的婚事已成定局，不过只是订婚，他们并未在法律上成为夫妇，退一步讲，自己还是有机会的，毕竟现在大家都还小，以后怎么变化谁都预料不到。

老狐狸说得对，现在的他确实没有哪一样能跟裴俊抗衡，他要想不被这个社会所控制，那么他就得变得更有权有势，只有那样他才能对这个社会有一定的控制权，他知道他无力改变现状，一如现在。

他远远地就已经看到丁灵，她的不安以及委屈，在她进入酒店大厅那刻起，他就已经尽收眼底，他想拉着她走，但理智告诉他不可以。

他对生活的控制权不在自己手上，他不能选择做或者不做，如果他企图反抗，那将会再一次陷入万劫不复的境地。

但他真想拉着她走，告诉她，只要她愿意，他可以放弃现在的一切，可以带她去美国，但理智又告诉他不可以，因为他不知道她的想法，不知道怎样是她所喜欢的，他怕自己会把事情弄得更复杂。

穿着白色婚纱从更衣间出来的丁灵是那样的天真无辜，她的眼里含着泪滴，那一刻他想不顾一切的冲出去，然后把她拥在怀里，可是他晚了一步。

在灯光下，她已经展露出笑容来，像一名训练有素的专业演员，那笑如此灿烂，但看在天天的眼里，那笑带着点不甘和忧郁，他知道这场订婚宴并非丁灵所愿，他们只是在利用她来平息这场绯闻，他明明知道，但他也知道自己的无能为力，在势态变得更加恶劣之前，他必须偷偷地返回海南。

晴熙回转头的时候看到了那个站在门口的男孩，他虽然戴着压得很低的鸭舌帽，架一副很大的墨镜，但她仍觉得有点眼熟，但怎么都想不起来在哪见过，然后她回转头继续盯着台上的两人，嫉妒之火熊熊燃烧，她恨丁灵的好命，恨所有比自己幸运和幸福的人，当只剩下她一个人独自面对空洞洞的房间时，眼泪就会不知不觉往下淌。

就在他们订婚的前一个晚上，她去见过裴俊，她知道他不会轻易地出来见自己，所以撒了个谎，他们见面的地方是她选定的，她以为可以阻止点什么，但他却绝情地说："我受够了，我最讨厌你这个样子了，以后我们就当不认识吧！你不也是女人吗？你不是也就她一个朋友了吗？为何要这样？"

"受够了？你不是早就因为受够了才走的吗？你明知道我就只有你了。你怎么能在这个时候把我抛弃掉。"她低声地哀求他，脸上的表情扭曲而又寒冷，就像开败了的花朵。

"别再来找我了，我不管你做过什么，要做什么，我们就这样全都忘了。我们不可能，也不会再回到从前，收手吧！"

在一条死寂一般的路上，走着一个人，有阴阴的风刮过，冷飕飕的，像刀子划过皮肤般的疼痛。

"哎！这么热爱演艺事业的天天，现在却要放那么长的假期，那么长时间都不能接触艺术，心里一定难过死了。如果没有这次的绯闻事件，天天的人气本该扶摇直上的，在这样的黄金时期，却出了这样倒霉的事情。"自言自语的人轻轻叹了口气，手里拿着串钥匙往别墅走去。

那人不是别人，正是天天的助理霍非，自从天天离开后，他每天来这里帮他整理房间，热心得就像天天的父亲，尽管他们的年纪相差不大。

在他看来，那女孩就是天天的克星，他自从飞机场遇到她后，便开始脱离原先的轨道，他像脱了线的风筝般没有方向和目的，他们之间的关系似乎从一开始就注定失望，他和她之间的缘分在霍非看来就是段孽缘，它可以活生生地扼杀一颗对爱充满希望但又有点脆弱和天真的灵魂。他本应该陪在他身边，可是他说不必了。他知道他没有权利要求什么，他只是他的手下，并非哥哥弟弟或者朋友之间的关系，他对他有一种敬畏之情，他亦是他的偶像。

他掏出钥匙，准备开门，却发现门并未锁上，心一紧，自己昨天明明是关好门后再走的，而且他还清楚地记得自己把门关上了，现在为什么门是半掩着，难道房间遭小偷了，这样想的时候，他急忙按亮了别墅玄关的灯，并从旁边拿了高尔夫球杆慢慢摸索地上二楼。

突然身后传来砰的一声，门关上了，他的心微微一紧，想起恐怖电影里的镜头，慢慢转过身去，看到玄关的灯闪了几下就炸裂了，碎了一地。

什么地方！还高级住宅楼！这些设备怎么就这么差劲，无缘无故自己都会坏，等天天回来还以为我给整坏的，太没天理了。





## 4

他想归想，怒归怒，还是照常去检查天天的房间，门同样是未锁上。这时，床上传来轻微的哼哼声，他被惊得抖动了一下，然后握紧了高尔夫球杆，突的打开灯。

床上那人习惯性地用手挡住灯光。

“谁？是谁？天天吗?”他慢慢向床靠近。

床上依然除了哼哼再无其他动静，

他仔细端详那个躺在床上的人，发出小声的惊叹声。

“天天！你怎么了？天天！为什么会在家里?”霍非轻轻呢喃着。

可那人依然用手挡着灯光，两眼紧闭。

地板上凌乱地散着衣服、裤子、酒瓶，此刻，他的脸上布满了汗珠。

“天哪!”霍非轻叹道，他急忙放下球棒，返身下楼。

烧了点开水，他倒了一杯，拿上药箱、脸盆等上楼。

他用拧干的热毛巾擦去他脸上的汗珠，然后打开药箱拿出药，强行把他搀扶起来喂下。

天天无力地接过他手上的水杯，闭着眼睛轻轻酌了一小口，一放下他，便又沉沉睡去，但沉睡中一直伴随着哼哼声，他这一病病得不轻，在这里他没有亲人，没有交心的朋友，除了他这个助理，此刻的他一无所有。

他的眼眶有点潮湿，如果不是他及时发现，也许几天后都没人发现年轻而又才华横溢的艺人天天病死家中。

人的生命是如此的脆弱而又短暂，为何在这短暂的一生中会有这么多的磨难，作为一个艺人，为何要承受如此之重的社会舆论压力！在他这样的年纪，本该是父母眼中的宝，应该得到无限的宠爱和温暖，可现在这张英俊、年轻、朝气的脸却布满了一层层褪不去的阴霾。

晚上他该喝了多少酒！淋了多少雨！他是真的爱上那个女孩子了，可人家呢？正欢天喜地地订婚，接受所有人的祝福。

有时候，这个世界就是如此的不公，幸福的人会拥有更多的幸福，富裕的人会变得更加的富裕。他看着他，再一次叹气。

他把他的衣服放到洗衣机里，打开阳台的窗子，让新鲜空气进到房间里，以便保持室内空气的清新和干净，趁着洗衣机运作的当会，他收拾了下房间。

已是凌晨一点多，外面已经恢复安静，雨后的天空有着浓妆艳抹的深沉笔调。

他走进厨房，熬了陈皮茶，拿出来放在桌子上，旁边亦放上退烧药。

跟着他也有三年，他知道他一直是个认真、沉默、有条不紊的孩子，可是现在，他因为一个女孩，在他面前展露了内心的真相。

丁灵的订婚宴上，父母因为不方便没有出席，她也没有邀请自己任何一个朋友、同学，因为她们都在忙着高考，再说，年纪轻轻就订婚实在有悖常理，所以她最后决定不邀请任何人，与其说是她没邀请，还不如说她根本就没这个权利邀请，退一步讲，她并不希望自己的朋友、同学看出自己跟裴俊之间假订婚这个事实。

订婚仪式结束后，铭娟第一个打来电话。

她说："丁灵，你到底还当不当我们是朋友，订婚这么大事情都不跟我们通下气，是不是飞上枝头，就不认我们这些穷朋友了？不过也是啊！今非昔比，你怎会把这些放在眼里。亏我之前什么事情都告诉你，可你呢！嘴巴也真紧。"

铭娟的话酸酸的，丁灵听着心里很不好受，她知道现在自己再怎么的解释都是徒劳，只好叹了口气说："娟，我们之前是很要好的朋友，所以请你再相信我一次，我丁灵绝对不会是像你现在所说的那样，我不想跟你解释什么，但请你像以前一样继续相信我。"

丁灵感到点心痛和酸楚，因为这所有的一切只能是自己承担，人世间的巨大无情便是当你不是一个人的时候，却比一个人的时候更无助。

“灵灵，对不起，我到现在还未祝福你呢！光知道埋怨你，希望你幸福、快乐，跟你的绯闻男友要好好的过日子，要幸福，死丫头。一定要幸福啊！要天天开心地笑着，知道吗?”

“恩，我会的，娟娟，你也要幸福。”

挂了铭娟的电话后，丁灵走到沙发上坐下，她的脑海中突然闪现了韩易悠的脸，她已经很长时间没想到他了?

易悠他也应该结婚了吧！他还会记得我这样一个人吗？绯闻事件他是否已经知晓，如果知晓的话，为何没有一个电话，难道他真的早就已经忘记有她这样一个人了吗？丁灵正想着韩易悠的时候，电话又响了。

那是个陌生的号码，她接起电话说：“你好!”

但那边一直没有回声。

“喂！在听吗？喂!”

那边依然没有回话。

“谁啊！不说话，我挂了啊!”

“最近还好吗?”那边终于有人出声。

听到那声音，丁灵震了震!

“易悠，是你吗?”丁灵颤颤地说，“是我。我很好！易悠，那件事，你应该知道了吧。”

“恩，希望你能挺过去，一切都会越来越好的，裴俊没有欺负你吧！叔叔阿姨没有为难你吧!”

“恩，很好，一切都好！正如你所说的，裴俊是一个很善良的人，叔叔阿姨对我就像亲生女儿一样，他们都是很有教养的人，所以你放心吧!”

“那就好，另外，我想告诉你，下个月我和梦柳要结婚了，不过你跟裴俊不要过来，我因为身体不适，不宜太操劳，所以仪式会非常简单，好了，最近你也应该很累，早点休息吧!”

“恩!”挂掉易悠的电话，心痛，韩易悠快要结婚了，他当初那么努力地让她来这里，也许就是为了跟杨梦柳结婚，怕她碍了他们的好事。这一刻，她突然觉得自己和韩易悠，也许这辈子都不会再见面，如果她不主动，而他亦继续逃避，虽然这么想，可为什么心里堵得慌，难道是韩易悠当初在她心里种下了一大片的罂粟花，她恨自己为什么对那些过去不能忘得干脆，是否只因为她才是那个被抛弃的人，是不甘还是因为心中还有着眷恋。

丁灵也知道，现在她已没有任何主动的权利，而他亦没有能让她再主动的条件，因为从现在起，他们都将不再自由，如若彼此再有任何的牵挂和贪念，那都是一种罪过，她知道从她跟裴俊假订婚开始，她身边的人一个个的都将被硬生生地拉开。

韩易悠之于她，在接下来的时间里，都只能是存在却不惊动的往事。

裴俊终于整理完毕出来，突然，他僵住了，心里微微疼痛，再也动弹不得。

这个天杀的女人竟然这么温柔而又楚楚可怜得不知道在跟哪个男人调情，她现在是完全不把自己这个未婚夫放在眼里，竟然大刺刺的在自己面前做这种事情。

"喂！你这女人又在干嘛呢！干嘛不回自己的房间？难道今晚还想与我洞房不成？"裴俊莫名发起脾气来。

"如果不是逼不得已，我才懒的见到你，你以为我喜欢吗？跟你这样倒胃口的男人在一起。"听到裴俊的话，丁灵的心猛地一沉，但她及时调整好心绪，她不愿他看到自己的伤口，她试图寻找更有杀伤力的话语把他击倒。

"你就非得如此对我吗？把我打入地狱，你很开心吗？看我无故遭殃，你很痛快吗？"裴俊恨恨地看着丁灵。

"是，现在好了，无论你是想，还是不想，在别人眼里，你都是我的未婚夫，所以，你最好还是配合我吧！如果你不想自己太痛苦的话。"丁灵违心的话像尖刀一样戳着他的心，不留余地，虽然他们似曾懂得彼此内心的脆弱，却又自尊地把彼此踩在脚下。他们看似水火不容，却又如藤蔓般纠结滋长。

"倒胃口？你说我倒胃口？到底是谁倒胃口，到底是谁抱着我一把鼻涕一把眼泪地说谢谢，一副非要嫁给我不可的样子，我是可怜你，可怜你才决定帮你的，我是你的救命恩人，你倒是不识趣，为什么我要帮你这样一个不识趣的女人！我真的快要疯了！"裴俊抓着自己的头发在客厅里直转悠。

丁灵眼眶红红的反驳："好吧！那你是否比我龌龊，我只是因为激动抱着你，就像是抓住救命稻草一样，那是人的求生本能，不代表我喜欢你，非要嫁给你，你呢？你竟然在大庭广众之下亲吻我。"

裴俊突然笑了："我是应大家要求，顺势表演，总不能让大伙太失望吧！你难道没看到那情绪高涨的场面吗？再说了，你也似乎很享受那一吻不是吗？"裴俊感到自己终于扳回了一点面子。

"我？我有吗？我只是心有愧疚而已，所以才倾情配合演出的。"丁灵低下头，涨红脸，想到那一吻，她到现在想起来都还有点恍惚，然后她沉默了。

她抬起头，然后看到他那双因为刚才争吵而充满雾气的眼睛。

气氛变得有点尴尬。

裴俊深呼吸了两下，匆匆地说了句："今天怎么这么热，开空调去。"

"什么啊！这么凉快，开什么空调啊！真浪费。"

"不跟你吵了，吵着心情不好。"说完裴俊飞一样的跑回自己的房间，用力关上门，大口大口的呼气，他知道这个时候，绝对不能让她看到任何蛛丝马迹，否则自己的自尊就该被她踩在脚下了。

## 5

虽然丁灵和裴俊已成未婚夫妻，但生活对他们来说似乎没有想像中的不同，丁灵依然每天去画室画画，下课后就窝回自己的房间，除了每周裴家父母偶尔来串门，他们一起演下戏外，基本上两人不怎么打照面。

晴熙并没有像丁灵其他朋友那般抱怨，反而更接近她，她也经常会来裴俊的别墅玩，尽管裴俊依然不喜欢晴熙，但对丁灵来说，孤独和迷恋就像是发动机，很容易催生感情的发酵，晴熙是她在这里唯一能说点话的朋友。

她们经常会跑到外面画画，有时候会深入山中寻找寒兰。

寒兰多生长在陡坡上，枝叶茂密的阔叶林下，它不喜光、根基浅，这种兰花就像晴熙，似天生注定不能在一个地方深深扎根，她在随时等待着有人把她带走。

寒兰尤以细叶出名，它叶姿幽雅潇洒，碧绿清秀。一般的寒兰花有杂色脉纹与斑点，但晴熙尤喜洁净无瑕的素花，那花的萼片与捧瓣都较于其他兰花细，可属清秀可爱的典范。

她是在她们第三次结伴出游的时候找到它的，途中，丁灵说："晴熙，我们回家吧！那寒兰，去买一盆不就好了！那不需要花很多钱，为什么非要这么艰难地去找呢？这么的大的山，我们无疑是大海捞针。"

她说："那意义完全不同，我还记得就在前面不远的地方，那时候妈妈带我来过，他们吵架，很凶，砸掉了所有的电器和碗，似要把他们曾经有过的所有美好都一笔勾销掉，他在忍无可忍的情况下打了她一巴掌，虽然他很后悔，并多次试图来挽回这一过失，但所有的恩情早已在彼此的岁月里消耗得精光，那一巴掌打掉了她们唯一的感情牵绊，对他深深的失望使她开始变得义无反顾，然后她带着她离家出走，带她去看他们一起发现的寒兰，那时她亦对他还有留恋，只是彼此积累的不满最终导致了那一次性的爆发，犹如地球毁灭。"

她说："虽然那时候我还小，但记忆中就是在这条路上，那时候没有这么多的杂草，旁边的树木也没有现在这么高大。妈妈说，寒兰是所有国兰中最显君子之气的文人花，它的美源于自然而却高于自然，虽然那时候我不甚懂得，但却爱屋及乌。”

于是，她们又继续前进，在那陡坡杂草丛生的地方翻找，终于她欢呼雀跃，高声的叫喊，丁灵，快来啊！快来啊！我找到它了，我终于找到它了。

因为花根扎入泥土不深，她很容易就把它从泥土中移了出来，她像孩子般把那花捧到她面前，然后让她闻那花香。

她说："在国兰的大家族中，我独爱寒兰，那花即使干瘪，但余香却尚存，寒兰的香味轻盈、漂渺，它开在冬季，在万物凋零的大环境下，极力张扬着它那曼妙的身姿，不经意间把它那幽幽缈缈的香味洒落，在寒冷的冬季里，让人隐约感觉到春的气息、春的希望。”

晴熙笑着抬起头，看着丁灵，她说："丁灵，我总有一天会展翅高飞，飞到很远远的地方，那里，没有哀伤，没有世俗的偏见，那里，有阳光，有风、有清清的溪水，还有一大片的寒兰花。如果你愿意，我会带上你，因为那个梦太孤独，所以我需要一个伴。”

"晴熙，你为什么会有那种想法？我们终将是要结婚、生子的，谁都逃脱不了，这是既定的命运，也是我们作为一个女人的责任和义务。”

"可带着这种责任和义务的女人，又有多少是幸福的呢？真的有幸福吗？真的会有人如你想的一般了解你的思想吗？不会！丁灵，这个世界的人都是自私的，他们最爱的永远是自己，其次才是身边的其他人，你会有一种巨大的无力感和挫败感，这就是生活的真相，因为你永远无法替别人决定任何事情，也永远无法了解别人的任何想法。就像你和我。”

"也许我们是不同的，一开始我便这么觉着。”丁灵对晴熙说，"我觉得我能用自己的真诚和真心换取另一个人的真心，我相信我能做到。”

"丁灵，我真希望有一天我能祝福你，而不是真的把你带到我的梦里。”

"其实一直以来我都不知道自己想要什么！即使到现在，我依然是不知道！有时候觉得结婚、生子也挺好，有时候亦觉得我不应该过这样的生活！我终将是要走出一条属于自己的道路，生命于我，有一个坚定和执着的过程，这个过程孤独而寒冷，只有自己和那属于自己的梦，当我们还有梦的时候。晴熙，我记得他跟我说过，当你有另一半的时候，你便会拥有他的梦想，那样，你的生命才不至于有缺憾。而现在，我们都还只是个缺憾的个体，我亦不愿看着你一辈子带着这种缺憾过活。”

晴熙看着丁灵很是疑惑。

天天终于在结束了一个长假后复出，在新闻发布会上，他幽默风趣，能言善辩，经纪人说他去澳洲呆了一段时间，他甚至当场和一个拿着小提琴的美丽女孩一起演奏了一曲，真的是帅哥、美女竞张扬，这和他之前的风格完全不同。

有记者八卦的又提到之前天天和裴家少爷未婚妻之间的关系，天天没有回避，很坦率地说自己曾经被甩过，对感情没有多大信心。当问到结婚问题时，天天笑着说："组织一个幸福家庭，其实人人都向往，但也不能强求！"

丁灵想到天天已经从失意中恢复过来，再加上裴家父母也并没有就那事再追究什么，她突然感到一颗心都放了下去，整个人都感到无比的舒畅，一种自由的想要飞翔的感觉在她心中升腾起来。

天天对着镜头谈起自己近段时间的去向时说："我花了点时间去外面采风和寻找灵感，做了些自己想做的事情，对于前段时间的绯闻，我个人深感抱歉，让所有爱我、我爱的人操心了，以后我会一改之前的随性和桀骜以回报你们的厚爱和支持。"

此刻的天天多了份直率和坦然，也许时间可以让人们有反思和沉淀的机会，以用来纠正和弥补因冲动惹下的错误和遗憾。

但除了裴俊的助理霍非，不会再有人知道那段时间，裴俊有一半的时间在买醉，而灯光下却不需要这种真实，这些与他们是毫无关系的，他们只需要纸醉金迷的虚幻、繁华盛大的装饰，而真相有时候是需要埋葬的。

丁灵最终还是把自己与裴俊假订婚的事跟晴熙说了，并拉着她看自己的订婚照。

晴熙看了一眼丁灵，突然说："那时候，你为什么没有选择天天？你并不爱裴俊。"

丁灵抬头注视着晴熙，有点狼狈地说："我从未作过任何选择，至今，我依然没有。"

她微笑着说："可你总有一天会选择，你知道自己想要什么，只是不知道自己心中早已选择，你需要一个有自己的男人和孩子的家庭，你却不会选择我的梦想，这个我早已知晓，却又觉得，你不应离我而去。"

"晴熙，有时候，我感觉自己一点都不懂你！不知道你是个怎样的女孩。裴俊让我离你远点，可你却总是吸引我的眼球，那时有点不解，想你们之间是否有过一段什么！"

"现在不是在讨论我，而是你，丁灵，不要岔开话题，你是真的好命，有一个这么卖力帮你的假未婚夫，还有一个那么爱你的恋人，你当然是好，总是有能让人嫉妒的资本，你是不会懂得我这一类人的痛苦。如果你想我好的话，就把你的未婚夫让给我吧！如果他先认识我的话，你猜会怎样。我暗恋他十年了，可彼此之间却未有只字片语，我一直觉得他是喜欢我的，可是他却只是路过，永远都是那样的冷漠和目中无人，我永远都无法去捕捉那属于风的男子，穿梭而过，没有痕迹，丁灵，你的这种暧昧，终将会毁了裴俊，也会毁了天天，你应该爱谁就选择谁！”她说。

“晴熙，这个世界上，没有谁能毁得了谁，除了他自己。”

丁灵送晴熙出去，在楼前正好碰到开车回来的裴俊，他下了车后朝她们走过来，看到丁灵似乎很高兴，加快了脚步。丁灵也冲着他笑。

“你在等我吗？怎么知道我现在回来？”裴俊奇怪地问。

丁灵解释说：“对不起，我是送我的朋友下来的。”

裴俊看着丁灵说：“你去送你朋友，我先上去了。”他看都不看晴熙一眼，说着就直接走过她们向楼上走去。

丁灵回转头看了他一眼对晴熙说：“我们走吧！”

晴熙按了一下丁灵的肩膀说：“你看他的眼睛晶亮晶亮的，这样的男人是不适合你这样的女人的，你自己保重吧！”晴熙说完就大步走了，而丁灵慢慢回走，然后思考晴熙的话。

心中突然萌生出强烈的欲望，她要去那个房间看看，那里是否隐藏着裴俊的什么秘密。

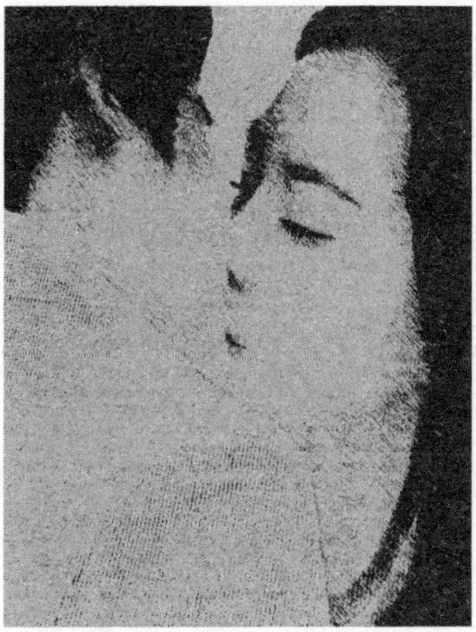

# Chapter Five

# 烦人的多角恋

爱自己难道有错吗？这个社会，每个人都孤独，每个人都缺少爱，这样孤独的群体，自己不爱自己，还能奢望谁来爱自己呢？所以不要抱怨人的自私，是这个时代赋予的，不能怪任何人。

# 1

终于有一天，丁灵偷偷进到了那个房间，进去后，丁灵才发现里面黑沉沉的死静，可能是长年累月关着的缘故，房间里有着一种发霉的味道。

她是只要心中有想法就按捺不住要去做的人，从她走出自己房间，确认裴俊真的不在家之后，就慢慢接近那神秘的房间，从开始行动起，她的心一直是悬着的，不知道这样做之后会有什么样的后果，但管不了这么多了，她偷偷扭动门把锁，门竟然开了，这让丁灵很是意外，一个如此神秘的地方为何没有上锁？她没有想很多就摸索着进去了。

黑暗中，她听到有东西摇摆的声音，那是恐怖电影中经常出现的椅子摇摆的声音，她眼前突然出现一个富家太太坐在椅子眯着眼睛摇听着老歌的画面，然后就有风拂过面庞，不，更确切的说应该是有丝巾的柔滑质地的东西从她面庞上飘过，难道在她之前有人进来过？那人是否还在房间的某个角落里看着她的一举一动。是鬼还是人？这样想的时候，她急忙捂住自己的嘴巴，此时，她感到自己身上的毛孔都开始直立了起来，好不容易平静下来，就急忙从口袋掏出手机来，她用手机那微弱的光线为自己照明。

可是房间里除了靠近窗子的地方有一张桌子外，好像什么都没有。

难道这个房间有密道或者机关什么的？丁灵想着，既然这里就只有一张桌子，那么刚才的声音又是从哪发出来的？一想到这个问题，她的脊背就开始发冷，好像身后有空调专门朝着她吹似的，别说是寻找什么秘密，现在她巴不得自己是在做梦，根本就没进过这个房间，她只是站立在那里动弹不得，是继续呆下去还是夺门而出。

算了，算了，今天就到此为止吧！她艰难地挪动着脚步挨着墙壁往门外走去。

鼓足生平最大的力气拉开门，然后她怔了怔，接着便昏倒在地上。

“真是见鬼了！丁灵，我不是警告过你别接近那个房间吗？”裴俊生气地在床前转来转去，他在丁灵睁开眼睛对上他那刻起就开始叫嚷，“你到底在调查什么？你到底想要知道什么？”

“我！你……”丁灵愣愣的看着裴俊不知道要说什么，她是被昨晚的那一幕吓得还未还魂。

“那房间里是不是有人？你是不是有什么事情瞒着我？”她突然口齿清晰了起来。

“如果你还是对那个地方充满好奇，那你还是尽快搬出去吧！否则我很难保你周全。”裴俊突然逼近她，眼神里流露出寒冷的光，冷，她无意识地在发抖。

“逗你玩的呢！哈哈哈！”裴俊突然放开她，奇怪地、豪爽地大笑起来。

丁灵看着他，心里就更加恐惧起来，他的神经兮兮使得她急于想找个人倾诉，但她找不到这样的一个人。

她从房间里跑出来，心里空荡荡地走在路上。

这时，电话响了起来，是一个陌生的号码。

接起电话就听到一个声音说：“你还好吗？”

“是你！那件事情，我们是不是不小心伤到你了？”丁灵问得很小心翼翼，绯闻事件平息之后，这是她和天天第一次通电话。

“没有，你能出来吗？看不到面部表情的聊天总会容易让人误会点什么！”他说。

“好，那我们十五分钟后在武林广场见。”她说。

广场上喧嚣依旧，来来往往的那些熟悉和陌生的脸孔。

有人从身后拍了拍天天的肩膀。回头却是菲烟，微微颤抖了一下。

菲烟的表情很复杂，却意外的没有发火，显然她是在努力地克制自己。正如她所说的，她已经在努力地改变自己了。可天天也对她说过，他不会要求她改变，她也没必要，其实应该说并不是她不好，某些方面，在天天看来不欣赏，但是其他男人应该会比较喜欢。

那次在美国的家里不辞而别后，天天跟菲烟就没再见过，也没联系，他们都应该冷静地思考一些事情。

“——你怎么在这里？不是很忙吗？难道之前都是骗我的？”菲烟怀疑地看着天天。

面对这一连串的问号，天天的反感顷刻间全都上来了。

他说：“你为什么也跑来中国？你就这样想当我杰克·金的老婆吗？想到不惜做我父母的间谍。”

丁灵没有出现，天天想她可能在找他的途中看到了菲烟，也可能她根本就没想过真的要来。这也许伴随着太多的躁动和无奈。爱情能维持多久？也许就像这天气，由火热的夏季慢慢变冷走到严寒的冬季。躁动的一切都会归于平静，霜冻成冰。

他和菲烟接下来又会有一场什么样的战争？天天想他应该骗菲烟，尽管那也是个善意的谎言，可他能做到吗？

天天的原名叫杰克·金，他比菲烟大三岁，他们两家是世交，菲烟从小就喜欢缠着金，她知道自己将来是要与金结婚的，当她长大点的时候，对金就更加的痴迷了，俨然是以未婚妻的身份自居，但天天却把她当自己的小妹妹般看待，他对她没有超乎兄妹的感情。

他于是想方设法躲避菲烟，他也经常在女人堆里流连忘返，这样的结果直接导致了封杀，于是他被断绝经济来源秘密送到了中国。

至于这个结果，天天倒是乐在其中，他巴不得离开美国，以便躲避菲烟的纠缠。

大多数的女人，最在乎的还是感情这档事，婚姻是她们最大的赌注，菲烟心里如痴如狂地想他，甚至嫉妒那些被他宠幸的女人。

她说："你怎么能够做这样的事情！她的眼里含着眼泪，并且提高声音质疑他。"

他对这样的质疑很恼怒，恼怒自己惹上了不该惹的角色。虽然他有时候是有点点同情菲烟，但最多的还是为自己的自由着想。

丁灵赶到武林广场，那里其实就是一个小广场，和吴山广场有些相对应，差不多也算是杭州最热闹的地方了，因为交通便利，所以朋友碰面经常都约在广场的喷泉边。

丁灵是坐公交车过去的，下了车站才发现这里的灯是全亮的，就像是白昼般，它构成了杭州的热情繁华的美妙场景，广场上一直都是拥挤的，人来人往，热闹非凡，成双结对的，好不温馨，推着车叫卖的小摊以及放一个地方蹲点的摊贩，此刻他们的脸上都洋溢着一种欢快和高昂的情绪，当然这里也不缺乏要饭以及借助工具移动的残疾者，更不缺少打扮时髦、前卫的摩登女郎以及花花公子。

这在很早以前，丁灵就有渴望过的，牵着自己爱着的男孩的手，悠闲地走在大街上，享受着彼此给予的幸福和关爱。

她看到了天天，他在音乐喷泉旁边站着。

她正准备向他走去，谁知道却大大吃了一惊，因为有个漂亮的外国女孩亲热地搭着他的肩膀，那神情，证明他们的关系曾经非同一般，于是她停了下来。

那女孩有一张绝美的容颜，样子极富品位，从头到脚，无一不显示出她的个性和细心，那是个敏感的女子。

天天正对着她讲话，但丁灵听不清楚他们在讲些什么。

丁灵站在那里，心里却异常难受，原来幸福是真的有终点的，现在，她的两份感情都走到了终点，无论是裴俊还是天天，没有一个是属于她的。

后面有人咒骂，原来丁灵不知不觉挡住了别人的过道，她往旁边靠了靠，有一种悲伤的绞扭着的疼痛。

菲烟那晚对天天一连串的发问，好歹是让他应付过去了。

菲烟在极不情愿的状况下被他硬塞上了飞机。

丁灵默默回到别墅，然后想到了晴熙，虽然她很痛惜晴熙，但她却不知道如何面对她，她们所拥有的彼此间的痛苦和快乐依然并存着，至于裴俊，恐怖事件之后就没在丁灵面前出现过，丁灵知道他在刻意躲着她。

在一段时间的反思和沉淀后，晴熙终于约了丁灵到她家见面，那天晴熙家的保姆不在，两人吃完饭后坐在沙发上，晴熙就开始鼓励丁灵给裴俊发条短信，以证明他的心中有没有她。

丁灵发了一条信息：裴俊，如果爱一个人，会希望每天都知道那个人的消息吗？会急切地想听他的声音吗？

裴俊回过来一条：会的。

晴熙就开始有点激动地说："你看，被猜中了吧！他心中早就没有你了。她爱的人一直都是我，没有人知道我们之间有过一段什么样的过去，我们只是不想伤害你，才装着不认识的，现在，你又何必如此的作践自己、伤害自己呢？这种男人不值得你这样。我爱你，想要跟你在一起，只有你才可以成全我的梦，所以我把真相告诉你。"

丁灵虽然没说什么，但她心中其实早已有了答案。

"晴熙，我受够了！我不想再听，也不要再听，为什么是我？为什么选择我，你的梦跟我有什么关系，你的梦并不是我的梦，我爱男人，我清楚知道，晴熙，你为什么要做这么多事，为什么巴不得把我与裴俊拆开，如果说爱，我也只是因为同情，同情你的遭遇，因为怜悯，没有像男人与女人之间的这种感觉，老实说，对你的这种癖好，我没任何想法，更不会用世俗的眼光看待。"

## 2

晴熙扳正丁灵的脸，怒目注视她说："如果你们真心相爱，没有人可以拆散你们，天天不能，我也不能。可是我要告诉你，男人是不会有爱情的，他们只是需要你，一个可以取代妈妈位置的女人。除了这个，你对他们来说什么都不是，他娶你就像是买回家的一本书，无聊、需要的时候打开来翻翻，但大多时候他们需要去外面寻找更流行、更前卫的书本，男人是不可靠的，只有我们才彼此了解和懂得，并真心对待。”

“晴熙，算我求求你了，别再说了，求你了，我会当作什么都没听到，把所有都一笔勾销吧！你让我一个人静一静，不要再说什么了！”

“可是已经来不及了，你不知道爱上一个人是没有退路的，难道你不知道吗？哈哈！丁灵，你再也见不到裴俊了，我说过，你最终会毁了裴俊和天天的。”晴熙的脸笑得有些扭曲。

“什么意思？晴熙，你到底对他们做了什么？你对裴俊和天天做了什么？”她握住她的手用力摇着，她几乎哭着哀求。

“你想知道吗？跪下来求我！说你不会离开我，说你会放弃裴俊，说你爱我。”

丁灵往后退了几步不敢置信地说：“晴熙，你太可怕了，你是个魔鬼，裴俊说的对，我应该离你远点的。”

“怎么办？已经来不及了。”晴熙抓住丁灵的头发，把她的头往下拽，然后面无表情地说：“我得不到的，别人也休想得到，我给过你机会，可是你全然不接受，你想知道吗？我在裴俊的车上做过手脚，明天的头条就会是裴俊车毁人亡的新闻，丁灵，我不会让你活得幸福的。”

她轻轻地摸着她的脸继续说：“你看，你有一张多么生动的脸庞啊！你长得多像她，那个贱人，她死了，是我杀的，她不是我的亲生母亲，可我多么爱她，把她当亲妈妈般对待，可是她却要离开我，她不再爱我了。别人都以为她跟着情人跑了，出国了，可是你知道吗？她现在还像咸肉一样被腌在缸子里，他替我掩盖了所有的真相，他恨我，所以不愿见到我。那天你去我家里见到的那个才是我的亲妈妈，可是我只把她当保姆，因为她是个没用的女人，连自己的男人都管不住，她不配做我的妈妈。”

“你找我，就因为我像你的继母，就因为她要离开你，所以你杀了她？现在，你是否也要杀我了？”丁灵愤恨地瞪着晴熙。

“你为什么摆出一副毫无畏惧并且理直气壮的样子，你的命在我手上，你凭什么，你凭什么总是如此的骄傲，如此的幸运，凭什么？”她开始歇斯底里，一巴掌一巴掌地抽她，“你知道吗？你也是个贱人，对爱情不忠的贱人，所有的贱人都该死，可你，我不会让你痛快的死去，我要让你活着，让你尝尝身边所有爱你的人都一个个离你而去的痛苦，我要让你永远陪在我身边，我要带着你去看那满山的寒兰花，然后悲痛欲绝。看吧！你看吧！这是什么？”

她打开一个已经有点磨损的怀表说：“看到了吗？”

她把那表放在她的眼前，这是张已经有点褪色的照片，照片里的小男孩和小女孩微微笑着，那么的天真无邪，那是晴熙和裴俊的合照，因为小男孩的脸上挂着斜斜的笑，那是裴俊的招牌笑容。

“他是我男朋友，你知道吗？他亲眼看着我杀了她，可他最终还是离弃了我。”他说，“晴熙，我看着你，就会想到那一幕，我们分手吧！哈哈，就这样他离开了我，本来我以为时间久了，等他淡忘了一切，他又会回到我身边，可是，你出现了，你把他从我身边抢走了。你永远都不会想到吧！我再告诉你一个秘密吧！丁灵，我的好姐妹，你肯定很想知道你和天天的照片是谁拍的吧！哈哈哈！你永远都想不到那是我传给报社的吧！我本以为裴俊知道后会把你扫地出门，本以为裴爸裴妈会揪着你的头发骂你是个贱人，可是，为什么你如此好命，所有人都帮你，那样都没把你给整死，你就像杂草一样依然顽固地转悠在他身边，你不知道我多么的恨你吧！你却没心没肺的跟我做朋友。”

“你疯了，彻底疯了，晴熙。”丁灵用尽全身的力气把她推开，然后反扑过去，把她压在身下，揪着她的头发，然后反抽她，她边抽边哭，“晴熙，你怎么对得起你妈妈，怎么对得起我，怎么对得起替你隐瞒真相的父亲和裴俊，你没有权利剥夺任何人的生命，他们没有把你送进监狱是因为爱你，想要再给你一次机会，却没想到，他们这么做只是更加纵容了你，你已经彻底疯狂了，你辜负了所有爱着你的人，你应该去死，要么一辈子囚禁在牢房里，像你这样没心没肺的人活在这个世界上就是垃圾，你知道垃圾吗？你真的该死，我要把你打醒，让你自己悔悟，让你知道自己做了多么十恶不赦的事情。”

打累了，她放开她，看着她趴在地上痛哭，然后她疯了般寻找手机。

您好！你拨打的手机已关机，电话那头甜美的声音一直回荡在丁灵空洞的脑海里。她慌乱地来回走动，潜意识里又重拨了好几次，最后丁灵砸掉了手机，跑过去抓起晴熙，又是来回几巴掌。

“快说啊！他们到底在哪里？如果他们死了，你就彻底的玩完了，趁一切都还来得及，悔悟吧！那样，你仍然可以过你现在的生活，仍然可以去实现你的梦想，没有人会去举报你，我们都那么爱你。”

晴熙抬起头，阴笑着看着她，突然惊恐地大吼：“滚！你给我滚！滚啊！我恨你们，你们都在骗我，你们没有一个好人，我不相信你们，现在，你应该恨死我了吧！为何还要假惺惺地说这些话，我痛恨欺骗！现在你求我也没用了，来不及了，哈哈哈！”

“现在，你也去死吧！”晴熙趁丁灵微微一震的当时，抓住机会，努力翻身。

“啊!”随着一声叫喊，晴熙突然一下子变得力大无比，她疯了般揪住丁灵的头发，一直拖着她，把她拖到屋顶上，然后一直推到阳台的墙上，丁灵一半的身体悬挂在阳台外面，她已经惊恐地叫不出声来，但心中却有恨，恨晴熙的处心积虑，恨自己愚蠢看不出她的真面目，恨，她不知道自己还能恨多久。

“害怕了，原来你也怕死，你跟那贱人如此的相象，连面对死亡时的恐惧表情都一样，她是你妈妈吧！你看我们的缘分，还真不一般啊！你可能从出生到现在都未见到过她一面吧！现在，我突然有点怜悯起你了，我应该让你早早的见她一面的，你说是不是？可是我现在又有点反悔了。”她把丁灵的身体拖回到阳台内，对着她的脸，靠得很近，放开一只手拨弄她的唇瓣。

她说：“我一直很想知道，你的唇会是什么味道，会不会像寒兰花般的清甜，它是那样的美艳动人，充满诱惑的张力，看到它，我便开始幻想。你这张脸是很容易给人带来灾难的，你不知道吗？”然后她俯下身亲吻她。

丁灵把头扭到一边，厌恶地躲开。

“晴熙，我不爱你，我爱的是裴俊，我想念他，担心他，如果他死了，我不会放过你。”

“你想报仇吗？想知道你母亲的尸体现在在哪里吗？想看到裴俊车毁人亡吗？你内心是否依然觉得裴俊他是爱你的？”

“要不要我再告诉你一个秘密。”晴熙再一次扳正丁灵的脸，让她对着自己。

丁灵愤恨的看着晴熙一字一句地说：“我相信，并且十分的确定，你是个因为得不到爱而发狂的变态，除了你自己，你谁都不相信，不，你应该是连自己都不相信的变态，你是垃圾，废物，你对这个世界来说毫无意义，你该死，却依然活着，你害人害己。”

“哈哈哈！骂的真好，可你却对我无力反抗，你听着，裴俊是否跟你说过，他别墅的有一个房间，你是不能进去的，你难道就从没好奇过吗？你这个毫无预感的女人。”

丁灵已经做好了死的准备，这一刻她突然平静了下来，也许是看开，也许是不再留恋，她说：“你为什么要杀她？”

“她说要带我走，带我离开这个家，带我去过幸福的生活，她是我脱离苦海的唯一希望，我只能跟随着她，她是我所有的光亮的来源，我是她的影子，脱离她，我就得死亡。可她欺骗了我，她只是一直在安抚我，她并没做好带我走的任何打算，对她来说，我只是她的包袱，她要离弃我。他们在争夺抚养权，她给过我承诺，她说，熙熙，我的好孩子，请一定要相信，妈妈一定会竭尽所能的把我争取过来，我会带你出国，让你幸福、快乐地成长，让你接受最好的教育，让你成为一个美丽动人又有教养的熙熙公主。”

## 3

她神情哀伤地继续说：“那是怎样的一个光圈，那是怎么的一种奢望，我满心期待，可是十天后，我被判给了我的父亲，那个有着暴力倾向的男人，他最终得以扭转乾坤的主要原因是证明我不是妈妈的亲生女儿，我是他与前妻生的，他因为自己的官途抛弃了那个怀有身孕的妻子，改娶了一个怀着别人孩子的高官女儿，但他又不愿自己接下来的日子要整天面对别人的孩子，一狠心抱来了他与前妻那个刚出生没多久的女儿，他趁着妻子还未见过孩子的当会把那刚出生的女婴扔到了乡下一户贫穷人家的门口。他巧妙地隐瞒了真相，他说那个孩子死了，抱我来只是为了不让她伤心。”

“可是你却意外地发现了你父亲的那个谎言，那个孩子就是我，被你父亲抱出去扔掉的孩子，所以你决定杀掉我，为了你的父亲，那个欺骗过你，借你的手杀掉那个女人的男人，可你最终对我下不了手，最后你下定决心带我离开这个肮脏的地方。你觉得这是你的底线，你的唯一可行的让步。”丁灵看着头发凌乱，嘴角流血的晴熙，她这时才意识到自己当时用了多大的力气抽她，她的手还隐隐作痛。她没顾及这些继续说，“呵，晴熙，你说你杀了她？那时候你才几岁，你杀得了她吗？你把她分尸了！你砍得动她吗？晴熙，杀她的不是别人，是你的父亲，他杀了她，不是你。”

“不是，是我杀了她，是我，她摔下来的时候，还没死，但因为当时，我脑中突然有了一种邪恶的念头，如果她就这样死了该多好，她要离开我，她说她不爱我，她说我是杜鹃鸟。她拖着她的行李走到楼梯口，我哭着，喊着，抱着她，要她带我走，但她努力地扳开我的手指，然后把我推倒在地上，她说，你不是我的孩子，你有父母，我没有权利带你走。”

她吸了吸气，完全沉浸在自己的意识里，她说：“她头也没回地要下楼，我哭着从地上爬起来追她，我冲下楼梯，可她突然停住了脚步，因为惊恐，她没站稳，摔了下去，她摔到了楼底下，头着地，都是血，满地的血，她向我求救，终于我想要去救她，可是我太害怕了，我只是看着她哭，我知道没人会相信我，我不敢打电话，不敢报警，我看着她咽下了最后一口气，那鲜红的血里躺着一朵洁净、素雅，舌苔布满晶亮透明的颗粒的小小寒兰花，它汲取了那血液中的养分，娇艳欲滴。那本是和她衣服上的胸针别一起的。我想跟她一起走，离开这个可怕的家，可是我害怕，害怕死亡。”

“我不是有意要害死你的，妈妈，我不是有意的。”晴熙放开丁灵的手，她因为激动，眼前开始出现幻象。

好孩子，过来这里，不要害怕，妈妈在这里，妈妈带你一起走，我们一起去寻找寒兰花，她看到妈妈在另一头召唤她，然后伸出手去抓她的手。

她看到少年时的自己，她看到自己的脸，这张脸，很久她都没有如此鲜活的出现过了，她一直做噩梦，潮湿并散发着血腥味道的空间，整晚的听到血液流淌的声音，以及殷红的血中躺着的那朵异常光鲜的寒兰花。

她很久都没这么清晰地看到自己了，梦里，她看不清楚自己的脸，她被蒙着一层雾气，她也看不清她的妈妈的脸。

现在，她终于能看清楚自己了，她穿着一条洁白的裙子在公园里跑着，阳光照在她的脸上，她感觉到它的抚摸，它就在她的上方，俯瞰这世界，她的长发飘在风中，裙摆也在飞扬，她脸上的酒窝因为笑容而显得更加深刻，她跑着，然后转过头看着她，画面里，一个素净而高雅的女人对着她笑着，就像寒兰花的花瓣，她因为太忘我，转过头来时，却撞上了一个男孩，她羞涩的道歉，像一朵静静等待开放的木棉花，他说没什么。

她微笑地说，好般配的熙熙公主和她的小王子，两个人都站好了，给你们拍张照片留念，然后他斜着嘴角笑了。

妈妈，妈妈，熙熙好想念你，你不怪熙熙吗？她扑到她的怀里，温暖而充满光明，她把晴熙的头揽过去，靠在自己身上，然后亲吻她长长的秀发。

她附在她耳朵边温柔地说，好孩子，妈妈是为了守护熙熙才自己不小心摔下去的，那是意外，不是熙熙的过错，妈妈一点都不怪熙熙，妈妈答应过熙熙要带你走的，妈妈没有忘记对熙熙的承诺，妈妈回来带熙熙了，熙熙，我的乖女儿，跟着妈妈走吧！我们再也不分离。

妈妈，她把脸埋得更近，她的身上有寒兰花的味道，她喜欢这种味道，陶醉其中。

妈妈，你为什么现在才来带熙熙走，如果那时候熙熙跑出去求救，妈妈你是否不会这么久不理熙熙，你因为生气了才不理熙熙，因为我把你害死了，我杀了你，你走了后，我经常想，那时候，如果我放你走，你是否已经快乐地和你的亲生女儿生活在一起了。你本就自由，可我却要缠着你，那时候我觉得自己已经无路可退，我想，等你死后，我就自杀，可是我没有勇气面对死亡，我害怕，然后我把这所有的怨恨都推到你身上，我觉得是你毁了我的一切，你把我的希望全部毁灭，并且无情地抹杀了，而我却不知道，其实你比我疼痛不知道多少倍。

走吧！孩子！她拉着她消失在阳光里。

晴熙，不要啊！丁灵看着晴熙含着笑身子往阳台外倒下去的时候，她终于从刚才那一幕中惊醒，她及时地伸出手把她拉了回来。

但晴熙仍然自杀了，在丁灵趁她熟睡的时候偷偷溜回别墅的晚上，晴熙在凌晨一点服药自杀。据说是一口气吞下了两百多颗安眠药，她在意识还算清醒的那刻有过悔念，她不想死，努力地用手抠自己咽喉，企图将那药粒吐出来，可是因为醒悟得太晚，那药丸发生了效力。那药是她从不同的药店一次一两颗一点一点积攒起来的，看来她是早有寻死的准备，可却为何要选在那晚。

丁灵因为是晴熙死之前最后见的那个人，又加上她那晚的突然离开，在表面上，她有杀死晴熙并畏罪潜逃的嫌疑。

丁灵接受完审讯从公安局出来的时候，门口，裴俊正焦虑地等待着，看到丁灵，他过去抱着她。突然一群人蜂拥而至，对着他们就是一顿猛拍。

“裴俊先生！你对这次你未婚妻涉嫌杀人案件怎么看待？”

“你觉得你未婚妻杀害死者晴熙的可能性有多大？你们是否在搞三角恋爱？听说你之前和死者晴熙有过一段感情，你未婚妻是否在知道真相后一怒之下杀死情敌？”

“丁灵小姐，死者晴熙是否是你在她水里下毒后致死，你未婚夫和你朋友晴熙是否旧情复燃，所以你杀了她？”

丁灵惊恐又害怕地看着裴俊，然后把头缩进他的怀里，她抓着他的手，抓得很用力，他微微感到疼痛。

“让让，请你们让让，她已经受到很大的惊吓，她现在的精神状况不适合接受你们的采访。”裴俊护着丁灵试图挤出围着他们的人群。

这时，裴松仁的助理以及一帮人赶到，为他们开出一条道来。

“赶快上车！”裴俊把丁灵硬塞进车里。

甩开跟在后面的记者，他们的车在的裴俊家门口停下。

“你这臭小子！到底怎么回事！现在闹出人命了，你要怎么收场？你是准备蹲监狱还是要吃枪子。”裴妈第一次发那么大火。

丁灵还没进家门，裴妈就给了她一记响亮的耳光，“你是不是打算让我们家名誉扫地，是不是要把我们俊儿也一起毁掉，看到你第一眼开始，我就知道你的破坏力有多大，当初若不是易悠一直在替你说话，我是绝对不会承认你这样的人当我们家俊儿的未婚妻的，现在我是悔不当初啊！”

“妈？你太过分了。裴俊看着自己的母亲，把丁灵拉到自己的身后，丁灵也是受害者，我们都是，你不深表同情也就罢了，还……”

“你还有理了，你知道我是怎么把你养大的，你竟然帮着一个外人来教训我？你这个不孝子！你以后让我怎么抬得起头来！你让你爸的集团怎么办？你让我还有什么脸面活下去，你这个杀千刀的。”裴妈哭着敲打裴俊。

“妈！丁灵不是外人，他是我的未婚妻，是你未来的儿媳妇。”

“我不承认有这样一个杀人凶手的儿媳妇，让她走，不要在我们家出现，我不要再见到这个人，这是我们家的耻辱，她是个不祥的女人，她一来，这个家就没安宁过，这个未来的儿媳妇我是无论如何都不会承认的。”

“妈，你要冷静点，得讲点道理，丁灵她不是杀人凶手。”

“冷静？你让我冷静？你叫我怎么冷静？你问问她自己，她来这里才多久，你看她就捅出了多少事情！你现在……”裴妈摸着自己的额头，由于太过激动，终于昏厥了过去。

## 4

“妈！妈！你怎么了，妈……对不起！对不起！我错了！妈！你醒醒啊！”裴俊跪在地上抱起裴妈痛哭出声。

看着裴俊抱着裴妈出去，丁灵的心突然变得很疼痛。

看着他们慌忙而去的身影，丁灵不知道如何是好！现在她能去哪里，这个家，她无论如何是没有脸面住下去了，尽管她知道自己并没做错什么！

她刚走出裴家大门，就接到裴俊的电话。

“女人，你站在那里，哪儿都不要去，等着我回来。”电话那头传来裴俊紧张而又急促的声音。

丁灵终于忍受不住，哭了起来。

“别哭，我妈的话，你不要放在心上，她是太紧张、太激动了，等她冷静下来就没事了。有我在，你什么都不要怕，一切都会好的。”

“没什么！我只是到现在都还没清醒，裴妈说得很对，我是个不祥的人，很多人都这么认为，你说吧！谁能在这么短时间内做出这么多惊天动地的事来。”

“你要好好地呆在家里，哪都不要去，等我回来。”

“我没事，我有地方去的。我很好，裴俊，真的。”丁灵故意装出若无其事的语气。“谢谢！裴俊，谢谢你到现在依然这么相信我。反正这里我也是呆不下去了，等案子一结束，应该马上就要南征北战地考试了！我们本来也只是假订婚，现在正好，趁这个机会完美地结束，毕竟我总是要离开的。”

裴俊想说什么，但他又说不出口，丁灵所说都是事实。离高考确实不远了，再说艺术考试本就比文化课考试要早，她是要走了，再说这里并不安宁，与其说是丁灵给他带来诸多麻烦，倒还不如说是他给她带来了灾难，把丁灵留在身边，只会对她造成更大的伤害。裴俊觉得自己是应该放她自由了。

“丁灵，那你一定要记得联系我，现在案子还没结束，碰到什么解决不了的事情一定要打我电话，没钱了还是摔倒了都要先给我电话，我会 24 小时开机的，无论什么事情，我都是会为你做的！你一定不要忘记联系我。”裴俊一想到丁灵有可能不联系他，就难过得要死，所以他叮嘱了又叮嘱。

“那我走了！我还有很多事情需要安排呢！”

“恩！一定要记得打我电话啊！丁灵，不要丢了手机，一个人要长记性，知道吗？还有一定要考进中国美院！我要在那里看到你！知道吗？”

“恩！我会的，还有，裴俊！有几个问题我不知道现在问是不是合适。”

“问吧！”

“我们之间算是爱情吗？”

裴俊沉默良久。

丁灵尴尬地笑笑说：“我只是感觉好奇怪，想着别人谈恋爱也像我们这样的吗？我们这样算是在谈恋爱吗？我们有谈过恋爱吗？谈恋爱应该是怎么样的呢？我是不是脑袋进水了？为什么有这么多为什么？”

“我们之间应该算是爱情吧！爱情！”

“你一定要答应我好好的……还有要尽力挽回公司的声誉，照顾好妈妈。”

“知道了！我会竭尽全力的。”

裴俊甚是感动，这个时候丁灵还在为他们家的事情操心，还在为他们着想。他突然有点想哭的冲动，为什么就没人像他这样信任她呢！丁灵她是个多么善良、无辜的女孩子。

丁灵走出大门，就看到一个男人站在那里。

她以为是记者，急忙避开。

“丁灵小姐，请等等，我是天天的助理霍非，他知道你目前的状况，就让我来接你过去。”

“谢谢。可我似乎没有去的理由。”丁灵终于认出霍非来，那天机场，站在天天旁边的就是这个男人。

“他说是以朋友的身份，他让我一定要接到你，你也知道，现在他不方便出面。

上车吧！我送你过去。”

丁灵想，自己反正也没地方可去，也只能先过去再作打算，这样一想的当会，她就上了车。

“丁灵小姐，把这个穿上吧！是天天吩咐的，他不希望你再受到任何的伤害。”霍非递给丁灵一件上衣，接着又给了她一顶假发。

丁灵抬头看了一眼霍非，披上那件男士服装，然后戴上假发。

“必须得这样吗？”丁灵感觉有点不舒服。

“恩，现在是关键时刻，我们都得小心再小心。”他说。

“霍非，我不想连累天天，你愿意带我回裴俊的别墅吗？”她问得有点小心翼翼。

“哪里都行，就是那个地方，我不能带你去。”霍非无比坚决地说。

“霍非，那里还有点事要处理，我得回去，我要面对一切，不然，我将一辈子无法抬头。”她隔着玻璃看着外面，一切的喧嚣就这样全部被堵在了外面。

“不可以，我是天天的助理，我只听他的，不要怪我！”他看着她，一脸的抱歉。

“我必须回去那里！不然晴熙的魂魄找不到我，我还有话要问她。”她开始有点不可理喻地执拗起来。

霍非张大嘴巴吃惊地看着丁灵，有点不敢置信从她嘴里说出这么玄乎的话语来，他想她肯定是被吓得精神错乱了。

他觉得这会他应该请示一下天天，因为此刻他真想把她打晕，然后轻松地把她送到他的面前。

他看着丁灵，就觉得她不是那种能妥协的主。

“那里肯定有记者守着了。你去了，肯定会把事情闹得更大的。”他说。

“是吗？可能吧！我想我累了，一切都听你的吧！”她闭着眼睛，显得非常疲惫。

霍非有点意外丁灵此刻的态度，他并不愿意天天趟这浑水，但他知道他心意已决。

“如果你真的不愿意去天天那里，我想你还可以去一个地方先避避风头。”

“老实说，不怕您笑话，我真想不起来自己还能去哪里，走出大门那刻我都还是迷惘的。”

“你可以先去我那住着，我想应该没人会想到你住在我那里，天天那里，我会解释的。”

“谢谢。那你呢？”丁灵有点疑惑地问。

“呵呵，我整天跟在天天后面，照顾他的一切，所以基本上是不回去住的。”

“谢谢你们为我考虑得这么周全。”丁灵真心地道谢。

就这样，丁灵暂时躲避在霍非的家里。

晴熙事件在持续了差不多半个月的调查后，正式归类为自杀案件，丁灵也没必要再东躲西藏。

于是她悄悄地从霍非的房子里搬了出来。

坐在咖啡厅里，丁灵有种说不上来的凄凉，身子软软的，好像就要飘起来，她的思维也似乎被冻僵了般，就这样子反应迟钝着，而她的心也正如这冰块般坚硬。

她和裴俊分开后就与天天在一起已有一段时间了，今天是来见裴俊的。

停了好久，丁灵才开口说："裴俊，我们已经不可能了，你觉得我们还有可能吗？都已经这样子了，不可能回到从前了。"

"我们可以重来的，只要你心中有我，我心中有你，一切都是有可能的。"他的声音有点微微的颤动。

"对不起，很感谢你对我的感情！可是我已经回不到过去了。"她看着他，注意到他的嘴唇在颤抖。

"我做不到，虽然我们不曾结婚，但我们是未婚夫妻。"他眼里有泪光，如果不是强忍着，应该早哭开了。

"没有人承认这一切，再说我们之间，一开始就是虚假的，你现在这样子又何苦呢?"她不看他的脸，只顾自己讲着。

"你又怎么知道，我们的将来不会幸福？没有试过，你怎么就这么残忍地扼杀了我的希望，你就这么喜欢安排别人的人生吗?"他的声音也因为激动而提高了上来。

"我安排不了任何人的人生，只能安排我自己的，你就当我是自私吧！当我是个严重缺乏安全感的病人吧！"她低着头，声音有些哽咽。

"你为什么就不愿意往好的方面去想吗？也许现在这种时代不论男女在意的都只是自己，每个人都自私。"他突然低下头去，可能是不想让她看见自己的眼泪吧。

"爱自己难道有错吗？这个社会，每个人都孤独，每个人都缺少爱，这样孤独的群体，自己不爱自己，还能奢望谁来爱自己呢？所以不要抱怨人的自私，是这个时代赋予的，不能怪任何人。"她意识到他的伤心和绝望，但却当作没看到，因为她怕自己一心软就会没办法再继续强硬下去，她不能再害他了。

"那你爱过我吗？你只回答爱或者不爱就好。"他有一种感觉，感觉自己今天从这里出去后，他们以后就真的不会再见了，是一种诀别吗？

"不爱，我从来就没爱过你。"丁灵手死死地掐住大腿然后一字一句绝情地说出。

"好，我明白了！你走吧！我不会再让你为难。"他听得清清楚楚，明明白白了，他们就这样结束了，没有关系了，完了。

她看了他一眼，决绝地从咖啡厅里走出，她捂着嘴巴，眼泪留下，强迫自己不回头。

## 5

天亮了，丁灵拖着疲惫的身子来到画室。裴俊今天没有来，丁灵有点担心，担心自己昨天晚上说得太绝情，界限也划得太清，给他带来了巨大的伤害。

正在丁灵捏着画笔发呆的时候，画室有个女孩像个泪人一样哭着对丁灵说："丁灵，裴俊死了，你知道吗？"

丁灵一下站了起来，手上的画笔掉在了地上，水粉颜料像一朵花一样散在地上。

女孩一边说一边过来摇着呆在那里的丁灵，她哭得很伤心，好像那个刚刚死去的男人是她的老公一般，但是丁灵却没有眼泪。

"死了？你在胡说什么啊！"久久地丁灵才从嘴里溢出完整的句子来，胸口突然一阵绞痛。

"是真的，昨天晚上出的车祸，是醉酒驾车。"

丁灵不相信，她摇着头，先是晴熙再是裴俊，两个人都是因为自己的原因而死去。

晴熙，她本可以救她的，如果那晚，她没有从她家跑出来，那她就不会死，可是现在她死了。还有裴俊，他也死了，在见了她之后，她的冷漠把他逼上了绝路。

她冲出画室，疯了一样的跑到街上，她要找到他，她有太多太多的话要跟他讲，他怎么能这样就离开了呢！她不相信，怎么能够相信呢！

她想回到自己住的地方蒙头大睡一觉。现在，她住在一个租来的廉价房间里，就像个在社会上打滚的打工妹。

丁灵走进房门前还时不时地往四周瞄瞄，关门后又打开门，她希望天天能够突然出现，因为只要他想，他总能找到她，现在，她需要有人在她身边陪伴着，需要有个人能跟她讲讲话。

丁灵呆在房间里，感到实在憋屈，就偷偷去了一趟裴俊的房间，她去按他的门铃，期待着他的突然出现，可是她一无所获。

"好好的一个人怎么就没了呢？怎么能够这样子！"丁灵不相信裴俊已经走了，他应该还在的，只是自己没看到他而已，一定是这样的。

丁灵又觉得裴俊应该是真的不在了，不然他不会丢下她一个人的，如果他还在这里，他看到她现在这个样子，肯定会跑到她面前的，虽然他总是对她表现出一副无所谓的样子，但是丁灵知道他是关心她的，至少每次在丁灵需要帮助的时候就会出现，可是现在他又在哪里呢？

现在，丁灵越想越觉得自己是没有出路了，她拖着疲惫的身躯回到自己住的窝里，像只受伤的小狗一样的缩在角落舔着自己的伤口。

丁灵再一次想到爸爸妈妈，想到韩易悠、想到天天，丁灵想天天去了哪里？他似乎也消失了很久了，她迷迷糊糊中似乎回到了自己的童年生活。

一个人，如何才能学会让自己不孤独，让一颗受伤的心不疼痛呢？丁灵现在已经无人可依，她是不愿回家去的，她也不愿让父母知道这里的一切，现在她只好去找工作，可是没有一家公司愿意招一个高中都还没毕业的在校生，在试了很多家公司后，丁灵最终以失败结束了她多次的面试。明天我该怎么办？她已经有一天粒米未进了，肚子又开始在叫，水不知道喝了多少杯，胀得她几乎躺不下去了，厕所也跑了不知道多少次。去了超市，少得可怜的钱不知道能买什么！连泡面都涨价了，但口味还是那几种，没任何变化。

回到住的地方，她烦躁地在床上翻来翻去，用双手把自己的长头发揉得乱七八糟，然后敲打着床出气。

睡到大天亮才起床，实在是躺不下去了，一个人开始在无人的街上游荡，抬头看看天空，云还在那里悬着，天还是那么蓝，但她眼中却已无云，那白白的棉花絮已随着人世间的风雨、尘埃一次次的洗礼，已沉甸甸的了，于是云便消失了，因为那份象征光明和平的洁白天使已遭侵蚀。天依然是那样的蓝，但是丁灵所见的蓝已经浑浊，是眼泪迷糊了她的双眼，还是晚霞与蓝天相绕再也纠缠不清了。丁灵只感到一阵锥心的痛，那样的清晰，于是便把这一段刻骨铭心的痛当成是她身边一闪而过的小说题材记了下来。虽然心痛，但看来已是相当的麻木了，就像是在一块已毫无生机的假皮上割了一刀，一不小心扯了一下真皮，宣泄的眼泪也不过是祭奠一下那已经死去的人类的真情。

丁灵想就这样死了算了，她突然觉得这个世界已经没有什么值得她再留恋的了，如果没有爸爸妈妈依然还活在这个人世间的话，这一刻，她突然原谅了晴熙，有时候，死亡只是一瞬间的决定，丁灵似乎看到了那个晚上，晴熙醒来时，看着丁灵已经离去的那已经失去温度的床，那些不好的记忆开始铺天盖地的向她袭来，她觉得自己原来一无所有，她觉得丁灵依然是看不起她的，然后她走了，趁她熟睡的时候偷偷逃跑了，她的世界依然是冰冷孤寂的，甚至是眼泪也只是她自己的，她没有朋友，没有她爱的人，亦无需要她爱的人，那短短一瞬间，她觉得一切都是空无的，似乎一切都不具备任何的意义。就像丁灵有天早晨醒来，突然觉得所有的事情都没任何意义一样，爱也好，不爱也好，似乎没有什么可强迫和坚持的。但那种意念是短暂的，过了那一刻，一切又都恢复正常，只是在那一瞬间，人似被催眠、操纵了般。她再一次看到了她从楼上跃下，像还刚刚学飞的小鸟，它本想飞到对面那灯火通明的温暖家园，可是它的翅膀还未强大到支撑起它那笨重的身躯，它直愣愣地坠落到了地面。

丁灵想象着自己回到了摇篮里，回到了那个温暖的怀抱里，回到了那个没有思想、被逗得咧着嘴笑的婴儿时光。

在晴熙死后约摸一星期的一个晚上，丁灵看到了她，她坐在阳台上，双脚挂在阳台外摇啊晃的。

丁灵看着她透明纯白的样子，流下眼泪。

她转过头来，冲她平淡地笑笑，丁灵能感觉到她已不再孤单。

她说，你为什么要自杀，晴熙。

她说，其实我是不想死的，当我躺在床上的时候，我突然想到了妈妈，想到了你，想到明天别人发现我已冰冷僵硬的尸体时，我觉得自己不应该就这么的死去，然后我发了疯般想要起来，可是一切都来不及了。一开始，我是一心寻死，我吞下药丸后去外面的公园走了一圈，我对着公园湖边的树一直说话，喋喋不休，那里留下了我的遗言，那树似乎能听懂我说的，树叶发出清晰的沙沙声，然后我回到了家里，开始躺在床上等死。

她说，晴熙，你好傻，为什么不打电话求救？

她说，这是我欠妈妈的，她因为我而死去，因为我没有帮她打电话求救，我觉得这个债我得还，如果我能活着，那是妈妈的意思，如果我死了，也是妈妈的意思.

她说，你妈妈并不怪你，我在梦里见到过她，她说为你死，是她心甘情愿的，她只是希望你能过得好。

她说，丁灵，你恨我！我夺走了你的妈妈，害死了你的妈妈，让你们阴阳永隔。所以你恨我，你那晚的离开是要告诉我，我无法从你那里得到原谅。

她说，傻孩子，我只是因为不习惯在外面过夜，更不习惯跟别人睡一张床，因为那样，我睡不着，我不想一夜失眠，但又不忍惊动你，所以就偷偷离开了，我并不恨你。无论如何，我都是不愿恨着你的，晴熙。我跟妈妈一样爱着你，你是我姐姐，晴熙，虽然我们之间没有血缘关系，但我们却有幸做了一对姐妹。

裴俊死后，天天也不声不响地离开了丁灵，没再出现过，他该不会是把自己给忘记了吧！丁灵叹了口气，虽然这段时间一直在等待，但等来的却总是失望，但丁灵一次又一次都安慰自己说：“天天只是太忙了，抽不开身，他可能是接了一部国外的片子，所以比较仓促，没时间来知会她一声。”

最后丁灵又觉得，其实天天没有必要向她汇报行踪！他有他的生活，自己又不是他女朋友，不是他真正的亲人，他没有责任或者义务向她交待任何事情，但心里面她多么希望他能来见她一面。

生命中一下子就失去两个人的消息，丁灵突然觉得有点不习惯，她有时候依然还是不相信裴俊已经死去，在她心里，有太多太多有关他的记忆，他的一言一行总在她的脑海里浮现，她总是突然地想起他来，心中涌现悲伤，就像身体的某个部位遭受重击一般。

每个人的生命中都不断的有人消失和出现，金的出现就像当年他的消失一样的突然，十年前的丁灵又何曾会想到金会在某一天突然再出现在她眼前。

# Chapter Six

# 神秘的敲门声

现在应该要回到现实了，丁灵看着无框玻璃窗外，月亮毫无遮挡地挂在天边，远处高层建筑鳞次栉比，公路上的灯像珍珠一样，闪着光芒，这里的夜景确实很美。

## 1

丁灵呆呆地望着窗外，那些记忆是她这辈子永远都无法抹去的伤痛，金的出现，使得所有尘封的记忆都慢慢复苏。

金从口袋里小心翼翼地掏出一个漂亮的红色锦盒。

丁灵敏锐地意识到他接下来要做什么，一阵心慌，便转过头去。

“嫁给我吧！菲娅。”

“我！金……”丁灵有些犹豫，一个男人爱一个女人的最大礼遇就是让她成为自己的妻子，现在金正在实现着他对爱情的这种承诺。

“你不肯？菲娅！可我总觉得你是爱我的……”金紧紧地抓住丁灵的手。

“金，你先别激动，听我说，我的确是爱你的，这点我不否认，可是金，我还有很多谜团要去解开，我不想就这么懵懵懂懂地过我的下半辈子，还有……现在的我依然不自由!”

丁灵站起身走到阳台上，她脸色苍白，眼神空洞，只是直直地望着黑漆漆的夜空。

金虽然知道菲娅在逃避，但仍然跟着她来到阳台上，因为他知道很多人都难以辨清自己到底想要什么？也很难辨别自己所选择的道路是否正确。

他说：“丁灵，在来中国之前，我就彻底地想清楚明白了，我应该给你一个家，这在十年前，我本就应该说，应该做的，可是那时候我身不由己。”

“金，我不是那个意思，你也知道，我不是那个意思，这十年来，我一直在寻找真相，我把所有相关的事情都从头到尾串联了一遍，觉得从认识韩易悠开始，一切都变得不再正常，我一直在梳理这之间的关系，月姨到底是为何而死？还有我妈的死又是怎么一回事？裴俊当年的车祸是否隐藏着什么阴谋，晴熙的自杀表面看起来是对生活心灰意冷，但我觉得这事绝没这么简单，那一连串的死亡让我无法相信这些都只是巧合，还有韩易悠的死，我只是听说，却未真正涉入其中，也许我不该如此多疑，这对死者来说，也是大不敬，但脑海中总是翻腾着这诸多的疑问，我觉得我应该要去弄清楚这所有的一切。”

丁灵的话听起来理由好像十分的充分，但她知道自己还是有些私心的，因为她对裴俊还存在幻念，她觉得只要现在的裴俊想起所有的一切，他们便可以再续情缘。

“你为什么不肯呢？菲娅，那跟你结婚有什么关系，结婚后，你依然可以做你想做的一切，如果你愿意，我也可以帮助你。”他看着她，眼神里有着一种期盼。

丁灵转过身看着外面，下起雨来了，滴滴答答的，接着一点点大了起来，直到最后变成很急的倾盆大雨。

她的手机恰在这个时候响了起来，是裴俊的信息，她显得有点激动。

裴俊说：“空格，车子还在高速路上跑着，离广元还有一百七十余公里，刚过叫科学城的县。不知道梦幻的高速什么时候结束，司机说还有很长的山路要走，而沿途破裂的房子多了起来。”

丁灵边看着短信，边听着雨声，想着裴俊到达四川后所处的作业环境有些担心。

“谁的信息?”金依然在她身边站着，双手插在口袋里惊异地将丁灵的表情变化收入眼底。

“一个朋友。”她把视线转到金的脸上，然后抬起手来抚平他那纠结在一起的眉心，她说，“你应该笑的，金。”

丁灵把注意力重新转到刚才金的那个话题上说：“其实，金，裴俊他失忆了，我是几年前无意中在网上碰到他的，现在我们只是比较谈得来的朋友。”

她一说完，就有些后悔，觉得自己不应该同金谈起裴俊。

“失忆？这真的有点匪夷所思。”金靠近丁灵握着她的手说，“菲娅，你就不要再想裴俊的事了！还是认真地考虑一下我们的事情吧！”

丁灵目瞪口呆，为了避免尴尬，她故意转过头去逃避金的那种焦虑的眼神。

她冲着金微笑了下说：“让我想想吧！我会考虑的，你应该饿了吧！我做饭给你吃。”

那是个小小的网吧，这个时候基本上满座，都是些玩游戏的小孩，空气中散发着一股潮湿而又温暖的味道，因为刚刚下起雨来，炙烤一天的地面终于得到些许的缓冲。

此刻，外面暴怒的雷声震得玻璃窗吱吱响，风声凄厉而又低沉，闪电就像是要在眼前劈开，然后穿过墙壁击中室内的某个目标，墙壁，它在颤抖。

丁灵看着电脑屏幕右下方的时间正好显示十二点，她有点懊恼自己当初的决定，她觉得自己不应该跟着她们出来的。

此刻，和丁灵一起被困在网吧里的还有她的两个大学同学瑷悦和方雪。

瑷悦说丁灵在人生的关键时刻清醒了一把，抓住了改变命运的轮盘。她说经过推理、论证得出的事物才能万无一失，即使不能够得到也不会后悔。

瑷悦是一个纯物质主义者，但是她物质的坦然，所以在这点上丁灵不讨厌她。

瑷悦择偶的标准就是对方有钱，即使那个人丑得一塌糊涂。她说这样的两个人即使有一天因为生活而吵架也不会让自己觉得绝望，因为原本就是因为物质在一起的，所以不会出现理想与现实发生强烈撞击的担忧，反正吵就吵吧！

从这一点上，丁灵有点明白那些悲剧家庭产生的原因了，也懂得了当年晴熙的可怜处境。

瑷悦说丁灵是个恒温的动物，不会有太大的波动，注定一辈子平平淡淡，也许将来会找一个有钱又有貌的男人快乐地过一辈子，因为丁灵在她的眼里还是具备了一个好女人的所有条件，所以这样的一个女人是注定要幸福的。

在学校里，丁灵有两个很要好的朋友，一个就是上面提到的瑷悦，另一个叫方雪。这两个人性格完全不同，而丁灵对瑷悦是又爱又恨的那一种，明明天生是敌人，却非要搞成朋友，而丁灵从来都不承认她是自己的朋友，但是最后却不得不挂上这个名号，怕她K啊！屈于暴力。

三个人约好晚上十点钟一起翻墙出去上通宵网，她们躲过宿舍管理员的查房，瑷悦第一个翻墙过去，拉丁灵的时候有点吃力，因为她没有翻墙的经历，一个在上面拉，一个在屁股后面推，虽然动作十分的不雅观，但当她们的脚踩在围墙外的地面时，三人都笑了。

外面的雨还在下，似乎永远都停不下来，丁灵百无聊赖的只好点开网页看看里面的新闻，也顺手打开很久没用的QQ，手突然有点轻颤。

她看了一下在线的名单，然后定定地看着黑夜舞精灵‰的QQ头像。

丁灵呆呆地坐着，就在十几分钟前，来了一辆车子，下来两凶神恶煞的男女，在一台电脑前揪起一孩子就是两巴掌，嘴里喋喋不休地训骂，还不过瘾就对着收钱的又是一顿大骂，所幸没打起来。

在场的除了丁灵表情惊诧外，其他人要么嫌恶，要么不理不睬继续玩自己的。

丁灵陷入沉思，她只是想不明白，父母与子女之间从什么时候开始竟成了自己现在所看到的这样一种敌对的关系。是爱之切呢？还是恨之深？她的视线开始模糊。

外面的风争先恐后地从门和窗户挤进房间里来，凉飕飕的，丁灵不自觉得打了个寒颤，汗毛孔就全竖了起来。

这个时候，电脑里传来咳嗽声，丁灵隐约中发现黑夜舞精灵‰的QQ头像竟亮了起来。她一阵惊喜一阵惶恐，怎么会这样？难道谁盗了他的QQ号？还是裴俊的鬼魂来跟她幽会了，丁灵像被电击般的木在了那里。

就这样僵持了大概一分钟，方雪看看丁灵神情不对就跑过来问："丁灵姐，你怎么了？"

丁灵还是呆呆地坐着，动着嘴唇说："小雪，我未婚夫回来了，他的鬼魂来跟我约会了，你相信这个世界有鬼魂吗？"

"是啊，这个世界当然有鬼魂了，不过你自己的那个鬼魂就自己搞定。"她笑着。

丁灵看着在那里偷笑的小雪说："真是的！我是认真的。"

方雪一副经验老到地说："你先跟他聊着看看拉，或许能够发现点什么呢？"

丁灵试探性地发了一条信息。

空格：你好！你是？怎么在我的QQ好友里？

这时瑷悦也过来凑热闹，看到丁灵发的试探性的短信发出了一声长长的无奈声后说："你怎么这么土的哦！问这种话。"

丁灵对她做个鬼脸说："你厉害那你来聊啊！"

她起身准备让贤。

方雪把丁灵又按下去说："这是你自己的事，自己面对，怎么样都好，做个了断吧！"

丁灵看看黑夜舞精灵‰的资料，除了昵称外，其他的什么都没留下。她想裴俊的QQ号一定是被盗了。

## 2

"你直接挑明讲不就好了，干嘛要拐这么个大弯。明摆着就是他甩你嘛！你当初看到他死了吗？你也只是听别人说的，你有在报纸上看到过这个报道吗？你真的不是一般的笨。"不知道什么时候瑷悦已经站在丁灵的身后。

丁灵抬起头看着瑷悦，有点难过地说："悦，我知道你的好意，谢谢你。但我相信裴俊不是这样的人，我相信他，如果他真的没有死，我想他也是有他的苦衷的。"她对瑷悦露出一个微笑来。

靠在椅背上，丁灵闭了闭眼，四年了，这四年之间裴俊改变了多少？他希望自己重新进入他的生活吗？如果他也像自己一样地期待与他的再一次重逢的话，就不会装作与她不认识了。

也许人的一种天生的劣根性让他对自己越不怎么热情的人越抱有兴趣，他开始对丁灵有点兴趣了，抑或那时他正闲着无聊，他发过来一条信息。

黑夜舞精灵‰：小妹妹，你是哪里人？

空格：杭州人，你呢？

黑夜舞精灵‰：我也是杭州人，但我讨厌那个地方。

空格：你真特别，一般人对自己出生的地方都会有一种很深厚的感情。

黑夜舞精灵‰：我是浙江大学，零三届，医学专业的。

空格：我讨厌医生，特别是军医，日本的军医就是最变态的。

空格：为什么讨厌杭州？

黑夜舞精灵‰：那里有我不愿忆起的伤痛。

空格：现在呢？现在还是讨厌吗？

黑夜舞精灵‰：讨厌，也许一辈子都难以再喜欢上，想要摆脱，却又像噩梦一样的纠缠。

空格：跟爱情有关吗？我从不知道男生也会为情所苦。

黑夜舞精灵‰：你最痛恨的是什么？

空格：欺骗，你呢？

黑夜舞精灵‰：背叛。

这时，网吧的日光灯闪烁了一下，丁灵抬起头来，只见窗外的房屋在闪电的映照下泛着青幽幽的光，接着又是一阵雷轰，地仿佛塌陷了般。

丁灵不自觉得抖了下，她清楚地看到对面的路边在闪电的瞬间照耀下，树木露出狰狞的面孔，让人有点毛骨悚然，丁灵突然有点害怕起来，仿佛自己已经离开了原地，置身到了另一个空间。一切都似乎在这一刻停住了，从外面吹进一些残旧的废弃物，震耳欲聋的雷声继续轰炸着，似要响彻这天地间，覆灭一切。

又是一道闪电划过，丁灵看到一个男人站在对面的树底下，那张脸很熟悉，俊，是他，他正盯着她看，她揉揉眼睛再看的时候，却发现什么都没有，外面仍是黑漆漆的。

丁灵猝然惊醒，起身坐在床上，用手轻轻擦去额上的汗滴，然后扯弄自己那长长的头发，她又做梦了，那个几年前的晚上，她所经历的离奇事件。丁灵觉得自己肯定是出现了幻觉，抑惑她得了精神分裂症。那个网吧没过两天就被封了，不知道是有人举报还是被检查出存在安全隐患，总之是被封了。

这时，丁灵看到放在电脑旁的手机显示屏突然亮了起来，她赶紧走过去拿起来看是否是裴俊的信息。

丁灵拿起手机看了看时间，是凌晨三点，上面有几条未打开的信息，显示裴俊。

她没有急于打开短信来看，只是迷迷糊糊地从床上下来，光着脚跌撞的冲进浴室，让温暖的水流从头到脚的冲淋而下。

缓和了点情绪后，丁灵拿来一条毛巾轻轻擦干自己的身子，然后裹上一条长浴巾走到客厅。

月光从窗外洒落进来，幽幽的，隐藏着点神秘的气息，风轻轻地从阳台上开着的落地玻璃门外吹进来，有点凉凉的，那凉凉的风里带着点寒兰花的清新味道，阳台上的那盆寒兰花开得正到位。

这盆寒兰花是晴熙唯一的遗物，是当年她和晴熙一起从山上移植过来的，所以丁灵待它如孩子般。

丁灵习惯性地走到冰箱旁，打开冰箱门取饮料。

这时候，传来砰砰的敲门声，丁灵放回饮料，关上冰箱门，走到房门边上，她从猫眼看出去，却什么都没看到，心里突然涌上一种不安的念头。

她还记得那天，网吧的电源恢复正常后，裴俊的QQ已经重新变成了灰色，而丁灵也发现了一个奇怪的问题，那就是她跟裴俊的聊天记录是空的，也就是说，裴俊从始至终都未上过线，也未跟她聊过天。

丁灵返回自己的房间，她拿起手机打开裴俊昨晚发给她的短信，映入眼帘的是一张排列着顶部印着民政救灾字样的蓝色帐篷的照片。

裴俊说："照片上的这个地方位于青川县的一个乡，山路十八弯，地势也非常陡峭，司机开得很快，像在飙车一样，有点吓人，但那边的风景却真的很好。"

现在应该要回到现实了，丁灵看着无框玻璃窗外，月亮毫无遮挡地挂在天边，远处高层建筑鳞次栉比，公路上的灯像珍珠一样，闪着光芒，这里的夜景确实很美。她坐下来化妆，看着镜中的自己，感觉不认识似的，这种眼神，这种表情，好像看着一个不熟悉的躯壳一样。丁灵怀疑是自己的灵魂上错了身，但是她仔细地，像画画般描画着。

谢天谢地，裴俊已经安全抵达广元地区的青川县。

他说："那里有点像某东亚战乱小国，到处是危房帐篷和军队。这里有电，虽错乱却很有秩序，和想象中一样，请放心。"

裴俊曾告诉丁灵，他喜欢原汁原味的原稿，不喜欢那种经过加工的成品。哪怕是再笨拙的写作手法和技巧，只要是用心去写，便能被读者所认可，所推崇。

正当丁灵打开电脑认真写文的时候，她又听到外面门的敲击声音，那声音不休不止，似那催命的锣更。

这下可是惹恼了丁灵。

这人玩笑也开大了，被我抓到就死定了，丁灵气呼呼地想着，然后快速冲到门边，打开门，却只看到个人影一晃而过，她急忙追了出去，她非要逮到那可恶的贼不可，她发誓要好好地教训那扰她清梦的家伙，她誓要让他付出点代价的，管他是人是鬼都好，她是不想放过那个在别人家门口捣蛋的家伙了。

发誓归发誓，丁灵最后也只得悻悻而回，然后无奈地把门关上，站在镜子前看着脸上的妆，突然感到有点不可思议，她竟然忘了自己何时给自己画上妆的，自己又为何在深更半夜里给自己化妆。

回到房间，丁灵又继续看裴俊昨晚发来的信息，她想这几条信息应该是他在早些时间就已经编好的，可能是信号的原因没能及时发出。

信息的内容大致如下：

这里是国务院划定的危重灾区，那时候说死了几千，其实到现在已经上升到更多，这是预料中的事情，接下来找到的都很难再有生还者，原想吃的东西应该没什么问题，可想都别想，还是自己带的比较实在。我们还有两小时山路到一个叫清溪镇的地方，那里是浙江的大本营，早晚都得下去的，晚上可能可以看到一个大学同学，就是不知道他有没有累趴下，条件非常恶劣，到现在我只喝了一罐八宝粥和吃了一点饼干，有一顿没一顿的，队长说，伟大作品都诞生于非常时期。多好，创时代！

睡梦里，丁灵的脑海中反复出现一个男人的唇，却看不到他的脸孔，在唇舌缱绻间，影像里有男女热烈拥吻的画面。

自从那个神秘的夜晚之后，丁灵就开始上网，开始在网上等待那个叫黑夜舞精灵‰的男孩。

她很少碰到他，记忆中，似乎只有在打雷闪电的晚上才能碰到他一两次。

空格：最近过得好吗？还记得我吗？

黑夜舞精灵‰：当然记得。

空格：我可以看看你吗？

丁灵直接把视频发过去，戴好耳麦。

电脑屏幕上弹出两个窗口，右下方显示出丁灵本人的视频影像，左上方则是裴俊那边的视频，却是一片的白，没有任何的影像。

丁灵在键盘敲击出一行字：你在哪里？我怎么看不到你？

对方没有任何的反应，一会后，那白布似被掀开了般，丁灵看到了 QQ 那头的人，一张英俊得令人窒息的脸孔出现在她眼前，他的两颊有酒窝，脸部表情稍微有个变化，那可爱的酒窝就会呈现出来，他的眼神温柔似水。

丁灵一阵战栗，她盯着他的嘴唇，那嘴唇在视频里显得坚毅光滑，更是充满了诱惑的张力，丁灵想凑过去亲一下，感触一下那两片嘴唇的柔软，这美妙而又性感的唇多少次出现在她的梦里，那时候她看不到那人的脸，只能感受到他的唇，那唇有着坚毅的真实质感，每次都是轻轻地抚上她的唇瓣，猛烈、热切而又不可制止。

那吻带着点压抑已久的急切和深情，他的舌滑入她微微开启的唇瓣，汲取着她口中的甘露，舌尖轻轻挑逗她那未曾开发的原始欲望，带着强烈的幸福和甜蜜的眩晕感。

视频里的男人比几年前成熟、英俊了许多，他身上透出冷冷的气质，那气质似可以掌控一个人的呼吸，尽管他坐在她的对面，但她依然能感觉得到他的高大，他那结实的体格完全摆脱了少年时的青涩。

她真的好想念裴俊，无数次，在深夜里醒来，心都是疼痛的！

## 3

凌晨，四点。

一个房间里响起惊惧的哭叫声，那声音充满绝望和悲切。

“妈妈！”一个小男孩听到叫声从隔壁房间的床上跳下来，连鞋子都忘了穿，他冲到那传出叫声的房间外火急地大叫。

“妈妈！妈妈！”小男孩拼命的拍打着门，可是力气太小了，想要撞开门对他来说无疑是蚂蚁撼树。

小男孩继续拍了会后，就直勾勾地看着门把锁，他歪着脑袋想了会，然后用他的小手旋了下，那门竟然开了。

小男孩冲到床前，他透过窗外的光亮看到那个他嘴里喊叫的“妈妈”在床上痛苦地挣扎着。

“妈妈！妈妈！你怎么了？你又做噩梦了吗？”小男孩爬到床上，呼唤着她，他用小手擦去她额头上的汗滴。

“妈妈！醒醒，妈妈！不要害怕，小冰在这里呢！妈妈，小冰来看你了。”小男孩不停地摇晃着那闭着眼睛一直在呓语着的女人。

“小心啊！”梦中的女人流着眼泪。

梦里，他们正在车上，影像里，那翻滚而下的石头，突然塌陷的公路，她看到了那悬在他们头顶的巨石，那石头突然飞了出来，即刻就要把他们砸成肉沫。

女人突然睁开眼睛，看到床上俯在她上空的黑色人影，她大叫一声，晕了过去。

早晨，丁灵坐在办公桌前，手上握着她的手机，旁边的瑗悦和方雪以及蓝吧的其他员工一直在热烈讨论昨晚的余震，但丁灵却什么都没听进去，她现在正努力回想着昨晚发生的一切，昨晚除了发生一些不大不小的怪异事件外，她大多时间都在梦境里厮杀。

早上，她到八点多钟才醒来，如果不是方雪连续不断打来的电话打扰她的清梦，丁灵想她非得再睡上几个钟头不可，她醒来除了发现自己平安无事地依旧躺在床上外，还发现自己全身酸痛，那无力的感觉就像是昨晚搬了一夜的石头，最后她打了个抖。因为此刻出现在她脑海中的就是她在昏厥的前一刻所看到的黑影，那黑影究竟是什么东西？她是晕倒了，是的，她还记得，昨晚她床上是有个黑影，一想到这，丁灵再一次颤抖了起来，她依稀记得那黑影叫她妈妈。

——天哪！这到底是怎么回事？怎么会有人叫她妈妈，这不是见鬼了是什么？

如果说她梦到裴俊被飞出来的巨石砸成肉酱只是她日有所思，夜有所梦的幻觉，那昨晚的那个黑影就绝对是真实存在的，可那绝对是不可能发生的事啊！难道昨晚只是一场梦，可为何她觉得如此的真实呢？她明明是看到了，那黑影离她那么的近，它甚至用手碰触过她。一想到这些，丁灵就觉得毛骨悚然。

从早上醒来开始，丁灵已经不知道给裴俊发了多少条短信了，可是都石沉大海、杳无音讯。

“姐，你在想什么呢？这么入神。不会？……”方雪看着从进蓝吧就一直发呆的丁灵微笑地打趣。

“是啊！昨晚你们？我们可是知趣的给你们创造两人世界了。”瑗悦也停止刚才的热烈讨论加入捉弄丁灵的行列。

“看你那表情就知道你们又开始想入非非了。”

“哼！告诉你，不是你们所想的——”被方雪的叫唤拉回神游魂魄的丁灵慌忙解释着。

“解释就是掩饰，你还是承认了吧！孤男寡女共处一室，你说自己是清白的，会有人相信吗？”瑗悦可不是那种省油的灯。

“姐，你这次是非结婚不可了，我看他是真的爱你，你跟他结婚一定会幸福的，我能从他的眼睛里看到真诚，想到你就要结婚了，我心都开始酸了，他可是全天下都很难找到的好人了。”方雪的眼里充满着崇拜的神情。

“那也是的，这点我不否认，金确实是我见过的最优秀的男人，可是人总不能因为别人爱着你，便要以身相许，对吧?”丁灵说。

“你看看吧！小雪，一根筋的人总是把幸福亲手奉送给上帝后才懂得后悔两字怎么写。”瑷悦斜着眼看着丁灵，似一副早就摸透她脾气的模样。

方雪此刻也将眼睛瞪得老大地看着她，有点不解地说：“我的上帝，你是不是脑袋秀逗了！那人可是完美的金矿啊！我跟悦姐昨晚可是专门去了解过了，再加上完美的相貌以及热烈地爱着你的那颗心，你说你还能去哪找这样一个完美的男人，我真的不知道姐你还要他具备些什么东西?”

“小雪，小悦——我看见了……”丁灵似没听到方雪的话，自个说自个的。

“又看见了，你的那个只是幻觉，你为什么要一直记挂在心上，都说裴俊已经死了，你为什么还要看见!”瑷悦有点懊恼、有点心疼地看着丁灵。

“是啊！姐，裴俊不会回来了，他已经死了，你该忘了他了。”方雪突然严肃道。

“他没死，你们看！这是他昨天晚上给我发的短信。”丁灵有点神经质的慌乱地去翻看自己的手机，可是却什么短信都没翻到。

“有的，明明有的，为什么？真的有的，昨天晚上我看到了。”丁灵急得都要哭了。

“姐，你别找了，不会有的，裴俊不可能给你发信息了，你醒醒吧!”瑷悦捏着丁灵的手试图让她平静下来。

“可能是我迷糊中删了吧！我总是有删短信的习惯。”丁灵宛如小孩子一般用企求的眼神看着瑷悦和方雪再一次解释着。

就在这时，她的手机突然响了起来。

几个人都颤抖了下，停止了讲话，她们都吃惊地看着丁灵的手机，好像这手机装载着多么神奇、恐怖、寒冷的信息。

丁灵脸上终于露出笑容，她说了句：“我就知道裴俊没死，你们看，他给我来信息了。”说完，她举起自己的手机，然后把屏幕对着瑷悦和方雪。

两人除了震惊之外，就是一起挤上前去抢手机确认。

“好！好！好！你们去忙自己的吧！我可是迫不及待地想要知道那边的情况了。”丁灵贼笑地坐回自己的位置，将身子埋在软皮椅里，她将走远的瑷悦和方雪从头到脚看了一遍，这才打开短信。

裴俊的短信里说：“空格，一切安好，要开工了，昨晚发生余震，挺折腾人的，这里有电，物资方面也还算充足，但因为协调不力，很多资源暂时无法取用。清溪镇上人很多，百姓秩序却很好，没有发生哄抢的现象，大家也很开心，表情像是在过节，但因为今早才完成第一次救急物资的发放，百姓很有意见，再加上体力方面已经恢复过来，如果这样的时间长了，情绪会很容易上来。今天，我们也要去一个叫木鱼镇的地方安营了，现在处于被调度的过程中，这么快确定还是好的。”

原本裴俊所在的第九批队员接上级通知要取道木鱼镇，但中途，上级又发出新的指令，要他们这一批改道板桥乡。

丁灵很难将赶赴灾区的裴俊和十年前的那个有着相当深厚的艺术天分的东州集团太子爷裴俊联系在一起，这种刚柔并济的男人总是让人刮目相看。

裴俊也曾说过，有一首歌唱得很好，可以拿去诠释现代人的初恋——

爱情边走边唱，

唱不完一段地久天长，

心中抱着希望，

只看到失望。

……

不要对第一次抱着多少希望，那是幻觉，拥有甜美的美好幻觉，一个人做着美梦就不愿意醒过来，但是终归是梦境而已，在梦里你就该知道自己在哪里，和谁在一起。你得试着做好随时离开的准备，这样才能把可能的灾难预计好、避免掉，才会让自己不受到太大的伤害。从美梦里醒来，避免不了的惆怅，却可以避免得了绝望。




这就是裴俊，从一开始认识他，丁灵就知道，无论是从他口里说出来的话还是从哪本书里挑出来的名言，都能用得恰到好处。

裴俊四年前的复活以及性格和对生活态度的大转变，对丁灵来说，那依然是个谜。

“你看你啊！整天都在想些什么哦！那只鬼走了，你就打算一直这样下去吗？他的心里分明没有你，不然不会让你如此担心的。醒醒吧！姐。”方雪不知道什么时候又突然出现在丁灵的眼前。

“小雪，你真的很吓人啊！我的事你就不要管了吧！我都说过多少次了！”丁灵突然大动肝火起来。

“姐，你很少发火，今天是怎么了？”方雪眼睛红红的，有点被惊吓到了。

丁灵意识到自己语气重了点，急忙向方雪道歉：“小雪，对不起！真的对不起！我不知道自己最近怎么了！有时候会动不动就莫名其妙地发脾气。”

“没什么！我只是担心你，怕你失去一段大好的姻缘，初恋固然是难忘的，特别是在热恋的时候，突然失去的恋人，就会更加不可忘记。”方雪吸吸鼻子，继续说，“姐，你自己好好想想吧！我出去工作了。”

“恩！知道了，小雪，刚才的事情你别往心里去，最近我心情不是很好。”丁灵觉得方雪也讲得没错，如果裴俊真的爱她，是绝对不可能这么长时间不和她见面的。

## 4

这时，裴俊又发来信息说：“触目惊心这个词在这里找到了最好的诠释，进入大山子地带，信号时断时续，给你发信息也会变得艰难起来。”

接下来，就如裴俊所料的那样，丁灵都没有收到他的任何信息。

下班后，丁灵整理了下衣物，到浴室里准备洗澡。

她想到漫长的一个月时间里，裴俊应该连泡个热水澡的权利都被剥夺了。

正当丁灵洗澡的时候，她又听到外面传来砰砰砰的拍门声。

“谁啊?”丁灵被吓了一跳，她整理了下思绪后关掉淋浴，侧着耳朵大声地问。

这时候，外面的拍门声突然停止了，一切又恢复了平静，似乎刚才那声音根本就没有过一样。

丁灵睁大眼睛，狐疑地转了下眼珠子，甩甩头又打开淋浴，这会儿，她调了下水流的速度，水哗哗的声音也比之前小了很多。

她洗到刚一半，外面又传来声音。

这会儿，丁灵倒是镇定了许多，此刻那声音已不是拍门声，而是手机的铃声。

丁灵那颗悬着的心总算是放下了，知道她住的地方又知晓她手机号码的人肯定是自己身边的人。

丁灵不得不草草冲去肥皂泡，披上浴衣出去接电话。

她一接起电话就听到那边在炮轰：“菲娅，你现在在哪里？中国吗？你这丫头片子到底是怎么回事？家里因为你都闹翻了。”

丁灵怕自己的耳朵遭殃，只好把手机拿开耳朵一点，心想他肯定又在瞎掰了，大伙这么多双眼睛盯着，真想不让她走，她还能走得了吗?

丁灵做了个无奈的动作，就在同一刻，她全身的血液在瞬间凝固。

如果大伯不是那个拍门的人，那拍门声会是谁制造出来的?

“大伯！你欺负我！父亲那边，您就帮我解释一下嘛！拜托了！还有我会照顾好自己的，所以请放心！”在大伯面前丁灵永远都能放得很开，而且心情也会变得大好，好像再怎么困难的事情也都能轻易解决一般。

“你为什么不自己跟他说，你们毕竟是父女，总不能为着一些小事怄一辈子气吧！”

“大伯，我哪有你想的这么小气，生谁的气都可以，就是不能生父母的气不是？我不跟他讲是因为我还不想回去，等会他又该念叨我了，与其等会两个人都不高兴，还不如由你代劳！就这样吧！大伯，我洗澡才洗到一半呢！肥皂泡泡一身都是呢，好了，好了，下次再侃吧！”

一挂上电话，丁灵贼笑了一下，她往四周扫视了一圈，恐惧再一次袭了上来。

“天啊！这到底是谁啊？为什么要这样做！真是玩笑开大了！”丁灵极力控制濒临爆发的情绪，强迫自己冷静下来。

必须！

丁灵打开门，黑夜，扑面而来。

外面依然空空如也。她静静地伫立在门口，感觉它正在某处的角落里注视着自己。

想到这里，她快步走下楼梯。

除了门卫那里亮着灯外，小区里黑漆漆的。

门卫处，老头正悠闲地坐着看报，时间并不是很晚，他还没有开始打盹。

“刚才是不是有人进小区？”丁灵问他。

门卫一惊，转过脸，盯着她，眼睛一眨都不眨，

“没有，今天大家都聚到广场为灾区人民祈福去了，现在还没到结束时间呢！你怎么没去参加这个活动？”

这么一问，丁灵忽然想起来了，可是，她是太担心裴俊，以至于忘了身边太多的事情。

丁灵疑惑地看着门卫，又看看静谧的夜，轻轻地叹了一口气，无奈地往回走。

回到门口，她忽然发现，刚才急着下楼，竟然门也没关。她紧张地扫视了一圈，房间里，一切都跟她出去时没什么两样。

裴俊的信息总是来得及时，他就像是抚慰她阴暗潮湿生活的阳光。

他说：“今天余震就震了三次，很厉害。”

丁灵翻开网页，看到他用手机在日志里写的一段话，内容大致是青川一夜，我失眠了，想了很多，有关生命，有关价值，有关爱。这样的思虑让人迷惑。是的，没有经历过生死，想参透这些，很难。可我经历过生死，却仍然无法参透。

丁灵突然想起和裴俊临走前的对话，他说：“我大学时候，看过这么一段话，有人说是苏格拉底说的，也有人说是别的哲学家说的，不过我更加认定那是某个网友写的，大意是，一个失恋的人，其实并没有失去任何东西，因为失恋而伤心痛苦是因为

他们还有爱，否则为什么哭泣？哭泣的该是那个放弃的人，那些放弃了爱的人才是可悲的。”

一段感情的维持比什么都难，所以我们经常羡慕那些上了年纪的老夫妇手挽着手走在公园里。

苦笑，无奈。

唉！丁灵老气横秋地叹了口气。

挺难的，真的挺难，生活让邂逅变成瞬间，让它变成永恒却需要极强的能力。

裴俊的心丁灵能看到，就像看她自己一样，不敢说自己是何等轰轰烈烈的大人物，但却平凡得真实和真诚。

丁灵觉得自己实在是太累了，浓浓的倦意席卷全身，她感到身心疲惫，她管不了那么多事了。

男人静静地坐在床沿上，看着女人的睡颜，她睡得并不安稳，缩成了一团，双手紧紧地抱着薄被，眉心深深地纠结着，她又在做噩梦了。

男人有点不忍地看着，俯下身轻轻地吻了吻她的眉心，他试图用自己的亲吻去抚平她难以承受的重。他想要知道自己不在的这段时间里，她究竟发生了什么事情？

方雪找到他，求他不要放弃这个女人，说她自从美国回来后就变了样，似是着了魔般整天抱着手机，还天天说些莫名其妙的话，每天精神恍惚，睡眠不足。

“不要走——不要走！”女人抓住男人的手，在梦里哀求着。

男人用另一只手握住女人的手，眉心微皱，带着点心疼地抚摸她的脸颊。女人握着男人的手，安心地睡着了，男人弯下身，轻轻地吻触她的嘴唇。

“不要动我妈妈，你这个坏人，你怎么溜进我妈妈房间的。”一个小男孩似乎憋了很久的气，冲进来对着男人就是一顿拳打脚踢。

“妈妈？你是从哪冒出来的小鬼？”男人抓住小男孩的手，示意他小点声。

“我不是小鬼，我是妈妈的孩子。”小男孩执拗着。

“好！小鬼，我们出去谈话如何？”男人牵着小男孩的手走出女人的房间，快出门的时候，他回头看了一眼床上的女人。

一大一小坐定后，男人开始问话：“说吧！小鬼，你为什么在这里？怎么进来的？”

“你又是怎么进来的，为什么我从没见过你。”小男孩毫不示弱。

旁边的浴缸有两条小鱼闲情逸致地游玩、追逐着。

“叔叔本来就住这里，没有什么进来不进来的，你看那两条鱼，应该是情侣关系。”

“我也本来就在这里的，我本就这家的孩子，这两条小鱼应该是母子关系。”

男人蓦地抬起头，像是忽然才发现眼前这个小男孩的长相，这一刻，眼神相对，他这才看清楚他的脸。

我的天！

——你这是遗传了谁的长相？

——啊！

随着女人的厉声尖叫，一大一小齐刷刷的转过头去，只见他们刚出来的那扇门外，站着一个凶神恶煞的女人，她死命地揪住自己的头发，额头上青筋暴突，眼睛圆睁，露出腾腾的杀气。

天啊！世界上怎么还会有这么让人纠结的面部表情，就像是眼前的两人是杀她全家的恶徒。

男人皱皱眉头！

"大叔，我妈妈是不是在梦游啊！"小男孩吓得往男人的怀里钻，还不忘抬起他那无辜的小脸，用委屈至极的眼神看着男人，然后似是找到了安全的避难所般松了口气。

"貌似在梦游，但我看不像！"男人也紧紧抱着小男孩，小声地嘀咕。

"你们是怎么进来的？"女人怒气冲冲地走到两人的面前，不停的拿手当扇子扇，嘴里不停地嘀咕，"血压高了，我真的受不了了，真想一脚把你们踹出门外去。"

"不是吧！用不着这么小气吧，我当然是走进来的，难道还爬进来的？"男人撇过头去，没有正视女人的脸，一副事不关己的表情。

"呵！真有你啊！小不点，你不要告诉我你是被这个龌龊的男人带进来的。"女人尖酸刻薄的对着小男孩说。

"龌龊？"男人发出愤愤不平的大叫声。

稍微平静点后，他带着点坏笑嗲声嗲气地补上一句："是谁几分钟之前拉着人家的手说，亲爱的，不要离开我。"

"什么？哈！我会拉着你的手。"女人睁大眼睛吃惊地望着眼前的男人。

"是真的，姐，我可以作证，而且这个男人还狼吻了你。"躲在男人怀里的小男孩终于把战争的矛头指向了男人，迅速寻找自己同一阵线的战友，来了个阵前倒戈，并且马上改换称呼。

男人咽了咽口水，吃惊地看着自己怀里的小男孩，露出一副终于看清楚狼人真面目的表情。

## 5

导火线一经点燃，战争马上爆发，血流成河自是不在话下。

女人操起旁边的挂衣架一副蓄势待发的样子，男人慌忙扔下怀里的小男孩作逃走状。

小男孩站起来揉揉摔疼的屁股，如释重负，他拍拍手，转了下乌黑的眼珠子，古灵精怪地打算开溜。

小男孩有一双很漂亮的眼睛，那眼睛同女人般散发着淡淡的幽蓝，那眼里有着深潭般摇晃的影子，那是一张稚气未脱的纯净脸孔，透露着浓浓的青涩。那脸的五官明朗、浓郁，年轻得似乎隔绝了这世间的所有浑浊杂质。

小男孩小声地说："哇！转移目标成功，吓死我了，还是趁现在赶快溜吧！"

"停！"女人一声狂呼。跑在前头的男人和正准备溜的小男孩都应声停下。

男人正转过身，女人双脚却停不住，狠狠地把还没站稳的男人连带一起撞翻在地上。男人蹙着眉，尴尬地看着把他当成肉垫子的女人。

此刻她正以极其不雅观的姿势趴在他的身上，女人不自觉得伸出舌尖舔了舔嘴唇。

"你可以起来了吧？"男人有点不舒服地扭捏起来，他身体的某个部位因为她刚才近距离的那个小小动作而有了惊人的响动。

女人似意识到了点什么！抬起头来，她两颊酡红。

"你实在是太恶心了。"女人被一阵莫名的战栗惊吓到，她试图撑起身子离开。

"恶心？你不觉得这是对你的一种赞赏吗？"

男人说完，长手一揽，致使女人又重新趴在他身上，同时他也迅速吻住她的双唇。

她在他的引导下微微张开唇瓣，舌尖轻啄，从蜻蜓点水到唇舌交战，她的手本能地伸进他的衣服里。

站在旁边看着正本色上演的限级版场面，小男孩张大嘴巴连气都不敢出，这尴尬的处境哦！是留是走都显得有点艰难了。

看着正交缠在一起的地上两人，小男孩终于艰难地发出声音来破坏好事："姐姐，大叔，我可以走了吗？"

"恩，去吧！"男人翻了个身，把女人压在身下，然后朝小男孩挥了挥手，下一刻，两人都停止了继续前进的动作，坐起身却发现小男孩早已不知所终了。

男人平复了下自己，然后站起身拉起还坐在地上的女人，女人此刻满脸通红、尴尬异常，她低着头一副小女人样，不敢看身边的男人。

男人戏谑说："你还以为自己现在是十七、八岁小姑娘啊！"

"愕！"女人不敢置信地看着眼前的男人。她没想到男人会说出这样的话，有点难以置信，前一刻还亲密的如漆似胶，现在这一刻已经完全找不出彼此之间前一刻有多么的亲密了。女人有点受伤的整理自己的衣服，然后默默地准备回自己的房间。

"菲娅。"男人快步上前拉过女人，快速地印上自己的吻，喃喃道，"对不起，菲娅！请原谅我的语无伦次。"

"无所谓，我本来就是你的情人，这又有什么！"女人终于清醒过来，戴上面具说话，突然她又转变了下语气对着最旁边的那间卧室大声嚷嚷着："小冰，你给我从房间里滚出来。"

"你们继续亲热嘛！我不看就是了，儿童不宜。"房间里传出措辞老成的声音。

都说嘛！人不可貌相，别小看了那毫无杂质的单纯脸孔，脸孔也是会骗人的，至少眼前这小不点就是个典范。

"你！看我怎么收拾你。"女人马上摆出一副比榴莲还要臭的脸孔，愤怒中带着一点强悍。

"丁小冰，你还不快出来老实交待你现在为什么会在这里，不然就别怪我……嘿嘿！"女人看着自己的拳头吹了口气。

"姐！"小男孩耷拉着脑袋慢吞吞地从房间出来，一副英雄气短的神情，但他仍然不忘朝女人身边的男人翻翻白眼，然后找回了点神气说，"姐，你偏心！我不服。"

女人看了看身边的男人，再看了看小男孩说："姐绝对公平，你等着看吧！小冰，你说是你主动交待好点呢还是……"女人又举起拳头来。

"姐，难怪你到现在都嫁不出去，我看就是这拳头害的。"

"嘿嘿！丁小冰，你还记得你是怎么离家出走的吧？"

"记得，你说了我拉错了！我就把小提琴一扔，然后跑回乡下去了嘛！"他低声说。

"呵呵，是这样的吗？你好像是一把把小提琴砸在地上，然后气鼓鼓地离家出走了吧！既然出去了，那你还敢回来？像你这么调皮又脾气大的孩子还真少见，也不知道是遗传了谁的，真是头疼。"女人冲着男人和小男孩无奈地笑着，那笑充满着暴风雨来临前的残念。

三人坐定，一场家庭式的谈判正式开始。

"这是我弟弟小冰。"女人摸着小男孩的头为男人介绍。

却没想到那人听到弟弟两字失声叫道："弟弟？他是你弟弟？"

女人狐疑地看看男人，再看看小男孩摊摊手说："有什么问题吗？"

"我以为……没什么！"男人看着正朝自己挥动拳头的小男孩急忙转变口风。心想这一对姐弟还真是一家人。

女人见一大一小似乎都无任何异议，便又紧接着说："今天晚上的敲门声……"女人特意卖着关子。

"不是我，绝对不是我。"小男孩摇着头，扁扁嘴急忙澄清。

"也不是我！我发誓。"男人举起自己的手。

"哈！你们撇的还真快啊！不是你们难道是鬼吗？"女人怒火又上来了，这两厮竟然睁着眼睛说谎。她真受够了，这么多年了，这小鬼没少烦她，带在身边出门，经常被路人行注目礼，没见过混血儿还是怎么的。

"真有可能是鬼作祟呢！姐姐……"小男孩闪着他那双幽深的眼睛装着一副高深莫测的样子。

这时，男人和女人都极其配合地把身子靠近小男孩，然后静静地看着他。

小男孩似是预感到有不好的事情要发生，急于逃跑，却被一人一边地固定在原地。

男人冷哼道："菲娅，你说你家尽是养些宝贝出来，一脸的无害，却完全不能低估他的杀伤力啊！"

这时，靠近阳台的门帘飘动了起来，有风从外边凉凉地吹进客厅里来，外面黑乎乎的一片，似要吞噬掉这天地间的一切。

"好可怕！哈哈！哈哈哈！没想到你们还是胆小鬼呢！"被紧紧箍在两人中间的小男孩竟然不怕死地又招惹开两人来。

男人见女人的脸色越来越难看，就附到小男孩的耳边轻声说："小冰，你别再淘气了，你吓到你妈妈了。"

"是，是，是，我不淘气，我听叔叔的话，也听妈妈的……哦不，也听姐姐的话。"小男孩觉察到自己失言，急忙笑着纠正。

女人身子微微颤抖了一下，她又看到了那破败的景象，一个满脸是血的男人慢慢地从阳台外的黑暗中向她走来，那是她再熟悉不过的身影了。

女人似是被惊吓到，又似是被催眠了，她的眼睛一动不动地看着阳台外。

男人用手在女人的眼前晃动了两下，见仍无反应，便加深了摇晃的频率。

女人似终于清醒了般颤抖了一下，然后不知道发生什么似的看着那靠她很近的两张特写镜头。

“怎么了？说到哪了？”女人终于动了一下，恢复了正常。

“姐，你是怎么搞的哦！好好的干嘛在我们面前走火入魔嘛！”

“门真不是你们敲的？你们可以确定？”女人再一次迫切地追问。

男人突然怒道：“都说了，不是我，你这个女人怎么就这么不相信别人呢！”

女人见男人一脸没有说谎的表情就转过脸去搜索着小男孩的表情，想在他脸上找出点什么来。

突然间，她明白了。

女人站起身，扯扯衣服，然后声音平平地说：“好吧！今晚就先这样吧，大家都各自找个窝睡去，明天再跟你们好好算这笔账。”

等到男人和小男孩各自散去后，女人急忙去看手机，看看有没有来自灾区的消息。

谢天谢地，真的有一条，短信的内容大致如下：

入夜的青川，车外叮当的加固帐篷声听起来清冷凄凉，现在抱怨的挺多，我尽好副队的职责，消除负面情绪，沮丧是瘟疫，会传染，不是做好了一切打算的吗？本该如此。刚又接到通知，大概要在这里工作一个月以上，山路十八弯，神仙也睡不着了，我是做好生几个孩子再回来的打算，什么回族、藏族、羌族都找几个。

女人笑了笑，走进自己的房间，躺在床上就再也睡不着了！此时耳边也传来蚊子的嗡嗡声。

抬头盯着蚊帐猛瞧，她终于发现了一只吸足了血的蚊子，于是站起身跟它周旋起来。

趁打蚊子之际女人想了很多，蚊子没打到，自己倒是惊了一下，她知道自己很难只爱一个男人，得到的或许不是最好的结局，失去的也并不一定是最惨的悲剧，在她的生命中走过的这许多相关的异性，或许他们都是她生命中的主角，或许一个也不是，但是怎么样才算是主角呢？难道跟自己结婚的就算是吗？那可不一定，死去的就不算吗？她也不能肯定，在她的生命中每一个阶段的异性，都是她生命的主角，因为是他们组成了她的生命，是他们给她的生命光与热，让她在这生命之中永远成为了他们生命的主角，也成为她自己生命的主角。

女人咧了咧嘴，笑了笑，她是太花心了。

蚊子是打不到了，裴俊也是联系不到了，她该睡会了。

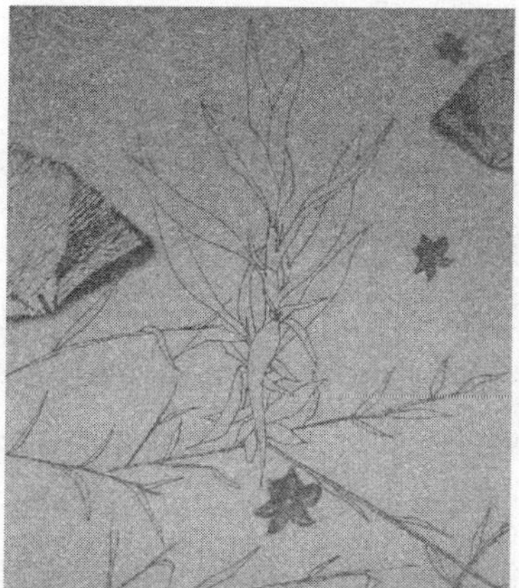

# Chapter Seven
# 神幸梦萦的地震灾区

她似看到了那一片绿意盎然的果园，里面有栀子花的白色点缀，她竟又似闻到那花的芬芳，嗅到了雨后泥土的清新，那是十年前，她第一天来到韩家，也就在那晚，她翻开了韩易悠的相册，也就在那里，她看到了那张被烧过的照片。那时候并不觉得有什么！可是它在十年后突然在她房间里出现，这就变成了一种警示，代表某种恐怖的标符。

## 1

裴俊自从去了灾区之后，就一直在写日记，无论是在双流机场、金子山、清溪镇还是板桥乡。在那个非常之地，日记是他工作之余的重要生活内容。

他说：“每天都发生了很多难忘的事，却也是容易忘记的。”

丁灵几乎能看到裴俊说这句话时，脸上显露出来的一种茫然若失的表情。

忘记？

想到这两个字，丁灵不由得苦笑——是啊！人总是容易忘记的，无论是灾祸还是惨痛的历史教训，过去的即使再怎么追忆都只是过去，就如历史般不可更改，即使记住的、追忆的也不过是那生命中最绚烂的某个瞬间，仅此而已。忘记的终将会被掩入尘土之中，人的一辈子就是这样在回忆中度过一生，所有人都不例外。

清晨，恍惚中，丁灵慢慢地睁开眼睛，四周静悄悄的，窗帘严严实实的拉着，黑呼呼的一团，丁灵以为还是深夜，意识中又开始迷糊起来，但是她还是隐隐地感觉到有些地方不对，于是下意识地按亮了灯，接着走过去拉开窗帘。

瞬间，只是瞬间，外面的光射了进来，房间里的灯光突然就在这样一个看似不经意的瞬间，已经黯然失色了。当她全部拉开后，整个房间一下子就亮堂了起来。转过身，那动作虽然很慢，但是空气中席卷而来的莫名恐惧仍使她无法动弹。

她看到了一张照片，一张被烧毁去一半的照片！那张照片即使是只看过一眼，也是很难忘记的。

她似看到了那一片绿意盎然的果园，里面有栀子花的白色点缀，她竟又似闻到那花的芬芳，嗅到了雨后泥土的清新，那是十年前，她第一天来到韩家，也就在那晚，她翻开了韩易悠的相册，也就在那里，她看到了那张被烧过的照片。那时候并不觉得有什么！可是它在十年后突然在她房间里出现，这就变成了一种警示，代表某种恐怖的标符。

她不记得自己有窝藏过这张照片！如果不是她拿的这张照片，那又会是谁放的？难道真的有人进到这个房间过，可是谁能得到这张照片，在韩易悠死后，她想不出这张照片出现在这里的理由，莫非跟敲门声有关？

——如果是那样，她抖动了一下，那真的太可怕了！

算了！真头疼！反正也想不出所以然来，想它干嘛！不要告诉她，这个世界上真有鬼！她是不信的。

到蓝吧后，丁灵打开电脑，挂上 QQ，感到全身虚脱！女人一个月总有那么几天让人遭罪，对于照片事件，她没有办法去怀疑金和小冰，也不想去怀疑什么！反正这些天奇怪的事情够多了！就当是见怪不怪了吧！

这时，QQ 上突然跳出的方框吓了丁灵一跳，她觉得自己胆子好像小了很多，也不知道从什么时候开始。

青川 159 人在余震中受伤，其中 17 人重伤，广元市 1 人遇难，260 余人受伤，其中 24 人重伤。

余震造成公路再次断道，房屋倒塌。

公路，这是个沉重的字眼。

昨天下午的 6.4 级余震牵动着每颗挂念灾区的心。

一下班，丁灵就马不停蹄地往家里赶，虽然她急于知道那奇怪的敲门声，但这非常时期，她根本就没心思深究这些。

路上，丁灵却意外地接到书静的一条短信。

书静说："菲娅，在做什么？"

"我在路上走，你呢？"丁灵回复了一条。

书静拨通丁灵的电话说："我今天心情不好，想找你聊聊！"

"怎么了？发生什么事了？"虽然丁灵急于回家，但还是急切地想要知道书静出了什么事。

书静似犹豫了一下说："他又骗了我，我问他，他总说累了，要睡了，他骗不了我，每次总是搪塞，这次离开已经很长时间了，打他电话也都没什么回应。"

丁灵的心是咯噔了一样，一个不小心，脚上的高跟鞋的细长鞋跟就绊在了另一只脚宽大的有点挽起的裤脚上，她在摔倒前试图平衡自己的身体，可是已经于事无补了。

此刻的路上全是人，她就那样双膝跪地，单手狠狠地撑在地上。脚上、手上瞬间传来剧烈的阵痛，丁灵没有多想，也顾不上疼痛，迅速站起身来，她暗暗庆幸自己没有直直地趴在地上，不然那该多丢脸啊！

“怎么了？出什么事了？菲娅。”听到闷哼声，书静急切地询问。

“没什么呢！就是旁边有人摔倒了，你继续说吧！我听着呢！”丁灵努力克制着自己，就像是没事一样的继续前进，她能够感觉到膝盖上那流淌下来的血，她翻过那只撑在地上的手，它已经皮开肉绽了，于是她努力地把手摁在衣服上抵着自己的腰，她的手机还握在另一只手上，耳朵上的耳机还挂着。

“他说最近心情不好，想出去走走，我想不出他可以住哪里，他一直都还没有回来。”书静忧郁而又痛苦地说。

“你可以跟他心平气和地坐下来谈一次。”

“他有事从来都不跟我说，我现在也不想去管他了，反正分开是迟早的事。”

“书静，一份感情这么多年了，多不容易！怎么能够说分就分了呢！”

“我知道了，等他回来的话，我会跟他沟通一下的。”

“好，那你保重。”挂掉电话，丁灵舒了口气。

南方的雨就像是一个婉约、柔美的漂亮女人，充满着浪漫的诗情画意，但这样的雨对地震灾区的所有人来说却不是一件好事情，甚至可以说是非常糟糕的一件事情，有些灾难我们无力闪躲，有些血泪我们必须承受，眼泪伴随着那温柔的雨落在灾区人们的心里，眼泪伴随着思念的心飞向那片让全世界注目的肥沃湿润的热土，眼泪伴随着广场上千千万万中国人为灾区祈福的心在烛光中闪耀。

丁灵下意识地看了下天，然后加快了脚步，她得快点赶回去，有可能要下雨了，可脚上疼痛让她不得不放慢脚步，她扯了扯眉，越是这种时候，丁灵越觉得伤感。

好不容易挨到门口，正准备开门的时候，却发现门应声而开了，里面站着正围着围裙的金，他的脸上还挂着笑，但两人目光一相触，丁灵便开始感到一阵昏眩，手急忙扶住门框。

金一看到丁灵的落魄样不禁万分惊愕了起来，“怎么了？发生什么事了？”他急切地询问，并用一种很担忧的眼神看着她。

丁灵看着金，心暖暖的，眼泪终于止不住的滚落下来，心想，这种感觉真好啊！金，原来被关心，有人牵挂和等待的感觉是这样的美好。

“喂！你哭什么呢！别这样！这样让人看见多不好，快点进来。”金一边说一边伸手去擦拭丁灵挂在脸上残留的眼泪，好像现在他是主人，丁灵是客似的。

“你受伤了！”金看到丁灵裤子上的血迹，一把抱起丁灵往沙发走去。

“嗨！小鬼，你先让让，你姐受伤了，快去拿药箱来。”金对着正坐在沙发上玩游戏的小冰叫道。

小冰看了看丁灵，急忙跑去拿来药箱，然后熟练地帮金拿出消毒水、软药膏、纱布等说："大叔，你不用这么紧张的，我姐姐经常走路摔倒的，已是家常便饭了。"

金皱着眉头，将眼睛瞪视着小冰，有点不解这两人的真正关系，这小家伙一会叫妈妈，一会又叫姐姐的，一会关心得要死，一会又冷若冰霜、漠不关心的样子。

金没有继续想这个问题，他下一刻露出很是心疼的表情，很仔细地用棉花棒沾着消毒水沿着伤口的边缘由里向外擦，轻轻地取出伤口内的异物，他生怕因为自己没有处理好而使丁灵的脚上留下半点疤痕，清理完毕再打开药瓶在丁灵的膝盖上抹了厚厚一层的药膏，最后用绷带小心翼翼地包扎起来。

"你怎么知道我的脚受伤了？"丁灵再一次感动得落泪。

"你真是个笨蛋！脚受伤了就不能打电话给我或者先去附近的医院吗？"金终于担心地爆发出来。

"不是很疼！走路的时候就是感觉有液体滴下，其他倒是没什么异样！我以为痛一会就没事了！"丁灵小声地说。

"姐姐！你就别矫情了，尽情接受大叔的恩惠吧！反正这种待遇你过个十年也难得碰到一次，所以就……"小冰抬起头来看到丁灵的脸，终于乖乖的，安静地闭上嘴巴。

"你真是个不懂得照顾自己的女人，菲娅。"金一说完，就抱起丁灵，长腿一跨就从小冰身边跨过往卧室走去。

金把丁灵安置在床上后，自己则坐在床沿上。

丁灵觉得血液开始冲上面部，跟喜欢的人一起的时候，丁灵最见不得安静，一旦安静下来，她便会有一种窒息的感觉。

金看着丁灵羞红的脸孔，有点情不自禁，他坐上前，将她搂在怀里并搜索她的唇。

丁灵露出点惊骇的表情，但瞬间又消失了，她实在是很喜欢金的，如果没有装傻，她跟金现在应该已经结婚了吧！

## 2

金放开丁灵之前又轻轻吻了一下说："你好好休息会，我做好菜，给你端进来。"

"金，其实我并没你想象中伤的那么严重，我依然能灵活自如，我先休息一下，你等会叫我一下就好。"丁灵散开头发，拉了拉衣襟躺在床上，盖上薄薄的被单。

"恩!"金走出房间反拉上门。

第二天,吃早餐的时候,金见丁灵睡得太熟,实在不忍心叫醒她,他在床头柜上留下一张纸条:

菲娅,我和小冰一起有事出去一下,粥熬好了放在锅里,你该饿坏了吧!快起来吃吧!

早上,丁灵一起床拿头绳的时候就看到了这张纸条,同时,她也收到裴俊的信息。

裴俊坐在车上告诉丁灵说:"今天我要去木鱼镇工作,我们的装备是一个水壶,一顶红色的安全帽、一双红色的手套、一副透明的眼罩、一个叫N95的口罩,还有一个测定水样是否安全的余氯比色计。"

丁灵起床后洗了个头,泡了个浴,舒舒服服的感觉让她心情愉悦,金在她生命中的重要性一天天让她觉悟起来,他的出现让她觉得自己在这个世界上是多么重要的一个存在。

十一点多的时候,裴俊做完了他到木鱼的第二个场地,照片上的场景就像战争片或者生化危机里的片断。

裴俊发信息说:"不能工作了,即将下暴雨,同行部队里的侦察兵发现我们背后的山脊有条长达十余米的裂痕,存在泥石流的隐患,我们不得不换防了,刚拆了帐篷,要搬了。这一个多月,我们得打场游击战了,路上是很危险的,但我们要搬离这里了,这是领导的意思,我们的时间基本上都浪费在路上,真正工作的时间并不多,我们得多花点时间为灾区的百姓做点实事。"

下午四点二十五分,在经过漫长的等待后,丁灵终于又收到了裴俊的信息。

信息的内容大致是:

刚才发生了一次非常严重的余震,河滩里的黄泥全部泛了上来,电线也摇晃了起来,不远处的危房又倒塌了几幢。

晚上7时12分,丁灵从手机早晚报上了解到,25日16时21分,在四川青川县(北纬32.6度,东经105.4度)发生了6.4级余震,成都、重庆、西安有明显震感。

距离裴俊发给丁灵信息到现在已经将近三个小时了,她再也没有接收到他的任何一点消息,发出去的短信也石沉大海!

裴俊,他到底怎么了?他们防疫组的队伍是否已经安全转移,是的,那时候他们正在车上,她记得中午两点多的时候,他们已经收拾好物资,等着车子接他们离开那个有可能发生泥石流的地方。

金和小冰在差不多可以吃晚饭的时候才回来,他走在金的前头,一脸的兴高采烈，一进门便一头钻进房间去摆弄自己刚刚获得的新玩意儿。

“你不能宠着他，金！你带他去哪了？做了什么？”丁灵放下手机看着刚才那一幕终于开口。

“小孩子嘛！不要这么紧张，让他自由发展吧！掖着，兜着反而不好。”

“你该不会把你的小孩以后像放羊一样的养着吧！”丁灵张大嘴巴，睁大眼睛看着金。

“哈哈哈！我就是有这个意思！多好啊！无为而治嘛！大人们需要做的，只要安安静静坐着而已。”金看着丁灵，推了下丁灵的头又说，“你们中国古代的老子早就提出了这种教育人的方法了。”

“真不知道你是真的了解我们中国古代文化还是假的了解，讲起来一套套的。具体问题都要具体分析的嘛！我们家小冰，反正不是你该操心的。”丁灵故意板起一张脸来，心里却乐滋滋的。

“你能不能为自己感到一丝丝的羞愧呢？身为中国人，却把中国文化的博大精深忘得精光，真丢老祖宗的脸呵！”金故意作弄起丁灵来。

“这有什么好丢脸的，我一点都不觉得羞愧，没有谁规定我一定要去懂得这些东西啊！”

两人你一言我一语地明争暗较劲。

最后丁灵还是妥协了，女人就是善变而又心口不一的例证。

“今天晚上，我烧了很多菜，你们等一会，我就把菜都摆到桌子上去。”丁灵努力地想要彼此间保持一种轻松的讲话方式，可说出来的却总是让人觉得两人之间有着宾主的关系。

六点左右，裴俊给丁灵发来了张手机照片，这会的他嘴巴就像涂了口红般。一看上面的附言才知道他们吃了川菜，他们吃得很简单，用两个纸杯装着的饭和菜。

裴俊，一个还挺会享受生活的男孩，这会过上这么简陋的日子倒也能自得其乐。

书静放下电话，忧伤、哀怨的感觉一股脑儿涌上心头。

很长时间了，她和伊凡之间都未曾再见过面。

伊凡总是太过冷淡了，这种冷淡让她觉得他们之间似有莫大的怨仇。

回忆似乎全是辛酸的，除了刚一开始那会还有些美妙的回忆。

为什么每段感情都是这样？为什么每个男人都是这样？不管是当初的菲烟和杰克·金还是现在的书静和伊凡，似乎无论她如何的改名，她的命运都无法改变，也许只是改了个名，她菲烟的性格并未改变，她一直都不知道自己应该怎么做才能收获圆满的爱情！

可是没有人愿意告诉她，无论是当初的杰克·金还是现在的伊凡，他们都是那种话少得不能再少的男人，他们总是让人猜不透却又不坦白，甚至她去求他们，他们也不会说任何的话，似乎一切都与他们无关，她并不是非要跟他们一定有些什么！只是不愿错过。

如果现在她已经对爱情失望，那么她永远都不会去理会这一切，她也不会去纠缠这些她所认为的真命天子，更不会去苦苦逼问为什么？因为这一切似乎真的毫无意义，如果可以，她希望自己能把一切都统统忘记干净，但伊凡的态度，让她欲罢不能，只要他不说，他们之间似乎永远都没办法结束，就像是一件未完成的任务一直挂在那里，搁着不行，拿着太沉。

“早安，小姐。”佣人敲门进来说，“院子里的寒兰花开了好几盆，小姐你应该出去走走，这是先生最爱的花，如果小姐能顺着先生的意，总有一天能被再接受的，菲娅小姐尽管是先生的亲生，但他们总是冷淡，这么多年，她也没回来过几次，似是铁了心不愿回来的了，先生到底是要老的，这个家还是要靠着小姐的。”

“小丫头，你懂些什么！”书静勉强露出点笑容说，“不过我是该出去走走了。”

“就是。”佣人看着书静，有点心疼，从原本的普菲勒家族继承人一夜间沦为外人，这个打击任谁都会经受不住的。

佣人带着笑容目送菲烟出门。

从世界的这一端到另一端，每天总有数也数不清，记也记不完的事情发生。

这边的灾区，裴俊给丁灵打了个电话说：“空格，我们的大本营板桥乡已成盲点，我们从早上八点开始徒步四小时到达一个山区，那里的一切真的很糟糕，但老百姓很热情，听说我们走了四个多小时都很感动，是个山区，信号很不好，但风景真的很好，不过又要开始忙了，先挂了，你可以给我短信，放心，早晚都会收到的。”

“恩！那你要保重！”丁灵声音有点嘶哑地说。

丁灵不敢想象徒步四小时是什么样的一个概念，但他们正在经历着。

灾区的一切变化得太快，每天、每时、每刻。

站在采石场的最高处才有些信号，余震震毁了好不容易搭起来的基地，听说青川各地又死伤了很多人，在这里，生命是轻薄脆弱的，有如草芥。可对我而言，生命是怎样的高贵和从容！是的，在危险之地、非常之所，思索生命的矛盾与严肃很容易引申下去，但我却无比痛苦。

这是裴俊发来的短信。

十点多钟，丁灵收到一条彩信，又是打包行李的场面，上面还附有裴俊的一句话，第四次搬家，原因可真叫人一言难尽。

透过这句话，丁灵几乎能够猜测到裴俊那何等无奈的表情，这次又是为何搬家？她的好奇心不禁上来了。

怎么了？看你讲得这么的无奈？又是为何呢？丁灵尽量按捺住那急于想知道原委的情绪。她想能让裴俊这般无奈的，绝对不会是灾地又要发生余震或者内部领导的意思。

果不其然，裴俊发来了一条让人无语的信息：

我所在的营地是个石料厂，他们要开工，就赶我们走。

一个赶字倒出了多少的心酸，裴俊的无奈可见一斑。

还能说什么呢！有些事情不能言传，只能意会。

丁灵只回了一句，你们又要搬去哪呢？

裴俊没有说他们的下一个落脚点，他给她发了一张焚烧铺在帐篷底下的草屑的照片，上面也附了一句话，垃圾焚烧中，不能给群众添麻烦。我只能说我所遇到的真实都让我越加失望。

## 3

处理完蓝吧的事，已经六点多，丁灵收拾了一下东西准备回家，她突然想起裴俊给她发来过一条短信未回复，于是就继续坐在椅子上给他回起短信来。

她说："刚才有点忙，你要活自己的，不必叹息，不必失望，你可以活出自己的特色，就如现在，你在成就不平凡的历程。"

裴俊说："恩，也许吧！你大概是那种完美主义者，像一只可爱的要过冰的白狐狸，怕掉进冰窟，又怕弄脏了皮毛。"

"也许吧！我不想看到丑陋，当无可避免地遇上时！我选择沉默！"

裴俊说："我和你却有很大的不同，但凡我决定的便要做好充分准备，一箭中的！必须得成功。"

也许这就是每个人身上所独有的秉性吧！丁灵没有就裴俊的观点作任何的反驳，也无须反驳，这种关于秉性的东西没有对和错，一个男人是需要这种人生态度的，毕竟男人与女人还是有很大区别的。

她说："也许你是对的，正因为有你们的坚毅和坚持，才有女孩子柔弱的依托，这也许就是这个世界上有男人和女人的奇妙之处吧。"

"在干嘛呢？"金从丁灵的身后探过去看她的短信。

丁灵被吓得抖了一下，她咬了咬牙，狠狠地瞪了金一眼，愤愤地说，“你这是做什么呢？想吓死人吗？”说这话的时候忙把手机藏了起来。

“不做亏心事，有什么好怕的！”金挑着眉毛说话。

他突然愣了下又说，“菲娅，你该不会有其他男人了吧！”

丁灵翻翻白眼说：“你还真多疑，将来跟你结婚的人该多累哦！你怎么来这里了？最近很闲吗？那么大一个集团放着，你就不去打理吗？”

“其实我的工作只要有一台能上网的本本就能搞定一切，不需要像你这般蹲点的。”金很具耐性地看着丁灵。

丁灵脸红了红，一时语结。

“走吧！小冰还在家里等着你一起吃晚饭呢！那小家伙倒是很会吃呢！跟我很像。”金似乎对有小冰这样的儿子满心期盼。

“你该不会又想要跟我结婚了吧！”丁灵抬起头来瞅着金。

“如果有个男人愿意这么想，其实你应该感到庆幸的，菲娅，这个世界上，男人比女人更加害怕婚姻，你应该在某个男人还爱着你，并且愿意娶你的当会把自己给嫁了，否则等那时间过了，你又该后悔了。”金笑说着。

“你是否觉得我已经没有什么魅力！是否只能选择你来结婚？老实说吧！其实结不结婚对我来说并不是那么重要的，金！”丁灵虽然有点受伤，但仍不愿在口头上被别人占了上风，特别是在金的面前。

这两人好像是上天造人时故意安排的活宝，一见面就非要闹出点什么事情才肯罢休似的。

“那也是啊！现在你已经很富裕了，似乎并不需要什么了！我现在这是在做什么呢？对你摇尾乞怜吗？”金因为丁灵的漠视开始变得有点愤怒，他尖酸地说。

“对不起！金，也许我还在记恨着你吧！也许你曾经伤害过我，所以我心里有隔阂，没办法再去相信了。”丁灵看着金愤怒、哀伤的表情莫名的又开始心软起来。

金仔细地打量了一下丁灵说：“你的伤口还疼吗？”

“哦?!”丁灵没想到金会有如此一问，有点慌乱起来。

“我是说你膝盖上的，你别又想歪了，如果可以还是再多休息两天吧！你的脚上应该留了不少疤痕了吧?!”

“没有……也不是很多了，只是……”丁灵结巴起来，对这三百六十度的态度转变，她还真有点吃不消。

“是你啊！又来看丁灵姐了。”小雪端来两杯咖啡热切地说。她递了一杯给丁灵，接着把剩下的一杯递给金。

金接过咖啡笑笑。

“又？”丁灵用奇怪的眼神看着小雪，用只有自己才能听到的声音玩味着。

“加油啊！”小雪走出两步，回转身对着正看她的金笑着小声说。

“走吧！”丁灵站起身来耸耸肩对着金说，“我真没想到有一天我们之间会变成这样，你完全没有必要变成现在这样一个在别人看来像是个吃软饭的男人模样。”

“够拉！适可而止吧！菲娅！如果不是看在你是我未婚妻外加情人的份上，你说这么多诽谤并具侮辱性的话我是应该要揍你的，但我是男人，所以忍了，你就趁现在占了便宜偷偷多笑点吧。”金提着嗓子故意用一种很滑稽的声音附在丁灵的耳边说。

“你们还不走吗？”小雪看到两人僵硬的面部表情看好戏似的催促着。

无奈，在金的胁迫下，丁灵最终还是坐上了车。

他们一起到达公寓的时候，金说：“要不我背你上去吧！”

丁灵走在他的前头不领情地说：“我还没娇弱到这种地步呢？哪需要麻烦你这样的大人物侍候。”

丁灵像个孩子般兴高采烈地往楼梯上奔去。

“啊！”的一声，她就这样向后直直地摔了下来，在摔倒之前，她有过一会的挣扎，她试图让自己站稳，可是她跑得实在是太快了。

站在下面的金没想到会有这一幕上演，反射性地张开双臂快步上前试图站稳脚步接住丁灵。

但是，丁灵下坠的速度太快，两个人一起翻滚在地上。

痛楚使他面部表情抽搐，此刻他全身肌肉绷紧，他的手应该是骨折了，金反应过来就急忙寻找自己怀里的丁灵，她吓得昏死了过去。

疼痛使他咬了咬嘴唇，他闭了会眼睛，头部传来剧烈的疼痛，他想他肯定是在刚才碰到什么坚硬的物体了，接下来他的意识便开始模糊了起来。

他醒来的时候，感到有人碰触到他的胳膊，大叫了起来，他的头是涨痛的，他能感觉到头上那包裹着严严实实的纱布，他的手也被石膏固定住了，正拿着听筒给他做检查的医生说他起码要休息一个月，一个月后解除固定，并开始功能锻炼。他说他的脑袋因为碰到台阶，有轻微的脑震荡。

这时，金突然想到了菲娅，真是谢天谢地，他并没有失忆，起码他还记得菲娅以及出事前的那一幕。菲娅呢？她怎么样了？

“医生，你有看到和我一起被送进来的女孩吗？她怎么样了？严重吗？她在哪里？我要去看看她。”金一连串地提了很多个问题。

“她被送到急诊室了，因为没有外伤，怕有什么隐在的伤痛，所以给她做全身检查。”医生边把听诊器放到金的胸口边解释着。

“现在，医生，你听我说，我得去看看那位患者，所以请你停下检查，我很好，我自己知道，我真的很好。”金向医生微笑着反复强调。

年轻的医生有点不敢置信地看了看金说：“病人，你现在需要休息，不宜到处走动。”

“带我去。”金黑着一张脸，不听劝说，语气异常的坚定，不容反驳。

年轻医生见劝说无效只好磨磨蹭蹭地站起身带金出去。

“小雪，菲娅和我出了点事，麻烦你去照顾下小冰，带他出去吃点东西，就说我和他姐晚点回去。”金在医院走廊上拨通了方雪的电话。

“你们该不会出车祸了吧！到底怎么了？严重吗？”一头小雪紧张地询问。

这头金真的无法给她解释什么，这真的不怎么好启口，这样的状况说起来是有点点丢脸。

本来他应该可以来一出英雄救美的，为什么此刻会是这般的狼狈呢！难道是因为自己没有学一招半式的中国功夫，金看看自己那脏乱的衣服和裤子，显得有点难为情。



“病人！你还是回去躺在病床上吧！那小姐应该伤得不严重，等一会醒过来就会去找你的。”年轻医生努力劝说着。

“还不严重，都昏死过去了，你们是怎么当医生的？”金突然暴跳如雷起来，完全一副蛮牛的样子，现在他只是一个因为关心自己心爱的女人而丧失理智的男人。

“金，姐呢？她严重吗？”没一会方雪就带着小冰赶到医院。

看到金的伤势不禁紧张得脸都白了，“姐伤得很严重吧！毁容了吗？断腿了吗？失忆了吗？哦！天哪！姐最近是真的很背，今年到底是怎么了！2008 年真的是多灾多难的一年啊！对中国来说也是，先是 2 月南方爆发了罕见的雪灾。3 月西藏的打砸抢烧，闹藏独。4 月以‘和谐之旅’为主题的奥运火炬传递在法国巴黎受阻。5 月山东胶济两旅列车相撞。接着就是四川汶川县的特大地震波及了大半个中国并震惊了全世界。因为这次地震，姐的未婚夫也被……”方雪看着脸越来越黑的金突然停住了。

“大叔，你伤得好像很严重呢！疼吗？”站在一边的小冰似被吓到了，声音有点小，对着金露出同情的眼神。

金终于蹲下身露出灿烂的微笑，用他那正打着石膏的手按了按小冰的背说：“一点都不疼呢！这点伤算得了什么呢！是吧！”

小冰愣了愣，赞同地点头。

## 4

方雪看着这一幕，突然惊叫出声："你们俩还真像呢，不知情的还以为你们是父子呢！"

"只要是帅哥都很像！你说对吧！小冰。"金对着小冰展露一个灿烂的笑脸。

这时，前台的一个护士拿着一个装着手机的透明塑料袋跑过来递给他说："先生，这是同你一起被送进来的那位小姐的东西，请你帮忙查收一下。"

金用那只还算完整的手接过那护士的袋子，袋子突然震动了一下，那手机屏幕跟着闪了起来。

他好奇地让方雪把手机拿出来看。

是裴俊的短信。

短信写得很精短，甚至有些半文半白，显然的，这个发信人想要在最短的时间里表达更多的意思，有点像早已经被人遗忘的"拍电报"的感觉。

短信上说："青川又起两次余震，房屋倒塌无数，我现身困营帐，未知外面境况，现又山体滑坡。所幸还有信号，故报平安，勿念。"

难道这个就是假冒菲娅未婚夫裴俊的男人？菲娅一直拒绝和我结婚的原因吗？金想着。

"你认识裴俊吗？"金愣愣地呆了几秒钟后问方雪。

"哦！他啊！姐的未婚夫嘛！听说死了很多年了！不久前又出现了，是不是很悬啊！我怀疑根本是完全不同的两个人，只是姐总是把他们搞混起来。"方雪没头没脑地述说。

这时，方雪看到金整个人都被深深的倦意笼罩着，他那英俊的脸上血色慢慢消失，使得他显得更加的苍白憔悴。

她不自觉得打了个寒战，脸上露出一丝丝的担忧道："你没事吧？"

他不回答，只是盯着她看了一眼，眼中有着一种尖锐，然后移转目光，像是在掩饰着什么。

"你还是先去检查一下吧！这样下去可不行。"她因为顾虑而再一次劝说。

他还是不说话，就好像自己面对着空气一样，脸上阴云密布。

一时间，谁都没再讲话，氛围显得有点怪异。

他该不会撞坏脑子了吧?！方雪沉默地望着他的背影，心里想着。

还没等她继续天马行空下去就看到金一头栽倒在了地上。

一切都来得太过突然，她根本就来不及做任何事情。

“医生，医生，来人啊!”方雪蹲下身，第一个大叫出声，接着小冰也一起大声呼叫着。

这时，两个正往这边过来的医生快步跑来。

另一边，丁灵被抬到医院后没过多久就醒了过来，当她睁开眼的时候，发现自己躺在病床上，于是惊出一身冷汗来。

她感觉不到任何剧烈的疼痛?

丁灵醒过来后第一个想到的就是自己有可能已经变成了植物人，接着再想到自己是否已经毁容，这么多的不确定让她睁大了眼睛，于是她看到了两张陌生的脸孔。

“我……我这是在哪里？我……”丁灵下意识地摸摸自己的脸和头。

“那个，这位小姐，你没什么大伤，只是因为受到的冲击太大，一时昏厥了过去。”一个穿着白大褂的男人和颜悦色地说。一旁的女护士用手掩着嘴笑了笑，使得丁灵有些尴尬，她明白那一笑代表着什么，她是在笑她话里显露出来的稚嫩。

丁灵庆幸的是自己没有摸到什么被纱布包扎住的地方，又听医生强调说她完好无损这才放下心来。

这时，她才想起之前的那一幕。

“医生，和我一起进来的是不是还有一个男的?”她有点不好意思地问。

“是啊！你是被保护得很好，只是跟你一起被送进来的那个男的可能就不怎么好了，刚才听说还一个劲地要往这里冲，看他那伤势，如果不是因为体质强壮，早应该昏死过去了，可能现在还在外面站着呢！你去劝劝他，让他接受检查吧!”

听到这些话，丁灵猛然一惊，心中甚是不安，也顾不得其他，慌忙从病床上下来，盲目的往门口冲出去，任凭身后的医生怎么叫都没回头。

丁灵从病房出来看到走廊上围着一群人，透过缝隙看到两个穿白大褂的人正蹲在地上，医生的旁边还蹲着一大一小两个人，是方雪和小冰，其他围观的人正你一句我一句地讨论着。

丁灵皱皱眉头，歪着脑袋想了一下，她想挤进去，但怎么也挤不进，“让一让，让一让，他是我朋友!”丁灵作了最后一次的尝试，并高呼着。

这次，她终于挤了进去。

一挤进去她就跪在坚硬的水泥地上，吓得颤抖起来，她把金的头抬起来放在自己的怀里，然后开始对着自己身边的两个医生大声嚷嚷起来：“医生，为什么还不把人转移到病房里去，要让他一直躺在这冰冷的地上吗?”

“医院抢救车紧张，给更需要的人了。”医生解释着。

“抢救车紧张就什么事都不做了吗?”丁灵忿忿地问。

“你这什么话?我们现在不是正努力着。”一旁的医生也提高了声音。

“姐，你没事啊！这真太好了。”方雪一看到丁灵平安无事高兴地抱着她开始哭泣。

小冰也过来抱着丁灵，丁灵抱了抱两人转过头对医生说：“那就没有人来背着他回病房吗?”

“您是杰克·金先生的家属吗?他的伤势我们还不确定，不能贸贸然做一些危险的动作，万一措施不当，会更加重伤势，所以请你原谅并且耐心的等待。”一直在一边默不作声的医生开口了。

“好吧!”丁灵见医生说得也在理，便也不好再多说什么。

只是金醒来要知道自己这般的在别人面前出洋相非得闹得天翻地覆不可。他是一个多么注重自己形象的男人啊！幸好头部包着纱布，为他遮挡住了点形象。

好不容易把金安置好，丁灵再一次打量着医院的房间，白得泛着点黄的床单，白得泛着点黄的墙，为什么要让病人在一个白得泛着黄的这样一种陈旧而又苍白绝望的地方呆着。这会让人变得多么的压抑啊！难怪进医院的人都会变得那么的沮丧和失落，甚至萌生出自杀的念头。

“怎么样?还行吗?”医生看着她脸上的表情有点拿不定地问。

“只能这样了！又不是来住宾馆的不是?谢谢！辛苦你们了。”

“应该的，多看着点病人吧!”医生说完往门口走去。

医生手按住门把手又转过头来笑着说：“有什么事的话找我就可以了，我在那边的值班室。”

丁灵冲他笑了笑。

“你多傻啊！为了救我，自己变成这个样子！我宁愿现在躺在病床上的人是我，而不是你，你这样子要让我怎么办?我欠裴俊的太多太多，总不能也要欠你那么多，那样的话我以后可该怎么办?金，如果有来生，你一定要记住，一个人爱上什么都好！千万不要爱上一个人，因为爱上了，真的好难放下!”丁灵坐在金的床边握着他的手开始絮絮叨叨起来。

躺在病床上的金，脸色灰白的毫无血色，跟他所处的环境深深的融在了一起，白得让人沉痛。丁灵站起身来，咬咬牙拉开门向外走去。

“姐！你们究竟是怎么了?大哥现在好点了吗?医生怎么说?”方雪认真地询问。

“医生已为他做了CT检查，主要的出血部位已被止住了，他目前的身体状态尚算稳定，已经度过危险期，应该没有什么生命危险，但需要继续留院观察。”丁灵说完嘘了口气。

“姐，这是你的手机。”方雪把手机递给丁灵继续说，“你还在检查的时候来了一条短信，大哥看后问了一个奇怪的问题，接着没过多久就昏倒了，看大哥昏倒极大可能跟短信多少是有点关系的。”

“真可恶，他竟然趁我不在的时候偷看我的短信。”丁灵故意生气地对着方雪说。

裴俊的影子被月光投射在地面上，他孤独而又凄凉地蹲在河边，身后是绵延的群山，黑压压的一片死寂，旁边放着一盏夜照灯，那灯照在河面上，他们到地震灾区已经很多天，大家都开始感到筋疲力尽。

空格她发生什么事情了吗？为什么到现在都还没回信息过来。

他有些困惑，第一次在视频里见到空格的时候，是被她那忧郁慌乱的眼神所吸引，她的忧郁里流露出对一个死去的爱人的深深怀念，那样的忧郁不但没让他感到难以接受，反而莫名地增添了一丝丝的惆怅，是嫉妒还是怜悯。

他承认自己并不是一个同情心泛滥的男人，他甚至深切地赞同哈姆雷特的那句名言：“女人啊！你的名字是弱者！”

他是一个带着点大男子主义的男人，至少菲烟就是这么说他的。

确实，在菲烟这么说他的时候他也觉得菲烟就是哈姆雷特口中的那样一个女子，她有太多的浪漫主义情怀，有着太多的理想化生活，有着大多数女孩所共有的虚荣心和幻想心。



刚认识菲烟的时候是在医院那会，他乍一见她，就移不开目光去，她看上去很是瘦弱，那高挺的鼻梁特别显眼，眼睛也因为瘦而显得特别清亮，她有着东方女子所无法比拟的西方古典美人的特质，虽然看起来有着脱尘超俗的气质，但也难以掩饰她眼中的幽怨和失落。该用什么来形容会比较好点。哦！那时候的她像极了江南烟雨般，她的身上有种生世漂泊的认命感，他多想过去轻轻按着她的肩膀，然后抱抱她，给她一点力量，一点温暖，温暖，是的，每个人都需要这种温暖。

## 5

对这种看似害羞、娇弱、漂亮得让人喘不过气的女子，每个男人都会不由自主地产生一种强烈的保护欲望，这几乎是所有男人的天性，自然，他也不例外。

他看到她那时，虽然说不上似曾相识或者前世注定的宿命感，但也给了他不小的冲击力，他故意表现得豪放起来，大声地笑，也尽量做些大幅度的动作以引起她的注意，话也变得特别多，就好像舌头在一瞬间变得灵活起来。

几天后，他所做的一切都起到了作用，菲烟终于注意到了这个英俊的有些特别的男子。

这世间的一切，有时候想来就是这么的奇特，第一次因为机缘巧合碰到一个满心欢喜的人时，第二次在几乎不可能碰到的地方再一次碰到时，便会感慨那是缘分。

"当兵的，用你的灯为我们照一下，我们要过河去。"河滩对面有几个农妇唧唧喳喳地谈论着，见穿着迷彩服就以为是支援这里的部队官兵，她们想要过河来，于是冲他喊了起来。

被这一叫，裴俊才恍然大悟地从长长的思索中惊醒过来。

余震一次又一次，震麻了当地的百姓，也震麻了所有在灾区外焦虑、担忧的亲人和朋友们。

麻木了，这是真的吗？也许悲伤到了一定程度，就不知道什么是悲伤了一般，久了，一切都可以淡忘。你说是乐观也好，是麻木也好。

丁灵从方雪的手上看到了裴俊的几条短信，她也没有急着回，发生了这么多事情让她觉得疲倦。

远在灾区的人们都企盼着灾难能够早点过去，盼着灾地的人们早日重建家园，盼着自己的亲人、朋友能够早点回来。

裴俊受伤了，不过这件事丁灵几天后才知晓，猜想应该不是很严重。

裴俊说："这里的太阳好猛，被晒脱了一层皮，变成一只活脱脱，新嫩嫩得让人馋涎欲滴的夏蝉了。"

虽然丁灵在为裴俊担忧，但见他还能开玩笑，便打趣说："我看等你回来我们可以合写个剧本，题目就叫《魂断青川》。"

裴俊转得快，回了句说："魂都断了，估计第二季就该叫《青山忠骨》了。"

在裴俊的观念里，每天应该及时向家人、亲朋作零伤亡的报告，所以丁灵知道他这种态度无非是为了让她少担点心。

就在那天，丁灵没有去医院看金，严格的说是她忘了，当裴俊的侵入占据她思维的时候，金在她心里就会变得淡漠，变得远去，当她与裴俊交流的时候，她不知道是民族精神使得她把这种高度的思维注入体内还是只因为裴俊这个人在那个地方，也许全部都有，浓烈的民族情感使得她融入了自己理想中的角色，开始觉得自己也变得光鲜、亮丽起来，她觉得自己开始变得不再是个平凡的小人物。

"姐，我有时候真的很怀疑你的心是怎么长的？难道你的心是石头吗？想想还真为大哥不值，大哥多好啊！这次为了你差点还！你知道大哥是个醋劲很足的男人，你不应该经常表现出对其他男人的关注和狂热关切。大哥还躺在病床上，你为什么还这么跃雀的跟那个冒牌未婚夫聊天呢！还这么的投入?”方雪嘟着嘴不赞同丁灵的做法，她的手放在小冰的背上，那小家伙正趴在她的膝盖上睡得正香，他似乎很黏方雪。

丁灵故意装作不怎么在意地说：“不就一天没来嘛！有这么严重吗？小雪，你这么关心金，该不会对他有想法吧？你们相处的怎么样?”

方雪脸一下红了起来，急忙解释说：“姐，你这是什么话哦！哪有这回事？我怎么可能对大哥有任何想法，你尽瞎想，我只是将心比心而已。”

“跟你开个玩笑而已，不要太紧张。”丁灵随意地笑笑，似乎在别人看来多么严重的事情，在她眼里也不过小事一桩。

“那你总得说个所以然出来？你到底要拿大哥怎么办?”方雪较上劲来，态度显得有点强硬，今天是誓要为金讨个说法的决绝。

“好了，小雪，我现在不想谈任何事情。有再多的抱怨也等一切都先过去了再说。”丁灵边说，边看着方雪。

突然，她怔住了。

“姐，你怎么了?”方雪靠近丁灵伸出手来。

丁灵畏惧地往后靠了靠，躲开她快要碰到她额头的手，她突然间感觉自己心跳迅速加快，她努力地强迫自己稳定下来说：“小雪，我没事，你放心吧！真的没什么事情，最近的我连我自己都快不认识了，可能过段时间一切真的都会好起来。我去趟洗手间，你在这边帮我照顾小冰。”

丁灵有点跌撞着往洗手间走去，心想，为什么小雪和晴熙讲话的语气这么的相像呢？难道什么样的人就交什么样的朋友吗？还是自己最近精神太恍惚，对晴熙有太多的愧疚，所以才会心生出幻觉，一定是这样的，丁灵，你就别想这么多了，小雪怎么可能是晴熙呢？

丁灵洗了把脸后走出洗手间，她希望这一切都是她自己想多了。

金虽然动了脑部手术，麻醉还未完全过去，但脑子已经慢慢清醒过来。

丁灵和方雪说的话他模模糊糊也算是听清楚了。

那些话对一个深爱的人是极具残酷意义的，毕竟自己深爱且只爱这么一个人已经明确表示自己的立场，把你所有的期望和奢望都一把毁灭的时候，心也只能偷偷地哭泣了，那种无力的感觉大概也只有经历过这种疼痛的人才能深刻体会吧！

眼泪从他那闭着的眼角流下，只是拉门出去的丁灵没有看到，然而即使她看到了又如何呢？

十年了，他们的关系即使过了十年也依然没有任何改变，她心里面依然只喜欢裴俊，哪怕他为她付出的再多，她也不会爱上他。

这一刻，金下定决心要回美国了，他会努力地忘掉她，等伤势稳定后，他会回去美国，不再回到这个地方，也许等哪一天，他释怀后，他会做她朋友，只做普通的朋友。

人生的道路有时会因为一些预料不到的事情而改变，不过很多事情又是经不起推敲的，毕竟那已是现实的东西，即使没有发生那些事，也许还会出现其他的事情改变一个人的命运，谁说的准呢？

丁灵从洗手间出来后才发现方雪带着小冰不知道又跑哪去了，她进去看了下金，见他正睡着香，便又出来外面坐着。

“姐！你在想什么？”方雪不知道从哪里搞来一个装粥的保温瓶，倒出一碗皮蛋瘦肉粥递给丁灵说，“姐，你饿了吧！这是我从你最喜欢的那家店里买来的皮蛋瘦肉粥。”

“姐，我刚才好像看到文笙叔叔了！”小冰突然想起他跟着方雪姐姐从外面回来的时候无意间看到文笙的事。

“他怎么会在这里出现？”丁灵奇怪地询问方雪。

“是我打电话给悦姐的，她说会过来，只是没想到悦姐还没过来，文笙倒是过来了，可为什么只是远远地看一下就走了呢！难道心里依然还放不下吗？姐，你说呢？”方雪继续唠叨着。

瑗悦接到方雪的电话那会，她弯着腰站在楼梯口穿鞋子，她有些惆怅、孤单，文笙整天连个人影都见不到，连一起吃顿饭的时间都抽不出来，他似在刻意避着她，她有时候会想自己这么处心积虑地得到了他的人到底是对是错，如果他依然不爱她，却为何要答应跟她结婚?!

几年前的那个晚上，他本来是过来找丁灵的，但那晚是她唯一的机会，对她来说，她亦只有那一个机会告诉他，她爱着他，深深的，从第一次看到他的时候，她亦对他倾心，无法忘记，想要紧紧地被他拥在怀里，就这样一辈子，只是他到现在都无法给她一个温暖的拥抱。

这时，外面传来汽车停靠的声音，她的心突然怦怦地跳了起来，就在那当会，瑗悦急忙站直身子跑出去。

“回来了，吃过饭了吗？爸、文笙。”瑗悦站在门口，极力地展露笑容，并准备接过文笙手上的衣服。

她的头发浓重的形成大波浪卷垂落在她的肩膀两侧，她的眼睛清新明亮，嘴角轻轻地扬着，有着不一样的浓郁气氛。尽管此刻她的心跳已经不再受她自己的控制，现在的她完全是另一副模样。

“是你啊！不用了，我自己拿，我还以为是谁呢！这么晚了，你有事要出去吗?”文笙见瑷悦这么晚了还整妆站在门口以为她正有事情要出去，便多问了一句，虽然他的声音低调而又倦怠。

“你忘了今天是什么日子?”瑷悦突然失望了起来。

# Chapter Eigth

# 每个人都需要一个机会

瑷悦正试穿着婚纱，她里面穿着长束型胸围，那胸围把她那原本就凹突有致的身材更加的衬托出来，她的胸更挺了，腰也更细了，虽然那样的装束让她觉得有点点胸闷，但想到一辈子就那么一次，她就又觉得这一切都是应该的，她的婚纱是那白色飘逸的纱裙，做工精细，配着轻盈柔美的披巾，散发着丛林仙子的清亮和高雅。

# 1

“是啊！今天是小文的生日啊！现在都什么时候了，你看，一忙起来就把什么事情都给忘了。”文明博冲瑗悦一笑，转向文笙说：“小文！你以后不要一直忙着工作，你也该好好陪陪小悦了，公司的事就暂时交给其他人来打理吧！其他的事情等你们结完婚后再说。”

“可是，爸，结婚的事情不是还早着吗？我……”

“别我我我的了，感情的事情你要用点心，不要到时候又玩变卦，我真希望你早点结婚，那样也算了了我的一桩心事。”文明博意有所指。

“爸！我没关系的，等阿文空点的时候再说吧！反正一切都还早得很呢！”瑗悦察言观色地说着。

文明博点个头上楼去了。

文笙也走过她，想要径直回自己的房间去，虽然他们已经敲定是要结婚的了，但彼此间却依然还分房睡。

“文笙……”她看着他即将消失在自己的视线以外，便叫住他。

“文笙，有个事情，我得告诉你，丁灵她出事故了，正在医院里。”

听到丁灵两个字，文笙终于停下脚步，脸上现出困惑而又担忧的神情说：“你为何不早点说，她是你的好朋友，为什么你能这么平静！”

“在成为我的好友之前，她首先是你青梅竹马的恋人。”瑗悦被一种哀怨的情绪纠结着，文笙的话让她感到心疼和寒冷。

她并不要求他彻底地忘记丁灵，也不要求他只爱她一个人，只要他能把她当成这个家的真正女主人，那她就知足了。

这时，小白正好过来，它很忠心地匍匐在她脚边，然后伸出那厚实的长舌头舔舔她的手，小白来这个家也有几年了。

它是瑗悦经过宠物医院的时候捡到的，那是一只金毛与吉娃娃杂交的狗狗，只是这狗狗的面相不好，头中央和四肢都有一处白毛，就像是戴孝。尽管她有过犹豫，因为这不祥的面相，但她觉得自己并不是一个迷信的人，又见它站在风里哆哆嗦嗦地耷拉着耳朵，用一种很无辜的眼神看着她，她真的有点不忍心。

“我突然想起来还有工作没做完，今天晚上可能要通宵了。你早点睡，也挺晚了，明天我跟你一起去医院看看丁灵。”文笙不知道何时已经下楼来站在她身边。

她有点被吓到地抬起头来，小白此刻也正躺在她的脚下，依偎着她。

为着它，她曾跟文笙有过点口角，那是她第一次有胆量冲撞这个能给予她一切和希望的男人，也是那一次后，文笙才决定要跟她结婚的，这是她破釜沉舟的结果。

瑗悦想来想去都觉得自己应该去医院一趟，她是真心地把丁灵当成自己的好朋友，尽管因为文笙的原因，她们之间曾有一段时间的矛盾和僵持，但几个月后两个人再也忍受不了彼此间的沉默又心照不宣地继续做朋友了。

她们的友谊危机是从文笙解除与文英的婚约，追求丁灵失败突然调转头决定跟她交往那天开始的。

丁灵一直觉得文笙不会爱上瑗悦，他只是为了让她后悔才去找瑗悦的。

当丁灵把这些话对瑗悦说的时候，瑗悦对她发了脾气。

瑗悦说：“丁灵，你这是在嫉妒我，你是个自大且不知所谓的女孩，你觉得这个世界的所有男人都应该爱上你，当有那么一个不在你身边围绕着你的时候，你便觉得哪里出了问题，你的心理是有问题的，你应该去找个心理医生看看。”

丁灵听完这句话后顿时气不打一处来。

“好吧！你爱怎么想就怎么想吧！不过这个问题你最好亲自去问清楚了比较好，我是不愿见着你被男人利用的。”

“丁灵姐，老实说吧！我从没像现在这般看你不爽，觉得你很卑鄙，很残忍，在你心里，你到底是怎样去看待你的感情的。文笙这么爱你，为你做了这么多事，你却如此无情地对待他，我知道他不爱我，但我愿意，我不在乎他爱不爱我，只要我知道自己爱着他就够了。你对爱着你的人都表现得暧昧不清，你明明知道自己没办法把爱给他，可你却总希望人家爱着你，并享受着这种爱所带来的优越条件。”

只听“啪”的一声，丁灵的一巴掌打掉了她们之间几年来所建立的深厚友谊，她讨厌她的自以为是，讨厌她的咄咄逼人，讨厌她对她有那样深刻的成见却还要笑嘻嘻地跟她做朋友。

“我对你说，瑗悦，你真太让我失望了，你真是个不知好歹的女孩!”说完丁灵扬长而去。

身后，瑗悦咬紧嘴唇，脸色苍白，像个做错事的小孩般看着丁灵的背影，那影子孤傲而又有尊严，原来再好的友情在爱情面前也不过是毫无还击之力的懦夫。

早上，医院里，丁灵早早起来陪着金，此刻她正万分同情地看着手机。

裴俊说："这边的风景真是好啊！给你发条彩信吧！"

丁灵想裴俊肯定是被每天来来回回的车子颠傻了。

彩信里的景致是山涧的一座古桥，桥两端的山很翠，不知道伸向哪里的远方，周边没有空旷的空地，一片郁郁葱葱的树木和草丛交杂，桥下是一条小溪，水很清，平和、安静地流淌。

看着这样的风景谁又能想到不久前这里经历过毁灭性的灾难呢！

"要忙了，不跟你扯了，哈哈！"裴俊发了个笑脸。

丁灵已经不再为裴俊担心了，哪怕是7级、8级的余震。

是对他放心了吗？

丁灵坐在金的身边，他还没有醒来，出事之后，他没有吃过食物，就只注射了含有营养剂的吊瓶，丁灵虽然心急却也爱莫能助，她例行公事一般询问了裴俊是否已经结束一天的工作？是不是又脱了一层皮？

裴俊却比她来得更麻木，他说："预报中的所谓7级、8级的地震还是没有来，我已经非常期待了，下午四点简单洗漱后，实在扛不住长途奔袭的疲倦，倒头就睡死过去了，本来最讨厌苍蝇，也无所谓了，刚醒，有些恢复，感觉到脚底生疼，浑身又有了紫外线反应，不知道你看了是什么感受。"

没过多久，裴俊又发了一条说："老实告诉你吧！下午指挥部终于打来电话告知有7级、8级地震的时候，我们是狼奔逃命，往来老乡奔走相告，返程时间略有缩短，人的潜力真的是无限的，三点半，安返骑马乡政府。"

丁灵笑了笑，觉得自己在这件事上十分的自私，自己不应该这么频繁地跟裴俊联系才是，又不是情侣关系，这样密切联络会让人浮想联翩。

不过这帮没经历过太多苦难的办公室人员应该被折磨得不成样子了吧！如果不是那点精神支撑着，真的很难想象接下来会如何？

祈福吧！勇敢的卫生防疫队员们，勇敢的灾区百姓们，在灾难面前，你们会创造奇迹的，现在只能这样了……

见到杨漾是在蓝吧里，那晚，丁灵从医院直接回到蓝吧。

她就站在那里，穿着白色的棉布裙子，头发浓黑的打着卷长到腰间。

她经过她的时候，看到她一脸的惶恐表情，是那样的孤立无援。

一个男人正端着一大杯的啤酒站在她前面。

“对不起！我真的喝不下，你就放过我吧！”女孩苍白着脸哀求着。

“怎么会呢？你就别再矫情了，我可不吃这一套。”男人馋涎着一张脸，借着酒劲开始毛手毛脚起来。

女孩有点畏缩的把身子一个劲地往后靠，但是那男人就是不肯让步。

“我等了你很久了，你知道我爱你胜过爱这个世界上的所有一切，今天晚上你就从了我吧！去我那，如何？”

“不好意思！我用不着考虑就可以告诉你不可能！我不知道你是这个意思！如果知道，我是绝对不会跟你出来的，我以为你跟别人不同。”女人放弃哀求，态度强硬起来。

“你太不识抬举了，以为自己是什么千金大小姐啊！只是一个出来卖的，装什么装。”

“你嘴巴放干净点，我不是出来卖的。”女孩把酒杯往地上一摔，霍得从沙发上站起来。

“娘的，你他妈的臭婊子，敢在谁面前跩呢？”男人站起身挥手就准备给女孩狠狠的一巴掌。

可惜手还没挥下去就被人给抓住了。

“这位先生，现在究竟是怎么回事？”一个有些酷的声音响起。

“少管闲事！”男人用力一甩，粗鲁地大叫。

“这是喝茶的地方，你在这里吵闹，你说我要不要管？”声音的主人不温不火地看着自己的手，轻轻拍了一下，就像刚才碰了多肮脏的东西一样。

“是你！”男人这会终于看清楚那声音的主人，声音立马就软了下去，只是转过身子又对着那女孩更嚣张了起来，凶着教训她说：“今天看在‘蓝吧’漂亮老板的面子上放过你！下次学乖点。”

这时女孩把一只手紧紧地抓着那人的衣服。

男人可能也不想把事情闹大太难堪，手松了一下。

## 2

那声音的主人就是丁灵，当她走进蓝吧时就看到了这一切，她最看不过眼的就是这些借酒耍泼的男人了，幸好那人识趣，否则以丁灵的脾气，她接下来不是让保安穿着便服把他打晕扔出去，就是先让他尝尝跆拳道黑段的威力，接着就是亲自把他扔出蓝吧。

丁灵只是有点奇怪，那男人竟这么温顺得没有再吭声。

她继续说："先生，蓝吧在某种性质上是喝茶、休闲的地方，当然你要喝酒也无所谓，到这里的人都是有头有脸的人物，我想你也不希望这种事传扬出去，至于蓝吧的事还是由我来处理就好，如果你还想喝酒的话，我可以让调酒师为你调制一杯，你可以慢慢享用，那边还有点事情要处理，就失陪了。"说完丁灵往门口走去。

经过门口的时候，方雪说："姐，你干嘛给那种人面子，你完全可以赶他出去的。我最看不惯的就是这种男人，如果下次还敢来的话，我就见一次打一次，彻底把这种人物拒之门外。"

"小雪，天作孽，犹可违；自作孽，不可活。有些人总有一天会由法律来制裁的，就算法律不来制裁他们，也会有老天来收的，不到万不得已无须劳烦我们，动这样的人还脏了我们的手。哦！小雪，你不在医院照看金怎么跑回来了？"丁灵似突然想到点什么转了下话题。

"姐，大哥他出院了，他说其实他伤得并不严重，只是想吓吓你，看看你的态度，他说现在知道你的意思了，明天就走，十点的飞机。"方雪讲完后瞥了一眼丁灵。

丁灵抽了一口气，有点颤抖起来，她觉得金这次是真的要离开自己了，他是等不了了，他是不愿意给她了结和裴俊之间的那份感情的时间了，可老实说罢！自己有想过要去了结这份感情吗？自己是真的太自私了，至少对金是这样的。

丁灵折回去走到休息室，看了看那女孩说："你没事吗？"

女孩抬起头有点难过地说："我不是一个好女孩，我想你也看得出来。"

"大家都是人生父母养的，去找份稳当、长久一点的工作做做，为自己的将来打算。"

女孩哭着说："我家在东北偏远的山区，家里很穷，我中专都还没毕业就辍学了，接着就来这边打工，没有学历，没有技术，真的很难！"

"姐，好可怜哦！就让她在蓝吧做点事吧！"方雪皱着眉头，露出一副万分同情的表情来。

丁灵闭着眼睛摇了下头说："那你现在在哪做事情？有没有需要我帮忙的地方？"

"你叫什么名字？能吃苦吗？"方雪问了她一句。

"我叫杨漾，什么样的苦我都能忍受，只要给我一个稳定的地方，像家一样。"女孩的眼睛瞄向外面。

"那你来做小雪私人助理吧！我看你们还蛮投缘的。"丁灵忙接上口。

“真的吗？那我什么时候过来?”杨漾开心地笑着。

“明天吧！到‘蓝吧’直接找小雪就好，现在你回去吧！出去要小心点。”丁灵对她说着，然后转身向外走去。

“你为什么愿意帮助我这样一个陌生人?”杨漾突然叫住丁灵问她原因。

一边的小雪则张着嘴巴很难置信丁灵此刻的爽快。

丁灵停在门口一会，然后转过身冲着她笑笑说：“我想你需要的是一个机会，不是吗?”

丁灵对自己的这种做法十分的满意，甚至倍感快乐。

每个人都需要一个机会，自己也应该给她一个机会，因为她给得起这个女孩一个免入歧途的机会，帮助一个人总是件很好的事情。

丁灵距离金飞往美国的那班航班起飞的时间还有半小时的时候，她突然清醒了起来，抓了件外套冲出门外，并在路上拦截了一辆计程车。

她坐在车里，有点心急地看着手机的时间，虽然离飞机起飞还有段时间，但是她就是莫名的心急。

终于盼到了机场，丁灵忙拿了张50元面额的钱塞给司机就往机场里面冲去。

但是机场太大了，有点像个迷宫，以至于丁灵怎么找都似乎在原地踏步，只知道急却不知道如何是好。

她心里默默念着：“金，你一定要等我啊！千万别一个人走了呀！金，你到底在哪里啊！不是说好了十点吗？你在哪里啊!”丁灵几乎是跺着脚了。

站在那里看着来来往往的人群，感觉无限苍凉。

丁灵想如果她没有来找他，金是否也有同样的感觉，她突然有点庆幸自己来了。

可是金在哪里呢？他已经走了吗？

丁灵抬起头，对上一双哀怨的眼神，更多的是痛楚。

金一字一句地说：“为什么这么晚？我好害怕你不会来。”他上前抱着她。

丁灵也抱着他撒了个谎说：“对不起，我睡过头了。”

金有点怀疑地看了看丁灵，他知道她在撒谎，却不揭穿，他说：“以后不要再说对不起好吗？我不希望你说对不起，我也不要对你说对不起。”

“算了吧！都过去了呢。”丁灵弯身拎起他放在地下的背包。

“我来拿……”金接过丁灵手上的背包，而丁灵挽着他的手臂偎在他身旁，好像这样子她就能忘记一切的风雨，丁灵有点庆幸老天没有对她的犹豫作出严格的审判。

划完位，领取了登机证。

金说：“我以为你决定跟裴俊好了，今天肯定不会来了。”

丁灵看金这么说，就觉得是对自己的一种讥讽，心里暗涌上一种莫名的伤心，原来他什么都知道，而他是这么想的。

丁灵说："金，真的没想到你好能沉得住气啊！你一直都没有在我面前表现出你真实的一面，现在你是否要表现了？"

金似乎也有点受伤地说："我没有，我只是太开心了，连我自己都不清楚我为什么要说这些话。"

丁灵看了看金眼泪都差点流出来了："金，这是否就是你们男人的一种占有欲望，你一直把自己埋得很深，让我触不到你的真实想法，你是否一直都在对我观望，看我是否是那个能够陪你走完一生的女人，所以你是因为对我失望了，所以要走吗？是这样吗？你真的好自私。"丁灵把登机证砸到他的身上转头往外跑去。

金忙追了出来："菲娅，你回来！你误会我了，我是真的爱你！"

丁灵惊的停了下来，心一下子空了，但她还是选择继续往外走去，那眼泪不由自主地一滴滴滑落。

丁灵心想，金，我有什么样的过去让你好介意的，你分明是不相信我，我感觉不到你的真心，你要我怎么去相信你，相信你爱的誓言。

金急忙上前，从背后拉住丁灵的手，然后转过她的肩膀吻住她。

金见丁灵一点反应都没有只好无奈地停下说："菲娅，我这个人不会谈恋爱，从来不知道应该怎么真心地去爱一个人，可是自从遇到你之后，我想爱一次，可是我真的不知道应该要怎么做才恰当，我是那样的害怕失去你，我这是在吃醋，难道你一点都看不出来吗？"

金露出一脸让人心痛的神情。

丁灵突然十分地后悔，后悔做出现在这样的事情，后悔说出那样的话，后悔让一切就这样莫名其妙地发生了，其实扪心自问，她一点都不怪金，即使他犯了再大的错误，她都会原谅他，可是为什么她要如此的冲动呢！

金对于丁灵的沉默不语有点担心，他说："日本还要去吗？飞机马上就要起飞了。"

丁灵含着泪笑说："你说还要不要去呢？你料定我会来对吗？所以帮我也买了日本的机票。"

看着丁灵笑了，金也露出了那孩子似的笑容说："当然要去了，我只是抱着一线的希望，不是料定。"

他推着丁灵向出境室走去。

上了飞机，找到自己的位置，丁灵的心有点忐忑不安，为着刚才的那一幕，现在他们和好了，还坐在飞机上等待着一次不知未来的旅行。

金显得心情很好，他说："真该死，早知道这样做可以的话，我早就这样了，我是鼓足了多大的勇气啊！我好怕你就这样离我而去，不知道该如何去留住你。"

"我也好害怕，害怕走出飞机场后我们的感情就完了。我们以后不要再吵架了好吗？要不然我会绝望，真的，我不希望吵吵闹闹。"

金伸出手说："好了，没事了，让一切都见鬼去吧！我们以后不会再吵了，我们会相亲相爱一辈子的。"

丁灵总算是松了口气，现在一切都摆平了，应该没什么好操心了，她很快就睡了过去。

丁灵一觉醒来发现周围都是骚动的旅客，而自己正趴在金的背上，她不敢动，继续装睡。

金背着丁灵走得有点慢，可能是怕吵醒她，她的脸贴在金的后背上感觉很安全，周围都是各种陌生的语言。

现在的丁灵是完全地信任他、跟随他。

## 3

出了机场，金用日语跟计程车司机说了些话后就把丁灵放进车里。

丁灵故意动了动，装作醒过来似的说："我在哪？"

金也坐了进来冲着丁灵笑笑，其实他早就知道丁灵已经醒过来了，他好歹也做了这么多年的演员，丁灵的这点小花花肚肠他还是看得清楚的，但他溺爱地说："醒了，现在去我们下榻的酒店。"

"你好像对这地方很熟哦！一点都不像是第一次来这里？"

金翻了翻白眼说："清醒了？我有说我是第一次来吗？"

于是丁灵等待他说下去。

她想这里应该有金的故事，可是他没有继续说下去，丁灵也没有再问。

到了酒店，下车后，他捏着丁灵的肩膀说："站在这里，不要乱走，我办完手续后带你去吃东西，吃完后你再睡一觉，然后我就带你去看夜景。"

丁灵点点头感觉金一副十足的父亲的表情就笑着说："知道了，不要把我当你的女儿看待好吗？"

金笑笑说："那我把你当妈妈看待好了，哈哈。"说完金就走了进去。而丁灵就站在外面看着金进到酒店，看着他，心想金的话为什么总是能够启发她的思维。

是啊！这个社会上就只有男与女两种性别的人。男人一辈子都在扮演爸爸与儿子的角色，而女人一辈子都在扮演妈妈与女儿的角色。一个男人与一个女人谈恋爱以后，男人就常常扮演这两种角色，女人也一样。也许这就是亘古不变的规律吧！归根到底的角色。

金把行李拿上去后，丁灵一直站在酒店门口等他，看着他走下来，然后停在她前面，丁灵就望着他，伸出手说："走吧！去哪呢？"

他笑了一下，然后收起手说："我们的旅程开始了。记得要跟紧我，弄丢了你就……"金看看丁灵突然哈哈大笑。

丁灵想他肯定想到了自己有可能坐在路边号啕大哭的糗态吧！他该不会是策划着要把她独个儿撇在这里吧!？丁灵以小人之心度君子之腹的猜度，不过她没有理会太多。

两个人像没长大的孩子般手拉着手走着，其实金现在穿的衣服很休闲，一条带点怀旧色彩的牛仔裤，一件干净的T恤衫，丁灵很喜欢这样打扮的他。

虽然是中午，但是丁灵却一点都不觉得饿，丁灵说："金，我们就这样走走好吗？不要吃什么东西了。"

"好吧！是不是你的浪漫主义情感又泛滥了啊！"

第一次，丁灵深深地觉得人生也是可以这样的无所事事，这样的让青春放浪，因为他们都还年轻，放下所有的包袱，什么都不做，原来这样子也是如此的惬意，就这样子挽着心爱的人的胳膊一辈子。不用想这个世界是否什么时候发生战争，一切都不必忧虑，因为身边还有一个他做伴，不必害怕。

"慧小姐，慧小姐，是你吗？"丁灵听到身后有人清晰的用中文叫着一个人。在这样的异国听到同样的语言总会让人有种亲切的感觉。

丁灵回过头冲着那人笑了笑。

那是个有点历经风霜的老人，长得有点丑，特别是脸色那道长长的疤，丁灵不自觉得往后退了一步。

"慧小姐。"那人一上前就抓住丁灵的手啜泣着，"慧小姐，我找得你好苦啊！"

金掰开那个老人的手瞪了他一眼。

丁灵有点怯怯地往金的身边缩了缩说："你，你认错人了吧！这位老伯，我不认识你。"

老人哽咽着说："慧小姐，我是王荣啊！当年童大哥让我照顾好你，可是我被你从房间里冲出来打昏了。"

"王荣？"丁灵摇了摇头，"可是……我真的不认识你。"

金护着丁灵往前走。

他对她说："他是个疯子，不要理他。"

虽然有那一段奇怪的插曲，但是丝毫都没有影响丁灵的心情，丁灵权当成是那个老人思念故人心切所致。

自从碰到那个古古怪怪的老人之后，金就带着丁灵去了一个度假村里住着，而那之后的几天，金都早出晚归，丁灵窝在那里觉得有些无聊，就自己找乐子打发时间了。

她总是一个人出门，慢慢地走，轻轻地晃，走在陌生的街头，偶尔记一下重要的标志牌，发现这样的生活原来比关在房间里要好很多。走累的时候找个空地，吹吹干净就坐下。

外面的风吹在丁灵的脸上，有一点点刺痛，但是她并不讨厌冬天。

"慧小姐，你在想什么？"一听声音丁灵就知道是那个叫王荣的老人。

她有点窘困地冲他笑笑说："以后不要叫我慧小姐了，我姓丁，名灵，英文名叫菲娅，你以后叫我菲娅好了。"

王荣很是坚持地说："那叫你菲娅小姐吧！"

丁灵甩甩头说："算了，随你了吧！你是否有什么话要跟我讲呢？"她有点心急想知道一些事情。

"菲娅小姐，是这么回事，在你的记忆当中有没有见到过寒兰花形状的三件饰品？"

"寒兰花的首饰？"丁灵一惊，从一个古古怪怪的老人嘴里听到自己熟悉而又敏感的词汇，甚是意外。

她停顿了一会又说："我没见过，但听说，也只是听说，我妈死的时候就是别着一枚胸针和一朵寒兰花。"

"菲娅小姐，我想自己也活不了几年了，那个秘密，我不想带进棺材里去，所以你一定要找到那枚胸针。"

丁灵一直觉得自己不是个普通的女孩子，现在看来当初的那种想法确实是对了，她的身上确实是隐藏着很多不为人知的秘密。

金那天晚上也没有回来，丁灵早上醒来，听到外面很响、很急的雨声，雨真的很大，她百无聊赖之余又想到了裴俊，想到灾区的天幕下是否也正经历着这样一场雷雨的洗礼，那雨势必伴随着山体的再一次垮塌，泥石流的再一次光顾，如果大雨真的降临，灾区的人们又将再一次经历危险。

丁灵坐起身来穿衣服，睡眼惺忪地看看天花板，然后拿起床头的手机摁下开机键。

手机亮了会后再一次伴随着信息声而来，她顺手点开信息：

昨晚下暴雨了，突如其来，猝不及防。随之暴露出的很多问题更让人头疼脑热。帐篷漏水了，不止一点点，水桶、头盔、脸盆都派上了用场，也没办法吃熟食了。工作暂停一天，随时可能发生的泥石流能把我们一把埋了，地震前总有暴雨，不知道是真是假。

我们的衣服湿了又干，干了又湿，现在扎营在空地，还安全，就是不能进山、进村，那里的危险系数太大了。物资有些浸湿是难免的，还好易分解的药品我们早做好了防范。这样的天气真的让人挺害怕，气温的变化作为应激源很容易就导致胃病复发。

我们百无聊赖，在帐篷里待命，有人听收音机，有人假寐，我在看电子书，《平凡的世界》，大一时读过，十年后再重读，念及田晓霞的牺牲，再次热泪盈眶，我多么喜欢这姑娘的真诚、勇敢、大气、独立啊！与之相比，书中再没有哪个比她还拥有更完美的人生，感谢路遥。

雨依然很大，丁灵决定小心走路，这下雨天，汽车也会变得比平常疯狂，特别是这荒郊野外，她得小心穿行。

想到今天他们都会很安全，停工，扎营空地，与水共眠。

丁灵早上起来走出房间到外面的森林小道上散步，这里的花草在清晨的露水下显得娇艳欲滴，树木在阳光里绿得发亮，偶见对面山上的盘旋公路上，层峦叠嶂中有车子滑行的身影，从上往下望去，到处都是密密层层的参天绿树。

她静静地走着，没有目的，只是由着那伸向远处的道路带着她进入更多的“绿”的怀抱里，她享受地呼吸清晨那散发着泥土和青草气味的清新空气。

这里的别墅在山间错落有致，不算很大的规模却使得它显得更加的幽雅和品味，那房子融合了中西建筑的独特风格，轮廓优美，气势恢弘，屋部一律铺设红色的琉璃瓦，模仿了中国紫禁城的格调，那建筑背坐群山腰，面朝海蓝天，大部分是两层楼，也有一些是三层的。下面部分以白色调为主，白得有点耀眼，旁边有很多雕刻精美的装饰性石膏像。

丁灵决定再继续往前走去，她觉得每天，她都应该继续前进一点，去探索这天路上的秘密，这里很是安静，丁灵每次都会哼些连她自己也不知道的小调，走在这条路上，会看到一个凉亭，凉亭边上的大树下静静地垂着一个秋千。

丁灵走过去，四下看了看，见没人，便安安静静地坐了上去，她抬头看看天，上面有光微微透过。

这时，小路上有汽车的声音响起，丁灵不由得产生一种奇异的感觉，有点期盼，有点恐惧。

她想要去一探究竟，那车上的人会是谁呢？男的还是女的？老的还是小的？美的还是丑的？于是她就握着秋千绳，眼睛一直盯着路的那头，只是呆呆地望着。

终于那车快速的朝这边驶来，丁灵看到了那辆车以及那个人。

## 4

“金!”她看着他的车子快速地从自己身边开过去，他的脸上、衣服染满了血，他没看到她。

“金!”丁灵回过神后快速朝车子飞奔过去。

但车子早已远离了她的视线，看自己再怎么努力都没办法再追上了，丁灵只好放慢了脚步。

那人到底是在跟谁玩命？难道后面有人追杀？在这种地方开这么快的车，他满身的血迹又是怎么回事？难道金出了车祸？可看看又不像。丁灵既担心又不解，急于想要知道原因的她又加快了回去的脚步。

丁灵好不容易赶回到别墅，她吃力地迈着步子，越接近房门一步，她就越觉得恐怖，她不知道接下来面对她的会是什么？金到底是怎样的一个男人？他是不是同黑社会结怨了？还是他本身就跟黑社会有关，丁灵总觉得大凡很有钱的人都会莫名其妙地跟黑社会或者贩毒卖毒沾上点边。难道？丁灵的想象力又开始丰富了起来。

到了房间的门口。丁灵吐了口气，然后对着房门看了好一会，然后掏出感应卡轻轻刷了一下。

推开门，她看到金正吃惊地看着她，继而微笑地咧开嘴，然后向她走来。

他已经换上了干净的衣服，看不出一丝的异样，除了他那难以掩饰的疲倦。

丁灵心头涌上一阵酸楚，她从金的刻意隐瞒上知道他是不会告诉她任何事情的。

他紧紧地抱了她，然后在她的脸上印上一个吻，接着又吻上她的唇。

丁灵想到她刚才看到的那一幕，心中万分惆怅。

“去哪了？金，你去哪了？你终于肯回来了，我真的好害怕，你不在的日子，我觉得好孤独，就连空气里都弥漫着那种味道。你还好好的吗？我检查一下，你是否还好好的?”丁灵说着说着便开始流泪，继而一发不可收拾。

“我好好的，什么事情都没有。”金把她的头贴近自己的胸膛，然后搂得更紧，就好像丁灵是个还没长大的孩子。

“现在呢？现在还是孤独吗？还是担心吗？”

“恩！不过现在总算稍微放松了些，也觉得舒适了些，似找着了点什么东西一样。”

“可你怎么这么早就出去了？菲娅！我看你不在，真的很担心。”

“金，你是否有什么事情瞒着我？我是不该怀疑你的，应该相信你的，但有时候我也不知道为什么！你总是让我感到很不安。”丁灵离开金的怀抱，然后看着他，期待他能给她一个合理而又满意的答复。

“菲娅！”他把嘴又凑近她的唇，堵住她的嘴。

虽然丁灵疑惑，但她知道只要金不肯，她是没有任何办法从他嘴里得到任何一点信息。

中午十二点五十分左右，裴俊发来信息说：“又发生强烈余震，外面有房子倒塌的声音，然后是连绵的狗叫，希望不要出什么意外，这里的人们经受了太多，余震就像打麻将，如果半天都没啥动静，就绝对是在做大的！居安思危和所有的中华美德一样在一片粉饰太平的浪潮里灰飞湮灭，余震是不该死伤那么些人。”

那一晚，他们睡在同一张床上，却只是相互抱着，躯体交缠着。

她多么希望时间能在这一刻停止和凝固，就这样抱着一直幸福下去，可是她也知道他们的幸福终究是逃脱不了一些必须得面对的事实，包括藏在他心里的不为她所知的秘密。

过了些日子，他们吃厌了度假村的食物，就准备去附近的地方吃农家菜，在那群山环抱，风景如画，空气清新，泉水叮咚的农家古宅里，吃着一种返璞归真的绿色美食，对处在城市这种快节奏的生活状态下的城里人来说真是个超然的享受。

那爽口清淡的野菜汤，新鲜无农药残留的茄子、南瓜，以及本地鸡和猪。

满足地吃饱喝足后，两人驱车去了一个村部落，那村口有一棵大的古香樟树，那香樟树魁梧粗大，估计也有几百年的历史，它傍着河边斜高插入云霄，那古树之所以能长成今日今时这般郁郁葱葱看来是没少这河的功劳。

他们的车子继续在河道旁的狭道中前行，一路景色绮丽，带着浓浓山乡气息。

“金，我永远都无法忘记我生活过的那个山村，我的养父母以及我亲手种下的栀子花和门前那高高的攀爬上二楼阳台的葡萄藤。那是个安静、美丽、清新的靠海小山村，那里有鸟儿的欢叫声，有青蛙的呱呱声，有海浪拍打岩石的撞击声。当我还是个孩子的时候，我怎么会料到我的人生会有这样的奇特而又丰富的历程。当我回过头的时候，真的有点难以置信那便是我所走过的道路。但我总觉得自己现在无法再回到那个地方，无法在那里落地生根，也许我仍不是个付出不求回报的女子，不愿努力付之东流，这当是年轻的罪过吧。”丁灵平视着远方和金讲着话，她的眼神迷离而又空洞，她的心早已回到那个生她养她的地方。

“谁又会想到当初那个寄人篱下的小村姑会是大名鼎鼎的普菲勒这个古老家族的女儿呢！想想现在若大家都知道你的身份，追求你的人应该能排到太平洋去了。这么奢华的一切谁又真能放得下呢！这不能怪你。”金看着丁灵，满眼的柔情。

“那你呢？是因为我的这个身份才追我的吗？”丁灵有点认真地看着他的侧脸。

“你说呢？”他高深莫测地笑着看她。

他把车子停在一棵靠近河边的树下，然后带着复杂的神情看着丁灵说：“菲娅，我实在是很难猜想得到你究竟想要知道些什么？!”

“我可没有那么多的想法，只是我一直都看不清楚任何人！觉得自己很孤独，我似乎无法进入别人的世界，而我的世界，别人也进不来，就这么漂浮着。”

“我总觉得你会随时变卦，随时离开，即使我现在用婚姻把你捆绑，你依然会逃脱。这个世界上，似乎没有什么东西能把你永远捆绑住。我总觉得恋人间是一种无比欢愉和舒心的关系，可每次我抱着你，总感觉你的心是飘着的，好像并不在我的身上。”他说。

对于金的这一大段话，丁灵最终保持了沉默，因为她没有得到她想要得到的一切答案，而她也知道她是没有办法得到的，这在之前她就明白并懂得。

“金，还记得我们第一次见面那会儿闹出来的绯闻吗？你几乎把我害死！”丁灵转移话题试图缓解刚才的那种尴尬气氛。

“如果没有那一次，你也不会一夜间成为裴俊的未婚妻，真搞不清楚老天为什么要让我们绕上这么一个大圈。我回到美国后，跟你失去了联系，总以为我这辈子是失去你了。你想想吧！如果那时候我没被父母赶到中国，如果那时候你没有来到美院，如果那时候你没有住到我别墅的对面，如果那时候跟你住一起的不是裴俊，如果……真的难以想象，我们怎么会那样子碰到！”

他就那样地看着她。

丁灵突然觉得很好玩，这么些话从金的口里讲出来，有点不搭调，她从不曾了解金会把十年前的事情记得那般的清楚。

瑗悦正试穿着婚纱，她里面穿着长束型胸围，那胸围把她那原本就凹凸有致的身材更加地衬托出来，她的胸更挺了，腰也更细了，虽然那样的装束让她觉得有点点胸闷，但想到一辈子就那么一次，她就又觉得这一切都是应该的，她的婚纱是那白色飘逸的纱裙，做工精细，配着轻盈柔美的披巾，散发着丛林仙子的清亮和高雅。

她的身后，美容师正热心地在她头上下着工夫，虽然只是试穿，但美容师依然尽心尽力的显摆着自己对现如今时尚元素的认知。

瑗悦则异常兴奋地看着镜中的自己在他的手下变得越来越艳丽迷人，她想这么美的她总能吸引得了文笙吧！她是那样的美丽，这在之前她想都没想过自己有一天竟然也能有这样的蜕变。她仔细地打量着自己，等待着文笙的到来。

她站在那里，心里有着一种期待，一种担忧。

“好了吗?”文笙在门外问道。

“好了！好了！马上就出来了。”化妆师替瑗悦应着。

“快，把披巾披上，还有手笼也戴上。”化妆师转身对着她说着。

准备好一切后，瑗悦终于舒了一口，她定了定气，然后笑着打开门走出去。

她看到文笙愣了一下，但马上又恢复了镇定，她不知道他那短暂的一愣代表着什么！

文笙在决定和瑗悦结婚的那刻起，他就已经下定决心要试着去喜欢瑗悦，但见到丁灵后，他就又开始动摇当初的这个决定，但作为一个男人，他必须对自己的行为负责，所以现在他决定对自己的那个行为负起责任来，他想，只要他努力，并力求践行，他依然还是个能给自己交代的男人。



## 5

“你真漂亮，小悦！这样的装扮很适合你。你本该得到公主般的待遇，可你却喜欢错了人，爱上我这样的一个男人。”他走近她，牵起她的手。

“是吗？这是你第一次正眼看我，并说我漂亮?！我并不认为自己爱错了人，你是我第一个爱上的人，我那么清楚地记得第一次见到你的那会，那时候你同丁灵一起来到我们的学校，当我看到你的时候，我的心都是鼓噪的，就像有一百多头小鹿在撞似的，可那时候我并未存有幻想，因为你身边有那么出色的她，我是连做梦都没想到会有今天的，也许是老天垂怜，也许是我们之间的缘分，总之我们有了满意且令人开心的结果。”她说着把身子向他微微地倾斜过去，她渴望着他能吻她，这在很久以前，她便想过了很多次，她想要知道他们之间的吻会是怎么样的热情激荡，她总觉得与他接吻会是一件十分美妙的事情。

现在她全身的每一个细胞都热切地想要他的拥抱和一个热烈的吻，她在等待着那惊心动魄的时刻到来。

于是她闭上了自己的眼睛，可是等了许久，都未有发生，然后她睁开眼睛，却发现他正拿着手机要出去。

瑗悦默默地站在文笙的后面，眼泪终于流了下来，她终于脱口而出："文笙，你有爱上过我吗？"

正把手机放在耳朵边上的文笙没想到瑗悦会有此一问，背对着她，怔了怔，没有回答就径直走了出去。

瑗悦猛的一抽搐，瘫坐在地上，她的心顷刻间凉透了。

书静来杭州的那天，她打电话告诉丁灵的时候，丁灵正在日本跟金在一起！书静说自己在机场，半个小时之前到的。

丁灵说："书静，你怎么之前一直没跟我提过呢？难道你就没想起过我吗？你来杭州应该不是来找我的，可你又是为了什么事呢？"

"菲娅，你什么时候变得这么啰嗦了，早知道你这样，我就不告诉你了。"她突然烦躁起来，在电话里对着她大吼。

"你变了，菲烟。"她没有生气，只是轻轻地说。

"你了解我多少？你以为自己很了解我吗？你真以为自己是我姐姐吗？我们并没有血缘关系。不要叫我那个名字，我叫书静，我不是菲烟，她早在很多年前就已经死了。"

菲烟一吼完就先挂了电话，丁灵则开始静默。

"怎么了？菲烟又出什么事情了吗？"金从浴室里出来，俯身给了她一个蜻蜓点水似的吻。

"没什么呢！金，我那妹妹就是这样，虽然有些娇气，但却善良无辜，如果我不出现的话，她不会变成现在这样。"她说。

"她走到今时今日，我也得负点责任，其实我就是她的那个初恋，菲娅。"

"金，那我在普菲勒大宅里并不是第一次见着菲烟是吗？"

"难道你在那之前有见过她吗？"金奇怪地问。

"我想我应该在哪见过菲烟，在我成为普菲勒家的女儿之前。因为我第一眼见到菲烟的时候便觉得甚是面熟。"丁灵沉思着，可就是想不起来在哪见过。然后她突然转移话题说，"金，也许你不该告诉我这些，听了这些后，我非但不觉得喜悦，反而沉甸甸的，我想我们再给彼此一点时间吧！我真不知道那个伤害菲烟的男人竟然会是你。"

人与人之间就是如此，源于关心，止于寒心，彼此间的不善表达和及时有效的沟通最终导致了之间的僵局。

丁灵还记得第一次来到普菲勒家的时候，她是在花园里见到菲烟的，那时候她正无聊地蹲在那里对着那些寒兰花，她把那花朵摘下来，然后捏碎，挤出汁来。

丁灵并不知道这个女孩就是那个代替她在普菲勒家族里生活了二十几年的孩子，她只是觉得这女孩清新、漂亮并且不食人间烟火。虽然这女孩捏碎花的动作里浓浓地透露出她心中那种强烈的报复欲望。但那时的丁灵并不因此而讨厌她，她只是觉得那只是女孩儿无聊时的消遣，就如摘下朵花，然后撕着花瓣，嘴里说着爱、不爱这样痴情女。只要是漂亮的女孩子，丁灵总觉得她的心灵也同她的美貌一样让人开心。

“这里好美啊！这些花花草草都是你打理的吗?”丁灵上前搭讪。

那女孩上下打量了她一下说：“我并不喜欢这些花。”她把捏在指间的残花递到她的眼前说，“一个不尊重花的生命的人又怎会是个养花之人，养这些花的主人早就死了。”她有点不耐烦地说，然后站了起来，拍拍手上残留的汁液，绕过花园的草坪，然后爬上外面的草坡，踩上刚刚柔软的刚冒头的新芽。

真是个既坦白又奇怪的女孩，真的让人无法讨厌。

想到这些，丁灵的脑海里自然而然地又把有关菲烟的一切都拼凑起来，怪不得菲烟绝口不提自己初恋的名字，怪不得她看到金总是眼神躲闪，怪不得她的性格总是如此的让人琢磨不透，怪不得她总是安静得让人看不到她的存在似的。原来这个女孩受到过如此沉痛的伤害，而伤害她的人竟是她自己身边爱着的人以及信任着的人。

他们坐在度假村空地的秋千上，手扶着秋千绳，他们的前面是连绵起伏的群山，只见天空，不见海的尽头。

她说：“金，我现在有点不确定自己这次是否来对了!”

“我知道！你对一个花花公子没有信心是很正常的，不管你相不相信，我对待你和菲烟是两种完全不同的感情。只是你太过于善变，菲娅，我从来都不知道你今天这样，明天又会以什么样的一个姿态出现在我的面前。”

“这你就对了，女人本就天生善变，特别是我这样多疑而又敏感的女子。我总是在等待着那一个能掌握得了我性格的男人，我从未停止过等待。”丁灵又故意伪装起自己来。这会，金默不作声地站着，他有点不可思议地看着丁灵的脸，然后转移目光看着树叶飘落下来。

“你是个会让男人绝望的女人，你这样活着难道不累吗?”金最后丢下一句话走了。

那天，文笙出去一会后又折回到了化妆间。

他看到泪流满面的瑗悦说：“你真是个傻女孩，为什么要爱上我这样的一个男人，我没有任何东西可以给你。”

“我不要你的任何东西，我可以什么都不要，文笙，我只要你，只要能跟你结婚，我就知足了。”她几近哀求地看着他。

这会，文笙开始显得有点不耐烦起来了。

他说：“你不要这么傻吧！我真的不想伤害你。”

“可所有人都知道我们要结婚了，你叫我怎么办？”

“我早就跟你说过我们不合适！你这又是何苦呢？我知道你是个很好的女孩，可是我对不起你！”他说。

“你不跟我结婚是不是觉得我配不上你，你嫌弃我是不是？你怕我给你丢脸是不是？我都知道的，只是我那可怜的自尊不愿去承认罢了。但是文笙，你为什么不愿意给我一个机会呢！也许我们的结合才是最合适的。”

“你真的想太多了，小悦，我没那意思！这么多天，我反复思量，总觉得那代价太大。”他专注地看着她，期望自己能把他所固有的思想注入她的脑袋里面去。

“你让我怎么办？现在我所有的朋友、同学、亲戚都知道我们是要结婚的，现在……现在……如果你一开始就没想过要娶我，为什么不告诉我！”瑗悦说着就开始流泪。

“不是这样的，小悦，我很努力地说服自己那样做，可是真的不行，我真的没办法勉强自己！”他就那样挺直的站立在那里。

“你真的很坏！真的是坏透了。”她说。

“你不爱我！小悦，这点你应该比谁都清楚。”文笙说这些话的时候表情平淡，语气深沉。

她有点惊愕地抬头看他，然后抓住他的手臂急切地说：“不是的！不是的！我是爱着你的，我真的爱你，我比谁都清楚我对你的那份感情，请你要相信，不要离开我，不要让我失望，如果你这次离开了我，让我绝望了，以后当你发现自己原来是爱着我的时候，当你反悔的时候，就算你跪下来求我，我都不会再回到你身边的，所以请你好好地想一下，是否有那么的一种可能。”

“小悦，我已经害过你一次了，我不想再去伤害你一次，为了表示我的歉意和对你造成的伤害，你的银行卡里，在我来这里之前已经给你打进去了一笔数目还算可观的钱，在海南那边，我已用你的名义购买了两栋大的房子，那些足以让你和你的父母过上好的生活。除了这些，我真想不出我还能拿什么来补偿你，对不起！小悦，我是个一无所有的男人。”

瑷悦知道自己说什么都没用了，照文笙这行为看来，他是经过深思熟虑的，他早就想要抛弃她了，人的自私有时候就是这样的，当他更爱你的时候，他就尽量显摆自己的财富和赤胆忠心，说的自己是天上有，地下无的；当他不爱你的时候，他就自我谦卑起来，甚至把自己说的一无是处，生怕你看不到，而扑上去似的。

## Chapter Nine

# 被遗忘的角落

烟花，它被一起束缚、捆绑在一个暗无天日的黑暗空间里，有着属于自己的坚固牢笼，他们同生共死，有着一种难以言语的悲壮和豪迈，它们互相扶持，无怨无悔地期待着他们一飞冲天时的刹那辉煌。

# 1

当金早上起来的时候，发现丁灵已经收拾行李一声不响地走了。

她从来都是干净利落的女子，对于自己爱或者不爱的人，从不亏欠，她会因为占了别人一丁点的便宜而局促不安，会牢牢记住欠着别人的恩情却总是忘记别人欠着自己的恩情，对于这个世界，她似看透，看淡，如果她那看似自私的决定可以使人获得幸福，那么她甘愿做这样的一个恶人，她总是以一种别人无法理解的姿势生活着。

这就是他之所以痛苦而又无法放手的真正原因，因为他有时候觉得自己是完全可以了解并且理解她的想法的，但有时候又会突然变得不确定起来，他偶尔也怕自己因为这种执着或者一厢情愿的自以为是而变得一无所有，甚至会对这种毫无把握而又无法掌控的感情感到担忧。他对自己珍惜的东西除了呵护之外，从未曾有过任何赌徒的心理，只要是他认定的，他便不愿失去，如果注定是要失去，那么他宁愿从不曾拥有，现在这样，他宁愿一开始就被她干脆的抛弃，有那么一刻他想彻彻底底地冲着她发一次火，就算他爱她，他也想冲她发火，哪怕这场大火会把他们的感情连渣滓都烧得精光。

金起身，披上他的衬衣，他有一身健美的肌肉和魁梧的身躯，这是很多女子所梦寐以求的男性躯体。

她走了，终于！回中国去了。这一次会是他们的最后一次了吗？她是否真的下定决心，她是真的走了！金走到阳台上看着那迤逦的群山，听着鸟儿的鸣叫声，想着，心突然变得阴沉起来。

爱情为什么总是那么的艰难，似有无数的关卡，直至把人拖得精疲力竭。爱情也总是有那么多的巧合和遗憾？就像是老天的特意安排，磨难总是一次又一次，这次还能否走过，以丁灵的性格是决然不会去伤害任何女人的，哪怕是像毒蛇一样的女子，她也只是选择闪躲，她曾说过："我是一个女人，所以知道女人的苦和痛，只要活着，我是决然不会以一个女人的身份去为难任何女人的，因为懂得，即使有时候真的很讨厌一些不怎么善良的女子。"

这一次却是牵扯到她的妹妹，尽管彼此之间没有任何的血缘关系，也没有太多的相处时间，但她很疼爱自己的这个妹妹。

如果他能想象到有今天，他又怎会做下那些事情，但如果没做那些事情，他也许就不会碰上丁灵，更不会有接下来的这么多奇妙之旅吧，所以命运这种东西总似有它不为人知的神秘因果论。

丁灵坐在机场的候机室里，静静地看着外面的大雨，外面道路两旁的新种的小树在迎风摇曳、努力生存。

旅游结束了，她的爱情真的收拾好了吗？那个人，她真的能放得下吗？她这样一声不响地走掉，他会作何想法？丁灵收回目光，然后低着头。

就算我离你而去，你依然会过得很好吗？金，我总是这样的反反复复，你能理解吗？我是那么地爱你，如果可以，我是不愿跟你吵架的，但我们之间总是莫名其妙的因为一些事情而吵架，也许我们是真的不同，无论是价值观、爱情观。可能我们彼此间并不合适有一个好的结果吧！但愿你能过得很好！丁灵苦恼地想着。

"小雪姐姐，你说我姐她什么时候才回家啊！"小冰正趴在地上玩拼图，但因为心里有所挂念，眼睛总是朝门口的方向看。

"才这么几天就想念上了？真不知道前些日子在乡下是怎么过来的！"方雪一边看着电视一边回着小冰的问话。

"所以说呗！我就自己偷偷跑回来了呗！"小冰昂着头炫耀着。

"哦！原来是偷跑回来的！"方雪这才把目光集中到小冰的脸上。

"姐姐，什么叫偷跑出来?！我有留书的，而且我又不是小孩子了。"

"哈哈！我的小大人！你这还不叫小孩子！哈哈，小冰，你到底是妈妈的孩子还是姐姐的孩子?"方雪看着电视有一句没一句地跟小冰搭着话。

"我当然是妈妈的孩子了，姐姐又没结婚，哪来我这么大的一个孩子，只是那时候小，妈妈年纪这么大了还生我这么个儿子，觉得有点丢脸，所以姐姐就自告奋勇地承担下来了，再说那时候姐姐不是有未婚夫了嘛！未婚先孕又不是什么很丢人的事情了，后来考虑到上学这一系列问题，所以要把户口登记回妈妈那里了。"小冰思路清晰地解释着。

"哦！原来是这样啊！差点把我们所有人都弄迷糊了呢！我的小大人。"方雪若有所思地继续调侃着，然后转过头去又看着电视。

“铮！铮！铮！又是一盆美食上桌了！大家快过来先尝尝吧！”杨漾从厨房端出热气腾腾的菜来。

“姐姐！”小冰马上放下手里的拼图，跑到餐桌旁，甜甜地叫了杨漾一声。

“我回来了。”丁灵打开门在玄关处换上拖鞋探头朝着屋内有气无力地喊了一声。

“回来了啊！姐姐。”小冰丢下筷子对着丁灵，从椅子上跳下去跑到丁灵跟前。

“闹！闹！闹！这孩子。”方雪摇着头故意翻着白眼说，“你不在的时候就知道整天跟在我和杨漾身边，你一回来，就理都不理我们了。”

丁灵忙蹲下身子搂着小冰，终于露出笑脸来，她不自觉得看了一下方雪和杨漾，笑容依然没有变。

“回家真好啊！终于回来了！”丁灵站起来摸摸小冰的脑袋。

“吃饭了，吃饭了，都坐好了啊！一边吃一边聊吧！菜凉了可不好吃了。”杨漾像老妈子一张张罗着。

“姐，你怎么都不多玩几天就回来了？大哥呢？没一起回来吗？”方雪走过去看了一下门口，然后关上。

“他啊！美国那边临时有事，在机场那边直接走了。”丁灵微笑，有点轻描淡写地转开话题说：“我倒是觉得自己在外面呆太久了呢！好想你们啊！你们这帮坏家伙，难道就一点都不想我吗？”

“不想，没有你在，我们几个住的不知道有多爽快呢！哈哈！”方雪故意摆着一张臭脸，最后还是忍不住扑哧一声笑了出来，接着又换了个样子，嘟着嘴巴说，“好想你啊！姐，特别是小冰这家伙天天问我你什么时候回来，搞得我烦都烦死了！”

杨漾一边摆碗筷一边说：“还有最后一个汤呢！上来大家就可以开动了。”

小冰用筷子敲着碗叫饿！

“哦！天哪，小冰你这是从哪学来的。”丁灵吃惊地看着小冰抱怨起来。

“姐！学校的那帮同学等吃饭的时候都是这样子的。”

“学校？这害人的教育。”方雪睁大眼睛怀疑地看着小冰说，“你是故意的吧！之前都没见你这样做过。”

方雪的话逗得几个人都大笑起来。

“漾姐姐，你是不是早就知道姐今天要回来。”小冰看着满满一整桌的大鱼大肉，流着口水。

“是啊！这都不是为了给你们一个惊喜嘛！”杨漾笑眯眯地挨着小冰坐下。

方雪反客为主一边给丁灵夹菜，一边笑着说：“是啊！姐，你多吃点，你好几天都没吃过家里的饭菜了，多吃点。肯定是怀念上了，这外面的菜总比不上家里的干净放心。”

“呸！呸！呸！啊！好难吃！好辣啊！漾漾姐你到底是东北人还是四川人？这肉片在那红红的汤里看起来很美味的样子，可吃起来……”小冰舌头伸的跟只小狗狗一样，还不停拿手擦擦自己的那条小舌头。

丁灵皱着眉头看着小冰那模样忘了说教。

“很难吃吗？”杨漾狐疑地看着那盆漂浮着很多辣椒的水煮肉片，夹了一片放在嘴里嚼了一会说，“不难吃啊！你再尝尝。”顺手夹了一片在汤里抖掉辣椒籽放在小冰的碗里。

小冰苦着一张脸看着碗里的水煮肉片，然后再看看杨漾，一副深仇大恨的表情。

“哈！漾漾，我们家小冰不吃辣的，哈哈!”丁灵看看小冰，再看看杨漾大笑起来，她从进门就一直笑着，生怕这些人看出自己的异样来。

结束了回到中国的第一顿晚餐后，丁灵去浴室洗了个澡后回到房间，她对着窗子大大地吐了一口气，然后重重地倒在床上。

窗外，月亮正圆，她直直地对着月亮，虽然刚刚洗去旅途的劳顿，但她依然能感觉到那衣服、头发、皮肤上所残留有的异乡味道。跟金一起出去旅游明明就是刚刚发生的事情，但丁灵却觉得那是很遥远的事情了，她觉得这两天就像是漫长的一个世纪一样。因为过得慢，想起来的时候便已是一个遥远的距离。现在又回到了那个距离的开端，丁灵就觉得那应该是她的潜意识强迫她忘了这些事情，不让她清晰地忆起。

## 2

这个晚上，丁灵辗转难眠，从早上离开度假村到现在，金一直都没打电话给她，每次吵完之后，她都会盼望着他能来联系她，这种被动已经纵容了她现在的脾气，现在，当她一闭上眼睛，就会想到金那天坐在车子里染满鲜血从她眼前开过的样子，她终于开始担心起他来了，特别是在现在这样一种依然没有来一个电话的情况下。

“姐！姐!”小冰趴在丁灵的床前试图叫醒她。

丁灵大汗淋漓地睁开眼睛说：“是你们啊！怎么了？我是不是睡着了。”

“你又做噩梦了！一会大喊大叫，一会伤心哭泣。”站在床边的方雪松了一口气，如释重负的终于说出一句话来。

“是吗？难怪我觉得这么的辛苦。”丁灵坐起来理理自己的头发。

“你去日本都做了些什么啊？姐。是不是发生什么事了?”杨漾说了这句话后不敢正视丁灵。

“也没做什么事情！就是泡泡温泉，荡荡秋千什么的！”丁灵小声地说。

“哦！姐经常做噩梦的，我回来这里的那几个晚上也是。”小冰似在报备。

“是你？那几天晚上敲门的也是你了？”丁灵语气开始变得严厉起来，“你真是好弟弟啊！小冰，我是没被你少吓啊！我还以为自己见鬼了。有你这样的弟弟我真是幸福啊！我想迟早有一天我是要被你吓死的。”

“姐，消消气，消消气，继续再睡会吧！你是真的太累了，我们都出去吧！”方雪安抚了下丁灵后拉起小冰，然后招呼着杨漾一起出门。

丁灵早上起来出门去蓝吧的时候，突然接到瑗悦的电话。

“姐，我要出国了。”瑗悦平淡地说。

丁灵好奇地问：“小悦，你不会提前偷偷结婚了吧？去度蜜月吗？”

“不是。有些事情我想当面让你知道，但只要你一个人来就好，我现在在萧山机场。”

丁灵关了门，下楼开着车直奔机场，在机场的长椅上丁灵看到了瑗悦以及旁边的一个瘦高个的男人，长得还算清秀，是属于蛮有福分的那种人，丁灵原本想问很多的事，但时间已经不等人了。

她走近的时候，瘦高个男人就自觉地走到一边去。

丁灵说：“瑗悦，你这死丫头，这么大的事怎么就不跟我说一声呢？你没看到我脑门上现在都打着很多问号吗！为什么你就要这么匆忙地去日本？为什么要去的是日本？哪里都可以去不是吗？为什么偏偏是日本？还要回来吗？除了我还有其他人知道吗？”

“丁灵姐，你能赶过来我真的很高兴。”瑗悦看起来有点平淡，这让丁灵多少有点担心。

一会后，那个瘦高个男人过来要带瑗悦走，说再不走就赶不上飞机了。

瑗悦走了两步回过头冲着丁灵跑了过来，狠狠地抱着她哭。

丁灵说：“你怎么了？到底怎么了？”

瑗悦放开缠着丁灵脖子的两个胳膊，擦了擦眼泪说：“丁灵姐，我会想你的，到了那边再跟你说原因。”

丁灵说：“非要这么匆忙吗？你不是有话要对我说吗？”

瑗悦点点头说：“是的，但看到你又说不出口了，能看到你就好了。”

说完就头也没回地跟着男人走了。

丁灵站在远远的地方朝瑗悦喊：“小悦，记得好好照顾自己，有什么事的话一定要打我电话。”

瑷悦回过头，已经是泪流满面了。

丁灵回过头匆匆地向机场外面走去……每当这个时候她就会有几多的感慨。

瑷悦到日本后一切顺利，没过两天就跟那天丁灵在机场见到的男人结了婚，很匆忙，也许对丁灵来说是匆忙，而实际上是已经筹备了很久，那个男人是美裔华人，在日本有自己的一家公司，他们是在一次日本的展销会上认识的。

那时，瑷悦正好学校毕业，担任了一家缝纫机公司的外贸部秘书，同时兼任总经理助理，因为能力好，相貌好，被老总看中，多次带着去日本参加公司的各项会议，听说那个高个男人就是瑷悦在日本的时候认识的，属于一见钟情的类型，后来瑷悦回到了杭州来帮丁灵，那个男人就追到了杭州，但因为瑷悦心中一直有文笙，而且还准备要结婚，所以一直跟这个男人有着若即若离的感情纠葛，这使得三人之间都有些许的痛楚，只是丁灵很难理解瑷悦为何在这当口选择放弃文笙，嫁给文笙一直是瑷悦的梦。

在丁灵的感觉里他们之间的故事听起来像在讲小说，可是丁灵觉得这之间可能并没有这么简单，之间应该是有另一种版本的故事，瑷悦这么低调并且这么神秘莫非是私奔？但是丁灵仍然觉得这种事情也只有在小说里才有。

除了瑷悦去日本的第一天，她跟丁灵有过一次见面并聊了几句，接下来几天，彼此间就再也没有多少联系，看来在那里瑷悦过得很好，因为瑷悦只有在过得很好的时候才会把丁灵忘记。

同时，在丁灵的脑海中突然浮现她跟金曾在异国的天空下相互依偎着，走过樱花盛开的国度的画面。

电脑里还有她们的合影，是多么幸福、快乐的一对啊！但现在已经物是人非了，他们已经彻底地结束了，在她绝情地说出那么多伤害金的话后，她觉得即使有一天再相遇，金也不会再原谅她，他该痛恨她，是的，不会再有任何爱恋了。有些人天生就有一副好命，比如瑷悦，丁灵有点羡慕起瑷悦来，但同时也为她高兴，为她担心，怕她过不了那边的生活，但想想应该不会有什么大问题，丁灵也佩服瑷悦的勇气，如果是她……她想自己会因为顾忌太多而舍弃爱情的，在爱情这件事上丁灵一直都不是一个勇士。

这时，她又想到了裴俊，她喃喃着：“裴俊，你现在还好吗？有段时间没跟你联系了，还有文笙，为什么瑷悦会跟另一个人结婚？菲烟呢？不是来了中国了吗？为什么一直没来找我？”

丁灵感觉到自己的心又开始纠结，她总是忘不了这许许多多在自己生活中出现的人，满脑子都是和他们在一起的点点滴滴。

在瑗悦去日本的几天后一个晚上，她给丁灵打了电话，她说在日本机场看到了一个长得很像金的男人，但是匆匆一瞥，不是很确定，等她追出去的时候，那人已经隐入人群，那时街上人很多，很吵。她说很难过，没能帮得上丁灵。

丁灵说没什么的，如果她跟金有缘的话，将来一定会重新走到一起，如果无缘即使捆绑在一起也没用。

远处的天空中突然爆开大片光亮夺目的烟花，无数朵，朵朵光鲜亮丽，像花的海洋，光的瞬间，因为太远，就像是在上演一幕聋哑剧。

烟花，它被一起束缚、捆绑在一个暗无天日的黑暗空间里，有着属于自己的坚固牢笼，它们同生共死，有着一种难以言语的悲壮和豪迈，它们互相扶持，无怨无悔地期待着它们一飞冲天时的刹那辉煌。

有一天，它们终于冲天了，终于辉煌了，终于……

瑗悦的声音还在继续着，丁灵，我看到烟花了，又有人结婚了，记得人说过爱情就像是烟花，我看婚姻更像，瞬间的生，永恒的死。如果没有裴俊，你是否会选择文笙？这个问题我是否在很早之前就问过于你，我理解你的选择，你一直都不同于我，不过那时候我真的挺看不起你，你不应该让文笙如此狼狈的从你的房间里出来，你更不应该在那样的时间里把他硬生生地推开，我真的不欣赏，你只是为了让自己的日子好过却去毁了一个男人好不容易建立起来的感情信心。丁灵，你可知道，知道文笙曾有过被伤害的经历，每个人都不是生来就有着计较、防备和猜测之心的，但愿你能多去了解一下文笙。

“悦，不知道你看到的烟花是否就是我所看到的，烟花是否光彩艳丽，是否生死泯灭，最主要取决于看烟花那个人的心境，你的这个要求我没有办法答应，我只是因为太过清楚而不想有更多的伤害才让自己做一个偏执和近似冷酷的女人，因为我知道既然不能给予，一开始便不应留下希望。放弃文笙并不是因为我害怕麻烦，只是我比谁都清楚自己心里究竟爱着谁，因为爱着便不愿让自己不爱的人有任何憧憬，你知道那不道德。”

事情总是不凑巧，丁灵与瑗悦的通话被起来上洗手间的方雪听到，而且基本上是从头到尾。

方雪站在丁灵房间的门口吃惊地看着丁灵，不好意思地笑说：“姐，我是无心的，只是太过好奇了，前些日子瑗悦姐给我来过电话，说了些奇怪的话，我一时之间还不明白，现在听到你跟她的谈话，我才明白是怎么回事。悦姐一直是我们几个人当中最聪明的，我想她的这种聪明应该是无人能及吧！不过有点可怕，真不知道她会不会良心不安，我想我们中应该没有人会是她的对手。你看她多聪明啊！那边一分手，这边马上就结婚。真不知道这么有心计的她是不是真的获得了幸福！”

## 3

“小雪，每个人的生存状态都不一样的，多多体谅吧！其实小悦不希望你知道这个事情的。”丁灵显得有点无力地说。

“是啊！我干嘛要知道呢！她也不好意思让这么多人知道才是，你瞧她做过什么！本来我是不想说的，她在一年前就勾搭上了其他男人了，难怪文笙会临时取消婚礼，我想他应该是早就知道了吧！或许是怕传出去难听，所以忍了，你也知道文笙家是什么样的一个家庭，像这种家庭最忌讳这些不体面的事情了，再说文笙之前就取消过一个婚礼了，看来这个男人是够可怜的，都遇上了些什么样的人啊！”

“小雪，你这个说长道短的习惯真的不好，以后得改改，不然真嫁不出去了，男人很忌讳这种长舌妇，有些话放心里就可以了，再说有时候现象不能决定一件事情的本质。”

方雪惊愕地看着丁灵，没想到她会这样说，就停顿了一下。

丁灵却知道方雪想要说什么！方雪觉得瑷悦不该是现在这个样子，她觉得这几年瑷悦变得太厉害。

丁灵知道这小妮子是情绪上来了，她是不同于瑷悦的，方雪这家伙善爱打抱不平，对自己所热忱的每一件事情都会刨根问底，拗起来的时候相当的孩子气。

她说：“丁灵姐，不管你爱听不听，反正现在的瑷悦已经不再是我们所认识和了解的瑷悦了。她跟这个世界上所有俗气的女人一样，只认金钱不认人。一开始之所以选择跟我在一起。无外乎是因为我不够她漂亮，不足以对她构成危险，甚至还可以做她的陪衬，再加上我这个人嘴巴快，她也可以从我这里得到很多的情报。自然，瑷悦不该是现在这样的女人，我本觉得她还未曾真的这么坏，很多时候也就嘴巴上说说而已，当初以为她是因为爱情才横刀夺爱纠缠上文笙，但现在看来还是为了钱，在我的想法里，她应该是那种愿意为爱奉献一切的女人，可我始终还是看错了，物质社会嘛！你说我还能期待什么！”

瑷悦的这种做法是决绝的聪明，是对带给她伤害的人的最佳报复和冷酷的反击，他冷笑，他到底是跟什么样的一个女人在一起浪费了这四年的时间，真的是不堪回首。

结束了，她成功了，痛快淋漓，嘴角带着笑，她胜利了，事态的发展全在她的掌控和把握当中，其实她真正想要结婚的人并不是他。

他们竟然已经结婚！才两三天的时间，她竟然跟另一个男人过上了锅碗瓢盆的简单生活。

有声音在他喉咙里呜咽，文笙直直地站在窗前，然后平视前方。这是他第一次正视他和她们之间的关系。

他点了一支烟，站在那里不声不响地抽。

看到儿子面无表情地站在窗前，文明博比平时更忧心，他过去拍拍文笙的肩膀，但是文笙却无任何反应。

文明博看到儿子冷冷的态度，虽然皱起了眉头，但他却也没再多说什么。瑗悦很多天都没在家里出现，这两人莫非是吵架了，但依文笙的个性应该很难吵得起来才对。

文笙不愿让父亲看到自己此刻眼里的愤怒，他亦没有告诉他自己和瑗悦已经分手的事实，他觉得自己得找个合适的时间再告诉他，他亦不愿再看到当年的惨剧发生。

“在你提出与文英解除婚约的那个晚上，你来我这里大闹了一场，而却没想到痛苦绝望的文英被一个浪头卷进了海底，等人发现打捞上来时她已经没有了呼吸，她的手里还死死捏着你送给她的寒兰花挂坠……本来我是打算把这件事告诉你的，但是文叔不想让你知道这事。他问我是否想让你一辈子在痛苦中度过，怕你无法走以后的路，为了让你彻底的对这件事情放手，文叔让我同他一起演了那出戏。但我真的无法让你不知情地过你的一生，每个人都有权知道一些有关他自己的真相。”丁灵在某一天告诉了文笙这个惊天的秘密。

“不可能的，那时候她还跟我通过电话的，怎么可能？丁灵，你说你是骗我的！对不对？你是骗我的。”他摇着头，难以置信地说。

“不是！是真的，那个跟你通过电话，说离开你，放弃你，成全你的人是我，我按照文叔的意思用文英的手机给你打的那一通电话，是经过一点点的变声处理的。”她语气坚定地说。

“丁灵，你们怎么能够这样？怎么能够这样？连文英最后的一面都不让我见，你知道你们这样做对我很残忍吗？你知道我是那么的疼爱她，我完完全全把她当成了自己的亲妹妹，你怎么能够这样对我，怎么能够???”他先是惊讶地大叫起来，话还没说完，电话就从他的手上滑到了地上，眼泪也从他的脸颊滑落。

远远的，他听到那边文英还在焦急地叫着他的名字。那时候的他们都还很小，他见到了第一次来他家的丁灵，只是短暂的一瞥，他就喜欢上了他眼前的那个小女娃儿。

文笙知道自己并没有像以前所说的那样，他并不是那种能轻易地拿得起放得下的男人。

“只要她找到自己爱的人，我就愿意放手并祝她幸福。”这是几年前他答瑷悦的话，可事实上，那时候跟丁灵分手时，他亦没有做到尊严的退出，现在他依然无法彻底的洒脱。

他似看到停尸间里尸体上那一块块蒙头盖脚的白布，文英就在那里呆过，他很努力地睁大眼睛寻找，但这世界却开始变得白茫茫一片。空洞，死寂。他再也寻她不着。

“同学，打扰一下，你能否带我一程，我想要到市中心去，啊！我好像在哪见过你，你是?”

“你这不是寻我开心嘛！我不是你同学，再说我也不去市中心。”这是文笙第一次正眼看瑷悦，那时候他来她的学校找丁灵，他回话只是因为他觉得这个搭讪他的女孩很好玩。

“同学，我们学校今天晚上有一个舞会？我想请你一起去，你肯赏脸吗？”这是她第一次主动邀请他作为舞伴。

“不好意思！我是来找丁灵有事的。”

“我爱你，文笙。丁灵她已经有爱的人了，她不会接受你的。”那是她第一次亲吻他，并不顾他的反对死死地抱着他。

而有些事情总是很不凑巧，对丁灵来说，她的爱情道路总是充满阻隔，那一幕却正好让准备出门的丁灵看到，很多年前的一幕突然出现在她的眼里，挫败感悄悄攀升，她默默地退居幕后，隐回屋内，有些秉性总是决定一个人的处事方式。

爱情有时候就像一支掌握命运的毒箭，随时都有可能毫不留情地射到某个人的身上，这时候的箭注定不是握在丘比特手上的爱情之箭。

“文笙，你别抱得那么紧啊，我都透不过气来了！好吧！好吧！丁灵姐不爱你，不是还有我嘛！我会爱你一生一世，绝不离开，除非有一天你确定自己已经不能够再爱上我了，那样我就会放你自由。”

“哪个混蛋先动得手？瞎了狗眼了！这是我的男人，谁再碰他一下试试看，老娘现在就跟你们拼命!”那是在酒吧，瑷悦为了替文笙出头，装成流氓大胆逞强。

“文笙，我缠着你，并不是像她们看到的那样纯粹是为了你的钱，我瑷悦绝不是个嫌贫爱富的人，但前提是因为那个人是你，我们是一体的，不能分开，我不会让你失望。”

文笙的脑海里重放着几年来跟瑷悦相处的点点滴滴，那一幕幕就像是影视剧的宣传片花一样，反复萦绕，挥之不去。

丁灵给文笙打了个电话，她说：“文笙，你们的事情我大致知道了一些。”

“瑷悦跟你说的？丁灵，你真见什么鬼了，什么事情都要来插上一脚，置身事外罢！”他声音有点急促又有点响地说。

“文笙，你不要动怒！我知道你心里有那么一些痛恨瑷悦，但我们都没有权利如此，瑷悦所面临的你又不是不知道！她的处境太过艰难，除了找一条捷径之外根本就没后路可退。”

文笙闭了闭眼睛，他知道瑷悦又对丁灵说谎了，他无奈地不想揭穿任何事情。

丁灵继续说道：“文笙，你怎么能让小悦离你而去。她是一个多么害怕陌生城市的女人，我真的很难相信她会走上离乡背井的道路。”

文笙苦笑道：“你说得对，但每个人都是会变的，我得尊重她的选择，也祝她幸福。”

他从衣架上把外衣拿下来套上，打算出去走走，他一边系鞋带，一边还在跟丁灵讲话。

“文笙，我知道瑷悦非常爱你，她可以为你而死，可你呢？我看你却并非如此，所以任她离开，难道这就是原因吗？”然后她又补充道：“即便真发生了什么，我觉得你也该从自身找找原因！”

“原因？丁灵，你明明知道是什么原因！却还来问我，不觉得太过残忍?!”他有点无力地说。

## 4

“其实我原本以为你会过得很好，可谁知道却也一塌糊涂。”丁灵淡淡地说着。

文笙嘿嘿笑了几声，听上去有点冷飕飕的。

沉默了许久，两人最终无语。

“你保重吧！”

“我知道自己该怎么做。”文笙挂了电话，抹了抹脸，一声不吭地消失在黑夜中。

远处的天空中有礼花升腾，今天又有人结婚了。文笙看着那些礼花，终于坚定地点了点头说：“我也愿意！哪怕是一辈子，只要她没有说不让我继续等下去，那么我会一直等待。”

在方雪和文笙因为丁灵的关系变得熟识之后，一次方雪问他说："文哥，如果有一天丁灵姐不能接受你的感情怎么办?"

"那种事情应该不可能在我和她身上发生吧！不过真有那么一天，我会继续等。"他说。

"可你要知道漫长的等待其实就是失去，如果她真爱你的话，绝对不可能会去冒这个险。"方雪又说。

"以前我也这么认为，但现在我对自己有信心，也对她有信心。"他显得有些神采奕奕。

方雪摇头说："文哥，你太过执拗，这只会让你自己更受伤，有些感情该放手的时候就应毫不犹豫地早早让自己解脱，那样才会让彼此间的伤害减至最低。好吧！那我再问你，如果有一天你发现丁灵姐在同一时间纠结在好几个男人之间，左右逢源，并且给每个男人希望和幻想，这样的话，你还愿意心甘情愿地独自守候你所认为的忠贞爱情吗?"她觉得自己把话讲得够白了，希望他能听得懂。

"你到底想要告诉我什么？丁灵她不是你最好的朋友吗？你怎么能在我面前拿这样的假设来形容她?"文笙有点恼怒起方雪这种含沙射影的说辞。

"你也说了，那只是假设。你这么激动，莫非自己也是这么想的。"方雪根本不顾及文笙此刻的痛苦表情，试图一再强迫他承认点什么！

她继续说："再进一步说吧！如果丁灵姐最后终于决定，在你们当中挑选了一个，之后却发现那男人并没有要跟她结婚的任何念头，她终于认清了那个满口谎言的男人，有一天她突然悔悟自己没有选择你，然后再有一天，她突然带着个孩子站在你面前，向你忏悔，说那个孩子是你的儿子，而她根本就没跟任何人结过婚，他们是清白的，当初离开你只是为了不带给你烦恼，只是为了成全你跟某某人。你还会宽容地再一次接受她和她的孩子吗?"

"你这是哪门子的假设？你的想象力还真丰富，真不愧是物以类聚啊！"文笙笑着说，笑过之后，他的脸突然沉了下来。

"说说容易，我想做起来就很艰难了，我绝对不允许我爱的男人心里还有别的女人的，结婚之前，我可以不去计较他曾有过多少个女人，那都是过去式，但遇上我之后，爱上我之后，我是绝对不允许他心里还犹豫不定的，特别是结婚之后，只要一经发现跟其他女人有什么暧昧不清的关系，我会毫不犹豫地离婚，在这点上，我是很绝情的，我忍受不了欺骗和伤害，让我受伤的人，我会不惜代价地加倍偿还，尽管那种报复有时候毫无意义，只是想给那些不忠的人予以忠告，伤害别人的人总是也要付出相应的代价的。"

“我的老天，原来你是这么想的，但小雪，你的爱情观跟文哥讲讲没什么！但千万别说给其他人听。”他甚是惊讶，有点被吓到。

“这又是为了什么？我一直为自己有这样的想法而骄傲！”方雪狐疑地看看文笙。

“也没什么不好，只是你太不了解男人，你太过单纯，不过记住，那想法放在心里就好。”

现在文笙终于明白自己根本就不是那种能宽容大度的男人，他只是一个凡人，在遭遇欺骗和背叛的时候也只是像正常人那样无法遏制被妒忌所激起的愤怒。瑷悦所传递的这个信息赤裸裸地告知了她早就预谋背叛，她是完全被方雪说中了，再怎么伟大的恋情真的比不上每个人对自己的爱。他也一样，至少这一刻，他证实了自己就是这样的男人，比起对别人的爱，他更爱自己。

这并不是什么荣耀的事情，他是不愿意让这种事情伤害到他的。

在他得知瑷悦还有其他男人的时候，那时候他以为是因为自己的冷落才导致她的出轨，他有负罪感，现在他才知道那只是一个精心策划好的阴谋，她早就料定了他会走上这一步，他不会让所有人知道她在做着他的未婚妻的同时跟其他男人鬼混，当年方雪是意有所指的，那个人不是丁灵，而是他的未婚妻。可她又怎会料到这事，那时候的他跟瑷悦却什么关系都不是。

当年，在文英死后，所有人都在背后议论纷纷，胡乱猜测，那时候的流言蜚语甚是恶毒，就在那事不久，文笙与瑷悦闪电订婚，而丁灵则出了车祸，丁灵出院之后就以普菲勒家族的继承人身份去了美国，一切就像是戏剧一样充满着悬念。

“她是我表妹，在叔叔的房间里有一张照片，是他的初恋情人，那照片上的女人跟丁灵十分的相像，当我再一次见到丁灵的时候，心里便有那念头。她们会不会是母女？现在证实了，我要带她走。”这是莱恩几年前来跟他道别的时候对他说的话。

发生这许多事情，文笙觉得丁灵还是暂时离开的比较好，所以就那样，丁灵去了美国，只是她失忆了。

瑷悦现在算是从文笙的生命里彻底消失了，那一晚，他与她告别，他觉得从今往后，他再也见她不着，虽然这憎恶，这恨，消化起来还需要很长的一段时间。

他该恨她吗？其实这几天下来，内心深处，他已经原谅了她。

“爸，我想瑷悦应该已同你提过她结婚的事情，不久前我们已经自行解除婚约。”

“结婚？跟谁？你们还有没有把我这个父亲放在眼里？那说说，你们是什么时候解除婚约的？你们这班年轻人到底还有没有责任心了？”文明博惊讶得张大嘴巴，难以置信地看着儿子，他突然想到了些什么，惊愤地大叫起来，声音震得躺在桌底的狗狗到处乱窜。

狗狗终于找到个安全位置蹲下，然后吐着舌头，眼睛一眨不眨地盯着眼前正对峙的父子。

看着这条当年被瑗悦捡回家的小狗，他的心里一阵刺痛。

“爸！这件事情你就别管了吧！我们都谈好了条件。再说小悦也已经嫁人，她曾是你准儿媳的事情就忘了吧!”

“你最好给我解释得清清楚楚，为什么又要发生这种事情，这次你又是为了谁?你害死一个文英还不够，你又想毁了瑗悦是吧！你害得她背井离乡还不够，你还要让她背负怎样的罪名？我为你安排的你不满意，现在你自己挑选的也不满意，你是不是想要把这个家彻底弄散、搞垮你才甘心？这就是你所谓的谈好条件?”文明博一把把文笙作为条件送给瑗悦的那两套房子的地契砸在桌上。

“我们都有自己喜欢的人了，解除婚约对彼此都好，我只是在成全她。”文笙平静地说。

“你们说话的口吻倒是一模一样，是不是准备联合起来气死我不可?”文明博此刻额上青筋暴突，两眼血红，看来他也是为了这事没睡好，那几天他是在等着他主动交待。

“我没那意思!”文笙突然小声了起来。

“瑗悦这孩子住我们家也有几年了，是个品性不错的孩子，只因出生在农村，所以总是小心翼翼，放不开手脚，但她对你的感情清清楚楚的，你为什么要闭着眼睛去判断一切?”

“我对不起瑗悦，一开始我就不应该拖她进来，是我害了她，但我已经补偿了不是吗?”文笙虽然有点弱，但语气中带着点坚定，他觉得自己没有做错什么!

“每个人都觉得自己是对的，所以总是理直气壮。我倒是想知道你到底做对了什么？瑗悦怀孕了！你的孩子，她这么急切地嫁人为了什么？你真是我的好儿子啊！你妈死的早，我这么辛苦地养大你，没让你做一个不负责任的男人啊！你所谓的爱情就这么的伟大？伟大到可以牺牲别人的生命？这都是什么年代的破玩意啊!”文明博痛心疾首地拍着桌子。

“怀孕？我的孩子？怎么可能！爸！这是根本不可能的事情!”文笙铁青着脸。

“啪!”的一声，文明博对着文笙就是狠狠的一耳光。

“爸，我文笙做事对得起天地良心，你相信也好，不相信也好，那绝对不会是我的孩子。”文笙态度坚决，然后头也不回地走出家门，那狗狗几天不见主人，便紧紧跟在文笙身后。

夜晚的天空是暗蓝色的，文笙从机场出来，走在路上，路上时有汽车呼啸而过，强光射得他眼睛有点生疼，他来到了瑗悦现在生活的地方，有些犹豫。

## 5

“小悦，我们谈谈吧！你到底在玩什么？我有些不了解你了？你到底想要得到什么？”

文笙在发这条短信时很是犹豫，他累了，就想那么算了，可是文明博的那番话又让他放不下心来。

文笙虽然不觉得自己是那种纯粹的奋青，但至少他也在撞机事件发生后，在大使馆轰然倒塌后，在某个王八羔子一次又一次祭鬼后，看到大国姿态的推迟会议时，感到了某种程度的慰藉，哪怕是身在美国的时候，他一样坚定不移地相信主权高于一切并努力践行着。至少这么多年的生活并不曾磨去他心中的信仰和真正的归属。

在等信息那会，他所遭的罪并不亚于战争当中遭受蹂躏的难民，灵魂是漂浮的，心是忐忑不安的，就在那短短几分钟内，他似等待着审判的犯人。他突然明白这个女人原来在他的生活中已慢慢渗入骨髓。



在他靠着椅背正要进入睡眠状态的时候，手机响了。

电话那头传来赤赤声，接着一个女人的声音似从黑暗的地底中传来：“你终究是来了？文笙，可你改变不了任何事情，当初我便告诉过你，在我下了决定之后，就算你跪下来求我也没用。”

“是我的孩子?”

“你希望是还是不是？这重要吗？反正这个孩子今后跟你是没有任何关系的，我亦不想再见到你。”

“是我的?”他感觉有咸咸的液体沿着脸部线条渗入嘴里。

“我知道你还未结婚！小悦！见我一面吧！让我们重新开始，我会做一个好丈夫，好父亲，努力给孩子一个温暖舒适的家。”

“可我已不再需要这些，我很好，你回去吧！我真的已经结婚，是个全心全意爱着我的男人，因为他，我不再害怕背井离乡。”

“很抱歉打扰了你！那祝你幸福。”

文笙挂掉电话，就那样僵坐着，此刻他的思绪是冻结着的，有时候什么都不做便是一种安宁。他并不是那种能经得起跌宕起伏生活的那种人，可他又一次做了一件在他看来是多么了不起的大事件。他似有间歇性的精神不安症，这种病在安静了一大段时间后便会发作一次，而这发病周期亦在慢慢变短。这世上不如意的事情本就很多……很多……留给我们的，也许就只是那无期限的忍耐吧，但这种忍耐却终有一天是要爆发的，因为我们都还要生存。

瑗悦，趁现在我还没反悔，赶紧回到我身边吧！现在还来得及，这次之后，若你再从噩梦中醒来，不会再有人等在这里了？我不是那种能轻易结婚的男人，就这一次，我向你敞开心扉。文笙在心里默默念叨着，乞求着。

信息声又响了，他赶紧打开手机，却失望了。

发信息的是方雪。

“你在哪里？文哥！”她说，“我很担心你！”

“担心什么？担心你预测的事情会在我身上发生吗？”文笙没好气地说，“今天文哥我没心情跟你谈论所谓的命运。你去找别人吧！”

“可文哥，你到底在忙些什么？难道连一点空都抽不出来吗？”

“是的，对不起，小雪，此刻，我并不在中国。”

“哦！”方雪知道自己再继续勉强下去也于事无补，只好说了声拜拜后挂掉电话。

文笙想，如若一个人早早便知晓个人力量的渺小，便知晓生命的短暂，便知晓有些感情错过后就不再有，那么人就会少点欲望，多点甘于平庸的想法，那么她的苦痛也许就会少一点点吧！可人总是太过自负，太过贪得无厌，所以苦痛也就无限蔓延。

他来这里的目的本是要带瑗悦回去的，可他也知道自己已经毫无机会，有些伤口太大，已经无法愈合，一份感情就像快要熄灭的火，要在熄灭之前彻底让它燃烧起来，等灭绝之后就再也无能为力了。

“爸！你可以放手了！我和瑗悦的爱情已经死绝了，不可能再死灰复燃了。”这是文笙从日本带给文明博的回话。

站在船上，吹着黏黏的海风，这是丁灵大学毕业后第一次回海南，来做什么？她也不知道，只是想要来看看，一种被付诸行动的想法。

丁灵住在那座白色的宫殿里，那里只要微微低头就能看到地面椰子树在清风中轻轻摇曳，看着对面大厦灯火通明，她的脑袋处于一种虚幻的状态。

突然，一辆黑色的车体以惊人的姿势横空出现在她眼前，把丁灵的思绪拉回到了现实。

从车上走下一名高个的男子，这个身影是丁灵熟悉的，这身影在她脑海里有过千千万万次闪现、回忆。丁灵慌忙冲出房门乘电梯到了一楼，然后穿过大堂，走过马路。

当丁灵进去时才发现原来里面空荡荡的，长廊的尽头有三部电梯。丁灵走过去迅速按下按键，并看着电梯显示的所在楼层，一部贴有维修中的纸条，一部停在五楼，而另一部则正往上升，可能是刚才那个人停下来过，所以能够被丁灵追赶上！电梯在28楼停下。丁灵所在的那边停在5楼的电梯也停在了她的眼前，她很快地闪进电梯，按下了28的按键。

电梯里面有点闷热，丁灵因为刚才走得有点急，所以想吐。

她看着正在上升的电梯总觉得它很慢，有一种心急如焚的感觉。

随着“叮——”的一声响，电梯门开了，丁灵反而不敢往前走，这里的一切都太富丽堂皇了，面对电梯门口的还有一面镜子，正好照出她的整个人，里面的她显得有点落魄，有点憔悴，这里很安静，她感到有点害怕起来，可是一想到裴俊有可能就在这里的某个房间里她又壮大了胆子。

但是丁灵又想他也许并没有上28楼呢？也许他并不是裴俊呢？裴俊不是在灾区吗？怎么会在这里出现？难道他有分身术不成？如果不是，那她敲开门后该找个什么样的理由？她感到矛盾，而且慌乱。

丁灵梭巡了一周后像个小偷一样推开走道的那两扇门，进到里面后发现那里原来是供人住宿的房间。整个通道就只有一个房间的猫眼里微微透出点亮光。丁灵走上前深呼吸了口气，伸手想敲门，但是她又把手缩了回来，然后往回走，走了几步又走了回来。最后终于鼓足勇气闭着眼睛敲门，她连敲了三下，没有人应答。过了一分钟她又敲了三下，仍然没有人应答。丁灵感到有点气馁，不过心里有点感谢没有人在。



“有人吗？”丁灵带点调皮的声调问了一遍。

“谁？”突然，里面传出了响应，是个男声，很不耐烦的样子，丁灵吓得呆在那边回不过神来。

“你好，我是来找一个人的，他个子高高的，整个人看起来干干净净的，不知道你有没有见到过？”丁灵有点吃不准地说。

“男的？女的？”男人的声音有点冷冷地问。

“男的。”丁灵有点想跑地说。

房门被打开了，一只手臂突然从里面伸出来说：“你是来找我吧！”

当丁灵意识到发生了什么事时她已经被那只手带到了门内，她的整个身子都被一个温热的躯体包裹着，丁灵吓得呀呀大叫，她想自己这会非死不可了，又想到还有很有很多的事情没有做，就趴在男人身上号啕大哭起来。

哭完后，丁灵有点哽咽地说着：“我怎么这么惨啊！我只是想再见你一面嘛！你不要装鬼吓我。”

“喂！你搞错没？到底是谁吓谁啊！”男人见丁灵又哭又摇的，露出十分不爽的表情。

丁灵抬头看着那个男人，愣愣的，并没有她所想象的那种恐怖场面，她还以为会是烂脸、少头发那种。可也不完完全全就是丁灵所认识的裴俊的那种冷傲气质，原来她认错人了。眼前的男人是留着平头，但显然是好久都没整理过了，又加上可能很久没有剃胡子的样子，所以看起来不说十足恐怖也是给人咋看一惊的那种，幸好他还有一双漂亮的眼睛。

“你真的是想见我吗?”男人又重复了一遍。

“不……不是，不是。”丁灵一边说一边脱离他的怀抱。

要晕了，真的要晕了。

丁灵颠撞着摸索着移到门边，但是又被他的长手捞了回去，男人再一次把她搂入怀中，而且抱得更紧，并且有点含糊地说：“我只知道海南的妓女很多，从没想到还有人会以这种笨拙的方式主动找上门的，不过照常理送上门的肯定没什么好货，不过你是个例外。”

天啊！这到底是怎么回事啊！该不会又在做梦吧！丁灵想，等她睁开眼梦就应该醒了吧！于是她努力地睁大眼睛，但是那个男人还在她的眼前，他还是抱着她，丁灵感觉自己就快要疯了。

她试图让自己安静下来，于是打量了四周一眼，才发现自己置身于一个宽敞明亮的颇具罗马风情的大厅内，这里充满光亮和温暖，一点都感觉不到阴暗、恐怖。只是房内除了她和他之外，再也没有第三人在场……丁灵愈加紧张了起来。

# Chapter Ten

# 相识容易相爱难

韩家当年的清幽、恬静已经不复存在，那围住房子的篱笆有着被烧焦过的痕迹，屋顶上一颗巨大的梧桐树笼罩着整幢房子，那巨大的枝桠遮住房子的半边，空气中弥漫着一种绿色植物的原始气味，期间也夹杂着死亡的腐败味道。

# 1

这时，男人突然推开了丁灵，呼吸有些急促地说：“快走……”然后身子往后移动接着向沙发倒去，似乎是强忍着痛苦移到那边的。

“你怎么了?”丁灵本来是想趁机跑掉的，可是她的良心迫使她没有拔腿就跑，丁灵想他肯定是出事了。伴随着他急促的呼吸声，他的眼睛也熠熠地发亮，近距离看，这真是一张漂亮的脸孔。

整个过程微伴着闷哼声……丁灵有点害怕，但是仍不忘问一句：“喂！你没事吧?要不要我送你去医院?”

突然，男人逸出一声低吼：“快走，别呆在这里。”丁灵冷不防退后了一步，想走，但是又怕他真的有事，虽然是萍水相逢，但是总不能见死不救。丁灵握紧拳头，向前走了两步，弯下身试图把男人搀扶起来，可是太沉了。

男人一个翻身把丁灵拉入他的怀里然后沉沉睡去，莫名而诡异的气息刹那间袭转她的全身。

那男人闭着眼睛抱着丁灵，漂亮的脸孔英俊得令人屏息却也让丁灵十分地熟悉，原来这个男人就是裴俊。

丁灵看着他眼泪一滴一滴地滴下，但是却不敢太大声。

裴俊到底是怎样的一个男人，他到底是怎么了？在他身上到底发生了什么样的事情。这六年，他就是这样子过的吗？难道他像童话故事里的王子一样被诅咒了吗？他正沉沉地睡着，丁灵不敢叫醒他问他为什么？她想他应该不希望自己知道吧！要不然他也不会躲着自己了。

他那薄薄漂亮的唇正对着丁灵，这张唇是丁灵熟悉的，她吻了吻，然后站起身向门外走去，带上门时丁灵回过头留恋地看了他一眼。

来到三亚之后，丁灵每天都会早锻炼、晨读、画画，晚上的时候就去大东海或者亚龙湾玩。而让丁灵感到最幸福的时光便是画画的那段时间，因为在那段时间里，她可以透过窗子尽情地凝视着停在那大厦楼下的那辆悍马车，然后看着它的主人完成一系列的动作后驾着它离开，丁灵很想摸摸那辆黑色的悍马，但一直找不到理由去接近它，鼓不起勇气采取任何的行动，只能日复一日地看着那辆黑色的悍马车，她为它取名“暗恋”，并坚守着心中的那个秘密。

裴俊肯定是忘记了那一晚了，因为他正发病，一种莫名其妙的病，他肯定也不希望她们的再一次相遇会是在那种情况之下！他把她当成妓女，她把他当成是怪物。

今天，丁灵没有去学校看看，更没有呆在莱恩送给她的那幢白色宫殿里，她知道自己需要出去透透气，三亚的清晨格外的凉爽，这是以前的她没发觉到的。

丁灵漫无目地地走着，想着心事。

在一个拐弯的地方，一辆黑色悍马车突然出现，一个急刹车，差点撞上了正在闲步神游的丁灵，惊恐地抬起头，目光正好落在车内同样是惊恐的但依然帅气的男人的脸上。

这个熟悉的人，丁灵怎能忘记？眼泪再一次掉落了下来。

男人从车上下来，怒气冲冲地说：“小姐，我跟你没仇吧？你想寻死不要找我。”男人十分生气地把手握成拳头按在车前盖上。

“裴俊，是你吗？我好想你，你不要这样对我好吗？我知道是你。你不要逃避我了好吗？”丁灵抑制不住自己的情绪抱住男人的腰。

男人突然直了直背，似乎震了一下，没有再动。

这时，后边有司机在按喇叭，抗议他们在大街广众下亲热。

男人扳开丁灵的手，拉着她来到车边，他把车门打开，塞她进了车子，车在路上狂奔。

他们来到一个沙滩边，终于停下来，他气喘吁吁地对着丁灵，然后抱着她吻了起来，很用力，吻得丁灵嘴唇都发痛，然后他又把她狠狠地推开说：“你以为你是谁！就凭你，想勾引我吗？我告诉你，像你这样的女孩我见多了，是不是言情电视剧看多了，想傍我？对这种事我早就免疫了，吻女孩子就像是吃饭一样，代表什么呢？现在你满意了，算我亏点，现在可以走了吗？”

男人头也不回地走了。

丁灵突然想笑，想彻底的狂笑一次，这难道就是她应该有的爱情吗？注定这样地被人侮辱吗？丁灵坐在沙滩上什么都不想做，就这样坐着，阳光毒辣地炙烤着她的皮肤，感觉都开始起火了，而她却一点都没有去在意它。

丁灵知道她的灵魂已经抽离了她的躯壳，于是她慢慢地站起来走向大海，她想就让这海水把她的灾难都洗净吧！就让这浪把她的厄运都带走吧！

水漫到了她的腰间，浪已从她的脖子打过，她就这样的站着，任凭眼泪流着，她把自己二十八年所走过的路都回忆了一遍。

突然，她眼睛一闭，把整个人都埋进了水里，在水中她看到了一块白色发着光的东西，她沉下身子把那白色的东西抓到了手里，同时丁灵也被人抓了起来。

突然失去重心的丁灵惊恐了起来，吞了几口海水，被呛得云里雾里，昏昏沉沉。

有人把她抱离了那个险境，她被抱着走在沙滩上。

丁灵睁开眼睛，恶狠狠地看着那个差点害死她的人，继而挣扎了起来。

“你要死是吧！我马上把你扔回水里去。”上方传来男人恶狠狠的声音。

“谁要死了？要你自作多情，我是因为太热了！”丁灵想到刚才在水中捡到的东西，把手抬高，原来是一块十分通透纯白的珊瑚石，而且珊瑚石的形状十分的眼熟，丁灵突然想起来这个图案熟悉的原因，因为这个挂坠是她亲手设计的，所以连上面的小细节丁灵都知道的清清楚楚，是的，就是那个图案。而且这个挂坠是丁灵替裴俊挂上去的，这是丁灵送给裴俊的信物，为什么这个珊瑚挂坠会在这里？到底发生什么事了？什么事是她所不知道的，为什么这个挂坠会在这里，难道裴俊来过这里，还是？丁灵突然有点激动，她凝视着珊瑚挂坠。

当丁灵回过神的时候她已经被他抱到了一幢别墅里，丁灵不知道是该喜还是该悲，这一切的到来都是她用她的人格换来的，因为那个可恶的男人以为她是为了这些目的而接近他的，他肯定不是裴俊。

男人抛给丁灵一件长长大大的白色衬衫后冷冷地说：“去冲个澡！把这身衣服换了，我可不愿意看到有人在我面前寻死，说不定到时候还赖上我，你冲完澡，换好衣服马上离开这里，该去哪去哪？我不会同情你这种人的。”

丁灵睇了他一眼，大声地笑了起来：“哦！天啊！你真是我所见过的最鸡婆的男人。你认都不认识我又怎么知道我是怎样的一种人。”

丁灵站了起来朝浴室走去，男人不敢置信地站在她前面。

丁灵没好气地说：“麻烦请你让让。”

男人往边上挪了挪，不再说话。

丁灵在洗完澡后，换上他为她弄干净的衣服后独自离开了那幢别墅，甚至连多看一眼的心情都没有，尽管这张脸面跟她曾经喜欢过的男人有多像。

回到了她住的地方，丁灵决定结束这次旅游。虽然她十分痛恨那个男人尖酸刻薄的言语，但是她仍然想在回去之前看看他，企图在他身上找裴俊的影子。

丁灵坐在蓝吧那间她专属的办公室里，她已经从海南回来，这会正专注的对着自己的电脑，她的QQ正挂在上面，一般她的QQ就只是挂着，没有几个她想要讲讲话的人。就算有几个认识的，也因为彼此没有特别的约定，在网上碰到的几率也很少，即使偶尔碰到，也就是发句"你在啊?"她回"你也在啊?"她再回"是的。"这样就算是结束了一次网上的偶遇。没有话语的偶遇总是颇显尴尬和生硬。

蓝吧白天的营业时间基本上是跟所有的消费娱乐型的场所差不多，白天是整天地开着，晚上基本上也都要折腾到下半夜去，白天的时候亦是清淡，晚上一到，似乎所有的人都开始从地底下出来活动，这里总会呈现出一派欣欣向荣的景象。

丁灵偶有空闲便会下来逛荡一下。

"你好，请问要喝些什么?"丁灵刚出现，就有一名侍者上前。

"你是新来的吗？之前没见过。"丁灵随意地看了那侍者一眼，发现那人身形挺拔，轮廓俊美，隐隐中透露着一种神秘的气息。

丁灵当即愣了一下，她根本没想到蓝吧连服务生的水平都达到了现在这样的一个标准。

那边有人叫唤，服务生急忙扭转头去跟丁灵表示抱歉说："对不起，您先坐一会。我去去就来。"他引导她坐下。

丁灵看着他离去，然后收回目光，却想着也许自己心里面喜欢的就是这一类型的男生，可是又想到自己已经有了金，便收敛了天马行空的想象。

## 2

这时，她脑中突然浮现出一个模糊的身影，那身影时而清晰时而模糊，然后似有隐约的声音，"……我们已经不可能了，你觉得我们还有可能吗？都已经这样子了，不可能回到从前了……"

"……好，我明白了！你走吧！我不会再让你为难……"

丁灵怔了一下。

好像曾在何时与谁有过如此剧烈的交谈，会是谁?

丁灵的头开始疼痛起来，她努力地想要甩掉这种烦人的感觉。

"你还好吧!"有人站在她的旁边关切地询问。

丁灵抬头见是刚才那个英俊的服务生，脸红了红。

"没什么！只是突然觉得头有点疼!"她冲他会心的一笑。

“你先坐着，我去给你倒杯水来。”他温柔地说着。

等他回来的时候，丁灵已经走了，消失不见。

外面的雨依然下得很大，似永远都无法停歇下来，地面因为白天太阳的炙烤，现在热气又因为大雨席卷而全部弥漫到空气中逼进房间里来。窗外，光亮处，却见飞虫扑棱的一次又一次撞击着钢化玻璃。

正当丁灵看的痴呆时，电脑传来一声咳嗽声，这倒真吓了丁灵一跳，找她说话的人是裴俊。

“好吗?”他说。

丁灵这才意识到自己离开时应该跟他打个招呼，那个新来的服务生。

看到裴俊的QQ，丁灵同时也意识到这段时间都没想到裴俊和灾区了。而裴俊也似刻意隔绝了她，消失了一般。

她最近都因为这样那样的事情而没有多少时间看看电视，翻翻网页。

“你在哪里上的网?”她问。

敲击了回车键后，丁灵打开一个新闻网页，扑面而来的是电视新闻里播放过的地震灾区的画面，她再一次看到了那张熟悉、温暖、慈祥的脸，那就是近年来屡屡出现在抗灾救险第一线的温总理。

网页上写着：在地震后2个小时（12日16时40分）就乘专机赶赴四川灾区紧急部署，在余震不断，危机四伏的灾区土地上，总理不顾个人安危辗转9次视察7地灾情……”

当丁灵在5月12日第一次得知四川汶川发生了地震，又惊闻温总理在地震后两个小时乘专机赶往灾区指挥救险时，心里不由得百感交集。

这个年过花甲的老人去年冬天坐镇南方重灾区，亲自部署各项救灾工作，现在又不辞辛劳奔赴大地震的震中汶川，再次展现了他“平民总理”的风范。

现在再一次翻阅，那种情感却依然不减。

当她正冥想着自己还能为灾区做点什么的时候，裴俊好不容易又回话了。

他说：“我已从灾区回来。”

她说：“你终于回来了。恭喜凯旋而归。”

他说：“已经只剩下半条命了，不过活着真好，现在，外面的雨好大啊！我们可以回来，可那些无家可归的人呢?”

她说：“是啊!”

他说：“不过我生病了，剧烈地咳嗽，全身虚脱无力，一个人坐在医院输液室里挂点滴。”

她说："哦！你真吓我一跳，还以为你在灾区……那你现在是因为百无聊赖才用手机上的网吗？身边有人吗？得有个人照顾着。"

他说："又不是孩子，我自己也是医生，无需看护。"

她说："我去看看你吧！我得见见你，我多么害怕你会消失。"

他说："傻瓜，人是很顽强的，特别是那些经历过灾难并与之搏斗的人，他们只会更加的强大。"

她说："现在，你在哪家医院，我去看看你才可以放心！"

他说："很晚了，早点回家睡觉吧！我知道你现在不在家里面。"

这让丁灵有些小小的惊奇，他怎会知晓自己不在家里呢？也许这个细心的人发现了她 QQ 上显示的 IP 地址的不同。

外面的雨还是很大，窗外阴沉黑暗，就像在墨水里浸泡过的白布。

无论裴俊是同意还是不同意，丁灵都已决定冒着大雨去人民医院看他。

她站在蓝吧门口，拦了辆出租车直奔人民医院而去，她从出租车上下来，一只手盖着自己的头，一只手把裤脚往上提着，当她跑到急诊科的时候，全身都湿透了，医院来来往往的很多人都看着她，但丁灵却因为专注地在找人，什么都没看见。

"丁灵，你怎么在这里？"

有人拉住正行色匆匆，东张西望的丁灵。

丁灵站住脚步，睁大眼睛看了下那人，终于露出点惊讶的神情来。

"铭娟?!"丁灵疑惑地慢慢叫出名字来。

"真的难以置信，你怎么也在这个城市里，我乍一看还真不敢确认就是你呢！"铭娟笑着说。

"是有点难以想象，没想到我们这么多年竟然以这样的方式见面，娟，多久了？九年还是十年来着！"

"十年了。"

"这十年你都怎么过来的？"

"一个人就这样很艰辛的过来了，无处撒娇，无处诉苦，只有时间陪着自己像火箭一样的过去，只感觉自己变得苍老而已。"

铭娟复读一年后考进了医科大学，毕业后被分在了人民医院，虽然是在同一个市里工作，他们却并没有见过面。

"你这大半夜地跑来这里到底是谁病了？"铭娟见着丁灵那落汤鸡般的模样，不禁好奇地问了一句。

"不是来看你，我的朋友。一个在网上认识的，我想他有可能在你们医院里。"

她说。

“当然，我当然知道你不是来看我的，哈哈，你还真热心，那人叫什么名字？几岁了？”铭娟看着丁灵笑。

我不知道他名字，之前只在网上见过。

“那人是不是在逗着你玩的，在哪家医院都没告诉你吗？”

“是的，我只是有些担心，便自己过来了，他不肯的。”

“那人该不会是在耍你吧，你总是喜欢自作多情。”

“我有吗？”丁灵看看铭娟，有些奇怪地看着她。

“有点。”

“哦，他是从灾区回来的，我怀疑那病因是那个的缘故。”

“哦！那个人！他不在输液大厅里，他在专门的输液室里。就那间。”铭娟指指一个小房间说。

“哦！我的天，他竟然真在这里呢！”丁灵急忙朝小房间跑过去。

她靠近的脚步声使得他抬起头来，然后他看着她，表情似笑非笑，他的样子像极了裴俊，丁灵一时间不知道说些什么！

裴俊显然是认出她来了。

他说：“是你？你这个女人还真让人不省心，喜欢我也不必要从海南追到杭州来啊！我们是不是前世冤孽！”

“是你！其实我是空格，难道你没认出我吗？”她说。

“你就是空格？”他显得有点惊愕地说，“视频的样子跟本人有点不像，不过你怎么就这样跑过来了？我不是让你不要来的吗？真是见鬼了，你还真是个不让人省心的孩子。”他终于缓和了点语气。

“是的，我是。”她平和地说，心里倒是挺在意他刚才的那句话。

视频样子和本人有点不像，他到底是想要说本人好点呢还是视频好点呢？抑或者在他感觉里视频里的她是什么样子？本人又是什么样子？她真的有点好奇。

这个男人虽然跟裴俊十分的相似，但分明是疲倦了很多，也许是正生病的原因，他的眼神里却没多少光彩。

看着这样的裴俊，丁灵恨不得搂着他，抱抱他，给他点活力和精神，他们之间的感情从一开始便带着点酸楚味儿和不让人省心的浮躁。

“你快回去吧！你现在衣服都湿透了，再不回去得生病了，我可不要看着别人为着我而生病的。”他的表情显得有些不耐烦起来，巴不得把她赶走似的。

“哦！我的天哪！你这个傻瓜，快跟我去换件衣服吧！”铭娟站在丁灵的身后催促着。

“去吧！”他说。

丁灵跟着铭娟去换上她的衣服后又回到裴俊的身边。

“那里。”他伸出右手指指靠自己远点的位置，让她坐下。

她注意到他右手的无名指上有一枚戒指，是铂金圆戒，心突然被刺了一下。

她似不经意地仔细看了一眼，已经不是当年他们订婚时的那枚戒指了。

难道他不是他？丁灵心里面倒是希望裴俊只是因为好玩才戴着的，或者只是为了摆脱那些狂蜂浪蝶才故意戴上的。

女人都是如此，她们希望全世界的男人都臣服在自己的石榴裙下，都为她着迷，丁灵当然也不能免俗，更何况眼前的这个帅哥离她这么近，近得让任何一个女人投怀送抱，当然她也顾不上裴俊的警告。

这时电话铃响了，方雪的。丁灵有些尴尬，接不是，不接又不是，就让电话响着，好在没一会电话又安静了。

## 3

“男朋友?”他问。

“不是，是和我住一起的一个小妹妹。”她说。

“哦！走吧。”丁灵说，“你的盐水已经没了。”

“走。”他拔掉挂针后说，“雨挺大，我送你。”

“天哪！你看起来多么的憔悴啊！这一个多月你真的是太辛苦了。”她试图拿手去动动他的头发。

“胡扯，我不知道多精神呢！”他撇开头去不让她动他的头，努力地睁了睁眼睛，试图让自己看起来精神抖擞一点。

“怎么了？别误会，我只是想帮你把凌乱的头发弄得整齐点。”丁灵似看出他的犹豫和担心来。

“老实说，空格，你是不是喜欢上我了。”他很诚挚地问。

“其实第一次在视频里看到你，就有点喜欢你了，但那时候你好像有点害怕我会喜欢上你！我不想让你有负担！不想失去一个要好的朋友！所以什么都没说，如果你对我没意思的话，就当我没说过，我不会让你有任何负担的！大家都是成人，没必要做些小朋友的事情！每个人都希望得到幸福和温暖，追求幸福没有罪。”她一口气说完。

“空格，你很好，我一直都知道，对你我很有感觉，但是，我并不适合你，我们做朋友比作恋人来得好，我是刺猬，不想伤害你，也不想给你留下心碎的感觉，你很美，也很有才气，不应该喜欢上我，我们在一起是没有结果的，我不能欺骗你，其实我已经成家几年了。”他神情有些沮丧。

“这样啊！真可惜……”她习惯性地摸着手指，语气很平静。

“回去吧！我送你！”他突然换了个人似的，变得精神和欢快，站起来拉着她往外面走。

丁灵犹豫了下说：“不用了，我自己回去就可以的，谢谢。”

“干嘛跟我客气，再说是你先来看我的，来吧！我送你，都这么晚了，不安全。”

裴俊领着丁灵走到地下停车场。

丁灵几次想要偷偷折回，内心交战激烈，她不愿让方雪她们知道此刻她内心的想法，如果他们看到裴俊，那解释不完的原因和听不完的唠叨是显而易见的。

“不用不用，我……我打的回去就是了。”丁灵挥了挥手下定决心往回走。

他坚持地朝车子倾了倾头，带一点命令的口气说：“上来吧！别执拗了。为什么你总是这样。”

“真的不用了。”她边退边带着尴尬的笑容。

“我觉得应该把你送回家，不然我会觉得良心不安，毕竟你是因为我才出来的。”他有点急躁地说。

“放心吧！真没事！”丁灵难得挤出点笑容来。

这次换上裴俊挂着一脸怀疑的表情。

他知道自己再坚持也改变不了什么，只好低下头，坐进车子里去。然后发动汽车，消失在地下车库的拐角处。

丁灵站在原地，终于蹲在地上哭起来。

第二天，方雪打电话过来质问丁灵为什么没接她电话，声音带着点冲动。

丁灵愣了愣。

方雪话语锋利地继续说：“你知道我最痛恨就是别人不接我电话了，你今天非说出个所以然来！”

“我睡着了，没听到。真是抱歉！”丁灵试图让自己平静下来，她对方雪的质问感觉有些生分，但想到出于一种关心便也默默消化了。

电话那头的方雪却不依不饶起来：“就没有什么更好的解释吗？丁灵，你就少在我面前装蒜了，我又不是没回家，你什么时候那么早睡过，别不是背着我和哪个男人约会去了吧。”

丁灵苦笑着说：“小雪，你什么时候当起我男朋友来了，你也认识我时间不短了，我是怎么样的人你还不清楚么?”

“谁知道你是怎么样的人？夫妻生活一辈子都还不知道呢？再说我们认识也没很久啊！你心里怎么想的，我还真不清楚。不过，昨天晚上下那么大雨，你没有淋雨吧?”

“真是对不起，小雪，让你担心了！我回去发现你们都睡着了，所以就没吵醒你们。”

“好了！好了！只要你没事就好了，下次可别这样了，知道吗?”

“恩!”

话说到这份上来了，丁灵知道自己没被发现什么，方雪这个人总喜欢用这样冷冷话语来掩饰自己的弱势和理亏。方雪要是真见了她嘴里的那个假装俊，这个世界可能都无法再平静了，所以无论如何，这个事情绝对是不能让她知道的。

“小雪，昨晚我见到了我们新招的服务员，这是什么时候的事呢?”丁灵故意转移话题。

“新招的服务员？哦！你说 LEI 啊！他不是我们新招的服务员，他是藤堂家的公子，他只是过来帮忙的，说是要体验一下生活呢。”

“哦！这样啊!”丁灵放下手机，看了一眼窗外，她突然有点想吃外面的南瓜粥了，于是就加快脚步走出办公室，丁灵就只顾着赶路出去，没看什么人。

丁灵走得有点急，脚步不是很稳，差点撞上迎面匆匆而来的人，她有点不好意思的抬头，下意识地与来人目光相触，那是一张有着罂粟花般带着点神秘的绮丽脸孔，他美得不可方物，大凡美是形容女人，可是这个男人让丁灵的第一个感觉就是要用美来形容才显得恰当，这就是丁灵昨天晚上看到的服务员，也就是方雪口中的藤堂家的公子。

“你都这般来去匆匆吗？似不在这尘世间存活着的猫。”他扶住她说。

“猫?”丁灵惊奇地抬头，然后看着他，这是唯一一个同她一样把自己形容成猫的人。

难道你没听说过：“死猫头最贵吗?”

“什么意思?”在丁灵的意识里，猫不是一种祥瑞的动物，它属阴，阴气袭人，小时候听大人们讲鬼故事的时候经常听到有关猫如果从死人的身上跳过，那死人便会复活的说法。

“猫是仙女下凡，死了后为了能顺利上天，就挂在树上，有的家猫死后，一般主人都会拿条麻绳把它尽量的挂得高些，使它离天空尽量的近些，以便她能早日成仙。难道你不觉得猫很通灵吗？”他突然靠近她，低声在她耳边呢喃。

“是吗？据民间传说猫的报复心非常强，猫是会害人的，挂树上是为了不让猫鬼转世害人吗？”丁灵应和地问了一句，她问的不是很认真，因为她并不是真的相信这些。

“这世上的人无外乎为着满足自己的虚荣心和成就感而相互倾轧、厮杀，为着这世间虚无而争得头破血流、你死我活，这财色，这名利，却也不过是人生中的昙花一现，留下的也只是如泡影般的过往与一地残花相伴的尘埃。”

“可是这些跟我有关系吗？虽然我也觉得自己像猫，只能说是一只懒猫，但却没有这么繁杂的意思。”丁灵丢下这句话径自走出大门。

身后留下服务生那句：“难道你一点都不想知道为什么死猫头最贵吗？”

真是个奇怪的人，长得这么帅，却原来神经兮兮的。丁灵想。

天刚蒙蒙亮，方雪就拨通了市公安局资料科的电话。

“凡，帮我个忙。”

“呦！什么事？小雪！你的事就是我的事，能帮的肯定帮啊！”

方雪放下了一颗心，她想凭自己跟凡这么以多年朋友，那没点小事情应该不会让凡觉得有什么不妥吧！

“哪呢？小事，就是帮我查一辆车的车主。”

“哈！方雪，你这家伙！最近奇奇怪怪！开后门刚学会，怎么？也学会暗恋人家了？”

“哪呢？是我姐拉！看她痛苦的，做妹妹的哪有袖手旁观的道理！想帮忙啊！浙A15846，资料越详细越好，重点是联系方式。”方雪慌忙尴尬地解释！那晚，她陪妈妈去医院的时候就撞到丁灵了，那家伙竟然睁着眼睛说瞎话，幸好她演技够好，否则早被丁灵识穿了。

“恩！原来是这样哈！等一下啊！我拿支笔记一下。”凡用脖子夹着电话，一只手摸本子和笔。

“好的，待会再给你发条短信吧！免得你忘记！”

“恩，那也好的！今天晚上给你答复啊！”

“好的，先谢谢了！”

凡打趣着说：“这么点小忙，还用得着这么客气吗？”

方雪呵呵笑着：“那这事就拜托你了。”

“那就先这样了，有时间聚聚。”凡也笑着。

“好的。拜!”方雪慢慢地拿下手机，放进包里，抬头看了看阳台外面那雾气蒙蒙的天空。

中午，方雪和方妈妈一起坐下来吃饭的时候，方妈妈突然开口了：“小雪，把你那边的工作辞掉吧！做得这么辛苦，女人啊！就是享福的，要好好保养！不能把年轻当资本来挥霍，我啊托人替你找了一个很不错的工作。”

方雪吃了几口饭停下来说：“妈，工作的事，我自己搞定，您都这么大年纪了，就不要太操这个心了，再说我现在的工作挺好。”

方妈妈擦着眼泪又来了：“你这孩子，你爸死得早，我不管你谁管啊！你不能再在外面糊混了，哪有大学生在人家餐厅打工的，这样男朋友都难找，这次就听妈的，去把那边的工作辞了。”

## 4

“妈……我哪在人家的餐厅打工啊！那里不是餐厅好不好!”方雪无奈地叫着。

“都一样，反正都是服务行业，你再这样下去哪里是个头啊!”方妈妈苦口婆心。

“反正你别管，我的事我自己权衡，你就别再说那些话了，我听着心情不好！你再这样，我以后都不要再回家了。”方雪说完埋头一个劲往嘴里扒饭。

丁灵回到自己的住处，躺在床上，第一次，她让自己的生命中、生活里，只考虑自己，不为任何人着想，她是最高最伟大的存在。她要爱一个人，确切的说她想要被爱，被别人好好地捧在手心里呵护着，要不然她会疯的。但现实中又有谁可以爱呢?谁又会把自己当宝一样的疼爱着呢？她生命中最重要的两个男人都离他而去，在这个世界上还会有谁陪着她呢？于是她开始烦躁了起来，失神地望着窗外，目光开始涣散，接着，她睡着了。

在梦里丁灵才清清楚楚感受到个体的重要。越文明的社会越让人意识不到自己的存在，似乎躺在辨不清方向的海洋里漂浮着，空气中全是海水蒸发后凝成的冰冷陌生的分子，她第一次那么渴盼有个心爱的男人躺在她的身边，抱着自己，给自己温暖。

也许缘分这个东西不来的时候怎么唤都唤不出，来的时候挡也挡不住。也许上苍被丁灵对裴俊的那份爱所感动，所以派遣了一个长得跟他一模一样的男人来陪丁灵完成她与裴俊那没有结局的爱恋，可是这个男人早就不是她的了。

晚上方雪下班回家后，就一头钻进卧室。这时，电话响了，是凡的来电。

方雪接起电话，就听到凡的声音：“小雪，查到了。”

方雪打趣地说："哈！比我想象的还要快嘛！市局的就是不一样，效率都这么高。"

凡喘了口气说："哪呢！有点事耽搁了一下。"

方雪听凡的声音有点喘，估计她是赶过来跟她说这事的，就说："看你好像有什么事呀？"

"是啊！都快出人命了，局里两个警员跟犯人周旋的时候被刺了。"

方雪的心一惊，然后缓缓出口："哦！这人也真的很难料的，什么时候走都不知道！"

凡笑了笑说："是啊！臭丫头！那么善感做什么！生死由命！言归正传吧！那人姓费，名伊凡，是辆军用的焊马车对吧？他的联系电话是133××××××××。"

"是的，我记一下。"她顺手拿了一本书。

方雪想了想说："有Email或者其他什么联系方式的吗？"

"没呢！要不我们出来聚一下，我随便打印了出来，你拿回去仔细看。也许能发现一些比较重要的信息。"

"那也好的，我洗下脸就出来。"

"知道在哪吧？"

"知道！老地方嘛！"

"好了，好了，那就先这样拉！"

二十分钟后，方雪就赶到了市内的一家健身房，健身房内悠扬的音乐在轻轻地吟唱，人不多，只有三三两两几个男青年在默默地锻炼着，另一个房间内，十几个女性青年跟着男教练坐着练瑜伽。

方雪在休息区找到了正看着电视的凡，凡看到方雪后，不出她所料，从头到脚把她仔细打量了一遍说："是你？真的是你吗？小雪，你变化真的太大了，跟你姐是越来越像了。"

"是吗？不过我都不记得我姐长什么样了！十年了，我只记得那时候我们坐在同一张床上讲过话，至于讲了什么内容以及姐姐的样子我都记不清楚了。"

凡打量完方雪后就过来挽着她的手往乒乓球室走去，只是方雪显得有些拘谨。

球桌两头，方雪和凡拉开阵势，球经过一番激烈的你来我往后，凡有点耐不住性子了："小雪，这么久不见，你的球技精进了不少啊！"

"哈哈！我的球技一直都是不能跟你比的。"她说，接着，就发了个极具难度的旋转球。

凡忙跨步上前，快速接住并巧妙地挡了回去。

方雪未料到凡能接住，有点手忙脚乱地慌了阵脚，最终没能把这球挡回去。

她捡起乒乓球后笑着说："休息一下吧！几年没练，是不行了。"

凡是晴熙高中同学，因为晴熙的关系，方雪也认识她。凡的成绩在班里数一数二的，她也如愿考入了理想的大学，毕业后突破重重关卡进入市公安局，那是一个很吃香的岗位，很多人羡慕。

凡说："就冲这个单位，也会有很多人追我的。"她笑得很灿烂，说的很自信，但凡依然有点敏感，觉得接近她的人或多或少有利用她的成分，所以，她很少有知心朋友，也许这与她的工作性质有关，她觉得朋友之交要淡如水，不易走得太近，要保持一定的距离，就算是对晴熙也一样，晴熙走了，她就代替晴熙把方雪当成了自己的妹妹。

方雪和凡因为考进了不同的大学而天南地北地隔开着，工作后也一直没有时间见面，凡在网上跟方雪说："不管多难看的女人，都会有一个她很爱的男人以及一个很爱她的男人。所以，我相信自己终将会找到一个我很爱的男人，也会碰到那个很爱我的男人。"

而她们也正处于风花雪月的年纪，适合谈谈情、说说爱。

过去的有些感情也许早就遗忘了，毕竟十年的时间说长不长，说短也不短，十年，足可以改变很多人的命运，幸福的时光总是走得很快，不幸的日子也终将会过去，走出来的时候，就会发现那些灾难其实也不过如此，因为日子也照样还是无声无息地带走所有人的青春和光阴。

两人走到休息室靠着椅背坐下。

"不说工作了，你说的那个车牌号查过了。"凡说完拿过身边的包，打开掏出两张纸递给方雪。

方雪接过看了起来。

"这男人我有点认识，自身条件确实不错，五年医科专业毕业的，公费留学，家庭条件也一流，父亲是教育局长，母亲是个外交官。不过这么优秀的男人应该是不缺女朋友的，说不定已经结婚。我可得给你那个什么姐打个预防针了，这男人啊！女人千万不能太主动，不然男人是不懂得珍惜的。"她似很有经验地说。

"哎哟！看我们俩的讲话口吻，一副老气横秋的样子。有时候真的找不到自己了，年轻多好啊！可以想干什么就干什么！我们这把老骨头除了整天被人家戴着有色眼镜瞧着外，还要天天回家看父母脸色活着，没一刻安宁的，说什么来着？现在很流行的一句话：人越早变得世俗，越容易得到幸福吧！"

"是啊！虽然我们的年纪也不算很大，也才二十几岁，你说我们父母怎么就这么想不开的，天天非要逼着我们结婚不可！我老妈也是，不是说我工作就说我对象！”

“什么啊！我们确实是都快奔三的人了，说年轻也真算不上，我朋友、同学当中，男的可没一个是没结婚的，这是实话，女的倒是一个都没结过。老实说我们这帮大龄女青年真不知道该怎么办了！高不成低不就的，公主、王子的事情也只能意淫一下了，不是我说，雪，你看到有合适的，马上抓一个得了，这是大实话，不然连三无男人都轮不到你了。”

“是啊！不过我对自己目前的生活状态很满意，很充实，人只有空虚、寂寞的时候才会想着找个人结婚吧！”

外面灯火通明、喧嚣拥挤，那是城市的夜晚，无处安放的灵魂，无话可说的场面显得有些伤感，两个人就一起沉默着……

凡是自从进入市局机关后，就像一盆凉了的菜一样被闲置着，本着“兔子不吃窝边草”的原则，她没有想过会在本单位里找个男人结婚，可外面的好男人又无法认识，她每天上班、下班、睡觉，过着平淡如水的生活。

就连方雪都能够感觉到她那平静的表情，很平静，没有一丝波纹，不像方雪对生活有这么大的野心，也许吧！方雪喜欢用野心这个词。等到她三十岁的时候有可能就不会再有这种幼稚的想法了，只要生活还有那么的一丝可以让她有生的感觉，她都不会失去信心，即使她已经老得不再有任何的时间，三十岁使方雪想到了丁灵。

“你是不是还喜欢着文笙？丁灵姐。”方雪看着丁灵试探性地问。

那时候，她们正坐在顶楼的天台上仰着头看着夜空，夜空里点缀着点点繁星，这是一个非常炎热而又烦躁的夏季晚上。

方雪的这句话就像是一把利剑深深地刺入丁灵内心的那个薄弱之处，如果真如方雪所说的那样，自己心里还对文笙有所期待的话，那她当初费尽心思地劝说瑗悦彻底离开文笙，而对瑗悦的火速结婚持默许的态度不是存在着私心？自己当时真是带有那种龌龊的心思吗？

## 5

丁灵表面上似没听到方雪的话一般看着天空说：“多好的夜空啊！看着都有一种清凉的感觉。”她转过头冲着方雪笑笑，然后又回转头去继续看着夜空，她觉得在这件事上自己是没有存在过任何私心的，不管怎样，她觉得自己都是真心地对待瑗悦的。

“姐，你干嘛不说话？不是没听到吧!?”方雪狐疑地看着丁灵，似要在她眼里看到点什么蛛丝马迹。

“你说什么?”丁灵故意露出一副很奇怪的表情看着方雪。

“你真的没听到吗？是不是在装傻?”

“你为什么对我的感情生活这么的关心呢？方雪小妹妹？难道……？莫非……?”丁灵注视着方雪。

“是我在问你，你又倒对我怀疑起来了！我猜的没错吧！不然你早就澄清了，喜欢就喜欢嘛！那又没什么！是吧!”她的眼睛里闪着精光。

就在这时，楼下传来声音，是属于小冰的稚嫩嗓音。

“姐，来客人了，你快点下来啊!”

“会是谁呢？小雪。”丁灵睁大眼睛瞟了一眼方雪。

“下去看看不就知道了。”方雪翻了一记白眼，显然这家伙对丁灵的回答不甚满意，所以正发脾气呢!

丁灵迈进门后，发现来人是菲烟，方雪只是看了一眼菲烟就识相地又溜回天台上去了，

“请坐。漂亮姐姐，你想要喝点什么呢？我去给你弄。”小冰对着菲烟正大献殷勤。

这家伙长大后一定也是个多情种。

“真乖！不用了呢！姐姐跟菲娅姐说几句就走了。”书静摸摸小冰的头溺爱地说。

“小漾，带小冰先去天台玩一下，姐有点事情要谈。”丁灵预感到书静要说些什么，特意支开小漾和小冰。

“姐，你跟伊凡现在到底是什么关系?”书静开门见山地问。

“伊凡?”丁灵吃惊地看着书静，一脸的茫然。

“你该不会告诉我伊凡是谁你不知道吧!”书静的语气变得有点蔑视。

“真见鬼了，菲烟，你消失这么久，第一次上门来见我，该不会就是来质问我跟那个不知道是人是鬼的伊凡是什么关系吧!”

书静脸色变了变，有点疑惑地看着丁灵，然后拿出一张照片递给丁灵。

丁灵接过照片看了一眼，接着脸色变了变。

“我们算是战友吧!”她看菲烟的脸，终于说出这个身份。

“战友？什么类型的战友？姐姐你跟我的缘分还真是不浅啊!”

“你应该记得之前我在美国时，父亲为我举办的那个晚会吧！我们就是那样的一种战友，为着灾区的人们而团结在一起面对困难的战友。我想你之前跟我说的男朋友

就是他吧！他不是消失了，而是去灾区，为了不让你担心，所以……”

“是吗？”书静冷冷地回应着。

“你这又是什么表情啊！书静。我真有点不认识你了。”

“我真的难以想象你为什么还能如此的冷静，难道你就不觉得自己该对我有一丝的愧疚吗？你先是夺走了我的未婚夫，接着连我的父亲也夺走了，现在你又要来跟我抢夺我的伊凡了，你为什么要这么的残忍？你到底还想要什么？你想要的一并的一起都拿走吧！不要一点点地来折磨我，你知道你的行为有多么的让人难以忍受，你是否要夺走我所拥有的一切？我好不容易把你当成我的姐姐，你却要一次又一次的在我心窝里插刀。”书静越讲越激动，声音也越来越大。

门外，方雪、杨漾、小冰偷偷地从天台下来，把耳朵贴在门上偷听，三个人挤来挤去地想要为自己寻找一个偷听的好位置。

“书静，你别激动了，有些事情并不是所想的那样。”丁灵越来越奇怪，脸上的表情也渐渐地消失。

“得了吧！我算是看透你了，菲娅，你就别假惺惺了，这让人看着很倒胃口。”她继续大喊大叫着。

“书静，够了！我一开始怎么跟你说的，要去相信自己的男人，可你都做了什么？跑到别人的家里耍泼，如果我不是你姐的话，菲烟，今天我早就给你几耳光了。”丁灵的脾气也上来了，她暴怒了起来。

“你凭什么这么理直气壮地说话？难道你就不觉得过分吗？连自己妹妹的老公都要抢？哦！你为什么总是要做这样的一个角色呢？听说十年前你也抢了别的女孩的男朋友，最后还害死了那个女孩。”书静铁青着一张脸。

丁灵难以置信地瞅着书静，再也说不出一句话来。

书静看着丁灵这才意识到自己的失言，但却没有示弱地继续毫不客气地说：“总之，我现在还叫你一声姐，我们就当什么事情都没发生过，以后你就安安心心地做金的新娘子，以后不要再见伊凡了。”

书静走到门口瞟了一眼丁灵，拉开门，见到几个差点跌进门里的偷听者愣了愣，然后昂高头离开。

“这个臭丫头，都什么世道啊！敢跑到别人家里来放话。”方雪看着走下楼梯的书静气愤地说。

“姐，这到底是怎么回事啊？从哪跑出来的一个臭丫头。”方雪看着丁灵黑着的一张脸，终于忍不住询问起来。

“我的妹妹，是我亲生父亲领养的一个孩子，对这个孩子我有太多的罪孽，只是没想到裴俊竟然是她的丈夫，我的未婚夫竟然真的是我妹妹的丈夫，你说这到底是怎样的一种罪。”

“丈夫？你妹妹什么时候结的婚？我们怎么都不知道？”

“我也是刚才才得到真正确认的。”丁灵声音嘶哑地说，“其实我知道是怎么回事了！”

她站起身来，面无表情地走回自己的房间。

“是怎么回事啊？”三个人都伸长脖子看着丁灵异口同声地问。

丁灵关上房门静静地坐在电脑前，呆呆地看着裴俊的QQ头像发呆。这一切纠结在一起的线团怎样才能理的清？

她想裴俊到底是个什么样的男人？他是否知道菲烟和她的关系？难道他是个感情的骗子吗？如果是感情骗子又干嘛这么巧的来招惹两姐妹呢？这不是引火自焚吗？他到底是裴俊还是就只单单是伊凡？他们之间到底发生过什么样的事情？

也许只能问他了，现在她等着他上线。

裴俊、晴熙、文笙、王荣、金以及我的父母亲这些在生活中看似没有特别大关联的人却都似乎都跟寒兰花有关，这寒兰花里除了有我的身世之谜外，是否还有其他我所不知道的秘密？那个秘密到底是什么？难道真的有人在暗中寻找那三件寒兰花首饰？

现在唯一能确定的就只有那个寒兰花的挂坠了，而那个挂坠现在在瑗悦的手里，但瑗悦却突然失踪了一般，她自从那个晚上跟她聊过一次后，就再也没有出现过，就像人间蒸发了一样。

金也一样，他为什么要选择去日本度假呢？他消失的那几天究竟做了些什么？满身的血迹又是从何而来？难道金在那里真的有什么秘密行动吗？但依瑗悦所讲，她在机场看到一个跟金长得很像的男人，那说明他们之间并不十分的熟识。

丁灵甩甩头，试图甩去那恼人的想法！她为自己有这样的想法颇感内疚，她的生活是从什么时候开始改变的，是遇到金呢还是遇到裴俊？如果真的要追溯的话，应该是从遇到韩易悠开始的吧。

丁灵觉得是时候去韩家一趟了，去那看看，在那里也许能找到一些线索，她整理了一些衣物便独自驾车去了韩易悠的家。

韩家当年的清幽、恬静已经不复存在，那围住房子的篱笆有着被烧焦过的痕迹，屋顶上一棵巨大的梧桐树笼罩着整幢房子，那巨大的枝丫遮住房子的半边，空气中弥漫着一种绿色植物的原始气味，期间也夹杂着死亡的腐败味道。

韩家的花园现在已经荒芜成了一片草地，那上面零星点缀着些白花，破败的景象显得一目了然，丁灵过去蹲下身仔细一看，却发现是开着白色花朵的寒兰花，那花朵在阳光里闪着明亮的白光，她惊讶这里却原来也有寒兰花，早在十年前，她并没有特别注意到这花园里也有一种叫寒兰的白花。

这无处不在的寒兰花啊！到底隐藏着什么？这些家庭之间为什么都会有寒兰花的踪影，传说中的三姐妹跟寒兰花到底是怎样的一种存在？

丁灵伫立良久，像是一位故人一样慢慢游荡在韩家的屋外，那时候住在韩家的时候，她只注意到了那个花园，却没注意到这花园过去却还有一片果园，那果园是被一条围墙以半包围的形式围着，只是因为太久没人打理，已经杂草丛生。

# Chapter Eleven

# 恐怖的猫

十一年了，看他老去，看他眼底的沧桑，看岁月无情的在他身上的映照和腐蚀，却始终无法忘却他眼角的那一抹笑。

# 1

这里已经好久都没人住了，韩叔叔和琴姨呢？他们去哪了？丁灵靠在门边，难以置信地看着这原本充满生机和活力的地方。

本来这个时候，孩子们正坐在这画室里认真地画画或者热烈地讨论着，而韩老师这个只有在孩子中间指导画画才会在他眼中闪现精光的男人应该正穿梭在这些孩子中间一会同这个孩子交流，一会又指导那个孩子。可是现在这一切都被一种破败所代替了。

这时，突然有一对散发着蓝光的眼睛近乎狞恶的瞪视着她，使她从那漫无边际的想象中脱离开来。那是一只瘦得像鬼魅一样的猫，它静悄悄，阴森森地靠近丁灵，然后挨到她的脚边，用它那肮脏的皮毛在丁灵的鞋面上来回抽擦，丁灵整个人僵硬在那边，动都不敢动，不知道它会不会像一头发了疯的丑狗一样咬她一口。

丁灵屏住呼吸，试探性地往旁边挪动了下脚步。

她每走一步都能听见后面的草地上传来猫的脚步声，当她停下来的时候，四周又是一片寂静，那是一种透露着浓浓抑郁气氛却又似乎永远都无法停止和无法穷尽的死寂。

她闭上眼睛，握紧双拳，努力地平复自己，她全身的肌肉也因为自己处于一种亢奋的状态而变得僵硬。

丁灵睁开眼，就看着那瘦猫正站在自己的脚下，像是通灵的一般，它那怨恨的琥珀色眼睛已经变成一种哀怨。

丁灵一阵惊慌，脚终于有了点知觉，她大叫一声，跺着，挥着手像疯子一样跑起来，她只是盲目地想要摆脱那只瘦猫，她想转过头去看看那只瘦猫是否跟上来，自己却怎么都回不了头去，那猫终于发出叫声，脚步声也再一次，慢慢靠近。

丁灵的神志开始昏乱、模糊起来，她急于逃避，突然脚下生风了般不再受那股力量控制，然后她就这样盲目地冲进了那片果园。

丁灵觉得身后有什么声音在向她召唤，可是她什么都听不进去，一味地往前，往前。

因为跑得太快，有树叶和杂草猛烈抽打在脸上生疼的感觉，凛冽的风吹在脸上使得那痛更加的彻底，那风在树间吹过的呜咽声就像惨死的少妇在啜泣。

终于，丁灵跑到了尽头，再无出路，那是一面实心墙。

她有一种想法，为什么她要逃跑，她应该要奋起反抗的，她要抓住它，然后狠狠地把它摔死，让它永远都没办法再出现在她的眼前。

她转过头，赫然发现不远处的果树上吊着一只猫，在风中来回的晃动，它的眼睛紧紧地闭着，已经瘦得同木柴一样的呈现一种僵硬。

这不是就刚才看到的那只猫吗？丁灵的脚像生了根一样的不能动弹，她喘着气，呼出一片的白色雾气，无力再跑，她就那样怔怔地看着那只挂在树上的猫，它死了，挂在树上，安详而又宁静。

丁灵心中不免有着一丝丝的凄凉。

那猫突然睁开了眼睛，那眼里透着绿色的光芒。

丁灵被吓得跌坐在地上，这时，不远处走来一个男人，他的样子不比这猫好到哪里去，他穿着一身破旧肮脏的衣服，脸被长而乱的头发遮着，那身型瘦得就好像是木架上挂着的两件衣服在游走着。

丁灵站起身，恐怖地大叫起来，她的声音划破了寂静的韩家，其实那里怎么还能算是一个家！

她努力地往反方向跑去，求生的本能让她不顾一切地奔跑，奔跑。

也不知道跑了多久，她冲出了果园，冲出了韩家，她没时间去思索自己身在何处，忽然一辆轿车从她的身边穿过，接着来了一个大幅度的转弯，然后停在她的身边。

丁灵呆若木鸡地站在那里，下一刻就像死了一样地昏倒在地上。

司机出来甚是慌张，他蹲下身，在看到女子的样貌后，眼里显现出复杂的神情。

他走回到车子对着车后座的一个男子耳语了几句，接着那司机便抱起丁灵放到车子里去。

丁灵一觉醒来发现自己正置身一个陌生的环境里，她从床上坐起来，环顾了四周一眼。

这是豪华型的高级住宅房，房内摆设绝不亚于那些五星级的总统套房。

丁灵的头又开始疼痛了，自己现在又是置身何处？她慢慢地想起之前那惊心动魄的一幕幕了，也许那只是做梦而已，荒芜的韩家，枯柴般复活的已死小猫，枯柴般不知道是死是活的人，那镜头怎么会在现实生活中出现？

丁灵有点难以想象自己居然还活着，并且还舒适地在一个豪华的环境中享受着总统般的待遇。

她的衣服已经被人换上，这让她不自觉得惊出一身的冷汗来，她四下看看没人，就蹑手蹑脚地起身下床，睡了一晚上，她的精神已经恢复了不少，那个可怕的遭遇此刻她已经完全归类为梦境了，只是她现在又怀疑自己是否跌进了另一个梦里面了，她带着点不真实的探索精神开始在房间里四下走动，慢慢的，她的探索范围也在一步步的加大，最后，她推开房门出去。

她的视野突然一下子就开阔了起来，那落差使得丁灵惊愕地张大嘴巴呆呆地站在那里，站了一会，她伸了伸懒腰，神智已经完全的清醒过来了，她转过头准备回到房间把思绪好好的整理一下。

刚转过头的时候，她吓了一跳，身后，一个男人倚在洗手间的门外正专注地看着她。

透过光线，她看到那是一个身材高大，相貌英俊的男人，但他那专注的眼神让丁灵觉得很不自在，她下意识地舔舔嘴巴！这几乎是她的惯有动作。

“你是谁……我为什么会在这里？”丁灵警觉得看着他。

“我是谁？你不会什么都不记得了吧？大妈!”他有点恼怒地说，似很不欢迎她的出现。

“大妈？你好像比我年纪大吧!”丁灵瞪了那人一眼说：“不过，我干嘛要记得你？没道理啊!”

“我救了你。你昏倒了?”他说。

“我为什么要昏倒？为什么又恰巧被你救回来?”丁灵似无心的顺着他的话问着奇怪的问题，心里却有着丝丝得胜般的喜悦。

“为什么你会突然跑到我车子前面？为什么你要在我前面昏倒?”男人也以这种方式回答丁灵这种没头没脑有点耍赖的问话。

“生气了？老实说吧！我对经常突然出现在我面前的人总有一种警觉和怀疑。我真的很难把这些归类为我们之间的缘分使然。你是刻意的吧！对我有企图的吧?”丁灵终于决定承认她记得他，老实说这么帅的帅哥记不住的话那真的挺对不起自己的眼睛和记忆力的。

“缘分？企图?”LEI 露出一副好玩的神情说，“我从不觉得我们之间有什么缘分，如果说一再的相遇，只能归结为我们的活动范围大致相同，或喜好，或目的。如果真要有什么嫌疑或者企图的话，那也应该是我怀疑才对，起码我拥有被疯狂女子缠上的所有条件，不是吗？”

“疯狂女子？”丁灵对眼前这个男人露出难以置信的神情，他竟然含沙射影地说她是设计来勾引他的疯狂女人。

“难道不是吗？你还真舍得啊！就为了那点目的值得舍上性命来破釜沉舟吗？”LEI 毫不客气的直指丁灵。

丁灵只觉得好笑，这天下的男人为何都如此的自负。

“我还记得第一次好像是你在蓝吧先跟我搭讪来着，如果说有目的，你的嫌疑不是更大吗？还有，既然你觉得我是有目的接近你，却为何把我带回家，直接扔在医院不就好？要么你何不现在直接把我扔了出去好了，我是无所谓的！”丁灵恼怒的大吼。

“看来你还真不是个好脾气的女子，以你这样的性格还真的没办法让人喜欢。”LEI 看着丁灵直摇头，“你还记得我上次问你的那个问题吧！为什么死猫头最贵？”

一听到猫这个字，丁灵的头又开始疼痛了起来。

“不要再说了，你还真是哪壶不开提哪壶！”

“干嘛这么激动！我怎么知道你心中的哪壶是不开的！”LEI 做了一个怪异的表情动作。

“你到底有何居心？为什么每次见面都要提到猫？”丁灵憎恶地看着 LEI。

“原来你是因为怕猫啊！哈哈哈！”LEI 好玩地看着丁灵的表情笑的好不豪爽，停了一会她又接着说，“你就真的对那个一点兴趣都没吗？”

“你为什么这么迫切地想要我知道那个什么死猫头最贵？”她说，“我真的没有办法相信我们的相遇是出于偶然，我真的没有办法相信你不是有目的地接近我。”

“没为什么！能为了什么啊！我以为你会有好奇心，至于你决定要不要相信我，我真的没有办法决定任何东西。”他胡乱地搓了下头发。

“原来你是想要跟我搭讪才问的啊！你一个人住？”丁灵突然转了口风环视了一周说。

“恩！不过有时候也有其他人，我的司机。”他说。

“那我的衣服？还有……”

他摊了摊双手做了个很无奈的表情。

## 2

“你为什么会在那里出现？你现在应该在市区才是。”LEI终于说出自己的疑惑。

丁灵不禁又看了看四周，像是没听到一样。

“你一个人为什么把房子买在这样一个冰冷空洞的地方，这里的房子并没有什么可以吸引人投资的亮点，莫非你有其他什么不为人知的目的。”丁灵歪着头想要从他的表情中读出点什么来。

“至于这个，我貌似在第二次见到你的时候便已说明一切。如若当时你能把我的话听完，现在也就不至于如此的疑惑了！”

“你的行径只能说明你是个怪异的人，我想没有谁会跟一个陌生的人一见面就谈那种事情的。再说你一直像个谜一样的出现在我的面前。”

“谜？我并没有要刻意出现在你的面前，那只是我生活的一部分，那也不是什么谜。”

“你前两次是以蓝吧侍者的身份出现在我的面前，这一次又是以一个什么样的身份出现在我的前面呢？不知道你是因为盗了墓发了财了还是抢了银行一夜蹿升成为头号通缉犯才隐姓埋名地躲到这荒山野岭里来了——难道——小白脸？”丁灵故意张大嘴巴，刻意挖苦他。

“你说这世上的女人都像你这般讲话，那男人还不都憋屈死了。”他铁青着一张脸。

“别人憋不憋屈我是不想知道的，我只管自己讲着舒服便是。”

“你这真是达到了一种境界了啊！一大早起来就讲了这么多，不渴吗？”他看她因为跟他斗嘴而颇有兴致的表情，试图转移话题。他只是心里奇怪，却怎么都不能从她嘴里套出点什么！他是有些奇怪眼前的这个女人，昨晚那惊慌、恐怖的神情已经全然消失，似乎那一切都未曾发生过一样，这绝对是个高水准的演员，否则怎么能够如此滴水不漏地掩饰起来。

“你这里有什么东西可以喝的吗？你一说，我是真的有点渴了。”丁灵耸耸肩膀。

“你难道一点都不觉得生分吗？我们才第三次见面？”他看她表情自然，就像在自己家一样的适应这里的环境便觉得神奇。

“练出来的，曾经有个朋友因为我的不能适应陌生环境而引起她的误会，最后自杀了，可能这不是导致她死亡的直接原因，但……”丁灵的表情突然哀伤起来。

“会有这种事情？那我倒是觉得稀奇了。是什么事情呢？能否说来我听听？”他突然兴致上来了，拉了把椅子坐下，认真地看着她的脸，想要听她讲那故事。

“说你没眼力劲，还真一点都不假，没看人家正伤心着嘛！你还偏要人家提起。”她又从刚才的神情中摆脱了出来，迅速换上一种欢快的调调。

“嗯！我来看看啊！该给你喝什么呢？”他见她无心提起便站起身往旁边的冰箱走去。

“如果她有幸早点碰到我，可能就不会死了，起码我会告诉她死猫儿头最贵这个故事。”他说。

见他这么大言不惭，丁灵便再摇了一次头。

“你是不是发高烧了？或者你是八尾猫转世？”丁灵过去摸摸 LEI 的额头确定他是不是发高烧把脑袋烧坏了。

LEI 轻轻拨开丁灵的手，递给她一罐王老吉，一脸无可奈何地说：“你还是下下火吧！”

“如果你是八尾猫转世的话，你若满足我一个愿望的话……”

“说说你的愿望，或许我真的能满足你。”他打趣着。

“切，你还真以为自己是八尾猫啊！”丁灵看着 LEI 的严肃劲哈哈大笑起来。

“哈哈！”LEI 狡黠地笑笑说，“告诉你吧！死猫儿头最贵，是因为没有人肯出价去争买它！当然谁能出得起性命价钱呢！你说对不对？”

“也对！这就是你之所以住到这个地方的原因吗？莫非你是个蓄发修行的和尚。”

“和尚，你有见过这么富足的和尚吗？”LEI 笑笑。

这时，LEI 的电话突然响了，LEI 看了看显示屏说：“我出去接个电话。”

他说完就转身往一个房间走去，然后把门关上。

丁灵看了看四周，对这通电话充满了好奇，她靠近那房间的门，然后把耳朵贴紧。

里面有 LEI 的声音：“爷爷，那发簪你已找了好几十年了都没找到，虽然我知道它的珍贵，但有些东西不能强求的——我知道！——尽力吧！”

丁灵听到脚步声急忙回到刚才的位置安静地坐着，当她抬头的时候突然看到门口站着一个中年男人，他正用怪异的眼神看着她。

她讪讪地，有种偷窥当场被抓的尴尬，就低下头，双手规矩地放在桌上。

一种似曾相识的感觉让她再抬起头来，可是她又偏偏想不起来在哪见过，她努力的蹙了蹙眉。

“我……不是……那个……”她有些慌，开始指手画脚，想要解释些什么，却又不知道该怎么解释。

这时，LEI 从房间推门出来，门口的男子便离开了。

“你确定这个房子里就只有我们两个吗？”丁灵抬起头狐疑地看着 LEI 问道。

“当然，难道你有看到其他人吗？”LEI 环视了一周。

“我刚才明明看到门口站着一个中年男人的。”丁灵指指刚才那个男人站着的地方。

“哦！可能是我的司机吧！昨天晚上就是他把你救起来送到医院的。”

十一年了，看他老去，看他眼底的沧桑，看岁月无情地在他身上的映照和腐蚀，却始终无法忘却他眼角的那一抹笑。然后，她终于想了起来——韩老师。他由一名艺术家沦落成了一名司机，她却毫不知晓，是认还是不认？丁灵亦相信他早早便认出她来，哪样对他来说会更好些？

外面的雨下得好大，就像打到身上，痛到骨子里一样。这是个分手的日子，十年前的那个雨天，在心里，她和韩易悠分手，是恋人，是友人，是师长，是那如同乱麻般的关系。

终于她决定一刀切断，没有什么可以阻拦她。

她先去了韩易悠的坟前，这里埋葬着他们感情的过去，却无法相忘。这么多年，耳朵听到的，却感动不了，眼睛看到的，却欢笑不出，那早已远去的青春年少，被埋葬了的感情，剩下的那一丁点残留，也因为人与人之间的那早已不再信任的情感摧残殆尽。



丁灵的肚子突然咕咕叫了起来。

这时，LEI 过来找她。

他说：“出来吃饭吧！等你吃完后，想去哪里？我送你过去。”

丁灵走出房间，跟着他来到客厅。饥肠辘辘的她不顾三七二十一就径自坐在那长长的餐桌旁，看了满桌的食物，一脸的馋相，然后笑着说：“你还真像一个魔术师，竟能这么快就变出这么多美味的食物。”

“我一个人住惯了，所以这些对我来说并不算什么。不然我是无法一个人在这边生存的。”他淡淡地笑着。

“不过这么大一个房子在这山里，就你一个人住着会不会有点恐怖？”丁灵拿起筷子夹了一个鸡蛋糕放进嘴里咬着。

“我可不像你们女的，胆子小，你昨天该不会是碰到什么脏东西了吧？”

“为什么这么问？”丁灵怀疑地盯着 LEI 的眼睛。

“难道你没听说过这一带很邪门吗？”

“没有，小时候我也是住在这一带的。”

“那就奇怪了，你跑出来的那个地方，以前是被大屠杀时肆掠过的地方，在很早以前，韩家的前身其实是这一带比较闻名的一个姓花的大盐商的大院，那时候这里交通还不是很发达，但因为他们家财力雄厚，所以便在这山间盖了一个大院，这里之前的规模比现在破败的韩家不知道要大上多少倍，可能你没发现，那果园曼延过去的一大片都是花家的领地，那里曾经一片欣欣向荣。”

“那为什么后来又变成韩家的了？”丁灵追问着。

“后来，日军入侵，展开大肆屠杀，他们搜查住宅，彻底地实施了三光政策，即所谓的‘烧光’、‘抢光’、‘杀光’。这繁华的大家族也一夜间被洗掠一空后，被一把大火烧尽，那家里的人无一幸免，再后来，听说这里经常有鬼魂出现，那块废地基本上没有人敢靠近。过了很多年后，这里来了一户姓韩的人家，不信邪，买下了这片土地。”LEI 故意停顿了一下。

“那鬼魂真的有出现吗？他们住进去后？”丁灵舀了勺野菜汤喝了一口，有点享受起这个故事来。

LEI 的脸色突然微微变了一下，拿着筷子停在那儿。

“不过你胆子是真的挺大，竟然有胆子去那个地方。”

“我记得十年前这里还是很好的，并没有什么恐怖之处。”

“你别逗了，这里一直在死人，告诉你吧！那后来搬过来的韩家，他的妻子在搬过来之前一直好好的，没过多久便听说得了一种怪异的病，最后还跳崖自杀了，就在他们家门前的那座山上。”LEI 把椅子拉近她，小声地附在她耳边说着。

“这没什么特殊啊！他妻子只是因为得了白血病，不想连累家人而已。”丁灵耸耸肩一副没什么可怕的表情。

## 3

“不过我是说真的，那跳崖死去的女人叫花月，我怀疑她是那花家的人，在那次大火中逃生的花家人的后代。”

“你想象力还真挺丰富啊！难道姓诸葛的就是诸葛亮的后代吗？你真太可爱了！”丁灵翻了 LEI 一记白眼。

“你是不是那种逆反心理很强的女人？难道你对这个社会充满抱怨吗？”

“没有，我只是很讨厌你把韩家说得跟怪物一样的。”丁灵放下筷子瞪着 LEI。

“你别这么激动可以吗？我只是在跟你说一个听到的事情，并没有说那就是事实啊？”LEI平静地看着丁灵。

“你是对的，只要是有关韩家的，我便不能平静！”丁灵又开始激动起来。

“你说说吧！你去那里，究竟看到了些什么？你那天为什么会那样的冲出来，我总觉得有些什么。”

“没什么！”她说。

虽然她说没什么，但LEI看着她握着勺子的手都是抖着的，于是靠近她，握着她的手。

“你为什么要一个人去那个地方？”LEI有点奇怪地问。

“在我的印象里，韩家一直都是那么的光亮、整洁，谁又会想到如今这光景呢?!”丁灵低下头有点想要哭的冲动，可是这么多年，她的泪腺已经变得太过骄傲，不愿再让人看到。

“你的司机是什么时候开始跟在你身边的？很久了吗？”丁灵转开话题去。

“哦！他啊！老吴跟着我很多年了。”LEI漫不经心地说着。

吃完后，丁灵帮忙收拾着碗筷。

“想要我陪你着你去一趟韩家吗？我想你就这样回去的话，心里肯定是有疙瘩的。”LEI突然对丁灵提出这个建议。

丁灵收拾碗筷的手突然停了下来，一会才说：“连你自己都说了那里很邪门，你还敢跟我一起去吗？”

“哦！我叫丁灵。昨天真的很感谢你，如果不是你，我可能已经……”丁灵终于放下身姿跟LEI道谢。

“我还以为你这个高傲的公主是不懂得感谢呢！我叫LEI。”LEI笑笑，那笑容使得他如中世纪的骑士一般爽朗。

“你还会去蓝吧吗？”丁灵不想这么早就把自己的身份透露给LEI，所以有所保留，而丁灵亦知道LEI也有所保留。

“也许吧！有空就过去。”LEI迷人地微微一笑。

“下次去韩家的话，一定要叫上我，知道吗？走吧！我送你去你想去的地方。”LEI过来推着丁灵走，好像现在他们已经很熟了一般。

“你太随便了，LEI。”丁灵把LEI的手从自己肩膀上挪开说，“我还要洗碗呢！你能这样帮助我，我已经很感谢了，可我不能什么事情都不做啊！”丁灵坚持着。

“那你洗吧！如果你喜欢的话。”LEI耸耸肩，摊摊手。

“好！”丁灵端起整理好的碗筷向厨房走去，她边看LEI，边洗起碗来。

他正安安静静地坐在那里看起电视来。

过了一会，丁灵就开始出汗了。

“辛苦了，你是不是很少做家务？”LEI不知道什么时候已经站在她的身后。

丁灵下意识地抖动了一下。

“你的胆子还真够小的，这样的胆子怎么就有胆量闯入那地方呢！”他又开始在她耳边吹气。

“你少跟我来这一套，我不怕的，你以为这样唬唬我，我便害怕了吗？”

“那啊！我怎么会故意吓你呢？要不要听故事？有关韩家的，我想你应该会很有兴趣。”他故意吊她胃口。

“好吧！既然你这么想要让我知道，那就由我来提问，你来回答好了，我倒是想要知道你到底知道多少?！”丁灵用清水再冲了一遍碗筷，放好后准备认认真真地听LEI讲上一讲。

两人一边一个位置占好，面对面开始交流起来。

“我一直很好奇，花月、花琴、还有韩季这三人之间的故事。不知道关于他们你又知道多少呢？”

“你要听详细的，还是就笼统概括的？”LEI征询着丁灵的意思。

“你怎样讲着舒服就怎样好了。”虽然她有点期待，也有点疑惑，不晓得LEI卖的什么关子。

LEI笑了笑。

丁灵知道他要开始讲了，便坐正身子，竖起耳朵来。

“韩兆基和花琴是大学同学，韩家是当时市里的大户，在那里颇受人尊敬，韩兆基是家里的独子，父母自是疼爱有加，他的前程是被安排好的，大学毕业就出国，留学回来后继承家业，这本是韩家父母的打算。可韩兆基却偏偏是个很反叛的孩子，他十分厌恶那种什么事情都由父母安排、包办的生活。父母让他学管理，他偏偏选了艺术，父母让他做好出国的准备，他却偏偏毫无此心。

花琴是他见过的最端庄贤淑的女子，看着她，让他觉得很安心。

韩兆基则也是花琴上大学以来见到的最英俊的男子，他就像童话里那高贵的王子从虚幻中来到她的生活里。

韩兆基是个性格独特的男孩子，行为也比较另类，为了给花琴制造惊喜，他在学校操场上用玫瑰花摆了一个心形，亮起彩灯，并弹奏着他那优雅、漂亮的钢琴曲为花琴庆祝22岁生日，这事在当时引起极大的轰动，韩家父母得知后，一怒之下送他去了美国。

后来，花琴的妹妹花月因为身体方面的毛病也被送去了美国治疗，花琴就托韩兆基代为照顾。”

“哦！原来这样啊！那她们姐妹两个人肯定也是很相像的了。”丁灵恍然大悟地打断 LEI 的述说。

“也可以这么说吧！不过韩兆基第一眼看到的花月并不是什么美女，她的头发已经剃了，瘦得跟鬼一样，让人看着都有点恐怖，乍一看到她的人都会吓得后退几步，这对韩兆基这样一个风流倜傥的富家公子来说是一件非常痛苦的事情，可因是自己深爱着的那个女人的妹妹，他也只好硬着头皮满口应承了下来。”

韩兆基虽然是那种被宠得过分了的少爷，但他好歹也是个说话算话的人，接下这个任务之后，他倒也尽心尽力。

因为韩兆基的照顾，花月的病竟奇迹般的慢慢好转，她那光秃秃的头也开始慢慢长出头发来，因为病情的好转，花月那漂亮的容颜也一日一日地显现出来。

等到韩兆基回国的时候，花月已经是一个出水芙蓉般亭亭玉立的美少女了。

他们下飞机的时候是手挽着手谈笑着出来的，这在花琴看来，却不觉得有什么，她甚至为着自己妹妹的痊愈和他们之间的相处融洽而感到满心欢喜。

韩兆基一见到花琴马上放开花月的胳膊朝她跑去。

而此刻最痛苦的莫过于花月，因为她默默爱着韩兆基。

花琴和韩兆基的关系在彼此的努力下终于克服重重困难得到了韩家父母的认可，他们即将结婚。

可就在那个时候，花月又生病了，人也变得异常的消瘦，但花琴知道她这次的病却不同于之前，她呕吐得厉害。

“月，不要再瞒姐姐了，我想你是怀孕了。”花琴说。

花月知道自己的这个事情已经无法再继续隐瞒下去，便跟花琴坦白了她和韩兆基的关系。

琴走了，在她和韩兆基结婚的前一天。

因为韩家在当地是有头有脸的大户，当然不愿意让这丑闻传了出去，经过一番磋商之后，就决定让花月代替花琴嫁给韩兆基，又听说花月已有兆基的孩子，两老就更加地欢喜，自然把花琴临时悔婚的事放一边去了。

婚礼如期举行，因为考虑到花月毕竟不是花琴，于是韩家两老同意了韩兆基离开市区住到郊区去的决定。

“哦！这就是花月和韩兆基之所以搬到现在韩家的原因啊！”丁灵直了直脊梁，扭了几下脖子。

“你难道就不奇怪吗？以韩兆基的性格为什么会这么顺从地接受韩家两老的

安排？”

“这有什么好奇怪的，韩兆基本来正为两女一男在发愁，现在好了，年长点的走了，留下个年轻的，正中下怀了！说不定他心里正乐得紧呢！”

“你啊你！对男的很有偏见嘛！好像没有一个好男人似的，不知道的还真以为你吃过男人的亏呢！”LEI对着丁灵摇了摇头，好不容易停了一下，看着她，又摇了摇。

韩兆基对花琴还是很有感情的，婚礼结束后，他不吃也不喝，就那样任性地躺在床上。

三天后，他终于下床，然后开始吃饭，他没有去找她，因为这是他唯一能为她做的，他知道她是恨着他的。

时间过得飞快，离琴出走已有三年，之间没有琴的任何音讯，月、兆基以及他们的孩子韩易悠平淡地生活着。

突然有一天，琴来敲他家的门，她只带着简单的行李包，她并不知道这个家里住着他。

原来琴在四处漂泊的时候，得知了自己的身世，她按着线索寻找自己的家，只是她怎么也没想到自己的家早就没了，现在在这个家里竟然住着兆基和她自己的妹妹。

琴未曾想到三人之间会有这样的一种缘分，竟然惊吓得转身想要逃走，但被兆基拉住，他知道自己再也无法放她一个人走了，这是留住她的唯一办法。

## 4

“好了，今天就讲到这了，你还是先回家去吧，有机会再给你慢慢讲后半部分的。”

丁灵摇了摇头说：“你故事讲一半，不会是故意的吧？难道你想跟我多接触几次，莫非……你是不是看上我了？”

丁灵心想这家伙肯定会为自己找点理由辩解一下的，然后她等待着他的理由。

LEI沉默了一下，慢慢笑开去，他最后还是收敛了下笑意说：“我还在想我们是不是那种比较心有灵犀的人，没想到你就先说出口了。”

“我想我该走了，谢谢你昨天救了我。”她往门外走去。

他下去把车子开出来，丁灵就坐了进去。

LEI平淡地开着车子，丁灵看着他的背，觉得有一种熟悉的感觉，可是她又甩了甩头，靠在车后背上，眯着眼睛。

不知道过了多久，丁灵朦胧中听到一声门响，有人轻轻地推开门走了进来。

丁灵想要撑开眼皮，但怎么都睁不开来，而她的身体也没有任何的实在感，就像悬在空中一般，她潜意识里还苦苦地挣扎在 LEI 的话里。

接着，那脚步声、呼吸声慢慢地靠近，丁灵不敢动，神经因为敏感而颤抖着，她的心开始毫无规律地跳动着，越来越响，越来越响，她努力的强迫着自己躺在那里，一种毫无把握，而又不知道接下来将要发生什么的惶恐让她感到陷入深深的绝望当中。

她终于跳将了起来，梦游似的直挺挺站立在床上。

然后，她就听到有东西摔倒在地上的闷哼声，接着就传来纷杂的脚步声，再接着有人扭亮了灯。

丁灵终于睁开了眼睛，完全清醒了过来。

她看到那个摔倒在地上的竟是杨漾。

"姐，你吓死人了，突然一下从床上跳了起来，我还以为你梦游了呢！"

"是你啊！小漾，你也吓到我了。"丁灵看着坐在地上，铁青着一张脸，魂都还没附体的小漾说道。

"哎！姐，你大半夜的为什么总要搞点事情出来，我好几个晚上都被你给吵醒了。"小冰睡眼惺忪地对着房间里表情异样的两人抱怨着，然后歪着头准备回自己的房间去。

"姐，你也真是的，干嘛突然跳起来啊！我只是听到声音，所以过来看一下你。"

"好了，好了，只是一场误会，都回自己的房间继续睡觉吧！"方雪用手遮掩了一下自己正打哈欠的嘴，然后摇了摇头说。

杨漾在走出房门的时候，突然回过头来看了一眼丁灵，丁灵也正好看着她，四目相接，忽然间，丁灵的心里掠过一丝奇异的灵感。

丁灵摸了摸额头上的汗，怀疑自己是否患上了精神分裂症，她决定天一亮就去找铭娟看看。

最近，她总有一种连说不上来的神奇，她似得了疑心病，她甚至怀疑呆在自己身边的人都是有目的的，如果那只是一个梦的话，那梦已预兆了一些事情以及传递出了信息。

自从丁灵莫名其妙地在 LEI 的车上睡着，然后在自己的床上醒来后，她发现自己的生活发生了些微妙的变化。

在她决定去找铭娟看看的那天之后的一天，她终于来到了铭娟的办公室，她到的时候，铭娟正在接待病人，于是她就坐在医院的长椅上等着。

十几分钟后，铭娟会见完病人穿上便装出来，她们一起来到医院花园的一个长廊上，那是个清淡、幽雅的地方。

“今天可是专门来找我的?！这可是很少见的啊！我的大忙人。”铭娟揶揄地笑。

“是啊！娟，听说你大学的时候学过心理学，报纸上有你研究这方面的文章，一年前你还和朋友合开了一家心理诊疗所。”丁灵站起身呼出一口气来。

“哦！那个啊！你对我倒是挺关注不是?”铭娟虽然心有讶异，但觉得丁灵还是有点可怕，她开心理诊疗所这个事情知道的人并不多，但丁灵又是怎么知道的。

正当铭娟说话的当会，丁灵看见一个熟悉的身影走过，目光便追随那身影过去，那分明是裴俊，他来医院做什么？难道他从灾区回来后身体还一直不舒适?

丁灵急欲上去打下招呼，谁知道却大大吃了一惊。

裴俊的身后，有个女人出现在她的视线里，当那女人意识到别人的目光时，就她转过头来。

于是丁灵便瞥见了一张熟悉、美丽的脸孔，她就知道他是伊凡而不是裴俊了，她早该知道有伊凡的地方必定有菲烟，就像是有毒蛇出没的地方，百步之内必有解药的道理一样。

丁灵见裴俊转过头来跟菲烟嘀嘀咕咕的不知道说了些什么，然后两个人一起进到医院里去了。

“那不是就你那天晚上来医院找的那个男人吗？他不是你的未婚夫，十年前东洲集团太子爷裴俊吗?”铭娟这会一改她医生的严肃劲，咋呼了起来。

“你认错人了，他叫伊凡，裴俊已经死了。”丁灵装作若无其事地纠正。

“如果是其他人也许可以，但他跟你未婚夫很像不是？你想象一下，你这辈子过的最难受的一天，然后每一日重新再来一遍，那将是一种什么样的感觉。”铭娟专注地看着丁灵。

“怎么突然说起这个，虽然我和他因为裴俊的关系有过一段缘，但他终究不是裴俊，再说他是结了婚的男人，既然已经结婚，那跟我就只能是平行线。”

“难道你还在寻找那个你心中的真命天子？记得以前你说过，每个人来到这个世界上其实就是为了寻找那一个人，那个能让彼此不再残缺的人。可你终究还是不知道谁才是那个能让你不再残缺的人。我想，如果你知道，你便不会在感情的这条路上如此彷徨，从你进来的时候我就觉得你有什么心事，最近发生什么事情了吗？听说你出去了一趟，有一天你家里人在房间里发现你的大叫声才发现你已经回来。”

“是啊，你是怎么知道的，娟?”

“不是我有预知的能力！而是你的家里人担心你，所以偷偷把你的情况跟我说了。

听说你经常被噩梦纠缠。这又是怎么回事？这样的情况大概有多长时间了？之前有没有去做过检查？”

“检查过了，并没有发现什么异常，至于为什么做噩梦，这点连我自己也不知道。”丁灵皱着眉头说。

“一进来我就觉得你心事重重的，你说一说吧！或许我能帮得上点什么。”

“十年前，你知不知道裴俊发生车祸这件事？而且他当时被送进来的医院应该就是这家。我想让你帮我查查裴俊是否真的已经死去？”丁灵小心翼翼地说。

这些天来，她多么希望能找到个人说说话，可是她知道除了铭娟，这些话无论跟谁说都不合适，现在铭娟自己主动提出来，对丁灵来说，正中下怀。

“走，你不是想知道吗？我们去看看他究竟是来找谁的？既然是在这个医院，那一切都好办多了，我们先从这个男人着手。”铭娟说完拉着丁灵就往医院里面走去。

这会，两人经过前台的打听之后来到一个房间外面。

房间里，几个人对着电脑在聊些什么。其中一个是个四、五十岁穿着白大褂的男人，毫无疑问这应该就是伊凡来找过的医生。

“这是王医生，我们医院最具权威性的外科医生。”铭娟介绍着。

“哦！你说他来这里找外科医生做什么？”

“这我就不知道了，我是心理学研究者但不是推理家，你想要知道还不简单，直接问不就好了。”一说完，铭娟就敲开王医生的门。

“你是……”王医生打开门见到丁灵先是一惊，然后恢复镇定对着铭娟笑说，“是你啊！小铭，有事？”

“是啊！王师傅，这个是我朋友，蓝吧的女主人丁灵。”

“哦！难怪我觉得这么眼熟呢！原来是丁灵啊！你的小说写得很好啊！我有拜读过。还有你是不是就是十年前东洲集团太子爷裴俊的未婚妻？”

“是啊！王医生，听你口气，你对我好像很了解啊！莫非你知道点什么？”丁灵有点意外地问。

这时，办公室的其他几个人也都看向丁灵，听说她就是知名作家丁灵之后便围过来要签名。

丁灵签完名之后，几个人便跟王医生寒暄了几句后出去了。

“老实说吧！丁灵小姐，其实你的未婚夫并没有在十年前的那场车祸里死去。那时候他只是断了一只手。”在办公室终于只剩下他、铭娟、丁灵三个之后，王医生才开始对她俩说出他所知道的一些事情。

“那当时为什么报道上说他死了？”铭娟提出疑问。

“那是因为事故的当天晚上，死掉的那个人确实是驾驶着裴大太子爷的车子，而且那个人确实是死了，具体的情况我想你得去问问当事人比较好，只可惜他失忆了。”

“你说的当事人是不是就是刚才来过这里的伊凡?”丁灵急切地问。

## 5

“是啊！不过听说他已经结婚了，他也算是个传奇性的人物了，他的左手在那次车祸里断掉了，被送进医院的时候，因为失血过多，差点送命，他的手部肌肉已经失去了功能性的作用，这里几乎所有的医生都认定他的手是废了，我之后也是在他的精神鼓舞下才抱着试试看的态度给他做定期辅助功能性训练以及定期检查，这事后的一年，他的废手慢慢有了知觉。因为那时候，我们并不知晓他的名字，也不知道他是谁，只是觉得有些面熟。他是在那次事故中失去了记忆，然后就有了现在的这个身份。”

“你的意思是他至今都还不曾知道自己真正的身份吗?”丁灵焦急地询问。

“有这可能，但我也不是很确定，其实，在同一天，有一个人跟他一起被送进医院，因为大面积烧伤，无法辨认，那人在抢救中死亡，但他的尸体却一直没有人来认领，几天后，终于有人前来，那就是东洲集团董事长裴松仁，只是很奇怪，他并没有仔细地辨认便一口承认是他的儿子——裴俊。

他在医院里躺了很多天后，终于被他现在的父母亲接回了家里，更奇怪的是他们也好像被鬼遮眼似的认了就带回家去，裴俊的体质本就不错，恢复起来也快，他以惊人的毅力完成了所有相关的练习及在最短的时间内创造了奇迹。我是为了防范他旧病复发所以让他定期回来医院检查，但经过这次灾区之行，我相信他的手已经没什么问题了。

“有时候恨意会比爱意更持久，丁灵，我听说你跟你妹妹菲烟之间因为裴俊的关系有过一段不愉快的经历。”走出王医生的办公室后，铭娟说。

“应该算是误会吧！我对伊凡真的没有任何非分之想，特别是我在知道他并不是裴俊的那刻起。”丁灵努力解释着。

“但你现在知道了伊凡确实是裴俊，那你接下来准备怎么办?”铭娟担忧地说。

“我会当作什么都不知道，把他当妹夫就是了。”

“是，知道你是个老好人，好到可以牺牲自己的爱情，可你未免对自己太残忍了点，何苦呢！”铭娟耸耸肩。

丁灵往前走着，似没有听见般，她知道铭娟在生气。

两人挥手道别后，丁灵一路上更加的心事重重，她不想开车，只是漫无目的地游荡者，虽然她很想找人讲讲话，可是却无人可讲。

我为什么会在自己的床上醒来？明明记得很清楚，在 LEI 的车上睡着了，讲过的话都清清楚楚、明明白白的，那种发生过的痕迹是那样的清晰，这绝对不会是梦。也许我应该去见见 LEI，只要他承认了就清楚明白了，可是 LEI 应该不知道我住的地方才是，难道方雪这个大嘴巴把一切都告诉了 LEI。

应该是这样的，她自我安抚着，本来她打定主意要跟铭娟和盘托出的，可是到最后还是不好意思把发生在自己身上不可思议的事情告诉她。

丁灵一边走一边想着心事，有轻淡的音乐从旁边的店面里传出来，散在空气中。

不远处有个男人静静地看着眼前这个心事重重的女孩。

丁灵不知不觉已走到红绿灯处，在所有人都走过去的时候她才迈开脚步准备穿越过去，这时候绿灯跳了。

“小心！”男人急忙把她拉回原地，并用双手接住她站立不稳的身躯。

丁灵终于惊魂般抖了一下，她抬头看看那人，竟是伊凡，她反射性地想要退开，却发现他正用双臂圈住她，顷刻间，她感到有热气升腾起来，于是用手抵住彼此间身体上的接触，也顺势能够挣脱他的包围。

他的眼神里有惊愕、有恼怒、有担忧、有着一种难以理解的情愫。

丁灵想，他的眼神为什么这么的奇怪？

“你怎么正好在这里？”丁灵尴尬得像个小女生似的嗫嚅着。

“你怎么这么不小心？”他说。

“你什么时候开始注意到我的？跟着我多长时间了？”她抬头看着他。

因为离得很近，他才发现伊凡真的很高，至少在身高方面，丁灵觉得伊凡比裴俊更胜一筹，她突然发起呆来，心里想象着裴俊如果还活着，现在又会是怎样的一个存在？会像伊凡这样高大、魁梧吗？王医生说裴俊就是伊凡，伊凡就是裴俊，可那真的会吗？他只是说可以肯定，可是裴俊是死了，裴爸都没提出过疑义。

丁灵记得那时候裴爸为了向她证明裴俊已死的这个事实，曾找出来两份资料给她看过，第一份资料是交通警察局的记录，它记录着当时事故的概况，1998 年 5 月 6 日一辆牌照为浙 A66666 的法拉利轿车在莫干山路与一辆奔驰车发生相碰撞的事故，至于该事故的详细情况，里面记录着当时的死者就是裴俊，男，18 岁，在送到医院时就已经死亡，另一个伤者下落不明，经过几番调查之后才确定目标为一个名叫伊凡的男孩子，不过此人在该事故中断去一条手臂并丧失了记忆。第二份资料则是医院的证明，它记录着裴俊已经死亡的这个事实，因为上面有医院出具的验尸报告和相关的死亡证明。

裴俊是死了，他是真的已经死了。

眼前的这个男人就是直接导致她未婚夫死亡的凶手，此时的丁灵终于把十年前的那件事和现在的事情联系了起来，她也想起来当时和裴俊发生车祸的男子确实是一个名叫伊凡的男孩子。

此刻她看着他，她只是惊讶地张着嘴巴，难以合拢，她不知道眼前的伊凡是否知道她就是十年前被他撞死未婚夫的女孩，但丁灵自嘲地笑了笑，她想伊凡已是个失去记忆的人，他怎么会记得那些事情，更何况她只是那个被他撞死的男孩的挂名未婚妻罢了。

只是让丁灵疑惑的就是为什么她能在伊凡的身上看到裴俊的影子。她之所以觉得伊凡就是裴俊的原因是她认为鬼魂可能真的存在，尽管她并不相信这些。

她想，那一次车祸可能把裴俊的灵魂撞击出来后附到了伊凡的身上，于是两个灵魂同住一个肉身上，最终导致了伊凡真身的质变，当裴俊的灵魂在肉身上占据强势地位时，他就不知不觉地把目光注视在了丁灵的身上，当肉身上伊凡的灵魂占据重要位置时，他又回到菲烟的身边，丁灵瞅着伊凡，努力并且仔细地看着他的脸，她想此刻在这身躯里的灵魂应该是裴俊吧。

伊凡摸了摸自己的脸，奇怪地注视着丁灵说："我的脸上有什么东西吗？"

"没，没有。"丁灵急忙收回目光惊慌地低下头去。

"你怎么一个人在这附近出现？来这边有什么事情吗？"伊凡看着丁灵羞红的脸孔，轻轻地问。

"我有一个同学在这边的一家医院里当医生，我过来找她问些事情，你怎么会在我的后面呢？"

"哦！这个啊！我刚才在医院里也有点事情，从医院出来后，就看到你了，不是很确定，所以一直跟在你的身后，只是你一直都没发现，直到你满怀心事、神思恍惚的要横穿马路的时候，我才拉住你，却没想到真的是你。"

"哦！这样啊！"

"你是不是有什么事情？我看你心神不宁的。要不这样吧！我先陪你走走，呆会你不介意的话，我送你一程。"

"你的妻子呢？没跟你一起吗？"丁灵搜索了一下四周，发现菲烟并不在旁边。

"她啊！临时有事自己先回去了。走吧！我送你回去。这次你该不会再拒绝我了吧！"伊凡迈开长腿拦在丁灵的前面。

“谢了！我自己有开车过来的，就算我想，我也总不能把车子打包回去不是！”丁灵也开起玩笑来。

“那就让我送你到你车子旁边吧！”伊凡笑着坚持。

“我走得并不是很远，我想。”丁灵回转身去看看自己走过来的路，却发现已经走出了一段不短的距离。

“你在这里等着，我把车子开过来。”伊凡说完往回走去，不远处，停着他的那辆悍马。

丁灵知道无法再拒绝什么，便慢慢走过去，她想问问伊凡十年前那起车祸的事情，也许这么多年下来，伊凡有记起点什么也不一定，哪怕只是零碎的片段，对那事故来说也会是一个大突破，这么想的时候，丁灵加快了脚步。

“上车吧！”伊凡对着丁灵酷酷地笑了一下。

丁灵犹豫了下，咬咬牙坐到车上去。

“让你坐我的车就这么痛苦吗？”伊凡看出丁灵的为难。

“啊?!”丁灵故装不懂地看着伊凡。

“你最近发生什么事了？难道不能对我说吗？”伊凡把车子掉了个头说，“从刚才我就一直觉着你有话要说，可是你磨叽到现在都还没说出个事来。”

“也不是什么重要的事。只是有个事情我不知道应不应该问。”丁灵支吾着。

“说吧！什么事，只要我知道的，我必当知无不言，言无不尽。”伊凡露出一口白牙放肆地笑着。

# Chapter Twelve

# 追寻真相

人之所以会感到累，是因为她对这个世界有所要求，当这个要求无从获得满足，而却非要获得时，一种压力便会无尽的绵延。

# 1

“其实我今天看到你进到医院了，你为什么这个时候去医院呢？难道在灾区的时候真的落下什么疾病了吗?”丁灵说完看了看伊凡。

“今天去医院只是为了例行检查，十年前，我曾出过一次车祸。”伊凡开着车子缓缓前进。

“哦！原来是这样啊!”

“那没什么，其实我的手已经没什么了，你看，伊凡把左手从方向盘上拿下来，然后在丁灵眼前晃了晃。

“小心开车啊！你是没什么的，你若再不看路，就要变得有什么了。”丁灵小声地说。”

“你就这么不相信我的车技?”伊凡抬起手来看着说，“要说死吧！其实我都死过不知道多少回了!”

“你能讲讲十年前你车祸的事吗？我想听详细的过程。”丁灵小心地说着。

突然一个急刹车，伊凡的车子滑了个圈后在一家小吃店门前停下。

“好吧！其实我也差不多全部记起来了，这事，我还没跟别人讲过，觉得只能用一个字来说——悬。等会进去后我们边吃边说吧。”伊凡似下了决心般。

丁灵则死死的反抓着椅背，有点惊魂未定的样子。

“你似乎很怕死啊！哈哈!”伊凡大笑。

“废话，难道你不怕死吗?”丁灵翻了他一记白眼。

伊凡没有再反驳，他知道如果他们再继续争执下去的话，回头率会更高的。

下了车后，伊凡就和丁灵并肩进了一家小吃店。

时值用餐时间，四处都飘溢着浓浓的诱人香味。

丁灵突然食欲大增。

他们选了一个靠近窗子的位置，可以看看外面的街景。

“你还是跟以前一样，记得第一次见你，你也喜欢坐在靠窗的位置。”

“以前?”丁灵听到一个奇怪的字眼，于是从窗外收回目光。

“哦！我记错了，不是跟你一起去的。你该不会认为我是你的那个未婚夫吧!”伊凡笑笑，脸上的酒窝跟着跳跃着。

“现在跟你说说事故那晚的事情吧！其实那天早上父亲的研究院里来了一个日本的考察团，我被母亲拉着起来一起去接待，因为那时我正学日语，母亲说是给我一个机会锻炼一下。

那天是真的倒霉透顶了，我这个人一遇到小鬼子就没好运道，结果那天被拉到现场才知道，我被我老妈出卖了，那日翻根本就没请假，只是随团的一个什么社的公子对中国文化很是着迷，要逛逛我们杭州城，老妈知道她跟我讲实话，我是不可能出来的，所以就阴了一下我。

那鬼子整一个小白脸，青葱白面似的，但为了显示我们中华民族的美德，我便强颜欢笑地带着他到处逛。

人就这样的，有时候就算对方是敌人，哪怕你见到那个人厌恶至极，你都要装作什么事情都没有一样的跟他走在一起，并且说些足以让自己鄙视的话。”

“哈！这有点不像你。”丁灵掩着嘴巴笑着。

“是啊！民族问题马虎不得，哈哈。一个万一便会激发民族矛盾的。不过这种东西有时候也是转移内部矛盾的绝佳武器，就说上一年发生的火炬传递事件以及西藏问题吧！明摆着是法国政府为了转嫁内部矛盾而公然上演的戏码。我们老百姓嘛只是发发牢骚，反正问题嘛总是摆在台面上的，是非恩怨总有历史来公断不是?

那小鬼子姓藤堂，不过抛开当年的大屠杀以及使得我睡不了好觉这些新仇旧恨，那家伙确实是个人见人爱的小帅哥。而且人也挺机灵，是整一个好玩的家伙。

你说人是不是都忒幼稚，他们一来到一个陌生的地方，一开始跟别人交流，总是要问自己的名字在当地是怎样的一个说法，那家伙也是，活脱脱一副女人相，扭捏得很。”

“藤堂吗？你说那人姓藤堂，那他叫什么名字？我最近也认识了一个姓藤堂的朋友。”丁灵听到伊凡提到这个姓就马上想到LEI，她的直觉告诉她这个LEI跟伊凡口中的那个藤堂肯定有点关联。

“哦！那人叫什么我就不清楚了，当时没问，不过大家都叫他LEI少爷。”伊凡奇怪地看着丁灵，奇怪她会对这个姓藤堂的日本人有兴趣。

“对了，应该就是这个人了，我在一年前，就看到三个日本人在蓝吧谈论着什么事情，其中有一个就是被唤作少爷，前几天还见到了那个叫 LEI 的，他好像在寻找一样东西。”

“日本人就这个样子，总是对我们有着一种窥视，这是个需要我们一直防范着的民族。”

“那你们接下来怎么了？这事怎么跟车祸牵扯上了？”

“看你心急的样子，就长话短说吧！那天送走小鬼子后，我就准备回家，结果出来个败家子，应该是在哪里喝了很多酒，摇摇晃晃、神志不清地从我身边经过，掏出钥匙开他的车，那是辆很拉风的法拉利跑车，结果他怎么都打不开车门。于是过来碰了我一下，还用手摸我的头，然后硬说我拿了他的车子，还一把夺走我的车钥匙，坐上车子就跟枭龙一样的开走了。过了好一会，我看着那法拉利车上的钥匙，就急忙打开追了上去。那人疯了般开得很快，我也追得很急。开着开着，我们不知不觉已经开出了很远，不知道发生了什么事情，那辆车突然停了下来，从车窗里伸出一只手出来，因为车子开得很近，很快。我根本就没想到车子会突然停下来，然后我隐约中看到一只手从车窗外飞过去，是我把那只手撞断了……都是血，车窗上都是。”伊凡突然讲不下去了，整个人开始颤抖起来。

“伊凡，这到底是怎么回事啊！我越听越糊涂了，这到底是怎么回事啊！到底是谁的手断了啊！”

“我不知道，不知道，什么都不知道。”伊凡突然像受了很大刺激似的跑出了餐厅。

丁灵急忙追了出去，可是怎么都寻他不着，他的车子却还停在那里。

伊凡应该没跑远才是，这到底是怎么一回事？难道伊凡真的被裴俊的灵魂上了身吗？难道是真的？

丁灵感到头脑一片混乱，她觉得这事情是越变越复杂了，不过当务之急就是先找到伊凡，然后带着他去一趟医院，王医生应该隐瞒了不少的真相吧！

窗外的阳光不是很猛烈，有一种空荡荡、温吞吞的蓝，伊凡只是看着窗外，慢慢变得平静，那个晚上究竟发生了什么事情，他自己也越来越迷糊了，到底是他死了还是那个人死了？到底他是那个追过去的人还是被追的那个人。从小吃店落荒而逃后，他就关上手机再也没有打开过，也许此刻丁灵正努力地寻找他，可是他还能如何再面对她，也许他才是那个杀人犯，也许……现在的他并没有完全的恢复记忆，只是按照之前父母亲设定的身份存活着，至于真相，连他自己也不清楚，那天晚上，究竟是怎么一回事，他跟丁灵说的那些也不知道是自己记忆中的还是做梦梦到的。

丁灵跑了几条街都未找到伊凡，只好坐在小吃店里等着他回来取车，可是直到小吃店打烊都未等到他回来。

她只好自己搭车回医院，然后开车回家。

入夜深处，一路上，车辆、行人都很少，天色暗沉沉的，透着点冷冷清清的味，车外已开始下起雨来，在车灯的范围内清清楚楚的落下来，旁边路灯下、树枝中无止无尽的倾泻。

那个晚上也是这样的雨吧，她还记得她跟裴俊分开后，天就开始下起雨来了，只是没想到这一走竟是永别。

丁灵原本以为能从伊凡嘴里得到点信息，可以找到十年前裴俊车祸的真相，现在看来，自己非但没有理清头绪，反而是让一些不可思议的事情弄得更加迷糊了。

丁灵回到家里，灯已经熄了，也不知道小冰他们是否已经入睡，她摸索着进门，不敢吵醒大家，躺在床上，无心睡眠，太累了，不想洗澡，为自己找了个借口，和衣闭着眼睛，脑袋里却是万马奔腾、排江倒海般，想要找人去寻找伊凡，却发现对他所知道的太少，除了菲烟外，她所知道的与伊凡有关的人已经没有了，但她没有办法说服自己去联系菲烟，如果联系了，她们之间的误会只会更加扩大，她不想再跟菲烟有任何的纠缠了，抱着一点侥幸心理，她相信伊凡会平安无事。

早上，有太阳从窗外闯进来，让她的眼睛有点生疼，脑中依然是一片迷惘。

人之所以会感到累，是因为她对这个世界有所要求，当这个要求无从获得满足，而却非要获得时，一种压力便会无尽地绵延。

## 2

起来，冲上一杯奶茶，然后洗澡，任由水从头到脚哗哗地流淌，让自己完全沉浸在水的声音里。

从浴室里出来，头发上还有水珠子滴落，拿起奶茶，轻酌了一口，久违了的浓香，十八岁的时候，有很多的梦想，梦想变得成熟，梦想穿着一身质地优良的高档麻料衣服，纨着气质高贵的头发，开着价格不菲的跑车，过那种只是写写小说、画画画、炒炒股票的生活，不知道那是不是因为奢侈得不行的虚荣心作祟。

也想过以后的生活里一年会有几次一个人背上行囊去旅游，去非洲那个平均气温最高的叫吉布提的小国晒得乌黑回来，去埃及看那屹立在沙漠中的金字塔，然后躺在那里仰望繁星，去巴黎看那蓝桥残缺但却美丽的爱情故事，体验一下恋人间的絮语。

但这所有的计划，所有的心愿，却从未有一个实现过。

“姐，你昨晚什么时候回来的。”方雪穿着睡衣打着哈欠出来倒水喝。

“应该蛮晚了吧！你们都睡了。”丁灵看了看奶茶的杯子继续喝了一口。

方雪打开窗，伸了个腰，对着太阳光说：“真好啊！今天的天气。”

“你谈恋爱了？”丁灵没头没脑地冒出这句话来。

“谁恋爱了？难道是文笙大叔终于出手了吗？”小冰闭着眼睛出来。

“这你都知道了？”方雪转过身来没有搭理小冰，颇为好奇地对着丁灵。

“一个人对着太阳、对着风都能感觉到幸福，除了爱情的作用外，我真想不出还有什么事情会有这么大的功效。”她对着杯子又喝了一口，有点对这种味道迷恋起来了。

“你们都不理我，哼，真没意思。”小冰偏着个头，暗自生着闷气。

“小雪，谈谈你男朋友吧！我们可是一点都还不知道啊！”小漾从厨房出来，好奇地问。她跟着方雪混久了，也变得是越来越鸡婆了起来。

“好吧！给你们透露点信息吧！记得我高中那会吧！这家伙来我家，你知道吧！竟有男人长的比女人还好看的，一开始我还被欺骗了呢！那家伙也不知道是怎么回事，竟然留着长发，天知道，那时候我妈在国外，是打电话来跟我说她的朋友的小孩要过来，让我去接机，于是我就把这个不男不女的家伙接回家了，语言不通，又加上那晚下大雨，然后我们就睡一张床了。第二天，我姐回来发现时候，我还不敢相信啊，这么个白白嫩嫩的美女竟然是个男生，反正那时候起，梁子就结大了。”

“哦！原来方雪姐姐你还有亲姐姐啊！我都不知道呢！”小冰托着腮帮听的异常认真。

“是啊！不过我姐高中的时候就已经死了，自杀的，听说是为情自杀的。不过都已经过去了。”方雪淡淡地说。

“那接下来你们怎么成了男女朋友了？”杨漾催促着。

丁灵则靠着椅子看着窗外，但方雪知道她在听。

“姐姐死后，我对感情总有一种恐惧，这么多年一直不敢谈恋爱可能是因为那件事给我留下的阴影。关于那个小白脸嘛！其实那时候他也抗拒过，因为语言不通的缘故才有了那误会，前阵子，他又出现了，只是没想到，变化会那么的大。”

“不会是一个超帅，超黑，超有魅力的肌肉男，去非洲晒过后来见你的吧！”小冰表情怪异地说。

“切，去，我可不好那一口。”方雪轻轻推了小冰的头一下。

丁灵被逗得笑了起来。

“站在我面前的竟然是一个超 MAN 的男人，一个字帅。然后我就一见钟情了。”

“这么快，没意思！一听就是方雪姐姐在白日做梦。好吧！你就说说吧！那男人有我们蓝吧新来的服务员 LEI 帅吗？跟他比就好了，我相信应该没几个男人会比他帅的了。”

“LEI？哈哈，当然，肯定比他帅了。”方雪笑得有点夸张起来。

“LEI？小冰，你也认识 LEI 吗？我怎么不知道？”丁灵突然回过头来看着小冰。

“姐，这有什么大惊小怪的，蓝吧里的人哪个我不认识啊！”

丁灵笑笑，这时电话响了，在这个阳光明媚的早晨，丁灵迎来了一通没有任何预兆的电话。

“菲娅。”然后再也没有下文，长时间的沉默，似有千言万语却又不知从何说起。

金的眼神看得很远，然后他又似没有焦距一般，静静地坐着，好一会，他才转头看着桌上的手机。

自 2008 年 9 月金融危机全面爆发开来后，危机就像瘟疫一样传染并蔓延开来。它对全球的经济造成了不可估量的重创，为了抵御全球经济危机所导致的巨额亏损，金忍痛下达了公司裁员并关闭全球多家工厂的决定。

拿起手机拨通了电话，大洋的彼岸，传来久违的声音。

“菲娅。”他的心暖暖的，终于有了一种安心的感觉。

“谢谢你，真的很高兴你能来电话。”一种暖暖的缠绵悱恻，有着一种深深的思念。

“我可以来看看你吗？”

男人有时候就是这样，单纯的纯粹，当繁华散尽，剩下的就只有一种牵挂，对某件事，某个人，而丁灵就是金在这个世界上哪怕是失去所有后也仍然牵挂着的一个人，是一种慰藉，一种起死回生的力量。

丁灵先开车送小冰去了学校，接着就载着方雪和杨漾赶到蓝吧，车子刚停下，就看到前面有一辆奥迪 A8 的车子也正好停了下来，只见车门打开后，一名男子从驾驶位上下来，走到另一边恭敬地打开车门，然后就有一名身材高挑，腰杆挺直的男子从车上下来。

丁灵觉得这身影有些熟悉，正猜想着来者的身份，却没料到方雪兴奋地大叫了一声：“LEI……”然后一个扑将上去搂着他的脖子。

丁灵突然心跳加快了起来，如果这个 LEI 就是她所见过的那个 LEI，那么他会怎么看她？这样想的时候，她就觉得自己喘不过气来了，她真想找个地洞钻下去。

男子尴尬地把方雪挂在他身上的身子慢慢拉开，然后扶直，再回过头来快速扫视了一周站在他眼前的另两个女人，最后才把目光停留在丁灵的脸上，接着露出一种好玩的神情。

“LEI，你怎么这个时候来了？”方雪一脸开心地挽着他的胳膊，对着丁灵和杨漾说，“这位就是我早上跟你们说的神秘男友了，是不是很帅啊？”

丁灵和杨漾都差点跌破眼镜，所幸的就是鼻上无镜。

“LEI，这位就是我经常跟你说的丁灵姐，也就是蓝吧的主人了。”方雪放开 LEI 的手，然后走近丁灵身边，拉着她给 LEI 介绍，介绍完丁灵后，她接着也介绍了杨漾。

“你们先进去吧！我停好车子就过来。”丁灵浅浅一笑，露出她嘴角那隐约的梨窝。

方雪则推着 LEI，招呼着 LEI 的司机一同进去坐坐。

丁灵坐上车，提着的心终于放了下来，幸好 LEI 并没有显露出他认识她的样子来，否则又该麻烦了。

丁灵进到蓝吧的时候，方雪他们几个人都已经挨着位置坐好了。

丁灵就径直坐到杨漾的旁边，她偷偷地瞄了一眼 LEI，却发现他也正看着她，于是忙把头低了下去，但她还是注意到他的嘴角动了动，想要说些什么，却最终没有启口。

丁灵现在可以肯定她那晚并不是在做梦，她是真的去了那个破败了的韩家以及在 LEI 的房间里呆了一个晚上以及一个白天。

只是丁灵没想到 LEI 竟然跟方雪会有这一层关系。

想想 LEI 的复杂身份以及让人难以理解的举动，丁灵觉得 LEI 不单单是为了追求方雪才出现在这个地方的，这里应该有他想要的东西，哪怕不是那个东西，至少也会跟那东西有着瓜葛。

那司机却只是坐着，并不讲话，依然是一副肃穆的表情。

方雪则跟 LEI 一直讲着话，脸上春光荡漾，眼睛里闪烁着情欲和爱慕交织着的感情。

杨漾找了个借口离开了。

丁灵此刻却如坐针毡，巴不得跑得远远的。

“丁灵姐，有电话找。”杨漾突然跑过来。

丁灵抬起头来，在转头的当会，她略微停顿了下，然后离开。

丁灵一走，方雪就拉着 LEI 说：“今天不体验生活了吗？怎么如此盛装出现，有什么重要聚会吗？真是吓我一跳。”

“你不是希望我来见见你的丁灵姐吗？既然是第一次见面，总不能让你丢脸是吧！”

“话是这样说没错拉！可你这么帅，我还真怕被抢走了呢！你没看到丁灵姐和小漾刚才的惊异表情吗？”

“我看你是想多了吧！小雪，一般女孩子都很难喜欢上我这种类型的。”LEI 自嘲地笑笑。

“你这话到底是在夸自己还是在贬自己啊？你想要喝些什么？”方雪递了本菜单给 LEI。

## 3

“还是你决定吧！我去下洗手间。”LEI 说完就径自起身走了。

他转了一圈，在咖啡间里看到丁灵，她正细心地磨着咖啡豆。

丁灵感觉到背后有目光的注视，便回过头去，看到 LEI 站在门口，他正用他那似笑非笑充满迷惑的眼神看着她。

丁灵微微颤抖了一下说：“你为什么每次都像鬼魅一样的出来吓人？”

“哈！你也彼此彼此哈！你的嘴巴还真紧啊！把自己的身份瞒得这么的严实。”

“我有必要向一个陌生人交待一切吗？你该不会要我告诉你我读的什么大学，做的什么工作，交的什么朋友，结的什么婚，生的谁家的孩子吧？”丁灵似是玩笑又似生气地说。

“你该不会是生气了吧？我可没那意思！只是你的演技还不赖啊！竟然可以当成是完全不认识的人一样。”LEI 慢慢走近丁灵，几乎是耳语了。

丁灵退开了一点回敬说：“你也不错啊！可以去拿奥斯卡影帝的桂冠了。”

“承蒙你吉言，但愿明年我能入得演艺圈，如了你的愿。”

“你那天说到一半的故事，什么时候继续讲完。”丁灵泡好咖啡后递了一杯给 LEI。

“你是不是不想让别人知道我们已经认识这件事情？”LEI 微微笑着问。

“是啊！我觉得我们还是装作不认识的为好，不是吗？”丁灵耸耸肩，然后端起自己的那杯咖啡喝了一口说，“你喝了这杯咖啡后还是快点回去原来的位置坐着吧！你再不回去，别人会起疑了。”

“你这么害怕，难道我们在偷情吗？”LEI 看着丁灵，觉得眼前的这个中国女孩很是不可思议。

“你想哪去了，我是为你好而已，你是太不了解女人了，女人之间的情谊最经不起爱情的考验。”

“看来你是个受过伤害的人，好吧！我现在就走，希望我们下次有机会再交流，关于那个故事。”

“好的，希望吧！”丁灵轻轻地说，但 LEI 还是听到了。

“认识你，我感到很荣幸，你是个很有魅力的人。”LEI 走出几步然后回过头对着丁灵说。

丁灵对着 LEI 笑了笑。

LEI 一走，杨漾就过来找丁灵说：“姐，我从进门就觉得你们是认识的，却没想到你们就真的认识。”

“这有什么奇怪的，其实你也认识的啊！他之前就在蓝吧当服务员的嘛！”

“呵呵！方雪姐还真是好福气，竟能让这样的一个公子哥为她甘愿来当服务生，真的好浪漫啊！”杨漾的羡慕之情溢于言表。

“现在应该是方雪人生中最美丽的时刻吧！这样的时刻，每个女人的一生中都会有一次的，你也会有的，小漾。”丁灵有点回忆似的说。

“丁灵姐，那你最美丽的时刻有过了吗？”杨漾仰着头，看着丁灵，期待着她的答案。

“我嘛！有过，在我十八岁的那年，我想那个时刻，我是一辈子都不会忘记的。”

“哦！”

“走了，我们出去吧！不然方雪还以为我们刻意回避着呢！我们总不能让她在喜欢的人面前下不了台是不？”

“恩！不过，丁灵姐真的跟 LEI 只是在蓝吧里见过面吗？”杨漾再问了一遍。

“怎么了？”

“那天晚上，我看到有个男人扶姐你回家，我去开的门，好像就是那个 LEI 啊！难道是我眼花看错了吗？”

“什么？你确定那天晚上是 LEI 扶我回的家吗？”丁灵小声但语气有点加重地问。

“好像是吧！但我也没怎么特别注意，那时候门外的灯不是很亮，背光，我没怎么看清楚就是了，也许不是吧！”

“哦！”丁灵边应着边陷入沉思。如果那晚真的是 LEI 扶她回的家，那他为什么要撒谎？LEI 跟方雪在一起是真的因为爱她吗？伊凡在讲十年前的那起车祸时也提到 LEI 这个名字，这个叫 LEI 的男人跟这一切究竟有何关系？为什么都跟他牵扯上关系？

方雪看到 LEI 拿着一杯咖啡出来，撅了撅嘴说：“上了趟洗手间，自己就泡了一杯咖啡来喝，你还真把这里当自己家了呢！”

LEI 看着咖啡杯，然后微微动了动嘴角说："蓝吧的咖啡就是好喝，来到这里，不喝一杯就真有点可惜了。"

杨漾端了盘红豆枣糕过来，丁灵跟在身后，手里拿了两杯咖啡出来，她递了一杯给一直默默地坐在那里的司机，然后拿了一杯给方雪，堆起笑对 LEI 说："要续杯吗?"

"不了，好东西要少吃才多滋味。"他对着她笑。

"姐，今天我可以请假一天吗?"方雪看着丁灵试探性地问。

"当然没关系，今天并不怎么忙。你跟 LEI 一起出去玩玩！我想你们应该还没出去逛过吧!"

"谢谢姐!"方雪甜甜地笑着，然后对着 LEI 说，"走吧！我们出去逛逛。"

"好吧！大叔，你先回去吧!"LEI 终于站起身准备出去，然后他回转头来对着他的司机。

方雪也站了起来，用胳膊挽着 LEI。

LEI 有点难为情地把胳膊抽回。

方雪又拿手去拉着他的手。

LEI 挣扎了一下，最终还是让方雪牵着出去。

司机准备站起身来离开，丁灵叫住了他。

"大叔，你就再坐会吧，反正大白天也没什么生意，你等喝完这杯咖啡吧!"丁灵看着他，诚心挽留，虽然她想要跟他谈谈，但又怕太冒犯了。

"谢谢，我想我得回去了，还有事情要去做!"那人想要对着丁灵扯出一个笑脸，但却因为不习惯，脸部表情显得有些僵硬。

那人走后，丁灵还是继续看着门外，现在她可以肯定这个男人就是她所认识的韩叔叔了，是他没错，人生五十如梦幻，焉有不老之理，只是跟那时候相比，他的确是老得太厉害了。

此刻，丁灵的心空空的，眼泪扑簌簌地夺眶而出，为什么像韩易悠这样的天才要这么早早地离开人世间，而她丁灵又何德何能要活到现在，她到底是做了什么样的好事而让她现在这么安宁地活着，比起地震灾区那些无辜的生命，她并没有比他们多做了些什么，这么想的时候，丁灵就觉得她的所有时间对她来说都是偷来的。她想她得克服那种恐惧的心理，她要再一次回去韩家，无论如何她得找出真相来，为那死去的韩家人做一点事情。

晚饭比平常晚了一点，因为丁灵说今天由她来下厨，方雪自是没出现在饭桌上。

"小冰，这几天在学校还乖吗?"丁灵摸摸小冰的头，笑眯眯为他把椅子拉好。

“不知道有多好呢！老师们都很喜欢我！他们都夸我聪明。”小冰爬上椅子后仰着头对着丁灵。

“你都做了些什么了？老师夸你聪明？”杨漾为小冰摆好碗筷说。

“我做数学题，别人都做不出来，我一下就做好了。老师说我做的那个方法要到三年级才学到的简便方法呢。”

“哦！那我们家小冰不成神童了？”

“恩！快吃饭吧！我的小天才。”丁灵溺笑着用双手捂了捂小冰的脸，然后她不经意间看到小冰脖子上露出来的银白色链子。

“这是什么？小冰！”她动了动那根链子。

“哦！这个啊！”小冰从脖子上拉出链子来。

“你这个是从哪里来的？为什么在你身上。小冰。”丁灵神情有点激动起来。

“这个我也是今天才得到的，是瑗悦姐给我的，她让我交给你，我差点忘了。”小冰说完取下那链子来。

那是一条做工精细的链子，让人跌破眼镜的不是项链本身，而是项链上的坠子，那坠子就是寒兰花的造型，这本属于文笙的母亲。

这条项链在文英死的那会就戴在她的身上。

“小冰，你确定是你瑗悦姐吗？不是别人？”丁灵重复确认了遍。

“是啊！是瑗悦姐，我不会看错的。”小冰自信满满地说。

“姐，照目前这情形看来，瑗悦姐应该已经回国了。”杨漾看着丁灵说。

“应该是的，可她为什么不自己直接来找我呢？反而去学校找小冰，不知道唱的是哪门子戏。”丁灵说完夹了一块红烧肉来。

“不过姐，我看瑗悦姐姐憔悴了许多。”小冰依然一副小大人的模样。

“恩，快吃吧！我先把这挂坠放起来，到时候再还给你文笙哥哥。我想你瑗悦姐应该是这个意思吧！”丁灵催了下小冰，自己则站起身来向卧室走去。

丁灵尝试着给瑗悦的手机拨了个电话，竟意外地通了。

那头的人一接起电话就哭了。

丁灵显得有些手忙脚乱起来，但却只有声音彼此传递着。

“怎么了？怎么了？悦？”声音中有着一丝丝的焦虑和紧张。

于是瑗悦开始讲述：

“飞机一离开这片土地的上空就开始想念，想念文笙，想念爸爸，想念狗狗，想念你们，想念这里的所有一切。我就问自己，什么时候我才能停止想念。看着飞机离祖国越来越远，心中的那份感情才渐渐平息了下来，是一种认命。

走的时候觉得没什么不可以离开的，只要离开，离开就可以解决一切，可真正离开了，却发现心是空的，没有归属感。融不进这个城市，这个城市也融不进我，毕竟这里不是我的祖国，没有家的感觉。”

## 4

“你没结婚吗?”丁灵试探性地问。

瑗悦停顿了好久。

丁灵知道她在犹豫，因为这种关心有着一种揭人伤疤的恶毒。

“其实我没有结婚，是不是丢脸丢到家了？我也没有怀孕，那天同我一起的那个男人并不是我的仰慕着，也不是我喜欢的男人，那只是我编的一个谎言，他是我高中的一个同学，也不是什么企业家，他没钱，混在日本，租在廉价的十几平方米的房间里，白天睡觉，晚上工作。

也不知道是自己的自尊心作祟还是自己的虚荣心作祟，反正我说了谎，说谎的习惯从什么时候开始，记得当我还是个骑在外公的脖子上去看江湖卖艺的表演的孩子时，我就开始撒谎，我记得我第一个谎是为了让我母亲开心，我把外公给我的一毛钱放在兜里，回家后告诉母亲说是我看马戏的时候捡的；长大点的时候，每次回家，总被那些看似关心实则带着虚伪的比较目地的人询问进了什么单位？找了什么男友？嫁了什么老公？谎言越编越大，就像滚雪球一样，很讨厌，真的很讨厌活在这个虚伪的世界里，也讨厌自己没有力量给那些不怀好意的人狠狠地反击，也讨厌自己总是害怕那颗心受到伤害。想要逃离，离开这所有的一切，找一个没有人认识的地方，这就是我当初的想法，只剩下这些想法了。

在中国的时候从来不曾真正明白爱国这两个字的深情厚谊，出了国，生活在了那个地方，才真正明白什么叫爱国。如果可以，我是希望永远都不要在国外久呆的。”

“什么时候出来见见面吧！小悦！你是希望我把那个挂坠还给文笙吗?”丁灵想要听听瑗悦的口气。

“对不起！丁灵姐，这个挂坠本该是你的，是文笙当年送给你的礼物，只是那天晚上，我把这挂坠占为己有了。”

“算了吧！小悦，一切都过去了，你有什么委屈等见面了再说吧！该争取的，姐姐都会为你争取回来，为了让你拥有自己舒适的房子，为了让你看自己爱看的漫画，为了让你养自己捡来的流浪小猫和小狗。你的福利待遇就交给姐姐吧!”

“姐，你又来了，为什么你总改不了时不时冒出来的小幽默呢！”瑗悦终于破涕为笑。

“为了逗你笑啊！有什么办法，我可是被你每年一次给哭怕了！我怕我家会被你的眼泪淹没啦！可不是为了你，只是自救而已。”

“谢谢你，姐！”

“不要谢，姐了解的，姐从没把你当外人看过。”

金戴着棕色的墨镜，提着行李，从杭州萧山国际机场出来，他准备绕过接机的人群，偷偷地打车去丁灵的住处。

这个时候，他感到身后似有一道目光注视着，于是转过头去，他看到一个身影隐入人群中，是谁呢？他想了想，可最终没有想起是谁来。

杭州，这是个让他牵肠挂肚的地方，因为在这里有他牵挂的人。

从日本离开那会，其实算算日子，也不过几个月而已，他以为自己可以一直等待下去，等到丁灵联系他，可是她的心肠却比他想象中来得硬。

可谁会想到，那时候丁灵坐在回中国的日本机场的时候一直在等金的电话，但她直到回到中国都没有等到。

金也一样，直到因为金融危机的严重性被召唤回美国的时候，也未能从丁灵这里得到任何的信息。

金爬上楼层，按了很久的门铃都未见有人来开门，心里想着丁灵可能在蓝吧，但在离开之前，他还是把眼睛对着猫眼看了一下。

接着他就听到门里有东西摔倒在地上的声音，然后就听到闷哼声以及接着而来的一种快要喘不过气来的小孩子的哭泣声。

金被吓出了一身冷汗，因为他看到了一个眼球。他猜测里面的那人应该是小冰，可想而知那家伙应该是从椅子上摔下去了，于是一阵紧张。

这时，对面人家听到有小孩子的哭声便打开门出来，是个老太太，老太太看到金的样子，又见他提着大袋的东西，一副怪样的看看她又对着猫眼看看房间，以为他是黑社会抢钱的，忙又把门给砰一声关上了。

金急忙敲老太太的房门，一边敲一边大声地说：“阿婆，开开门啊！那家的小孩摔倒了，我是那家屋主的朋友，我需要借你家的阳台去那家把孩子救出来。阿婆！开开门啊！我没什么恶意，也不是什么黑社会，我是从美国来的，刚下飞机。”

终于，那门打开了，阿婆怀疑地看了看金，再看看他身边的行李，有点相信了。

金上前说：“对不起，婆婆，我先去救孩子，等会再跟你解释……”金说着急忙冲到阳台上去。

他观察了下地形，发现这两家阳台间设计的位置挨得非常近，一般的人都可以在阳台上穿梭自如。他顺利爬过阳台却又发现落地玻璃门是关着的，一个情急便抓了阳台上的那盆花砸向玻璃门。

此刻，他看到屋内一小屁孩正睁大圆滚滚的眼睛愤怒地看着他。

“你没事?”他问。

“我像有事吗?”小屁孩撅着嘴巴，翻着白眼，看着那一地的玻璃碎片说，“我看你有事才对？私闯民宅、入室抢劫、绑架幼儿这些罪你可承担得起?”

金摸摸自己的额头，有点纳闷为什么每次都要遭遇这活宝。

“小朋友，你姐姐呢?”

“哦！我这里有很多姐姐，不知道你到底要找哪个姐姐?”小家伙继续是一副不配合的样子。

“你该不是不认识我了吧?”金皱着眉头。

“认识，你不就是那个经常吃我姐豆腐的那个大叔嘛！别以为我什么都不懂，我可是看得清清楚楚的。”

“那你姐姐现在在哪啊！小朋友，哥哥带你去找姐姐啊!”金诱哄着。

“切，你这招糖衣炮弹对我来说已经不管用了，休想从我嘴里骗取任何有关我姐的信息，反正她已经把你除名了，以后都不愿再见到你就是了。”

“小伙子，没事吧？孩子还好吗?”外面有阿婆的声音，看来是个热心的老太太。

“没事了，婆婆，这家的孩子强壮得很，并没有受伤呢！婆婆，真的谢谢你。”金越过小冰，然后打开门，探出头去对着对门的老太太说话。

“阿婆。我之前来过几次怎么都没见着你呢？是不是新搬来的啊?”金一反常态热心地询问。

“是啊！婆婆我也是刚搬来没多久，家里人都出国了，就剩老太婆我一个了。”

“哦！原来是这样啊！那婆婆你怎么不跟子女一起出国呢?”

“婆婆都年纪一大把了，也不知道还能活几年，落叶总要归根，更何况是人呢?要死总要死在自己家里是不是！你说在外面有什么好的呀！真不知这些年轻人怎么想的，一个个往外跑。”老婆婆一面说一面摇摇头往自己家里走。

“婆婆，谢谢你!”

只见那婆婆摇摇手，然后把门给关上了。

“那个婆婆怪怪的，你都不知道！整天听同一首歌，都这么老的人了，还整天听什么何日君再来的歌。”

“你这小子，整天跟一帮女人泡一起，好像有很多的抱怨啊!”金看着小冰露出一副怪异的表情。

“大叔你还是快点担心眼前的这点事情吧！再不去买块玻璃安装上去！等我姐回来，你就知道错了，当然，看在你是为了救我的分上，我向你保证，这件事我可以绝口不提。”

“啊！好困啊！你的房间在哪里，小家伙，叔叔累了，先睡一觉再说吧！”金打了个哈欠，然后用手捂了捂嘴巴，露出深深的倦意来。

“大叔，你该不会感染上猪流感病毒了吧？你还真恶毒！之前不来看我们，病毒流行的时候偏偏来看我们，我看你就没安什么好心。”

“哈哈！哈哈哈！小冰，你骂人还真的不带脏字啊！小家伙懂的还真不少啊！不过现在已经改名了，改名为“甲型 H1N1”或“A（H1N1）。”金对小冰的反应和措辞感到是又惊又喜。

“还说不是，你看看你吧，鬼鬼祟祟的，来了，连我姐姐都不知道，肯定是逃难到这里的。再说你的症状里四个已经占了一个了，到晚上可能那些症状都会出来的。你还是快点走吧！那玻璃碎就碎了吧！不用你赔了。”

“小冰，你这是在跟谁讲话呢！”门外传来丁灵的声音。

“没！没什么人！”小冰一边应着丁灵，一边推着金往阳台上去。

“快，快爬回婆婆家去。”小冰催促着。

金无奈地爬上阳台，回过头就看到丁灵惊愕地看着自己，他就那样趴着，心里毛毛的。

“你在干嘛呢？金！什么时候回来的？”

“我……我……”金指指自己又指指小冰。

“快下来吧！像什么样啊！”丁灵转过头去看着小冰。

那小家伙却笑了。

## 5

金悻悻地从阳台上下来，像个做错事的孩子跟着丁灵进到屋内。

他坐到沙发上，然后尴尬地翻翻旁边茶几上的影碟片，又拿起遥控器来打开电视，尽量让自己显得自然。

“要喝点什么？”丁灵淡淡地笑着问。

金终于回过神来“啊！”了一声。

“你要喝点什么？”丁灵重复了一遍。

“嗯！有柠檬茶吗？”金终于抬起头来对着丁灵，眼神里有着一种慌张。

“有，小冰，给你金哥哥泡杯柠檬茶去。”丁灵冲着小冰说话。

“你不能泡吗？姐！”小冰说。

“你没看到我要去打扫玻璃碎片吗？”

“你坐吧！还是我来！放心吧！家里不是遭贼了，玻璃门是我敲碎的。”金有一千个心思都不想承认这件事情，想要浑水摸鱼过去，不过男子汉大丈夫始终要敢作敢当。

“用手？”丁灵看着金很是奇怪。

“不是！是那个。”金指指那躺在角落里那可怜的破碎的盆栽，这是他刚才情急之下用脚给踢到旁边去的。

“你要死啦！天天，看你做的好事。”丁灵歇斯底里起来，这个时刻她完全恢复了十八岁时的那个脾气来，也终于认可了金是天天的这个身份。

金睁大眼睛无辜而又惊奇地看着丁灵，显得有点无可奈何。

“你是不是在替小冰承担？我看有可能就是那小子闯的祸。”

“不是，是我砸的。”

“为什么？你刚才又是怎么回事？趴在阳台上？”丁灵终于追究起了他刚才那不雅的姿态。

“没什么！只是小冰不想让你见到我，他是个好孩子。”

“算了，这件事情，我会调查清楚。哦！你说你是用什么砸的？”

“我并没有说，我只是说是我砸的。”

“那你是用什么砸的？”

金指指他爬阳台之前用脚挪到一边的那粉碎的花盆以及可怜的寒兰花。

丁灵走过去，眼泪汪汪地看着那躺在地上的寒兰花说：“你知不知道它是晴熙留给我的唯一遗物，也是我那未见过面的妈妈留给我的唯一遗物。”

“别哭了！我也是情急之下才……这样好了，我去给它换个花盆怎么样？”金走到丁灵身边，蹲下身子慌乱的劝说着。

“换了花盆就不是原先的那盆花了。”

“那怎么办？要不这样吧！我们先把寒兰花放在其他的花盆里，我再去想想办法，看能不能复原。”金温柔地安慰着。

“那你一定要把它修复好。”丁灵终于不哭了。

“现在这个样子一点都不像你，菲娅。”金站起身后小声地说。

“怎么样才像我，难道我就不能哭吗？谁规定我就不能哭了。”

“我不是那意思，这是什么？”金低下头去突然看到一个亮闪闪的东西，就拿起来看了一下，那是一个雕工精致的盒子。

丁灵愣了下，接过盒子看了看说：“我也不知道是什么？会是谁藏在这里面的？”

“打开看看不就知道了吗？”

“恩。”

丁灵在金的注视下打开盒子，接着就被一道光给迷糊了眼睛。那是枚镶嵌着宝石的寒兰花胸针。

“这枚胸针年代久远，做工精细，胸针上的宝石更是价值连城啊！怎么有人会这么随意地放在这花盆里呢？”金疑惑地问。

“这应该是晴熙放的，因为妈妈死的时候，就只有她在案发现场。”丁灵小声地解释着。

“可是她为什么不直接把它交给你呢？”

“我想，她就算死的时候也决定考验我对她的感情。她是想如果我对她有情有义必然会留下这盆寒兰花，如果我无情无意，她便要把我的身世之谜永埋黄土下。也许是天意吧！竟被你误打误撞发现了这个盒子。”丁灵喃喃着。

丁灵收好胸针然后把扫把递给金说：“这里就交给你了，要喝点什么？”

“刚才你不是问过了？菲娅。”金用手摸了摸丁灵的额头。

“记得把这里扫干净还要负责把玻璃门重新安装起来，我还有事要出去，如果回来发现还没弄好，你就等着……”丁灵比了比拳头。

“小冰，出来。”丁灵大吼一声。

“河东狮吼啊！姐姐，耳朵都聋了。”

“出来，不要以为你做的好事没人知道？小冰，你这个调皮的孩子。”

小冰做了个鬼脸说：“姐，我总觉得你在大叔面前就变得非常的不女人，完全是一副母夜叉的样子。”

“你这个孩子，讲什么呢？”

“玻璃门是大叔砸坏的，你找他算账去。跟我又没有关系！”

“废话少说，你跟大叔好好相处，姐出去了，顺便记得给大叔泡杯柠檬茶。”

直到走出房门，丁灵才舒了口气，要找的寒兰花首饰已经找到了两件，如果能找到第三件寒兰花饰品，那么事情的真相有可能就会浮出水面了，丁灵本来觉得找到那三件寒兰花首饰比登天还难，现在却因为这两件首饰的突然出现而使得她对这件事情产生了信心，心里升腾起了一种强烈的渴望来，于是她的逻辑分析能力又变得条理清晰了起来，回忆也跟着复苏，并慢慢变得活跃。

在日本的时候，那个怪怪的老人说过，如果她能找齐三枚寒兰花挂坠，她就可以回去日本找他。开始的时候她不是很相信，现在看来，那话确是真的，真的有寒兰花的饰品。为什么两件首饰会同瑷悦和金一同出现？而且他们两人的行踪也都很相近，瑷悦去日本的时候，金也在日本，瑷悦回到中国，金也前后脚跟着回到中国，这之间的巧合让人不得不怀疑他们之间有什么？可金也没有理由害自己啊！再说在金的眼里，这些东西根本就不算什么，至少金在刚才看到这枚寒兰花胸针的时候并没有表现出什么特殊的神情来，似乎并不知道胸针所隐含的意思。

丁灵开着她的车子出来后转来转去竟不知不觉地来到河坊古街，在杭州旧城改造时，这条凝聚了杭州多种文化的古街在众多市民和新闻媒体的共同呼吁下，免遭了全面拆除的厄运，侥幸得以保存下来。

到了麦当劳店，丁灵打开门，走进去后就见到一个面色苍白的、神色憔悴的女子正努力地挤出一丝丝的笑容看着她，那笑让丁灵觉得所有表情在那一瞬间僵住了。

"悦……你瘦了！"丁灵有些惊喜有些疼痛地说。

"丁灵姐！"瑷悦一面说一面慌张而又带点羞愧的叫出她的名字。

两人挑了个隐蔽的位置坐下。

坐下后各自要了一杯牛奶和一盒蛋挞。

瑷悦端起牛奶喝了一口。

丁灵看到她手背上的皱纹以及暴露出的一根根骨头，不免涌上一阵阵酸意来，手是最无法掩饰一个人生活状态好坏的。

"丁灵姐，你气色不错，跟裴俊是否有结果了？"瑷悦关心地询问着。

丁灵的脸色变了变说："世事难料，不过裴俊早在很早以前就已经死了，我们后来所认识的并不是真正的裴俊，他只是跟裴俊长得很相似的一个叫伊凡的男人，再说他是我妹妹菲烟的丈夫。说说你吧！到日本后是怎么生活下来的？"

"到了日本，下了飞机，坐了地铁，终于来到已经租好的房子。和你那天在机场看到的男人在机场就分了手，我拖着沉重的大箱子绕了很大的几个圈，到了后才发现那房间除了一张小的只睡得下一个人的硬板床、一个简陋的衣柜外，其他的什么都没有。什么都需要自己去添置。很艰难，艰难到想要闭上眼睛就回到了中国，但我知道自己已经无法回头，不管有多难，我都要在这边生存下去。"

"既然你知道自己所要面对的艰难，你为什么要把那笔钱以及那两套房子的地契都还给文笙？还有你在那边的时候为什么不卖掉那挂坠，你知道那挂坠也很值钱的，卖掉后你就可以衣食无忧！"

“姐，你不懂，如果我真的收下那些东西，真的卖掉那挂坠，我跟文笙就真的无法回头了！我也没有颜面再面对你。”

“你离开只是希望自己能做出一番事业后回来，跟文笙再续前缘吗?”丁灵吃惊地看着瑷悦的脸。

“是的，我想成功，想要做出一番成绩让他看看，想让他知道放弃我是多么错误的一种选择，可是我已经没办法做到了，姐?”瑷悦幽幽地说。

“怎么了？为什么这么说？悦？你回来了，一切都可以从头开始，为什么要说这么沮丧的话，姐是不会看着你不管的!”

“姐！没用了，我病了，再多的药对我来说都没用了，我这次回来就是不想客死异乡。”

“悦！你别这么说，一定会有办法的，姐一定会找最好的大夫来医治你的，姐认识一个朋友，他认识这方面的专家，一定会有办法的。”

“姐，我的身体我自己知道，能在死前再见到你，我已经很知足了，只是我想再见见文笙。”瑷悦有些小声地说，显得有些虚弱。

# Chapter Thirteen

# 美丽的谎言

每个被选定发展的地方都会因为强力而发生改变，这种强力对经济的发展无疑是一种拔苗助长，这种强力下，经济能否真的发展上去，百姓能否真正得到实惠，这在现在看似是信心十足却也只是一种毫无把握的冒险，然而再怎么冒险，人类都需要一再的探索和前进。

1

“回去吧！你身体不好，悦，我送你回去，你住在哪里？早知道你身体不好，我就不该约你在这里见面。”丁灵流露出难以掩饰的怜惜之情，她站起身来扶瑗悦。

“姐，我准备回家了，去见我父母亲，我想自己最后的日子应该在那里度过。”

“别傻了，什么最后的日子，什么回到乡下去？悦，你什么都没做，你要活下去，你舍得离开这个世界吗？不要放弃！一定会好起来的。”

“毕竟她是我的亲生母亲，再说乡下空气好，会比较舒服，就算不去等死，养养病也不错，我已经决定了，其实我厌倦了城市生活的种种疲累，丁灵姐，你就不要再挽留了。我东西都收拾好了，跟你见面后就直接回乡下去了。”

“好吧！那顺便让我送你回去，你就不要再拒绝了。”

在车上，瑗悦又开始诉说，有种现在不说，以后就没有机会的急迫。

她说：“那天晚上，等弄完一切后，洗澡的时候发现身上到处都是被撞青了的痕迹，很疲惫，想睡，就像睡过去就再也醒不来的感觉。我到现在依然记得那风扇不停转动所发出来的声响，热，很热，全身酸痛，哭！好想哭！终于觉得眼泪是一种好东西，其实文笙来过日本一次，他给过我一次机会，我可以回头，可是我放弃了那次机会，之后的所有时间，我就翻开他发给我的短信来看，看着看着就会流泪，反复思念，思念自己所拥有过的美好生活，对于文笙，我是感激的，起码他给过我几年的幸福生活，那几年是我一生都无法忘记的美好回忆，有那些我便足够了。”

“你在家里安心养病，我会找到文笙来见你的，小悦，你放心吧！”丁灵看了看瑗悦，保证着。

“姐，我现在这个样子，哪有脸面见文笙。”瑗悦又开始流泪。

“傻孩子！你都病成这样了，还这么在意文笙怎么看你的相貌吗？文笙不是这样的人，再说你现在依然很美丽，只是虚弱了点，回去调养些日子，气色就会变得好起来的，相信姐好不好？一切都交给姐吧！你就只管养好身子知道吗？”

“我睡一会，姐，我太累了。”瑷悦就靠着座位眯着眼睛睡了起来。

丁灵把瑷悦送到家的时候，她还在睡，和她父母一起把她搬上床，然后跟他们把瑷悦的病情说了一下，两个人就开始哭得死去活来。

可怜天下父母心，这个世界上怎么会有不爱自己子女的父母，哪怕是毫无血缘关系的瑷悦父亲，这次也是哭的稀里哗啦，一直捶自己胸口说之前没有好好待瑷悦。是啊！天下哪有不是之父母。

丁灵没有说文笙和瑷悦并没有结婚这个事情，只是解释说文笙正好有急事，没法护送瑷悦回家，接着就交待了一些事情，留下了一笔钱说是文笙的意思，让伯父伯母费心好好照顾瑷悦，做完这些之后丁灵就回到了杭州，虽然瑷悦父母亲都很热心地挽留丁灵在那里多留几天，但丁灵说还有重要事情要做，委婉谢绝了。

丁灵回到杭州后已是下午四点多，她马不停蹄地约见了王医生，从他那里知道在那事故中死去的确实是她未婚夫裴俊，只是裴俊死后，裴松仁瞒着裴妈把裴俊的一些器官捐给了尚还有一线生机的伊凡。也就是说伊凡并不完完全全是伊凡了，他是裴俊和伊凡的结合体。王医生的这个解释让丁灵将信将疑，但丁灵又觉得有可信之处，她似为伊凡奇怪的行为找到了合理的解释。

很多事，很多人，很奇怪，在同一座城市，有着关联。早不遇见，晚不遇见，就像安排好的一样，在裴俊活着的时候，她却只认识裴俊，裴俊死了，然后她却与他的死相关的人相遇了，然后这个人又与自己的妹妹有关，这算什么？是老天的安排还是人的安排？认识了却又有另一番无奈，这一次算是所有的一切都碰撞在一起了吗？牵涉里面的竟然全是自己熟悉的人。

丁灵决定把这个事情跟伊凡说说，看看能不能为他找到些记忆回来。不过她突然有了一个很好的想法，她觉得伊凡见到某个人也许会激荡出点记忆来。

开车回家，天已经很暗，杭州的夜景很美，很热闹，而常年的以车代步已经把丁灵同这种美丽隔开了，而唯一补偿这种美丽的就是那满街做工精致，颇具匠心的各式各样的广告牌以及让城市的繁华和喧嚣尽显眼底的霓虹灯，亏得有这些，即使一个人开车，也能感到点暖意。

天还亮着的时候，小冰打过电话，并询问丁灵几时回家，是否回家吃晚餐等问题。

丁灵说不回家吃饭，让他好好招待大叔之类的话后就挂了。

在接完小冰的电话后，丁灵搜出了文笙的电话，然后给他拨了过去。

“丫头！什么事啊？”文笙躺在新加坡别墅的阳台上慢条斯理地接着丁灵的电话。这是座马来半岛一隅的城市，是东南亚的一个城市岛国，位于马六甲海峡南口，它在世界贸易中有着鸡肋一样的交通枢纽作用。

文笙离开中国的这许多天已经放下了很多事情，包括瑗悦，包括丁灵，包括他那遭受金融危机影响的公司，这些都在他离开的这段时间里消化了。

“我想你得回来杭州一趟。”丁灵的声音听起来有些沙哑。

“怎么了？丫头！你生病了吗？”文笙带点急切地问。

“我很好，是小悦生病了。”

“她生病了干嘛来找我，她现在不是很幸福吗？跟着她的那个有钱的日本老公。”文笙突然改变了语气，显得强硬、冷酷又有点酸味。

“我想你应该是误会了，小悦根本就没结婚，详细的情形我回来告诉你。”丁灵声音里有着明显的哀求。

“她的话不能信，丫头，你太善良，容易被人骗！那个女人的话真不能信，谁知道是不是被人甩了。”文笙依然绝情地说着话。

“信不信由你，来不来也由你，我该带的话带到了，虽然我答应瑗悦让你去见她最后一面，但你坚决不肯我也没辙。”

“不会是说真的吧！丫头？”

“我没时间跟你磨嘴皮子！也没时间跟你开这么无聊的玩笑，我已经把小悦送回乡下她父母的家里，你尽快回来。”丁灵的声音里有着过分的严肃和复杂。

难道爸所说的都是真的，难道她真的在报复，报复他的无情，报复他对她的冷漠？小悦要死了，真的要死了吗？她那灿烂美丽的笑容就要消逝了吗？她要永远地离开这个世界了吗？是真的吗？真的吗？文笙几乎不敢相信了。当他意识到丁灵所说非虚之后，急忙从躺椅上跳将起来，急忙预订了当晚的机票，胡乱收拾了下行李就匆匆赶往机场而去。

丁灵透过窗子看了看天空中悬挂的那轮明月，然后倒在床上，接着从兜里拿出那装着寒兰花胸针的盒子，仔细端详了一下后打开，那胸针除了那几颗镶嵌着的钻石比较珍贵外，其他也没有什么特别之处，丁灵有点怀疑起老人的话来，如果想要证明她的身份，只要拿出一枚寒兰化首饰就够了，为什么他一定要她凑足三件首饰才肯说呢？这里面是否包藏着其他的什么心思？这老人到底有没有说谎？他是否真的是跟花家人有着密切关系的人，而这种关系到底是敌是友丁灵依然分不清楚，虽然她很想去相信每个人，可是这么长时间以来，她真的已经不知道自己还能够去相信谁！

丁灵躺了会后，虽然疲倦感仍未消退，但她还是起床整理了下洗澡的用品，然后拎着浴巾，抱着脸盆进了浴室。

水喷洒在皮肤上，所有已经瞌睡的细胞都苏醒了过来，舒坦，终于舒坦了。丁灵拧了拧喷头，调大了水的力度和速度。

人活着的时候总是喜欢要这要那，把刻意寻找来的苦难说成是锻炼心智，磨炼成熟，他们总是摆出一副为着子女好的教条，冠冕堂皇地扼杀他们的童真，总是摆出一副大人所指示的道路就是通往幸福的光辉大道。

“在哪？丫头，我到家了。”文笙一下飞机就给丁灵来了个电话，这个城市依旧让他感到无比的纠结，只是看那熟悉的街景时，却似可以忘记那一刻的阴霾，增添些许的感动。

瑗悦病了，得了绝症，快要死了，这些字眼就像钉子一样的敲进他的灵魂里，虽然他们就像瞎子一样看不清彼此的感情，但听到瑗悦就要死去的消息时，心在那一刻盲了，爱情面前，所有人都是盲的，就像王子永远看不到那个真正救他的小美人鱼，因为他闭上了眼睛，而小美人鱼只能在童话里孤独的等待清晨的第一缕阳光带走她，因为她是哑的，以为童话里善良的人们都能获得光明和希望，却没想到也有牺牲，当那曙光穿透童话的千篇一律时，童话落下了帷幕。

## 2

“你能回来，我很高兴，不过你先在家好好休息一下吧！等明天我就陪你一起去看看小悦。”就在丁灵坐在蓝吧的办公室里看着那枚寒兰花的胸针发呆的时候，文笙的这通电话让她知道不单单女人喜欢口是心非，男人也不例外。

“我们不先见见面吗?”文笙问。

“晚上吧！等你休息好了，有精神了我再跟你长谈。”

“那好吧！我确实是有点累了。”

“那晚上见吧！”丁灵说完挂了电话继续看着胸针。

第三枚寒兰花首饰会在谁的手里？虽然有了两枚，但找到第三枚无疑是大海捞针。

丁灵起身走过去关好办公室的门，把两枚首饰一起并排放在桌上。实在毫无头绪的时候就趴在桌上静静地看着，突然她心血来潮起来，拿了一张纸，一支钢笔画起这两枚首饰来。

她刚画完，就有人来敲门。

丁灵问了声“谁?”后就急忙把那两枚寒兰花首饰藏到抽屉里去。

“是我，姐！我是方雪呢！大白天的怎么关门呀？我还以为你不在呢?”

“有什么事吗？小雪。”丁灵边说边去开门。

“姐，今天有一批画要过来，你是否要亲自去验收?”方雪走进门坐在丁灵办公桌的旁边。

“恩！是我之前在各地搜罗回来的那批吗?”丁灵问。

“你忘了？姐?”方雪好奇地看着丁灵。

“不是，我是想确认一下。”丁灵笑呵呵地说。

“姐，这个好漂亮哦！画功真好，是这期要推出的主打款式吗？画廊的生意不错，不过蓝吧二楼画廊最近为什么一直都见不到你的作品？看来应该是姐的眼光独到，知道最近比较流行谁的画，姐真的很厉害，经营模式也很有一套，一楼喝喝茶，吃吃点心，听听音乐；二楼就卖卖画和古董什么的；三楼卖一些你亲手设计的首饰。这样既可以吸引男顾客也可以吸引女顾客，三者还可以相互作用，互为补充。”方雪拿起丁灵刚才画的那两枚寒兰花首饰图兴奋地说。

“哦！这个啊！我随便画画的，你喜欢就送给你吧！好了，这次画就由你去验收吧！方雪，我跟文笙约好见面。”

“文笙哥哥回来了吗？什么时候的事情?”

刚才来的电话。

“那好吧！我就代姐你去验收，为着这幅钢笔设计图，哈哈。”方雪笑着出去了。

这些天以来，家里面变得没有欢声笑语起来，因为丁灵整天沉默寡言，即使吃饭的时候，也是各自吃自己的，一吃完就都一哄而散。

虽然金来到这里已经有三、四天了，但和丁灵之间也就第一天的时候讲过一些话，接下来的时间，她似有忙不完的事情，去不完的地方，她的生活并没有因为他的到来而发生任何的改变，如果不是小冰这家伙现在跟他混的很熟，不然他还真感觉憋气。为了弄清小冰是否是自己的孩子，金心血来潮带着他去了医院。

如果不出意外，他们是否是父子关系就会在两天后揭晓。那小家伙，如果不是他连哄带骗的话，这事还真成不了。

“小冰，今天准备去哪玩?”金醒来后看到小冰一个人在吃早餐就问他。

“大叔，你怎么一天到晚就想着玩，我可没你这么悠闲，我都不想去上课了，我们同学都嘲笑我!”小冰很不爽地看着金。

“小孩子不读书去干嘛？还有同学们为什么要嘲笑你?”金疑惑地问。

“你电视没看过吗？电视里经常演那些没爸爸的孩子遭到其他小孩的欺负和嘲

笑。”小冰看着金一副你是白痴的表情。“现在的小孩子都很关心这个的吗？”金继续问。

“大叔，你是外星人吗？怎么什么都不知道？什么都要问个为什么呢？”小冰开始耐不住性子了。

“那是否大叔送你去一趟学校，你就可以得到大家的尊重了？”金嘴角噙着笑说。

“我可没这么说，可我也没办法，姐姐嘱咐你送我去学校，你自己看。”小冰递给金一张小纸条，是丁灵的笔迹。

“行了，行了，快吃吧！哎！送你去不就行了。”

“难怪我姐不喜欢你，真是！”小冰瞪着金气呼呼地说。

一大一小终于艰难地吃完早餐出门。

金不知道从哪搞了辆机车。

“坐上来吧！小鬼！”金用眼神比了比机车后坐。

小冰无辜地看着金，一会眼睛潮湿了起来。

“你欺负我是小孩，我不坐了。”小冰抿着薄唇，赌气的往前走，眼泪像断了线的珠子。

“你真小气！”金跑上前去一把抱起小冰放上机车说，“大叔跟你开玩笑的，往哪边走？”

小冰啜泣了几声，然后闭嘴不说话。

“再不说，我就开去把你卖了！”

十几分钟后，机车停在学校的门口。

“小冰，这是你爸爸吗？”这时，一位年轻的老师经过并询问小冰。

“是的，这是我爸爸，他一直在美国做生意。王老师。”

“哦！难怪呢！呵呵！”

“你是小冰的老师啊！”金配合小冰演起戏来，“老师，要是这家伙在学校不听话，你就尽管打，没事的，孩子就交给你了。”金在那头说，小冰在那一直挤眉弄眼。

“呵呵！小冰很乖的，你们养了个好儿子呢！”

“那好，老师，这孩子就交给你了。儿子，快跟爸爸拜拜！”金先对老师笑笑，然后朝着小冰挥着手，他在脸笑僵之前急忙推着机车往学校外面退去。

“小冰，你爸爸是外国人吗？”金走后，女老师兴奋地问小冰。

“我爸爸帅吧！悄悄告诉你哦！老师，我爸以前是明星呢！就是那个小天王天天，我妈说的。”

“是吗？真的很像哦！难怪我觉得很面熟。”

小冰看着金开着机车远去的身影流露出一种幸福的神情。

夜幕慢慢降临，窗外开始亮起灯光，路灯彻夜地亮着，有雨长长地划过玻璃窗掉下去，路面上有水波光粼粼，丁灵一边注视着夜幕下川流不息的人群，一面等待着去赴文笙的约。

看看时间也差不多了，丁灵就准备出门去，经过一楼的时候，遇到了LEI。

“去哪？”LEI说这话的时候，神情自然。

“去见一个朋友。”

“早点回来！一个女孩子。”LEI依然一副很自然的表情。

“你来见方雪？”丁灵问，心里却涌现出一种奇怪的感觉，这种讲话方式真的很像一个人。

“不是，来看你。”

丁灵显得有点意外。

“有事吗？”

“本来有，现在没了！”

“哦！这样啊！”她淡淡地说，没再询问下去。

“那你快点去吧！”LEI礼貌地让出路来，并作了一个请的动作。

丁灵走出几步远后回过头说：“我对那个你未讲完的故事充满兴趣，有时间再听你继续讲。”

LEI笑着点点头。

“刚才你在跟姐讲什么呢？聊得这么开心。”方雪走出来，看着LEI正怔怔地望着丁灵的背影出神，显得有点不高兴，语气里带了些酸味。

“哦！你姐托我件事情，我正打算跟她聊聊，却没想到她正好有约。”

“现在才出去！我还以为下午呢！调派我去帮她验收，自己却坐着潇洒。姐最近越来越过分了！”方雪显得有些愤愤不平，说完把手上的那幅钢笔画反着放在巴台上问LEI说：“要来杯咖啡吗？免费赠送。”

“不用了。”LEI坐在那里，手放在那张纸上。

“那给你杯茶吧！上好的西湖龙井。”

“好吧！”LEI说。

“你那个黑着一张脸的司机呢？”方雪看了看四周，没见人便问LEI那个在他身边几乎寸步不离的司机，与其说是司机还不如说是保镖，她还清楚地记得几天前他们好不容易摆脱他到公园去玩，却没想到，那司机总在前面碍眼。

“他今天休息，我放他假了。”LEI说。

“晚上去看电影吧！我都好几年没看了。”

“你是在向我暗示你已经很长时间没交异性朋友了吗？”LEI笑着。

“知道就好了嘛！干嘛说出来。”

“那你姐的店怎么办？”

“店没什么啊！反正运作正常，我在不在无所谓的啊！多我一个不多，少我一个不少。”

“你看，这个好看吧！是你的偶像所作哦！”方雪扬起手上的那幅丁灵画的钢笔画说。

LEI怔住了，眼睛一下子变得雪亮。

“你从哪得到这幅钢笔画的？”

“你好像很激动！”

“快告诉我你是怎么得到这幅钢笔画的？”LEI双眼炯炯有神地看着方雪，紧紧地捏着她的双手。

“你弄疼我了，LEI，快把手放开。”

“好！好！我放开，但你要告诉我从哪来的。”LEI努力使自己平静下来，然后催着方雪。

“是丁灵姐设计的新作品，其实丁灵姐就是你暗恋许久的那个画家。”

“不可能！这虽然是J的笔风，但绝对不会是J设计的。”LEI坚定地说。

“难道是姐盗来的？”

“不是，应该是你姐见过这两件首饰，可能她有过目不忘的本领，就凭着想像画了下来。”

## 3

“如果说是姐设计的，我一点都不奇怪，因为她家里就种了一盆寒兰花，她对那花很宝贝，说是为了纪念一位死去的朋友。”方雪虽然不高兴LEI一直谈论着有关丁灵的话题，但又不能在LEI面前表现得太小气，所以只好保持着淑女的风范。

“不可能！”LEI坚定地说。

“难道你见过这两件首饰。”方雪好奇地说。

“看倒是没看到过，只是见过照片。”

“你好像知道得很多！那这些东西到底是怎么回事？我能看看照片吗？”方雪的好

奇心被勾起。

“能，我等会回去发给你，但你得对丁灵保密。”LEI 嘱咐着。

“放心吧！你还不相信我吗？你的理想就是我的理想。”方雪应和着。

“我什么时候跟你说过这是我的理想吗？”LEI 好奇地说。

“难道不是吗？你来到中国不就是为了寻找这些东西吗？”方雪没心没肺地说着，好像这件事全天下的人都知道似的。

“谁告诉你的？”脸色微微变了变。

“你们日本人真不诚实！”方雪看着 LEI 说，“在很多年前，你还只是个十八、九岁的小屁孩的时候，就到处让人带着你出去逛，那时候你还不怎么懂中国话吧！不要以为别人不知道，你那时候就到处在寻找那东西了。”方雪振振有词。

“那跟日本人诚实不诚实有什么关系？每个人都有自己的秘密不是。”

“你还说日本人诚实啊！你难道不记得南京大屠杀了吗？亏得你们国家一些政要还跑去靖国神社拜鬼。”

“对这件事情我感到非常抱歉，你也知道，政治这种东西，那些人为了达到目的就喜欢瞎闹腾，再说在日本确实有很多就像疯子一样的右派分子，我们老百姓也没办法，我们只管有工作，有饭吃，能维护一个家的生活，我们需要平静、安宁，不流血，不打仗。就像台湾一样，上次在电视上看到，他们的蓝绿‘立委们’经常打口水仗，打得凶的时候甚者有爬上桌子，揪衣服抓脸的，稍微好些的时候，也有‘绿营’的同志用板凳拦在门口坐着，形成一堵人墙，不让‘蓝营’的同志过去，看这情形多少有些小孩子斗气的感觉，再说人的骨子里本来就是有种叛逆和劣根性的，上次我不是跟着你去南京参观了大屠杀纪念馆吗？难道这样还不能表达我在这件事上的态度吗？”

“那也是，哈哈，可你找那东西做什么呢？”方雪笑着问。

“不是我想要那东西，是我爷爷，在那战乱年代，他来过中国，听说是为了故人寻找失落的传家之宝。”

“既然是传家之宝，那就是很宝贵的东西了，别人得到还不赶紧藏起来，怎么可能轻易地露白，想找到那确实是相当难的了。再说中国之大，人海茫茫，就算寻一辈子也不见的会有什么作用，既然是中国的东西，只要是落在中国人的手里，总还是欣慰。”丁灵驱车去了他们约好的酒店，两人在大堂碰面后在大堂吧找了个靠边上的地方坐下。这里有悠扬的钢琴声，一个穿白衣的美丽清淡的女子正缓缓弹奏着。

文笙的精神很好，可能是休息了一个下午的缘故，一点都看不出旅途的疲倦、困顿，穿着亦是一如既往的整齐、讲究。也许是总与大自然接触，整个人显得容光满面，神采奕奕。

暗暗的灯光下，他在看她，声音有如黑暗中传来的一样。

“最近好吗?”

“我倒是很好，不过你，有点反常，你这么急着回来，是为了见我还是为了担心瑗悦?”

“你说呢?”

“一开始我以为你是为了小悦，但现在有点怀疑！难道你对小悦真的没有一点感情了吗?”丁灵说。

“对她的感情我到现在为止都不清楚，你可以说我虚伪，她说，如果我不娶她，她不会找人结婚，也不会要孩子，因为她觉得既然不能给自己的孩子幸福，不能让自己的孩子摆脱穷三代的命运，她宁愿一切都在她这一代结束，那时候，她的话确实让我动容。”

“既然动容，为什么不实现自己的承诺，为什么要让她离开?”

“因为她欺骗了我，你知道我最痛恨欺骗，而她则是一个不折不扣的大骗子。”

“骗子？文笙，她到底骗了你什么？骗你钱了还是骗你色了？你怎么能讲出这么不负责任的话。”丁灵一脸的杀气腾腾。

“丫头，你怎么还是那么急躁，一点都沉不住气，这样容易出事情的!”文笙不温不火地笑着。

“不要叫我丫头，你什么时候这么叫过我了，为什么出去环游一次就变得这么奇奇怪怪的。”丁灵正怒火上，对文笙的改口终于发起飙来。

“你还真挑剔!”

“我们还是来讲讲小悦吧！我跟小悦都没有把你们分手的事情告诉她父母，这次小悦回家，我只是说回家静养，你有事忙所以没能去，到小悦家之后，你千万记得不要在老人面前露馅了。”丁灵认真地交待着。

“放心吧！不用你说，我都知道怎么做，老实说，对小悦我是有感情的，我不相信她会得白血病，到现在我还是不敢相信，我怎么能相信！这么有爱心的一个女孩子就这样要走了，一个连流浪狗都收留的女孩子！对待小狗就像对待自己孩子一样，你说这样的人真能坏到哪里去，我以为她找到了自己的幸福，所以打算成全她，却没想到就这样害了她。你没看到我一直在装着吗？你真是个坏丫头，非要我流泪才肯罢休。”

“我没那意思，只是希望你能正视自己的感情，有些人错过就是一辈子，我不希望你连这最后的机会都错过。”

"小悦是怎么过来的，她去日本之后。"

"在日本，因为人生地不熟，她过得落魄而艰难，不仅要打工养活自己，还要时不时的给自己的父母寄些钱和衣物，一直在社会的最底层徘徊，她想要逃跑，逃开了那些自己无法面对的处境，但却孤立无援，无处可逃。她的谎撒得太大，收不回来，也不想再收回，她的手上，到处是烟头以及刀子划伤的痕迹，我想她有过死的念头，只是选择死亡却需要莫大的勇气，抑或这个世界上有她的牵挂和未了的心愿。她的脸色虽然惨白，但不仔细看，却并未有任何不妥，我甚至认为那亦是她的另一个谎言，但应该没人会撒这样的谎，所以你不用太担心无法面对她的容貌，她只是被查出患有白血病，只是被告知，我想一切都有待确认，所以还有机会。如果有你陪在她身边，只要她有活下去的念头和勇气，那么也许会出现奇迹。"

"你说再多也没用，得病人自己愿意接受治疗才有用，像瑗悦这样悲观、厌世的女孩子得了这种病只能是死路一条。"

"你还好意思说得这么理直气壮，如果不是你，小悦需要落得如此下场吗？你不知道反省也就算了，怎么能说出这么冷血的话？"

"那要我怎么办？这样不是，那样也不是，既然我做什么都不是，干嘛找我回来？你们情同姐妹，哪怕是爱情都可以相让，那我算什么？你怎能要求一件被让来让去的物品具有一个人的仁慈？我真受够你们这些女人了！"文笙负气地说，说完无奈地抽出一根烟来点燃。

丁灵从他嘴上把烟拿下，放在烟缸里摁灭。

"算了，今天就这样吧！明天我们一起过去。我不知道你们之间到底发生过什么！但愿你能诚恳地面对自己的心，在我看来，你一直都不是这么尖酸刻薄的男人，到底是你变了还是我变了？"

丁灵扔下那句话，大步走出酒店，走出来之后，她便又开始后悔，后悔自己没跟文笙好好讲话，每次见面总是像秋风扫落叶般无情，他有错吗？她不知道！这个社会，很多的对和错已经没有了明确的界限，失去了标准。

天很黑，黑得看不清，但雨已经停了。

丁灵本就讨厌这些事情，特别是别人的感情问题，她不想管，可是却又总是卷入其中，她不想插手，可是又不愿袖手旁观地看着。

车子开到广场边上停着，她不想回家，不愿让人看到自己的眼泪，压抑得太久，想要大吼，这么长时间以来，不知道自己究竟为着什么活着。复杂的爱情关系，没有婚姻，没有目标，面对离别，面对灾难，面对死亡，悦真的会死，真的要死吗?!

丁灵在打开门的瞬间，习惯性地收起了脚步的力度，她在进门的时候犹豫了一下，借着月光判断自己房间的位置。

“你是小偷吗？”黑暗中有声音传来。

丁灵吓得当即蹲在地上发不出声音来，原来一个人真正恐惧的时候是发不出声音来的。

## 4

“难道你害怕的时候就只有一种选择吗？”黑暗中继续传来带着点讥讽的声音。

丁灵缓和了好久才把头从双膝间抬起，然后看着那声音的源头，她想看清楚那人的脸，可是什么都看不清。

“你是谁？为什么在我家里？”丁灵终于发出低低的声音。

她想站起来，却发现两腿在打战。

那人过来在她前面蹲下身，然后扶着她站起来。

压抑的感情终于宣泄，眼泪止不住的流出来，他轻轻地拥抱着她，感觉得到她的身体因为啜泣而微微的颤动。

“发生什么事情了？菲娅。”他的语气里终于少了那一种讥诮，多了浓浓的担忧。

“很晚了！我知道很晚了，金！”她离开他的怀抱，终于有点力气往浴室走去。

金坐在沙发上，盯着浴室的门发愣。

他只是很奇怪，他和菲娅的关系为什么总是处于这种莫名其妙当中，本来他们有过夫妻之实的话，他跟她求婚本是天经地义的事情，她却为何总是拒绝，难道她还想着以自己的非处女之身还能嫁一个条件比他还好的男人吗？虽然他有时候觉得自己心存如此之念有些龌龊，但中国女子不是很崇尚贞洁的吗？对自己的第一次很看重的不是？他所知道的中国男人，是相当重视处女膜的存在，即使是在现在，仍有很多中国男人为自己是否得到一个处女而沾沾自喜，一个女人是否是处女在很大程度上决定了一个男人在没有爱得死去活来的情况下能否给予她一个婚姻的重要标准，他现在这么热切地希望菲娅具备一个中国女子的所有优良传统，只是为了她能早日下定决心与他结婚，这想来非常可笑以及幼稚，但却是他目前唯一能寄予的期望，他想要结婚，想要幸福，想要跟她过柴米油盐的生活。

丁灵从浴室出来，裹着浴巾，发尖上有水滴落。她抬起头感觉到有目光的注视，心开始怦怦地跳动，两颊也跟着燥热起来，头有些昏眩。

“我好想你！菲娅！”金过去抱着她，低下头去在她耳边轻声说，然后有点迫不及待的重重亲吻她的唇。

丁灵好不容易被水气压下去的一团火现在又被引燃了起来，她开始极力地迎合他的身体，最后他只好一边抱着她，一边亲吻，一边走着去她的房间。也许这世界上再也没有比跟自己心爱的人做爱更能使人忘记这世间上所有的一切哀伤和绝望了，这么长时间的离别，这么长时间的思念全部在这一刻紧紧的相拥中烟消云散，他们恨不得把彼此的身体像面团一样的糅合在一起，他用力地进入她的身体，反复地来回抽动，似在反复地印证他们爱着的事实，他那近乎粗暴的动作亦在狠狠的报复她对他的不信任以及轻易的放弃。很久之后，他停下动作，但没有退出，只是闭着眼睛静静的交缠着，侧身拥抱着，嘴巴亲吻着，最后满足地睡着。

她从来都不会在性方面压抑自己，她的长时间禁欲并不表示她对性的不热衷，只是在这方面她亦是个干净的女子，所以她从不为自己性方面的健康而担心，亦觉得自己没有例行检查的必要。这么久以来，就只有金这样一位性伴侣，她亦觉得他同她一样，是个干净的男子，尽管他的表面看起来有着一种风骚的英俊，但她知道他的骨子里却有着极其传统的思维模式。

她想起他们的第一次，那在很多年前，他说："那是我们第一次做爱，却没有想象中的惊心动魄。"什么是所谓的惊心动魄？到现在她依然不明白惊心动魄这个词用在做爱上会是怎么样的一种感觉，她亦同样没有体会过。那是他们第一次对性爱所进行的一次公开式的讨论，她亦知道他的失望，对他们初次品尝的禁果。

如果说男人会因为一具躯体或者一颗灵魂而爱上另一个人，那么金又是否在爱？他们有过失败的性经历，他的身体不会因为她而尽情挥洒，他的灵魂不会因为她而充盈富足，她亦没有任何资格让他驻足停留。

文笙是回国四天后才去看的瑗悦，当他和丁灵开着车子进到瑗悦住的那个村子的时候，出来一大群围观的村民，他们见到陌生的面孔会感到一些不安，心里便会产生一探究竟的想法。

丁灵因来过几次，大家便也觉得不是特别陌生，虽然猜测着，但也八九不离十猜到是去的瑗悦家，甚有几个热心的村民直接跑去瑗悦家告知其父母家里来客人这事。

老人在丁灵和文笙未到前就在门口等着，态度和善，虽然心里欢喜，但却因为女儿还病着，并没有在脸上表现出来。瑗悦的母亲一脸紧张，神色忧虑，一看就是个苦命的女人，看那情形，丁灵知道瑗悦的状况不是很好，丁灵想如若老人知道他眼前的男人早就跟她女儿分手，甚至害得她成现在这模样，他是否还能如此心平气和地对待。

房间里很黑，窗门都关得严严实实的，可见得瑗悦她多么的不想与外界有任何的接触，房间因为空气不流通的原因，有着一股浓浓的药味和空气日渐沉淀的臭味，瑗悦静静地躺在床上。

丁灵过去拉开窗帘布，有阳光漏进来。

瑗悦反射性的拿手挡了挡那刺眼的光。

“妈！别把窗帘拉开，我害怕。”瑗悦虚弱带着点哀求地说。她并不知道丁灵和文笙的到来。

几天没见，瑗悦越发的憔悴，脸上那些小小的雀斑此刻显得异常清晰明了，她的眼睛亦深深地凹陷下去。

文笙终于忍不住，差点哭出声来，他急忙用手捂住嘴巴，一种难以抑制的痛苦之情布满他的脸面。

丁灵看到瑗悦的痛苦和排斥，急忙把窗帘又拉上去。

“小悦，你好些了吗？”丁灵的语气中有着一种隐忍，似在努力让自己不哭出来，她一只手也正放在张开的嘴巴上，以防止自己出声时能及时地制止住。

“哦！丁灵姐，是你啊！你能来我真的很高兴，那天你走了，我却还在睡觉。”她动了动身，试图坐起来。

“你就躺着吧！小悦。你看，谁来了。”丁灵终于把文笙拉上前来。

文笙沉浸在自己的苦痛里未能缓过神来，以至丁灵再拉了他一把，他才恍如隔世般的醒转过来。

丁灵知道自己是时候退出房间了。

他上前，握住她的手，然后痛苦地把头埋在她的双手间。

“对不起！文笙，我错了，我知道自己错了，你那时候发短信给我说，小悦，当你从自己编织的噩梦中醒来的时候，谁会在你的床边握着你的手，为你擦掉眼泪。难道这就是我的报应？我真的有了这样的一天，这可能是因为我对你和丁灵姐犯下的过错。”

文笙试图纠正小悦这种沮丧的念头，却被她打断。

她继续说：“其实，你的那枚挂坠并不是丁灵姐转送给我的，是我没有替你转交给她，我跟她说，你其实很早就喜欢我了，只是碍于姐妹关系，所以迟迟未曾开口，我只是在你们之间略施了小计。现在你知道了这些，你还能为我的病哭泣吗？你还能为我即将死去惋惜吗？我并没有你们所看到的这般善良和柔弱，我曾在心里不止一次的怨恨我的父母，怨恨他们把我生下来，让我来到这个世界上受苦，他们连自己都没办法活得很好，却要让我来到这个世间受尽白眼和欺凌，我何止一次想要摆脱穷二代这个身份，我有时候甚至巴不得自己是个孤儿！起码这样，我是死是活无需跟任何人交代，起码这样我无须从小到大都要与人攀比，接受各种莫名其妙不怀好意的关心和询问，我讨厌这个世界上所有同我一样被谎言包裹和伪装的人们。”

“你变了！小悦！”文笙抬起头来，收起眼泪继续说，“其实我什么都知道！包括你自己所认为的不善良以及手段的卑劣，你有反省之心证明你仍然是个善良的女孩，你的离开也证明你并不是卑劣之人，我企求你回来，是因为我已经知道自己做错了，我跟你忏悔，乞求你的原谅，可是你却不给我任何机会，我想你的心已对我彻底的失望。”

“没有！只是我的自卑心和自尊心同时膨胀到了极点，我过不了心中的那一关，有一段时间，我想，如果有人愿意喜欢我，愿意开口跟我求婚，愿意跟我过一辈子，哪怕他不帅，没钱，我也会跟着离开，不用再缠着你，求着你来娶我的日子让我生不如死，那时，我的心中是有怨恨的，怨你，怨我的父母，怨所有幸灾乐祸的人们，这个世界，总需要我这样的牺牲者来抨击扭曲的现实和日渐泯灭的道德意识。现在我终于要摆脱了，真好！”

“我从没想到你会有这样的一种念头，如果我知道你会这样想，我就早早跟你结婚了！小悦！你会好起来的，你答应我，你会好起来的，小悦，答应我好不好？”他重新握住她的手，希望她能给他一个肯定的答复。



## 5

她的嘴角终于微微露出点满足的笑意来，她依然吃力，但语气终于轻松了一些：“谢谢你，文笙，你能这么说，我很高兴，可我知道自己的身体，已经太迟了，我终究是要死了，我对这个世界有过太多的贪念，可是这贪念却没有一次真的得手过，可能正因为是贪念，所以无法实现，也许正因为这许多的贪念的破灭才让我最后见着你一面，现在我真的没有什么可遗憾了，一无所有地来，毫无负累地走，这已是上天莫大的恩慈，那寒兰花首饰我亦已物归原主，我希望你能跟丁灵姐会有一段好的开始，有一段美满的姻缘，然后快乐的生活，珍惜、珍重。”

“我要你为我活着，小悦，我命令你活着，什么话都不要说，你要活下去，只要你想，你能活下去的，你能！明天，我就接你回我们的家，让我好好照顾你，你一定会好起来的。现在你好好休息。”他放开她，转身向门外走去。

丁灵走出门，也不避讳旁边村民奇异的目光，她要出去透透气，房间里太闷了，那气味她有点受不了，瑗悦这么爱干净的孩子现在却躺在那个浑浊、肮脏的环境里等待着死去，也许这种生活她在日本的时候已经习惯，所以现在她亦没有太多抱怨。再说一个等死的人亦是对这个世界没有太多的苛求了，但她相信文笙会救她，他不会让她就这么死去，从他在第一时间里赶回来这点，她已经看到了他们之间隐匿着的深厚感情。

这本是个毫无污染的村子，但她预感到不久的将来，这里会有大手笔，因为这里有着得天独厚的自然环境以及一条通往大东海的大片滩涂，这几年来，政府多次考察并实施开发，这里的大片滩涂都已经填平，一眼望去，一马平川。

丁灵突然想要去看看那边的滩涂，这曾经养活这里所有百姓的福泽之地，正所谓靠山吃山，靠海吃海，这里的人们在今后几十年的发展里会慢慢脱贫，只是这碧水蓝天是否也将连同这里百姓的生活一样遭遇变革，一切似可预想却又无法得知。每个被选定发展的地方都会因为强力而发生改变，这种强力对经济的发展无疑是一种拔苗助长，这种强力下，经济能否真的发展上去，百姓能否真正得到实惠，这在现在看似是信心十足却也只是一种毫无把握的冒险，然而再怎么冒险，人类都需要一再的探索和前进，这就是为什么日本在中国文化对其深入骨髓的同时还要觉得自己高人一等，新加坡这座人造的花园城市却可以自命不凡、无人敢动。

丁灵来到围上坝的地方站在上面，看着那一大片的芦苇随风摆动，这里的滩涂已经荒芜，那大片的芦苇已经长得很高很高，芦苇水际处延伸而去大片的海域，偶有白色海鸟浮在水上，这仍是不曾被污染的一片海域，丁灵却似动了什么心思，停顿一下后反转身去。

她走到车子边上打开车门，把身子倾到里面去摸出一本小画本和一支钢笔出来。

她本想用相机照下这浑然天成的美景，却可惜没有随身携带相机的喜好。人类自从有了相机之后，便不再为着不会画画而烦恼，也不再拘泥于是否用那文字表达出可以让人想象的美景。看到的美丽、想象的美丽、抽象的美丽，也许各有千秋，却可相辅成趣。

她看看四周无人便坐在堤坝上，两脚挂在外面，画本就摊在腿上画了起来，周边静静的，有海风吹过，清凉的夹杂着海风黏黏的感觉抚过，抬头，天一下变得很高远。

“原来在这里啊!”背后突然有声音响起，丁灵吓得抖了一下，差点掉到海里去，幸好背后有人及时抱住，只是那画册却没能侥幸地就这样掉了下去。

“你怎么坐到这上面去，很危险。”那人抱着她离开堤坝，放下她后，面对着她。

“你也知道危险，怎么能这样!”丁灵看着掉到水里的画本语气变得有些僵硬。

“好了，好了，跟你道歉。”文笙显得有些尴尬。

“算了！”丁灵知道文笙也是无心之失便也不再抱怨什么。

“你这个样子，使我想起了以前，你初到海南那会，你坐在我车子里拿你那桀骜不逊的眼神看我的时候，我依然清清楚楚地记得，那一副真理在我这边，无所畏惧的表情，也许这个世界上再也不会有这样的一个女孩会再用这样的眼神对着我了。”

“你又不是什么凶神恶煞的男人，为什么不会有人拿这种眼神对着你！你这话讲的分明没头没脑的。”丁灵心里头知道文笙的意思，却偏要故意曲解，并拿一种好玩的神情看着他，然后她看着他那无辜、无奈的眼神。

“走吧！今天我们先回去，我已同伯父伯母谈好，明天就接小悦回去。”文笙并不继续反驳，只是岔开话题而言其他。

“恩！这里多好啊！”丁灵闭着眼睛吸了口气，然后随着文笙往回走，他们并排走着，车子也并排停放在一起。

丁灵打开车门，然后对着文笙说：“你现在终于觉得自己跟小悦有缘了吧！经历过这么多事情，你们还能相遇，也许我就是你们之间的那座桥，虽无必要，但却是你们走到一起的关键，亦是为着你们缘分而出现的那个拴着你们彼此小手指头上的那根红线。”

“哦！缘分！也许吧！”文笙苦笑，然后钻进车子里去。

他们开着车子。

文笙说：“我们就直接从这边的路走吧！不用再进村了，我出来的时候同老人们说了这个事情。”

丁灵亦不是一个擅长辞别的女子，便同意了。

天就在这个时候一刹那变了，虽然还能看到蓝天白云，却有雨淅沥而下，就在这个交叉路口，他们改变了方向朝丁灵的老家而去。

等着他们到了家的时候，雨却又停了，院子里安静得要命，那条长廊依在，记忆着她曾经幸福过的生活，那本是条宽大的长廊，现在看来，却是那样的窄小，这长廊本无变化，只是因着看长廊的人已变。

就在这时，出来一个妇人，妇人年纪不算很大，面庞清秀，轮廓分明，想必年轻时亦是个美人，她的身材依旧匀称、高挑，并无臃肿之态，这场面并无幻想的热泪盈眶，她们只是相视着。

“回来了。怎么不事先说一声。”妇人终于开口。

“正好经过这里，就回家看看。”丁灵轻声说。

“家？”妇人沉了下脸，没再继续。

“小冰在我那，已让他去上学。”丁灵转言其他。

"进去吧！站在外面像什么!"妇人终于看到了丁灵旁边的文笙。

"阿姨!"文笙对着妇人叫唤了一声。

妇人转过头来说："你父亲最近身体可好?"

"还挺硬朗。"

他们一进得屋去，外面就又开始下起那急速的、迅疾的、毫不留情的雨来，那雨如同冰雹一下砸将下来，使得周边弥漫起一大片的雾气来。

妇人与文笙叙旧，丁灵则独自坐在窗前看着那窗外的大雨。

丁灵觉得花妍生气并没有错，她养她这么大，她却跑去与外国父亲相认，哪怕是现在，她亦心存解开自己身世之谜的念头，其实到现在，丁灵亦不明白自己所做是对是错，自己的过去就真的这么重要吗？重要到不惜破坏这个家的宁静？花妍搬回老家来住已经宣示了她对她做法的不满。

"阿姨！怎么不去杭州跟丁灵表妹一起住呢?"

"我是乡下住惯了，不适合那种城市生活，在那里多呆一天都会觉得腰酸背痛的，这里环境多好清幽自在。"妇人笑呵呵地说着。

"你这是真心话吗？你不生丁灵表妹的气了吗?"文笙热切地询问。

"怎么会呢？人家是父女相认，再说他能给丫头想要的所有生活不是?"妇人并无她心地说。

"你不怪她入美籍这事了吗?"文笙又问。

"哎！只要她有一颗爱国心，能为我们国家出一份力，尽一份心就好了，再说加入哪个国籍是她自由不是？即使是战争年代，不也有很多人入得他国国籍，但也同样为国尽力。母女哪有什么隔夜仇，再说也许真是我老了，这思想是跟不上时代了。"花妍叹了口气。

"恩！我想丁灵是觉得无脸见你所以一直不敢面对你，你既然能原谅她，那她肯定会很开心的。"

"哎！这孩子就是太执拗，不晓得她将来会不会后悔今天这诸多的坚持。"花妍叹着气。

"小文，你等一下，我去拿样东西出来，你到时候帮我交给那丫头。"花妍说完就往另一边的楼上走去。

文笙趁着这当会去院子里转了一下，这院子很大，院子里还有一个花园，花园里不仅种花，也种上蔬果之类的物品，里面还有一个池塘，有几尾鱼儿欢快地游着。

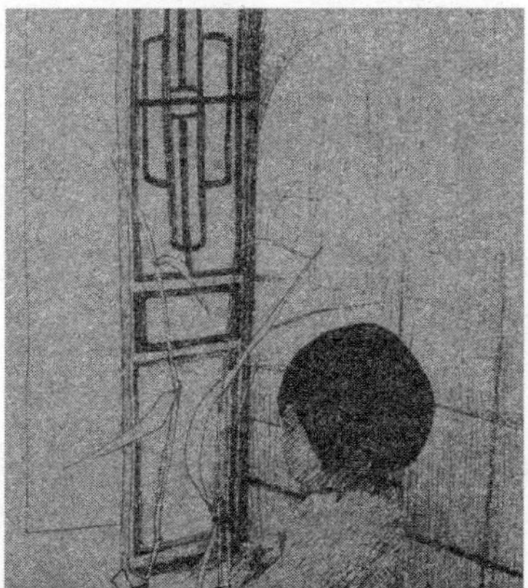

# Chapter Fourteen
# 迷雾重重

两个女人为了共同的目标又冰释前嫌重新走到了一起，说女人比男人复杂，其实有时候女人与女人之间也可以很简单。

# 1

等文笙感到肚子有点饿，回到屋里时，花妍正在准备饭菜。

她见到文笙进来，便笑盈盈地说："我还以为你去哪了，想着你回来再给你也不迟，又想着你们该肚子饿了，就先准备饭菜了。文笙啊！你去把丁灵叫下楼来，一起到院子池塘那儿捞条鱼上来，挑最大的。这孩子一回家就是这样，还是小孩子一个，喜欢窝楼上。"花妍把手放在围裙上擦了擦。她的额头微微有些细汗，那厨房里一把风扇嘎嘎的发出很响的声音来。

文笙正要上楼去，却看到丁灵正下楼来，她说："走吧！"显然她已经听到了花妍的话。

午饭做得很好，全是些土产品，一桌子的无污染、原生态菜，有清蒸刚从园子里摘下来的小青菜，醋熘自家种的土豆，焖鸽子，炒土鸡肉，还有红烧园子里池塘中捞上来的鲫鱼，白糖奄西红柿、青瓜片。文笙应该从没吃过这么好的菜，食欲显得很好。

但丁灵却因为天气太过燥热的原因，吃得很少，很慢。

"饭不好吃吗？"花妍问。

"很好吃呢！只是最近食量不是很好，又加上天有点热。"丁灵小声说。

"哦！这样啊！看来你真的不适合这里的生活，吃完饭快点回去吧！那里有一大堆的事情还等着你去做呢。"花妍急切地说着。

"妈！跟我一起回那边吧！你在这边我真的不放心。"丁灵抬起头来看着花妍。

"我在这里很好。"

"是啊！阿姨在这里不知道多好呢！你就不要强求了。"文笙放下碗筷，停下来说话。

丁灵原想他能替自己一起劝劝母亲，却没想到那家伙根本不是自己这一边的，于是她瞪了他一眼。

文笙急忙闭上嘴巴。

一时间，餐桌上的氛围变得怪怪的，母女俩就没再说过话，各自闷头吃着饭。

回去的时候，花妍执意让他们带上大堆的土产品及水果，什么土豆、笋干、西红柿、青瓜、葡萄、梨等。

在走之前，花妍把文笙叫到一边，从身后拿出一个锦盒来交给他说："小文，这里面装着我们花家的传家之宝，你知道，我这一生并无亲生子女，这东西你帮我交给那丫头，本来这件东西我打算留作她结婚的时候送给她当嫁妆，但这看来有点难了。"

"阿姨！你为什么不亲手交给她？"文笙显得有些不好意思。

"你知道，自从那件事后，我跟这丫头之间交谈起来便有些隔阂，所以还是你来帮我交给她。"

"既然是传家之宝，那就应该是很贵重的物品。"文笙显得有些为难。

"也不是什么特别贵重的东西，只是女人的首饰，一个寒兰花的发夹而已，听养大我的奶娘说，这是当年我外婆留下来的，外婆有三个女儿，这三姐妹一人一件饰物，都是家里的长辈亲手设计的，印有我们花家专有的印记。在我上面，母亲亦生有两个姐姐，只是从未曾见过面，我是母亲被追杀的时候生下来的，母亲便把我托付给了这里的一个村民，跟你母亲相遇亦是一个巧合，也是全凭这寒兰花饰品才得以相认的。好了，这以前的事还提它干嘛呢！这事就拜托你了，小文。"花妍说完推着文笙出门。

文笙和丁灵走到车子边上，转过身来跟她母亲道别，上车以后，放下车窗跟花妍摆了摆手才发动车子开了出去。

花妍看着两人开出很远才往回走。

两人把车子一开出来，文笙便在一只耳朵上塞上耳机跟丁灵通话。

"阿姨在我们走之前托我交给你一样东西，是个包装精美的盒子，说是给你的嫁妆，我未曾打开看过，你是要现在看还是回去后再看？"

"我们还是早点回去吧！东西回去可以看，反正也不是什么很急的事情。"丁灵一边开着车子，一边跟文笙通着话。

"我跟阿姨有过交谈，她已经不再为你入美籍，拿绿卡那事生气了，所以你别一直放心上，你也知道，这个世界上，没有不是的父母，他们都是希望自己的子女更好的不是？"

"我没有怨我妈不理解，只是怕她还在继续生气，觉得自己挺不孝，从小到大只知道一意孤行，从来都听不进别人的意思，也许你也会觉得我是个崇洋媚外的女子，爱富嫌贫。”丁灵苦笑着。

“那倒没有，谁不想认祖归宗，再说找到自己亲生父亲那是件喜事，我想阿姨会明白的，只是舍不得你而已，你看她拿出花家的传家宝来给你当嫁妆，可见她对你并不生气，她把你当亲生女儿一样呢！”

“哎！你说区别为什么这么大呢？我跟瑗悦的遭遇差不多，为什么命运却如此不同！”丁灵叹了口气。

“你也别想太多了，可能是心态不同才导致的吧！其实我觉得伯父伯母对小悦挺好的，只是她不能理解这份情义吧！有时候一个人的性格在某种程度上对一个人的一生会起到巨大作用的。”

“恩！不说了，好好开车吧！等会可能会有一场大雨，到时候路会变得很难走，我们得赶在它来之前到家。”

金醒来却见不着丁灵，以为她只是去了蓝吧！

早上，医院的朋友就打来电话，说化验结果出来了，证实他和那孩子有着血缘关系。

一下子冒出这么大的儿子出来，对金来说，这无疑是一件天大的喜事，谁会想到他去了一趟中国竟带回去这么大一个儿子。

小冰见金从丁灵的房间里出来，那两根黑黑的眉头都挤到了一起。

“你怎么在我姐的房间里？难道你跟我姐有一腿？你这个洋鬼子。”小冰大叫起来。

听到这个措词，金笑得差点岔气。

他那立体深刻的脸部轮廓马上停下笑，装出一副严肃的表情说：“小冰，你有没有觉得自己跟大叔有点像？”

“跟你像？为什么要跟你像？”小冰摇了摇头，露出那天使般无辜、天真的眼神来。

“不过同学们现在都讨好我呢！”小冰突然自豪地说。

“为什么？”金疑惑的问。

“因为他们都相信我不是没有爸爸的野孩子了，而且还是这么英俊帅气的爸爸。你可不要走哦！我姐这人有时候虽然凶了点，但是个好人，有时候她讲的话你别往心里面去，一只耳朵进，一只耳朵出就好，如果她打你的话，你就跑，跑到她打不着你的时候，你就跟她扮鬼脸，她马上就会笑的。”小冰讨好地跟金说着。

金没料到小冰竟可以有此一答，当即又大笑起来。哎！菲娅竟还有一个吃里爬外、胳膊往外拐的儿子，不，应该说是他的好儿子。

## 2

车子在蓝吧的门口停下，已是下午三点多，文笙从车上出来，走到她的车子旁，敲了敲车窗。

他站在阳光下看着她，眼里有着笑意，拿出一个精美的盒子递给她说：“给，这是阿姨让我交给你的，说是你结婚的时候，当你的嫁妆。”

“哦！可我结婚还早呢！这么急的就交给我，好像以后都不见了似的！”丁灵虽然嘴上这么说，心里却是开心的。

“不打开看看吗？”文笙提醒着她。

“恩！到底是什么呢？这么神秘！”丁灵像个收到礼物的孩子般露出灿烂又充满好奇的神情。

她正准备打开的时候，来了个电话，显示着LEI。

丁灵犹豫了下接起电话来，她随手就把那盒子放在了车子上，然后打开门走到车外去。跟文笙示意了一下之后，就又走到了一边去。

“在哪？我有事找你。来我别墅吧！我在这边等你。”LEI充满磁性的声音从电话那头传来，丁灵怔了怔，有一刻，她觉得这个声音很像某个人，但又很快地甩开了这种想法。

“发生什么事情了？”文笙有点担心地问。

“没什么！文笙，我有个地方要去一下，有什么事情明天再说。”丁灵坐回车上急忙掉了个头准备往韩家的方向开去。

“要不要我陪你去？”

“不用了，文笙。”丁灵说完就发动车子走了。

丁灵到达LEI的别墅是下午四点钟，她在他的楼下等着他来开门。

这里真的挺偏僻，如果不是丁灵胆子还挺大，又觉得LEI不会对她怎么样，不然她还真不敢一个人来这种地方。

一会后，铁门开了，LEI冲她笑笑。

丁灵站起身来看着他，然后拿出一束花来递给他说：“上次在你家没看到任何有生命的东西，觉得缺少温暖，经过这里的时候看到一大片的药勺花，就采摘了一束，这花开的真漂亮，一大片的。”

“你要喝些什么?”他说。

“跟上次一样吧!”她接过他手上的芍药花，四处找花瓶。

“恩!就放盆子里吧!”他说。

她于是接了一大盆的水，把花全部放进去。

“说吧!”她从厨房间里出来，接过他递给她的饮料说。

“别急，我先润润喉吧!”他喝了一大口后把罐子放在一边。

“说吧!我来就是为了听你继续讲的呢!”

## 3

“哎!你真是个单纯的女孩子，我想像你这样的女孩子，如果遇到个坏人，几张糖纸就可以骗走你的贞操了。

丁灵有点恼怒地看着他说：“是吗?那么，请问，你这次想要用一个故事骗走我的什么呢?”

LEI诡异地笑一下，拿起她的那罐饮料放到唇边喝了一口。

“你怎么喝我喝过的?”丁灵有点不高兴起来。

“这有什么大不了，人家接吻都是互吃口水呢!我们这种也最多只是间接接吻而已。”他边说边慢慢扩大唇边的笑意。

丁灵翻了翻白眼说：“如果不是那晚你救过我，如果我不了解你，那么我还真以为你是个登徒子。”

“好了，我开始说了，哦!上次讲到哪了?”LEI挠挠头问丁灵。

“说到花琴在韩家住下了。”丁灵认真地提醒。

“哦!花琴在韩家住下之后，没过多久花月就性情大变，反正话说的有多难听就有多难听，一开始的时候，花琴以为她是因为生病的原因所以心情不好，也就没放在心上，直到有一天，她竟然为了一盆菜不是她喜欢吃的就着掀桌子，砸碗，花琴再也忍受不下去了，她狠狠地掴了她一巴掌后打开门出去。”

这个疯狂的女人血红着一双眼睛看着自己眼前的韩兆基，像中了邪一样的抓住他，又是抓又是咬。手上能抓到什么就抓起来往他身上砸去。韩兆基终于忍受不住，脸色大变，歇斯底里地大声吼叫“滚!滚!你给我滚!我真受够你这个疯婆子了。”

这时候的韩家真可谓是满目疮痍，地上全是各种酱汁、碗盆碎片。

花琴从韩兆基家走出来后，无处可去，只好一个人往南山上走。

没一会，她就走到了半山腰，这里有一个向外凸出的平地，周围种着挺多树，一直走到平地的边上可以看到那是一处悬崖，在这里也可以看到很好的风景，从上面看去，下面的一切都那么的渺小，听说战争那会，被枪杀的人都被扔在这下面，这一带到处都充满阴森的气息，但因为风景好，这里又有一块得天独厚的休息之地，因此还是有不信邪的人会上来。

她就站在这里呆呆地看着远方，觉得自己这一生太过可怜。

“这里的风景多好啊!”一个声音传来，花琴吓了一跳，人也不自觉地抖了起来，她颤颤地回头。

“你没听说过风景好的地方埋葬的死人越多吗?”花琴回敬那声音一句话。

男子理解地笑笑说：“你是想说这里埋葬着很多的冤魂吧！你一点都没变，讲话还是这个样子。”

“我可没这么说!”花琴瞥了一眼那男子。

“难道没有人告诉你，你现在看起来很忧伤吗?”

“我忧伤不忧伤好像跟你无关!”

“那倒是，我干嘛管你怎么样！从你悄悄离开后就没想过再跟我有什么关系了吧。”男子站起身来准备离去。

他刚站起身的时候，看到花琴的身后有一块石头砸了下来。

“啊!”他大叫了一声，急忙扑倒花琴，就在花琴被扑倒的这一瞬间，她似乎看到了她的妹妹花月正瞪大眼睛看着她。

“爸爸!”一个男孩子的声音响起，然后那男孩跑过来看着倒在地上的男人以及他不认识的阿姨。

她抬起头来寻找那一瞬间出现的幻影，可是却什么都没看到。

她站起身，说不出一句话来。

“你是不是有什么仇人?”男人问。

“我没什么仇人!”花琴惊魂未定地说。

“爸爸！那个是?”小男孩指指不远处的悬崖，害怕的躲到男人的身后。

花琴随着小男孩的手势看到了一个披头散发的女人。

“月?! 你在做什么?”

原来她刚才看到的并不是幻觉，真的是月，她想要杀死她。

“不要过来，你再过来我马上就跳下去，我要让你后悔一辈子。”花月恨恨地看着花琴，她的眼里满是仇恨。

“你到底想要怎么样？月，你不要做傻事，你想要我怎么做?”花琴哀求着。

“想要怎么样？你为什么不离开这个家，为什么不离开兆基，你为什么不走得远远的，你说过永远都不会再出现在我们的面前。”

“你先过来，月，乖乖的，先过来。”花琴伸出手去一步一步靠近花月。

“不要过来，你不要过来。”花月发作起来，双手挥舞着。

“好，我答应你，答应你离开就是了。”花琴一边转移花月的视线，一边示意男人靠近花月把她拉过来。

“他要跟我离婚，他又提出来要跟我离婚，自从你出现之后他就找各种各样的理由要跟我离婚。啊！他要跟我离婚！”花月突然又发起狂来，然后她看到了靠近她的男人，往后又退了一步，因为太过激动，脚没站稳就这样直直摔了下去。

丁灵头趴在自己交叉叠在一起的手臂上，丧气地对着墙壁。

LEI 几乎以为她睁着眼睛睡着了。

“在听吗？”他问。

“在听！”她有气无力地说，“你的意思就是月不是自杀死的，而是她想杀死琴，结果不小心摔下悬崖死掉的？”

“我还以为你睡着了，今天这么乖！没有中途突然打断我，至于谁想杀死谁，真相具体是怎样的，我想谁都不知道，也许只能问当事人琴以及突然出现在那边的裴家父子了。”

“那你是怎么想的？对这个事情？你觉得是月自杀的还是不小心摔下去的或者被谋杀的？”丁灵突然直起身来睁大眼睛问。

“我对这件事情不作任何无谓的猜测，我只相信真相。”LEI 漫不经心地说。

“那你刚才说的就是真相吗？”丁灵追问。

“别问我这个问题，自己去判断。”LEI 突然变得有点不耐烦起来。

“你真情绪化！”丁灵说完拿起旁边的饮料自顾站起身来东看看西摸摸。

“我只是喜欢随着性子生活而已。”他笑。

“谢谢你的饮料和你的故事，我想我得回去了，你跟方雪好好发展，她是个好女孩。”

“我送你！”

“不用了，已经很晚！你来回比较麻烦。”丁灵体贴地说。

“我也正好回去，顺路一起吧！”他坚持。

“你在怕什么？”他表情奇怪地看着丁灵说，“你是害怕方雪看到一直当亲姐姐看待的人跟自己的男朋友走在一起呢？还是怕你的意中人看到你跟另一个男人深更半夜关系亲密的出现。”

丁灵瞪了他一眼说："随便你怎么说，这些对我并无任何的影响。"

"你真的这么认为吗？丁灵，你对初恋怎么看？"

"初恋？初恋?！好遥远的感觉！就像听到了童话一样!"她脸色微微变了一下，随即又恢复笑容说，"初恋应该是一个人这辈子最甜蜜的记忆吧!"

"那是因为你有一段幸福的初恋!"他依然淡淡地说。

"也许吧！其实我连什么是初恋都不知道？是第一个牵手的人，第一个接吻的人，第一个喜欢的人，还是第一个做爱的人？在没有恋爱之前，我总觉得我的所有第一次都应该给同一个人，可是真正的生活却总是有很大的差距，我们总是身不由己的让所有梦想分割、破灭。"

"LEI，你的初恋是怎么样的?"丁灵问。

"是个很特别的女孩子，不过她死了。"

丁灵沉默了一会，没有继续问。

"走吧！都过去了。"他推着她出门。

回到蓝吧已是晚上十点，丁灵并没有邀请 LEI 进去坐坐，她不想引起不必要的麻烦，看着 LEI 走后，她想到那两枚寒兰花的饰品还在到自己的办公室里，就急急忙忙地跑了过去。

结果在门口撞到一个人。

"姐！你去哪了?"方雪焦虑地问。

"听故事去了。"

"谁？谁给你讲故事了?"

"如果我说是 LEI，你什么感觉?"丁灵试探性地问。

"没什么啊！一个是我姐，一个是我男朋友，反正大家都认识，再说他只是给你讲故事嘛!"方雪虽然嘴巴上说没什么，但丁灵感觉得到她的慌乱。

"去哪了？菲娅。"身后有声音传来，是金。

"不过你最好不要跟他来往太频繁，对你没什么好处，挺晚了，我先走了。"

方雪看着金走过来，显得更加的不安。

"哦!"丁灵奇怪地看着方雪离去的方向转过头来对着金说，"你怎么在这里?"

"想见你。"他很自然地说出。

"我回去不就可以见到?"丁灵拨了拨自己的刘海。

"你是不是很怕见到我?"

"怎么这么说?"她用脸贴在他的背上，反抱住继续说："你是不是看到了不该看到的画面！请你相信我，如果你愿意，我会给你承诺，只是现在，我无话可说。"

“小冰是我的儿子对吗？”他放开她，在耳边低低地说。

听到这句话，丁灵的身子瞬时僵硬在那里。

“为什么不告诉我？那时候。”

“我打你电话，可是你的手机已经停止使用。”

“我回来后，你依然没有告诉我，你是否想要瞒我一辈子。”他抱紧她，把头贴近她的脖子。

## 4

“我无心隐瞒，只是不想因为小冰而牵绊住你，你并不属于这种小地方，我知道，你比我更懂得，你的世界你无法放弃！我想跟你坦白一件事情，有关我的身世，也许还有另一层我所不知道的秘密，还记得上一年，我们在日本碰到的那个老人。”

“所以你还是放不下你的身世，过去就真的这么重要吗？为什么不试着活在当下？有些事情知道的比不知道的好，你真的有足够的心理准备接受一切吗？”

“你是否知道点什么？金？你到底知道些什么？”

“我什么都不知道！只是觉得太过遥远的过去，哪怕是翻个底朝天，也没任何价值，人不应该拘泥于过去，否则就只能是止步不前了。”

“你话中有话！你知道吗？你的一句不痛不痒的话却让我心烦，不过不管这些了，我得保管好这两样东西，你等一会，我去拿来。”丁灵从金的怀抱中挣脱出来，打开办公室的门。

她走到书桌前拉开抽屉，下一刻，她的脸色大变，惊呼出声：“不见了！我的寒兰花挂坠和胸针不见了。”

“不见就算了！丁灵！别再继续下去了，我怕你会受到伤害。”金站在门口，似对一切了如指掌。

“我觉得真相已经离我很近了，金，可是却总是无法抵达那最真的真相。我不知道自己还能相信谁！”

“你只要跟着我就好，什么都不要做。”他说。

“那丢失的两件寒兰花饰品怎么办？我本打算等事情真相大白后把寒兰花挂坠还给文笙，把寒兰花胸针放进我妈的坟里。可是它们不见了。”她低低地、压抑地哭着。

“你累了，先回去睡一觉吧！一切都交给我。”他拥着她的肩膀带她回家。

好累，疲倦一直涌上来，最近身体越来越差，经常头晕、虚脱。丁灵躺在床上，意志还算清醒，但身体却像飘浮在空中一样不受控制。

我不该是生病了吧！她想，可是马上摇了摇头否定了这个猜测，她觉得自己可能是最近太过疲累的原因，等过一段时间，事情少一点，空一点的时候，就会好起来。于是她迫使自己不去想东想西，眼睛好累，可是脑袋里却万马奔腾般的兴奋，最近总是很容易兴奋，她有想过找铭娟看看。

金让她不要去想任何事情，也放弃怀疑一切，只是乖乖地躲在他的身后就好，金显然知道很多很多的事情，但他却不会告诉她。

日子也许会很平静，接下来会很太平吗？什么都不做，不去想身边发生的奇怪事情，不去寻找所谓的真相，只是两枚首饰，也许方雪看着喜欢就拿去用了，用不着大惊小怪，她想，然后沉沉睡去。

早上，极不情愿地睁开眼睛，丁灵看到金正俯下身看着她，愣了一下。

"我发现自己突然很爱你了，怎么办？"金继续看着她。

近距离，她看到他那透着蓝光的眼睛，有点像猫眼。

然后他站起身准备离开她的房间出去，在门口，他回过头说："早餐准备好了，等会起来吃点。"眼里有满足的笑意。

她不知道他整天都在做些什么？没有过问，她也不知道他这次为何突然出现，只是想来看看她，有点难以解释，他并不是一个整天晃悠的闲人，那他到底在做什么？这些疑点不去弄清楚，总是堵得慌。

睡了一觉，还是没觉得身体有多少恢复，想要继续躺着。上帝是薄情的，她恨起床，至少这个时候，想要一直赖在床上，莫名地想要去见见铭娟，可能是预感到自己的身体出现了点问题。

临走的时候杨漾照常给了她一包营养剂，她说她最近看起来很疲倦，让她补补，说是祖传的秘方。

丁灵吸着营养剂走进蓝吧！不期然地与方雪的眼睛相对，她的眼神里有着一种不确定的飘忽。

"姐！我发现自己不能没有LEI。"她说。

"我和他没什么！"她没多作解释。

"你很早就来了？是否在等我？"丁灵尴尬地又问，不习惯被询问的感觉，像小偷。

"昨晚，我没睡好，害怕。"她轻轻叹了口气。

"你害怕什么？怕我抢走LEI？"丁灵终于吸完那袋营养剂，有点烦恼。

气氛弥漫在莫名其妙当中。

“昨晚，我看到你们一起回来，但 LEI 却没来找我。”她悠悠地说。

“你想多了，雪，我跟 LEI 只是因为你才认识的朋友。”

“是吗?”

“我什么时候骗过你，小雪，不过昨天你有没有去我办公室找过我?”丁灵漫不经心地问。

“没！怎么了?”方雪一脸茫然。

“没什么！那你回自己办公室吧!”

看着方雪的背影，有着一种无法解释的熟悉，不仅仅是因为她们做了四年的同学，几年的雇主关系。

电话响起，是铭娟，看来朋友关系处久了，容易产生点心灵相通的感觉来。

“你好？铭娟!”

“这么生分!”铭娟大笑。

“呵呵！习惯了。”

“丁灵，你来一趟医院吧！关于裴俊我有新的发现。”

“好。”我马上过去。

出门，开车，然后赶着去见铭娟。

太阳，有种阴阴地躲在云层里。

见到铭娟，她拉着她去办公室，然后关上门。

“怎么了？娟?”

“丁灵，我查到死去的裴俊和伊凡竟然是血型相同的 HLA——白细胞血型，HLA 抗原是一种糖蛋白，其分子结构与免疫球蛋白极相似，它在无血缘关系的人间找出 HLA 相同的两个几乎是不可能的。但同胞兄弟姊妹之间有 1/4 机会 HLA 完全相同或完全不同。因此法医鉴定亲缘关系时，HLA 测定是最有力的工具。”

“那你的意思是说裴俊和伊凡有可能是双胞胎兄弟?”丁灵震惊得无法控制自己，头有点开始疼痛起来，莫名的疲惫，然后一阵天旋地转，她昏了过去。

醒来，发现铭娟正忧心地看着她，有着一种生离死别的悲痛，脸上的肉紧绷着。

“丁灵。”她轻呼，有着一种莫名的温柔。

“怎么了？娟，我是不是生病了?”她心中有着莫名的害怕，有种预料中的平静，接下来就只是坐着，不说话。

“是的，你病了，很严重，表面症状看来，你有可能患了白血病，但具体的病情还有待进一步确定。”她摸着她的脸，脸色有点苍白地说，“放心吧！我不会让你死去的。”

听到这句话，丁灵第一个感觉就是，铭娟，你跟我说实话吧！我还能活多久？她使劲抓着医院那洁白的被单，希望自己能够平静，这时她突然想到韩易悠，想到他在得知自己病情那会的愤怒和悲悯，他在等待着死亡慢慢靠近时的孤独和哀伤。

“娟！我想托你件事情，你帮我查查，十年前在你们医院是否有一个叫韩易悠的大学教授来这里检查过，他是什么时候查出自己患有白血病的。”丁灵表情反常地看着铭娟。这表情让她觉得有一点点不对劲。

“你为什么这个时候还在想着别人的事情，丁灵，你有可能患了白血病，可能活不了多久了。”铭娟像看外星人一样看着丁灵，然后递给她一杯水。

“我要死了吗？我曾想过无数种的死法，但却从没想过自己会得这种病死去，就像是死神选新娘，只要一个就好，多么渺茫的机会，我却被选中了。这很好，没什么！我以前从不知道面对死亡会怎么样，现在面对了，却发现并没有想象中的那么坏。”她脸上的肉抖了抖，突然苦笑了一下又说，“娟，帮我对所有人保密，这件事，除了你，我不想让任何一个人知道。”

原来是这种感觉，对所有人保密竟是这种感觉，丁灵小心的体验着韩易悠当年的感觉。一股莫名其妙的寒冷使得她打了个冷战，脸上有湿湿的液体流下。

“我可以走吗？娟！我讨厌医院消毒水那刺鼻的味道，我想回家，不想让自己觉得是个病人，我想过正常的生活。”她身体里那不稳定的因素又开始发生作用，她感到自己开始兴奋起来，于是努力的压制自己。

“我想继续听听你查到的那个关于裴俊和伊凡的事情。”

“去他妈的裴俊，你都要死了，还在意那件事。”

“是的，我快要死了！”

“好吧！既然你那么想了解，那我就把自己所知道的告诉你，这件事情的具体的情况我还来不及作详细的了解，只是太过震惊，所以就直接给你打电话了，这个世界上真是无奇不有，来自两个家庭在同一个事故中遇难的孩子竟然有着相同的稀有血型。”

“上次王医生说裴俊就是伊凡，伊凡就是裴俊难道是想告诉我们他们在这个事故中两个人合成了一个活下来?”

“这是完全有可能的，把彼此破败的残缺部位去掉，然后再重新拼合成一个完美的个体？至少相同的HLA血型为他们之间的器官移植扫清了障碍，你要知道同种异体移植的排斥是器官移植获得成功的最大障碍。”

## 5

“难怪裴爸会同意签器官捐赠书，你这样一说，一切似乎都找到了依据。”

“娟，你说现在的伊凡到底是裴俊多点还是他自己多点？也许他们两个根本就辨别不出哪个是裴俊，哪个才是伊凡！”

“还是直接找裴松仁问问吧！我想他应该是最清楚这件事情的人，不过，你还是想想自己吧！丁灵！”铭娟看着她的脸，对她的态度感到有些意外。

“恩！你别替我担心，也别安慰我了，我真的很好，不会极端，娟，我知道自己的身体，我只拜托你那两件事情。今天发生的事情，除了那两件，其他的，你都忘了吧！”

“等结果出来，我马上会通知你，丁灵，其他的，我会按照你的意思办！”

走出医院的大门，丁灵看到铭娟那仍旧惨白的一张脸，她的额上有汗渗出。

丁灵从铭娟的脸上知道自己的病情已经很严重了，她没有说，但她又不是莫知莫觉的人。

日子过得越来越萧条，数着时间过着，突然想到几天前妈妈托文笙给她的嫁妆，那天打算拆开的时候被 LEI 的电话打断了，拿起来看着，静静打开，突然间再一次看到了神话，大笑，原来妈妈也有一件寒兰花的饰品，如果那时候打开盒子的话，现在的她应该已经知道一切，可是错过了，LEI 的那一通电话为什么这么的及时，早不打，晚不打，偏偏就在那个时候，错过了，不再有机会，那两枚寒兰花首饰已经不知所终。

她开着车回到家里，所有人都坐桌前等着她，今天很难得，所有人都在，就等着她来开饭似的。

丁灵奇怪地看着众人，然后挨着金的旁边坐下。

金说：“菲娅，知道今天是什么日子吗？”

“什么日子。”

“你生日。”

今天真是见鬼了，这样算不算得上悲喜参半，她想，但随即她又摇了摇头，看到桌上的西红柿炒番茄，她又想到了妈妈。如果说她的生母是西红柿，那她的养母无疑也就是番茄。如果这两个品位不同的女人真的有相互联系的话，为什么妈妈从未提过，她说她是他们当年捡来的孩子，她只是他们捡来养着的孩子而已，难道这话有假？这在之前她从未怀疑过。

丁灵还记得她第一次见到她的生母是在她父亲的房间里，相片里的女子是一个长发的女人，这样的女子在现在所有的广告以及广告插图里出现都能让人耳目一新，女子的眼里充满着一种睿智，安静中有着一种灵动，她能想象就是这样的女子才能在当时的那个社会有着那样一种古灵精怪的想法，正是这种古灵精怪的想法才造就了今天的她。这么想的时候，她又觉得花妍和那相片中的女子莫名的有些相似，难道真的都是花家的后人。

“丁灵，你在想什么？快点吃饭吧！吃完后大家一起到 KTV 为你庆生。”坐在她身边的金夹了一块鸡肉给她。

丁灵看着碗里的饭菜，一点胃口都没有！

“现在所有人都到齐了，我们的主角也出现了，马上动起来吧。”杨漾说。这小妮子最近满面春光，有爱情滋润的样子，很好看，在金的面前说话也不结巴了，难道是恋爱了。

丁灵从满腹的思绪中抬起头来，在众人中看到很少来家里的 LEI，他的表情很正常，没什么不妥，方雪的也一样，看来两人已经和好了，所有人都很善良，都很坦诚，可为什么她的那两枚寒兰花饰品不见了。

“吃菜！”她像在对自己说，然后扒着碗里的饭。

头痛，像是一枚钉子从后脑勺狠狠地钉入一般，她皱了皱眉。

“不舒服吗？”方雪奇怪地看着她，关心地问。

丁灵惊恐的抬起头来看着她的眼睛，突然觉得她的眼神有种闪烁得像狐狸一样不安好心的眼光。难道是她看错了？

“你是不是巴不得我生病？”同样奇怪的话脱口而出，连她自己都觉得惊讶。

“我没那意思！”

气氛变得好僵。

“是啊！你怎么了？丁灵，这一点都不像你。”金有点吃惊地看着她。

“那我应该怎么样？你认为我应该要怎么样？你了解我多少？”她冷冷地出口，就像金属碰撞的响声，扔下碗筷夺门而出。

出了门，丁灵努力地跑着，想要摆脱那种窒息的感觉，然后穿过了一条又一条的街，直到不知道自己身处何处，无法面对，无法什么事情都没发生一般的去面对一群对自己表里不一的人，也许这所有人中每一个都希望她快点死，既然现在她真的快要死了，那所有人都如愿了，可是为什么心真的好痛，难道自己也惧怕死亡吗？想要活下去吗？

现在我是否已经安全了？她靠着长椅，想就这样睡过去。

手机很适时地响起，显示着金，她没有接，也不想接，那黑的夜，躲在同样黑的角落里，只有那手机荧幕上闪现的一抹光亮，跳跃了几下，最终恢复了那一片的黑。

喘着气，全身酸痛的厉害。

手机又响了，是文笙的，她终于找到了救命稻草一般接起来。

“喂？文笙！是你吗?”她叫着。

“是我，丁灵，你在哪里?”

“文笙！文笙！我好害怕!”

“发生什么事了？你在哪？我马上过去。”

看着从车子上下来的文笙，丁灵仍在颤抖，她的头发凌乱，显得憔悴不堪!

“丁灵，才几天不见，你怎么变成这副样子。”文笙的眼里有着一种震惊。

“小悦还好吗?”她问，只是不想回答文笙那个问题，因为连她也不知道从何说起，一切都来得太快。

“就像是黑暗中的生物一样，怕见光，但身体似乎在好转，比我们第一次见到的时候好了很多。”

“恩！但愿她能好起来。”丁灵说，心里想着，如果小悦能过得了今年的话，那她的病就应该是稳定了，不用再害怕会有生命危险，好好的人怎么可能就突然死去呢!

“去我家吧!”他说。

“不了，你们现在是非常时期，我不想让小悦有一丁点的误会。”她坚定地说。

“那好吧！你准备去哪里？我送你过去。”

“我还不知道，但有一个地方可以去，铭娟的宿舍，不过不知道她现在在不在那里，我先打个电话。”她不确定地对着文笙笑笑。

她正想拨打铭娟的电话，却发现她正好打了过来。

“在哪？丁灵，听说你从家里跑了出来，到底是怎么回事？他们都知道你生病这件事了吗?”

“不知道！娟，一言难尽，这段时间要先去打扰你了。”

“恩，丁灵，检查报告出来了，初步确定你并没有患白血症，你是中毒了，那种毒是在生活的饮食中慢慢地日积月累的，我想有人在你的食物中下毒，这种毒如果继续下去，你将会死去。”

“我吃的东西跟其他人都一样，就除了营养剂，好像从吃营养剂开始没多久就有了这种症状，难道是杨漾？可她为什么要毒死我?”丁灵惊讶地说。

“从现在开始，你要注意身边的每一个人，包括最亲的人，谁都不要相信。想办法让自己的食物不要让任何人碰到，否则就算是大罗神仙也救不了你了。”铭娟的声音很低沉，乌云盖月一般。

“那我怎么办？拒绝一切食物吗？”

“那倒不必，既然饭桌上的饭菜大家都吃了，那只能说明问题出在营养剂上，你也没必要直接拒绝喝这样的营养剂，你还是继续接受，只是装作每天都喝的样子，不要打草惊蛇，还有你带一袋营养剂给我，我去化验一下到底是怎么样的药。”

挂了电话，丁灵看着一头雾水的文笙说：“去蓝吧。”

为了不引起注意，文笙留在车上，丁灵下了车，穿过蓝吧的大厅来到自己的办公室，打开门，然后关上，没有开灯，直直地进入，借着月光寻找营养剂的袋子，那里有残汁，开始翻找桌子以及垃圾筒，终于找到，这时听到脚步声，急忙躲到桌底下去。

接着传来门被打开的声音，有人进入，意外的竟是 LEI。

丁灵听到自己呼吸的声音，然后整个人开始剧烈的抖动，为了不让自己暴露在他的眼前，她死命地捂住自己的嘴巴，竭力地克制自己那因恐惧而抖动的身子。

他背对着她，这个背影有些熟悉，不知道在哪里见过。

他在打开她的抽屉，很熟练的动作，他在跟谁讲话？应该是戴着无线耳麦，那音调很熟悉，是在找什么东西吗？她想，难道他以为第三枚寒兰花首饰也在她的手上。这样看来，前两枚的首饰应该是被 LEI 所拿走。脑海中浮现出几年前的景象。

蓝吧！影来找她的那天，坐在她侧对面的那个背对着她的被唤作少爷的黑衣男子，难道他一直寻找的就是这三枚寒兰花首饰？丁灵终于恍然大悟似的。

有人靠近的脚步声，难道被发现了，丁灵觉得自己近乎要昏厥了。

## 6

不知道过了多久，那人终于回转身往门口走去，有轻轻带上门的声音传来，丁灵整个人一下子就瘫坐在那里，爬跑起来，摸索地倒了一杯水，像水牛一样地喝，突然感到很害怕。

她走到桌子旁，拉开抽屉看看有没有少了什么，却赫然地发现丢失的那两只装着寒兰花首饰的盒子正躺在里面。难道 LEI 过来这里就是归还这两样东西的？这是为什么？他到底在唱哪出戏？先是自己被查出患有白血病，到后来发现不是得了白血病，而是有人想要毒死她。

为什么会有人想要害死我？杨漾吗？难道真的是杨漾？可是动机呢？她为什么要

毒死我？我们之间似乎没有那么深的仇恨，深到她要毒死我这么严重。那么到底是谁？在这个家里到底是谁想要我死？如果人没有思维那该多好，可以什么都不想，可是偏偏的她没有办法照金的话去做，恐惧让她想要反击，不知道谁说过一句话，想要战胜恐惧的办法就是表现出强大的愤怒，然后反击，她该怎么反击？该对谁反击？一切都毫无头绪，策划一切的人在墙内，而她在墙外，毫无遮挡，而危险气息却越聚越浓。

丁灵找到公安厅出入境管理局，做好填表，照相，复印等一系列工作后，大概花了一个小时的时间办好去日本的签证，她不知道自己要在那里呆多久，也许一天，也许一星期，也许一个月，也许一年，也许一辈子。

铭娟失踪了，昨天晚上彻夜未回，早上去过她医院，说人不在，她还记得昨天的事情，她明明感觉铭娟已经回来了，她们甚至还讲过话，可是早上起来却没有，一丝痕迹都没有，她怀疑自己做了一个很奇怪的梦。

昨晚的记忆还很清晰，她后来到了铭娟的家里，那时候天已经很黑，她们躺在一张床上，可是怎么都睡不着，灯已经关上，从阳台上传过来的风把门帘微微吹开，她不自觉得抖了一下，旁边的铭娟已经睡着，传来轻微的鼻息声。

丁灵一动不动地保持一个方向躺着，她以为自己看错了，阳台上有个人，好像是悬在那边坐着。

她眨巴了下眼睛专注地再看了一眼，并不是幻觉，那人还坐在那里，好像还对着她笑，她抽筋似的又抖了一下，慢慢把头埋进被窝里，装作什么都没看到，她不敢叫醒铭娟，因为她是不会相信这些的。

也不知道过了多久，她隐约感觉到有人在拉她的被子，她的下半身突然感觉空荡荡、凉飕飕的，又感觉是有人把手伸到她的大腿内侧，她只感到害怕，却不敢反抗，头顶有声音传来，像是有男人在哭着哀求。

“走啊！不要睡在这里，回去好吗？不要睡在这里。”

她觉得更害怕了，死死地抓住被子不敢动。

她已经满头大汗了，如果再不出来呼吸新鲜的空气，她觉得自己可能就要窒息而死了。

那个声音好像消失了，四周开始变得静悄悄的，她慢慢拉开被子，睁开眼睛，转了一下身子。

借着月光她看到了铭娟那圆睁的双眼，不自觉得抖了一下。她也感觉到了她急促的呼吸。

“你醒了。”她说。

“不是醒了，是我一直都没睡着。”她说。

“有一件事情，我不知道要不要说。”丁灵有点顾忌地说。

“我也有一件事情想要跟你说。”她声音微微抖动着。

“你先说。”

“我好像听到一个男人的声音了，还感觉到有人在拉我们的被子。”她颤微微地说。

“我也是，我也听到了，我还看到一个男人在阳台上坐着，有点悬浮着的，看那身型，我感觉好熟悉。”

“你仔细想想会是谁？到底是谁在这里装神弄鬼的。”

“裴俊。”

“裴俊?”她的脸色突然变得惨白，身子明显地晃动了一下。

“他不是死了吗?”她说。

“你会相信这些吗?”她问。

“以前我不信，现在还是不信，我不觉得你看到的在阳台上的男人会是裴俊，再睡会吧！好累。”铭娟说。

“那声音也许只是我们的幻觉。”

于是两人又继续躺着，却不再说话。

丁灵顶着乱蓬蓬的头发到的出入境管理局，也没化任何妆，毕竟她现在是在逃难，走出出入境管理局大门，发现证上的自己像难民，但她只是笑了笑，一切尽在不言中，直觉告诉她，这一切都跟这三件寒兰花饰品脱不了干系，只要见到那个老人，也许真相就能大白了。

当金彻夜未等到丁灵回家，第二天发现她真的失踪了之后，丁灵已经下了赴日本的飞机，她试图联系那时候给她留下手机号码的老人，可是那手机却是个空号。

丁灵拦了一辆出租车去酒店，那酒店就是丁灵和金一起来过的度假村，她预定的还是之前住过的房间，在房间里，她拨通了老人的电话，可是一直占线。

丁灵简单地洗漱过后，觉得自己已经很安全，便放下了心，像上次来过一样，她还是照例去泡了温泉，让自己这么多天来绷紧的神经得到松弛，可是没多久，她又变得恐惧起来。

因为她想起入住之前前台服务员那过分热情的回答：“小姐，您预约的房间已经为你准备好了，中午的时候有人打来电话，说晚上六七点钟会有个人要入住，我想应该就是您了。”

丁灵想这一切应该是金的所为，因为只有他才知道他们之前住过的那个房间，也只有金才有那个心去追查她的下落，那这样说来他已经知道她来了日本，他是怎么知道的？

电话为什么一直都没人接？难道那老人已经过世了？有一种不好的念头，丁灵在房间里走来走去，心里很是不安，如果金已经知道她的去向，那么就很难保证其他人不知道，也就是说她在这边呆得越久她就会越危险。丁灵终于有些按捺不住了。

她再一次拨了老人的电话，可是依然没有人接听。

百无聊赖地她打开酒店的电脑开始上网，她打开 QQ，看到有两封邮件。打开其中一封，是铭娟，还好，她没事，放下了一颗心。

“丁灵，我在医院给你发的信息，你拜托我查询当年韩易悠的死因，很意外的，我发现你们的病因竟然一模一样，如果你们两个之间没有血缘关系，那就只能证明一点，是有人下毒，想要故意制造假象，具体情况要等见面详谈。”

下毒？如果韩易悠也是被人下毒致死，那月姨的死因极大可能也是被人下毒，到底是谁？谁跟我们有如此的仇恨？是为了什么？情杀、仇杀还是财杀？

思索间，酒店的灯突然停了，顿时整个房间暗了下来，只有应急灯还微微地发着点光，幽幽的，恐惧，顷刻间弥漫。

真是的，早不停，晚不停的，偏偏选在这个时候，她还有一封邮件没看呢！

丁灵一回头，发现落地玻璃门竟然是开着的，她只好奇怪地走过去关门，这时，正好来了一阵风，吹起了挂在落地门里面的纱，接着她就看到一条黑影窜过，剧烈地颤抖了一下，以为看花了眼。

“谁？”

没有回应，然后她转回过头，接着，有一只手用一块布捂住了她的嘴巴和鼻子。

她顿时感到呼吸困难，只是挣扎了一下，就再也没发出声来。

昏昏沉沉中，感觉有一个披头散发的女人的影子看着她，就像当年她住在韩易悠家里看到的一样，难道那个鬼跟着她来到了日本，那鬼的神情冰冷而又无情，对她似有深仇大恨般。

“你没事吧？你到底怎么了？”有声音在头上盘旋。

好累！真的好累！眼前白茫茫一片，好大的太阳啊！照耀着她睁不开眼睛。

“醒醒，你醒醒啊！”还是那温柔的声音，到底是谁？好熟悉，可是怎么就是想不起来。

韩易悠？不可能，易悠已经死了，她动了动眼皮，然后艰难地睁开！

“LEI？怎么是你？我在哪里？我发生什么事了？”她突然想起那天晚上，LEI 出现在自己的办公室里，于是把头扭到了一边，她无法相信他，他同所有人一样想要从她身上得到点什么？是敌是友根本无法分清。

“你被绑架了！”他说，怪阴沉的。

“绑架？是谁要绑架我？”

“我！”他突然变得很是深沉。

“你？为什么？”

“这三样东西。”他从丁灵的包里拿出寒兰花饰品。

“是你？真的是你，你是有目的地接近我是不是？”

“错！认识你只是巧合，至于得到那三件寒兰花饰品也只是巧合。要怪只能怪你太大意。那么贵重的图片竟然不好好收藏。”

“方雪？”

“不，其实我不需要那两样东西，我之所以要盗走那两枚寒兰花饰品只是为了借助你的手引出第三枚。”

“你怎么知道第三枚也在我手上？”

“错！我并不知道第三枚在你手上，只是想让你去找，而我便可坐渔翁之利。”

“因为你一旦找到第三枚饰品必定会来日本寻找自己的身世之谜。”

“你怎么知道这件事？”

“很简单，你看看他是谁？”

# Chapter Fifteen

# 生命却比蝼蚁小

土葬原来只是为了能让人死后回归大地，更贴近生命的本原。

# 1

这时，门打开了，出来一个老人，老人头发斑白，穿着唐装，拄着龙头拐杖，两眼炯炯有神地看着丁灵。

“老爷爷，是你？怎么会是你。你脸上的刀疤？”

“你的眼神很锐利，这样都能辨别的出来，那是易容上去的，你也够胆量，不愧是皇军的后代。”老人哈哈大笑。

“皇军？”丁灵皱着眉头，无法言语。

“是的，你是我们送到中国去赎罪的，赎大屠杀的罪。”

“不是的，不是的，我不相信！我是中国人，不是什么皇军的后代，你们的手段太卑劣了，我恨你们。”

“那孩子死了，被扔在你养母花妍门口的那孩子早就死了。”

“死了？什么时候死的？”

“难产死的，如果你不相信的话，你可以撕开肚子上的那条疤痕，它是易容上去的，你并没有生过孩子，那孩子并不是你的。”

“那为什么我一点印象都没有？你在骗我，你是骗我的。那我到底是谁？”她歇斯底里地喊叫着。

“那孩子也是你们布下的局？”她接受事实，冷静下来。

“不错，那个叫丁灵的孩子确实是个天才，只可惜她没你幸运！”

“那我为什么跟普菲勒先生有血缘关系？”

“因为你确实是我们日本大帝国军人童佩的女儿和普菲勒先生所生的孩子。”

“你不是说那孩子已经死了？”

“这很简单，掉包。知道你为什么再一次碰到杰克·金的时候会对他没有任何印象吗？因为那个人跟金有过一夜情的人根本就不是你，而是难产死去的那个丁灵。你之后的印象之所以慢慢浮现，那是我们对你进行催眠，然后把记忆植入你的头脑里。”

“那所有人都是你们杀的?”

“错！我只是想要找到那三枚寒兰花的饰品，然后找到花家的宝藏，带着这些去中国赎罪。”

“啊!!!!”丁灵捂着头在床上翻滚。

“你怎么了?”LEI靠近她，脸上流露出一种深切的担忧，他突然在床边坐下，然后紧紧地把她抱在怀里。

“她中毒了?”老人只看了丁灵一眼便指出。

“什么毒?”

“应该是一种重金属的毒，如果没有猜错的话，这种毒应该跟我们皇军里的军医有点关系，这种毒只有通过饮食或者吸食进入体内，我怀疑在中国，还留有这样的一些人。”

“是吗？那到底是谁想要杀死我?”丁灵陷入一副迷惑当中。

“这样说来，那就只有一种可能，那毒应该是通过食物进入你体内的。”

“我怀疑是我吃的营养液里含有这种致毒物质。我只有找到铭娟才能得到答案。你有能上网的电脑吗?”丁灵抬起头来问LEI。

“有。你要电脑做什么?”

“我想铭娟应该查出那营养液是否具有致毒物质，还有一封邮件还没来得及看。”

丁灵进入邮箱，点开，是铭娟的信息。

“营养液检验结果并无毒素，源头不在这里。”看完信息，丁灵的身子像瘪了气的皮球一下子瘫软在那里。

“你再想想，还有没有什么特别的事情发生过。”两人走出LEI的房间，LEI担忧地问丁灵。

“我真的想不起来了，头好疼。”

“中这种毒的人，一开始没什么感觉，一旦停止摄入，一些症状就会出现，就像是吸食毒品一样，一旦发作就会十分的难受。”老人说。

“你什么时候开始出现这种症状的。”

“好像自从金来了之后。但金不可能要毒害我，他没那理由和动机。”

“你想不想找出凶手？如果想的话，你就要面对一切，收起你的恐惧。真相，有可能就要浮出水面了，想象只会让事情更加的复杂，你只能是一步步地寻找答案。”LEI低低地说。

丁灵垂下头去，这些年来，她已经习惯了逃避一些事情。

“好吧！我会回到那个家去，他们应该也找疯了，你送我回酒店吧！我收拾一下就回去。”

“不需要我陪你一起回去吗？”

“不了！如果我们在一起，会有很多人起疑的。”

“那好吧。”LEI 说，“我就送你到度假村外面。”

“丁灵，你知道能住进这别墅区的都是些什么样的人吗？”他送丁灵回度假村的时候问。

“不知道。”

“告诉你吧！这里并不是什么酒店，住在这里的人非富则贵，这里的每幢别墅都是个人的产业。你真的不知道你所住的那个房子不是酒店吗？”

“我怎么可能会知道。”丁灵耸耸肩。

“你认识的那个金应该就是这房子的主人了，他分明掌控着你的一举一动，也许我们现在站在这里，也有人监视着。”

“你讲的怪可怕的，LEI，那我们现在怎么办？”丁灵往四周看了看，以确定自己是否被监视着。

“将计就计，你当什么都不知道，不动声色地回去，现在我们先在这里分手，之后的事情等回到中国再说，有什么事情去你知道的那间别墅找我或者留下信号。”

“好。”

丁灵打开房间的门，她总觉得有些古怪，金为什么知道她会来这里，而且还为她准备好了房间，如果这里不是酒店，那钥匙为什么会寄存在前台服务员那里，而那服务员又似乎专门在那等着给她钥匙的。

她扭开灯，赫然发现床上坐着一个人，不禁吓了一大跳。

“去哪了？怎么才回来？”

“是你？为什么？你为什么总是这个样子突然出来吓人。”

“我让你什么都不要做。”

“可我能相信你吗？你瞒了我多少事情？”

“我是为你好。”

“你为我好？你不是已经知道我并不是真正的丁灵？你凭什么对我好？”

“因为我爱的是你。”

“哼！不要跟我说爱，你有什么目的就直接说出来吧！你是什么时候发现我并不是真正的丁灵？”

“眼神！那天在车上遇到你的时候，我就已经知道你并不是她，可我被你吸引了。”

“我并不相信你所谓的爱，你先是喜欢菲烟，遇到丁灵后就抛弃了菲烟，接着就喜欢丁灵，然后遇到我后又喜欢上了我，就把丁灵遗忘了，我不知道你接下来还会遇见谁？但我决不允许自己被任何人抛弃。”

“好吧！无论你相不相信，我只是希望你能平安无事。你可以不相信我，但也不要相信身边的任何一个人，只有这样，你才能活下去。”

“你到底知道些什么？你为什么不告诉我？”丁灵揪着金的领子努力地摇晃着。

“你冷静一点？有些事情，你现在还是不知道的好，等一切真相大白了，你自然就会知道。”

“真相大白？你觉得我有命等到那个时候吗？”她突然显得有些暴戾。

“你什么时候变得这么悲观了？你到底怎么了？菲娅。”他过来抱着她，“你是不是也有什么事不愿告诉我？”

“没有，我……”丁灵的病，除了铭娟，她就只告诉了 LEI 以及那个老人，现在她要跟金说吗？

“我中毒了。”犹豫了很久，丁灵终于吐出这几个字。

“中毒？”金奇怪地看着丁灵，很吃惊地张大嘴巴。

“是的，我怀疑小悦并不是得了白血病，她也跟我一样，是重金属中毒，我们都快要死了，只是我真的不甘心。我还没找出妈妈的死因，也没找出韩易悠的死因，我甚至怀疑月姨的死也是同样的原因。”

“你为什么不早点说？那你前天晚上发火也是因为这件事情吗？”

“我不知道，最近脾气变得很暴躁，动不动就来气。有时候连我自己都不认识自己了。”

“小悦有没有说过什么？她从日本回来之后。”

“她没说什么，好像知道自己要死了，想要见见文笙，还有就是她让我小心方雪，那时候只知道她们好像有点过节，也就没怎么在意，女孩子嘛！好的时候可以粘在一起，不好的时候总喜欢在背后说对方的闲话，方雪也在之前让我小心瑗悦，我不知道自己应该相信谁或者谁都不信，反正两个都是朋友。”

“那你觉得她们有可能是凶手吗？”金深深地看着丁灵。

“不像，没有动机也没有这个可能，如果月姨也同样是死于重金属中毒的话，月姨可是死在二十年前，那时候方雪才六岁，那几乎是不可能的，还有瑗悦，她同样也只有六岁，再说她现在也同样有可能身中那种毒。如果说有可能的话，那就只有两个人，那就是琴或者韩易悠的父亲韩兆基，只有他俩才具备杀人的动机。”

“你分析的是很有道理，只是现在你打算怎么办？你并没有真凭实据证明他们杀了人，再说，她杀月和韩易悠可能是因为她恨自己的妹妹或者妹妹的儿子，那可以理解？却为什么要杀死你母亲、晴熙、瑗悦和你？这很难说得通!”

“也许只有把琴找出来才能真相大白，至于原谜底也只能是等她来揭晓了。”

“那好吧！我们快点回国，其他的到时候再从长计议。”

丁灵回到家后，所有人都显得心事重重，先是方雪过来握着她的手说：“姐！你吓死我们了，也不知道你到底发生了什么事情，就这样跑出去几天，担心死了。”

## 2

“是啊！以后别这样了，姐！你真的好恐怖。”小冰突然哭了起来。

“对不起！以后不会了。”她摸摸小冰的头。

“好了！好了！回来就好，你姐也累了，让她先休息一下吧!”金推着丁灵进她的房间。

他吻了一下丁灵的额头，然后走出房间带上门。

“丁灵，小悦可能要去了，你过来人民医院见她一面。”文笙的声音有着深深的疲惫。

开车去医院，丁灵得知瑗悦的病情在加重，她已在弥留之际。

丁灵在倒车镜上看到自己那憔悴的脸，迅速涂了一点胭脂，抹一点口红上去。她不想让瑗悦知道她也中了毒，她不愿让她担忧，让她伤感。

在医院的特别病房，丁灵见到文笙，他的手正握住瑗悦的手，他的眼睛很红、很肿，显然是没睡好，又加上哭过的原因。

瑗悦的鼻子里插着氧气罐，脸色蜡黄，两眼凹陷，比她刚来的时候显得更加的严重，如果说那时候的她的病还只是开始，那现在已经是真正的晚期了。她听到脚步声微微睁开眼睛。

“你来了?”她动了动手指头。

丁灵过去接过文笙握着的瑗悦的手。

“你要小心，丁灵姐，你去查查方雪和杨漾这两个人的过去，你不是到现在都还不知道吗？既然同住一个屋檐下，还是了解清楚比较好。”

“悦，你是不是知道些什么?”丁灵凑近瑗悦。

“不好说！我总觉得她们有些什么东西隐瞒着似的。”

“好，我会注意的，悦，你也别想那么多，好好养病，我还需要你来帮我呢！”丁灵说着捂着嘴巴哽咽起来。

“哭什么呢？又不是生离死别。”

“没什么？我只是心里难过。”她站起来转身跑出了病房。

丁灵本来想直接走出去，突然又折回到值班室，她很想看看瑗悦的病历，尽管她害怕。

“你好，我是瑗悦的姐姐，住在这里特护病房的那个女孩的病历，我想看看。”

“叫什么名字？”

“瑗悦！”

值班的女孩摇摇头说：“哎！年纪轻轻的，可能过不了今晚了。”

“什么？”

“她病得很严重，已经是晚期了。”

丁灵接过病历，看到一个熟悉的名字——杨梦柳。

“杨梦柳是你这里的医生吗？”丁灵心脏颤抖了一下。

“是的，她是你妹妹的主治医生，在我们医院有着很高的地位，医术也是这一领域最好的，而且她父亲是我们医院的院长。你妹妹很幸运，可惜……”

杨梦柳不是易悠青梅竹马的未婚妻吗？难道？丁灵不敢再往下想了。因为她在瑗悦的病例上看到了与自己一样的症状。她要去找铭娟，现在一切都很清楚了，韩易悠、瑗悦、她自己都有那种症状，而且这中间牵涉到一个关键人物，那就是杨梦柳，难道是因爱生恨？所以她杀了韩易悠，可是她为什么要杀瑗悦？她跟这件事情毫无瓜葛。

丁灵开车到铭娟住的地方，发现门是关着的，敲敲也无人应答，于是她蹲下身子从门底下拿出钥匙，这是铭娟的习惯，她从小就知道。

进到屋子里，发现已经有少许的灰尘，一切都还是她离开的那天的样子，看来铭娟已经几天没有回来了。

丁灵拨她电话，意外地发现手机竟然关机。

这妞到底在搞什么鬼，竟然玩失踪。

失踪两个字掠过她的脑海，她的身子不由自主地颤抖了一下。

一天后，瑗悦死了，果真死在了那家医院，她的主治医生是杨梦柳。

丁灵觉得瑗悦想要告诉她什么，但却有所顾忌，她到底在顾忌什么？

丁灵按照瑗悦的意思查对了方雪和杨漾的户籍和档案，发现方雪的资料并没什么问题，只是杨漾的却有些奇怪，她的学历竟然是研究生。一个研究生到底是为着什么样的原因呆在她的身边？如果不是莫大的苦衷那便是杨漾在说谎，丁灵也去查了杨漾之前所说的那几个工作过的地方，竟然根本就没有这个人。

杨漾到底是为了什么来到她身边？难道毒真的是她下的？为什么？丁灵感到头又剧烈疼痛起来，所谓的朋友原来都是空的，虚的。

给晴熙家的保姆打了个电话，不，应该是晴熙的生母打了个电话，说自己要过去看看她，自从晴熙走后，丁灵经常去她家陪她。

她很高兴地答应了，晴熙的房间一直空着，里面的东西都按照她生前那样摆放着，她亦每天过来打扫，丁灵坐在那个房间里好久，摸摸她用过的东西，好像她还活着一样。她走出门的时候转身看到书架上有一本很特别的书，然后过去拿了出来，那是扎着蝴蝶结的日记本，有些好奇，解开翻阅。

“小漾，你男朋友呢？”丁灵躺在阳台上的躺椅上问杨漾。

“姐，我没有男朋友？”

“是吗？那有过初恋吗？每个人都应该有过一段难忘的初恋，无论是幸福的还是不幸福的。”

“初恋一定幸福吗？”杨漾走到阳台上看着星空。

“怎么突然问这个？姐。”杨漾转过头看着丁灵，眼睛里闪现出一丝异样的光芒。

丁灵以为自己看走了眼。

“想起那时候的一些事情了。”她从躺椅上站起来，凑近那盆寒兰花嗅了嗅，自从金把这盆花弄碎之后，她很长时间没再闻过它了。

“姐，你为什么这么喜欢这盆花？总是去闻它，这跟你的初恋有关吗？”

“初恋？”丁灵长长地叹了口气，“其实这盆花跟我以前的一个好朋友有关，也跟我妈妈有关。”

“是很好的朋友吗？”

“是的，就像我妹妹一样，可是她死了，自杀的。”

“是吗？”她显得有些哀伤。

丁灵看着她的脸，有一种说不清楚的感觉。

“你恨我吗？”

“什么？”杨漾的脸色明显地变了变。

“没什么！”丁灵转过头去对着无尽的黑夜。

“LEI，我想见见你，老地方好吗？”丁灵拨通了 LEI 的电话。

“恩！”

丁灵和 LEI 坐在别墅里，一起慢慢地阅读丁灵带过来的那本扎着蝴蝶结的日记本里的日记。

“画室来了一个美丽的女孩，她的样子看起来很孤独、忧伤，很像一年前死去的妈妈，怀疑是十八年前被爸爸遗弃的女婴，我雇用了一个私家侦探调查她的底细。”

“这个女孩是不是你？”LEI 问。

“应该是我吧！原来晴熙一开始就在调查我，难怪我总感觉自己像被人监视着一样。”

“继续看下去吧！”

“恩！”

“那女孩竟然住在我前男友的家里，虽然是因为我的特殊爱好，我们已经一刀两断，但心里还是疼痛，想要窒息，原来我还是爱着他的。”

“特殊爱好？会是什么？”

“会不会她很爱寒兰花的原因？但那也不可能啊！什么样的原因会让两个恋人一刀两断呢？”

“不清楚，那如果你是那个女孩的话，那她的前男友不就是你的未婚夫裴俊？”

“这个我早就知道了，她有跟我说过，只是后来好像否认了，也不知道是什么原因，我想应该是裴俊找过她吧！”

“私家侦探提供的信息证明女孩确实就是当年被遗弃的女孩，相信男友也猜到了这点，在私家侦探提供的照片里发现一张女孩和大明星天天缠绵拥抱的照片，心生了赶她回乡下的念头。”

“如果被证实的话那你不就是她的姐姐？下面这应该就是当年的绯闻事件的原因了，真的是她传播出去的。”

“这一招挺狠的，不过到底是什么样的事情促使她非要赶你回乡下呢？难道跟你妈妈的死有关。”

“我也不清楚，可能只是个意外吧！”

“好像所有人都站在她的那一边，可怜她，同情她，帮助她，心生愤恨，到前男友家拿走所有的证据，准备出门的时候却不凑巧差点被她撞到，她已经开始怀疑一切。”

“原来那天晚上我撞到的不是鬼，而是人，难怪我进到那个房间什么线索都没发现，原来已经被她移走了，你说会是什么东西呢？”丁灵说。

“这很难猜到，可能是跟你妈妈的死有关，既然这些东西都在裴俊家，那有可能裴俊也参与了那件事情。”

“只可惜裴俊也死了，不然就好办多了。”

“我怀疑裴俊没死！”

“什么？”

“我见过他，只是他好像失忆了，而且在他身上也发生了很玄妙、很恐怖的事情，那一年真的发生了很多很多的事情。”

“那他在什么地方？”

“你好像有点激动。”丁灵看着 LEI 的表情有些奇怪地说。

“哦！没什么！只是感觉太奇怪了，一个已经死去的人怎么可能会突然活过来。”

“那个人你可能也认识。”丁灵犹豫了下，不知道要不要把伊凡可能就是裴俊这个事情告诉 LEI。

“谁？”LEI 问得有点急促。

“算了，还是下次吧！我也不是很能确定。”

## 3

“没关系，等你下次想说的时候再告诉我吧！”LEI 虽然很想知道，但仍然表现出无所谓的样子。

“跟她做朋友的期间对她心生了依赖，就像当年依赖妈妈一样，想要跟她远走高飞，但她告诉我她爱上了我的前男友，这个时候来了一个人，不想再见到这个人，因为这种病态的感情毁了我的妈妈，不愿再让痛苦延续。”

“病态？病态？LEI 把这两字反复念叨了两遍。难道是同性之恋吗？晴熙会不会是同性恋？哦！等等！你看这句。”LEI 用手指着日记本上那句因为这种病态的感情毁了我的妈妈。“你说到底是谁有病态的感情？晴熙还是她妈妈？”

丁灵摇了摇头，“我也不知道，太含糊了，别急，我们看下去再说，下面或许能透露点什么也不一定。”

“她走了，在我睡着的时候，好累，想要放开一切，那个人又来找我……”

“没了，写到这里就没了，还是没看到凶手到底是谁！”

“那晚上晴熙就吞安眠药自杀了，还怎么写，又是跟那个人有关，那个人到底是谁？是晴熙的初恋还是她妈妈的病态爱人？如果能搞清楚这个，大致就能确定凶手大概的年纪。”

“晴熙以前跟我说，说她的初恋是个叫沙漠狼的男人，既然是个男人，那就不应该是个同性恋！”

“可是她也说自己有特殊爱好，还说跟男友已经一刀两断，但心里还是疼痛，想要窒息。这完全有可能是她跟男友在谈恋爱的时候发现自己原来有喜欢女人的嗜好，然后被男朋友发现，两人一刀两断，结果发现自己还是更爱男人多一点。”

“你分析得好像挺有道理！那也是有可能的，我记得那时候她还吻过我，我也只是当她是个任性的孩子。”

“如果这个推断成立，那她的情人呢？她的情人会是谁？难道是她的情人为了替她报仇才在你的身上下毒？”

“如果真是这样的话，那人又会是谁呢？”

“我怀疑是杨漾。”丁灵突然严肃地说。

“杨漾？为什么？”

“我去查过她的档案和资料，杨漾是日本医科大学研究生毕业，日本的军医是这个世界上最残忍的，用毒对一个医大的研究生来说完全是小菜一碟。”

“如果真是这样，那她为什么不干脆一点？”

“这就是她的高明之处，她要弄成一种假象，让所有人都认为那不是一件谋杀，而是生老病死的正常现象。”

“就算这个假设成立，那杨漾杀死晴熙的妈妈是因为她阻止她们交往这个能说得通，可是她为什么要杀瑗悦？”

“这个我还没想到，会不会是瑗悦发现了什么？所以她要杀她灭口？”

“可是这么多的可能，又没什么真凭实据，说不过去啊！再说瑗悦也死了！”

“瑗悦死了，我好像没跟你说过，你是怎么知道的？”丁灵狐疑地看了LEI一眼，觉得他似乎对她隐瞒了很多事情，也许他什么都知道，可是却要在自己面前装傻。

“你没说过吗？她没死吗？我以为她已经死了，所以这么说。”他的眼里闪过他在说谎的痕迹。

“铭娟失踪了，生死不明，她应该也是查到了点什么，这几天我反复思量，觉得毒有可能是通过寒兰花传到体内的，应该是有人利用我经常接近这盆花并喜欢闻它所以在花上下毒，有没有看过电视剧《狄仁杰》，上官婉儿母亲郑氏在牡丹花里放鬼面蔷薇企图毒杀武则天？”

“那你怀疑杨漾在寒兰花上下毒了？”

“是的，还记得你爷爷说过，这种毒就像吸白粉一样，一旦停止就会发作，我身上的所有症状都是从金打碎那盆寒兰花之后开始的，也就是说从那天开始，那毒就没再继续了。”

“那马上回家，把那盆寒兰花拿去化验。”LEI说。

丁灵翻开手机，马上给方雪打电话，“小雪，在哪？有个事情想要拜托你。”脑袋里突然跳出一幕不好的影像，照片，照片。

“我在蓝吧啊！姐，有什么事吗？”

“哦！那没事，没什么事了！”丁灵急忙挂了电话。

“怎么了？是不是有什么发现？”

“我想起来了，我想起来了！”她敲了一下自己的脑袋。

“凶手应该是另有其人！”

“谁？如果没猜错，应该是方雪。”

“走。”丁灵拉着LEI往外走。

“到底是怎么回事？”一上车子，LEI焦虑地问。

“我在晴熙家看到十年前方雪的照片了，如果没猜错，方雪应该是晴熙同母异父的妹妹，难怪我之前觉得方雪跟晴熙有几分相似，原来如此。”

“现在你是不是感觉很兴奋？丁灵？”LEI的脸上一点笑容都没有。

“为什么这样说？”丁灵看着LEI突然心跳如雷，是啊！LEI是方雪的男朋友，那这种表情也很正常，可是为什么她感觉到脊背有一种寒冷的感觉。

“你真要去找方雪吗？也许她并不是真正的凶手，你所有一切都只是推断，你这样莽撞只会打草惊蛇，让真正的凶手有所准备，甚至更疯狂地害人。”LEI陷入一种无尽的思索当中，他抽出一根烟，他是一个很少抽烟的男人，除非是他遇到了难以理解的事情的时候。

“你是不是因为我怀疑方雪所以不高兴？”丁灵试探性地问。

“没，我是怕你再查下去，自己会有危险，我看那凶手并没有要杀你的意思，你还是放手吧！这件事应该跟你没多大关系，由我来查就好了，再说我答应过爷爷，要保护你，我不想看着你陷入危险当中。”LEI认真地说。

“这件事怎么会和我没关系？我朋友死了，我妈妈死了，我爱过的人一个个都死了！你说有没有关系？到底是为了什么？有什么天大的事情非要这样？”丁灵感觉自己又开始兴奋，开始激动。

“我不知道！应该是仇恨吧！你太激动了！”LEI抚摸着丁灵长长的头发说，“一切都会水落石出的！”

“我累了，想回家。”丁灵甩开LEI的手，冷冷地说。

“恩！好好睡一觉吧！你是真的太累了。”LEI对着空气像是对自己说。

电话突然又响起来，是方雪的，“姐！杨漾今天有没有跟你说过什么？”

"怎么了？我只是问她初恋的事情。"

"她失踪了，我怎么找都找不到，手机也关机了，还有阳台上的那盆寒兰花也不见了。"

"寒兰花不见了？我现在在车上，等会就回来，你先别慌。"

"杨漾失踪了，寒兰花也失踪了，明显是毁灭证据，我猜的应该没错，杨漾就是晴熙的那个初恋情人。"

"你不觉得奇怪吗？方雪怎么会这么快就注意到寒兰花失踪了？难道她平时很关注这盆花吗？"

"不知道，我现在很乱！很多很多的迷惑！要不我现在报警吧？"丁灵的手开始颤抖。

"你不怕被查出来，你是假冒的丁灵吗？如果你不怕的话，就报警吧！把我、爷爷以及相关的人全部都抓起来。"

"你们是不是还隐瞒了我什么？为什么你这么怕报警？"

"少来了！你自己想多了，神经紧张，去看一下心理医生吧！丁灵！也许根本就没有人被毒杀，我们都只是猜测，如果这些人全部都是被杀的话，为什么警察一个都没查出来？你觉得警察没你厉害吗？"

"你变了，LEI，自从我怀疑方雪之后。你变得很奇怪！"丁灵看着LEI眼睛红红的。

"不说了，不说了！我也很乱！我下车了，不回去了，你自己回去吧！"LEI神情郁闷地下车，留下一脸委屈的丁灵。

也许我真的是因为得了绝症所以神志不清了！反正我都快要死了，干嘛还去管这么多呢！算了！算了！丁灵又开始后悔自己的行为和脑中莫名闪现的各种想法。

丁灵回到家后，方雪递了一杯水给她。

"姐，你怎么了？眼睛红红的！"

接过水喝了一口。

"没！杨漾回来了吗？那盆寒兰花找回来了吗？"

"联系上了，杨漾说她妈妈生病了，回一趟老家，让我跟你说一声，还有寒兰花掉楼下去摔坏了，我只好把它扔了，现在没事了。"

"是吗？没事就好！哦！小雪，明天陪姐去一个地方好吗？"丁灵边说边脱去外套。

"恩！"

"你怎么不问我去什么地方？"

“你想说就说了。”

“你以前不是喜欢什么事情都要问清楚的吗？心情不好吗？”

“没！人本来就很奇怪！”

“不说这个了，金和小冰呢？”

“他们睡了！”她说。

“好。小雪，你觉得LEI怎么样？”丁灵突然又问。

“帅气，富有，聪明，无论是男人、女人、老人、小孩都会喜欢吧！”

“他对感情好像挺被动的，可对你好像有点不同，感觉他挺喜欢你。”

“怎么会呢？他更喜欢你才是，那天你跑出去后，他是第一个冲出去的。”方雪的脸上写满嫉妒。

“其实我们有血缘关系，我也是最近才知道。”

“什么？血缘关系？”



## 4

“恩！一言难尽。不过我不是问你这个！我是想你跟LEI认识的时间比我长，你有没有觉得他是个很有秘密的人？”

“每个人都有秘密不是？我也有秘密，我觉得现在应该跟你坦白一些事情！”

“什么事情？”

“晴熙其实是我姐。”方雪皱着眉头有点为难地说。

听到方雪亲口说出来，丁灵悬着的心突然放了下来，LEI是方雪的男朋友，晴熙是她的姐姐，她到现在才被告知，心里总觉得不是滋味。

“你早就知道你姐跟我是朋友吗？”

“是的！那怎么一直没听你提起。”丁灵有些害怕地往沙发缩了缩。

“你怕什么，如果我想害你，早下手了。”方雪似变了个人似的。

“你是不是以为你姐是我害死的？所以打算找我报复？”丁灵虽然已经猜到这一层，但面对方雪如此坦白，她又变得不知如何是好。

“一开始有想过，但后来发现有些事情并不是我猜想的那个样子，所以迟迟没有动手，你放心吧！想害你的想法早在一年前就打消了。”

“那你也知道瑗悦的事情对吗？她并不是得了白血病对不对？而是中毒？”

“这个我就不清楚了，再说她也是我朋友，虽然我不喜欢她，但我没道理害死她！”方雪看着丁灵，冷冷的。

“铭娟呢？铭娟失踪了！是不是也跟你有关？”

“有没有搞错？你不要把什么事情都推到我身上，我并没你想象中那么坏，我是有想过替我姐报仇，但我也只是想想。看你对我姐这样念念不忘，看你对我妈这么好，我根本就下不了手，算了，反正都说清楚了，我要回家去了，你自己小心点吧！”方雪站起往门口走去。

丁灵看着她，愣愣的，捂着嘴巴瘫坐在沙发上。

在沙发上坐了一会，怕其他人看到就钻进自己房间里抱着身子哭泣。

为什么方雪能把这件事情说得这么轻描淡写？眼泪汹涌，然后昏昏沉沉地睡着。

“怎么啦，小灵？发生什么事了吗？”花妍放下手里的筷子忧心重重地问。

“妈！我并不是您女儿丁灵你知道吗？”丁灵对着满桌子的土菜艰难地说。

“没事，我早就知道了！丁灵这孩子从来就不会叫我妈，她都是叫我姆妈的，其实从你出现我就知道你是冲着什么来的！只是后来你失忆了，好像忘了自己为什么来这里的。”花妍慈祥地说，“我等这一天等很久了，希望有一天你能跟我坦白。”

“那寒兰花饰品是我来这里的目的吗？”她往花妍的碗里夹菜。

“应该是，我什么都没有，除了那东西还值点钱，真不知道还有什么东西能让别人窥视的。”

“那我到底是谁？妈？你到底是什么时候才发现我开始不对劲的？”

“从你美国回来之后！你怎么突然提起这个？”

“所以从那时候起你就开始对我冷淡对吗？”

“也许吧！一开始我还真没发现有什么不同，只是觉得怪怪的！”

“那你为什么都不说？”

“我一个人，能跟谁说去，再说你对我们家小冰还算不错，对我也没什么恶意，我也就想着，反正一切都已经这样了，你来也不过就是想要得到那饰品吧！就不想把事情再扩大，不然会有更多的人受伤。”

“妈！那东西到底有什么秘密？为什么有那么多人想要得到它？”

“也不是什么特别的东西，只是我们花家的传家宝，只传给女儿的，说是藏有我们花家的宝藏，但谁知道是真的还是假的，你说真有宝藏的话应该是传给自家的儿子不是？女儿毕竟是嫁出去的姑娘泼出去的水。”

“是啊！不过妈，你们花家的人都有没有彼此联系的，自从抗日战争那会后？”

“哎！那时候死的死，散的散，各自逃命了，人海茫茫，去哪里找！不然我也不会沦落到现在是吧！”花妍无奈地叹了口气。

“你就没想过要找到自己的亲人吗?”

“人的一生哪有这么多时间!一眨眼的工夫就几十年了，也不知道是被谁偷走了!”

“妈!有时候是不是觉得很冤枉?”

“讲什么呢!傻孩子!大家都一样!走自己该走的路就好!”

“妈!等那边的事情处理好之后，我就带小冰回乡下来，陪着你，再也不离开了，像这样坐一起吃饭，感觉真好!有你在旁边，感觉很安心。”

“在那边是不是碰到什么事情了?说来妈听听!”

“没什么呢!可能是最近工作忙，所以有点累了!”

“妈相信你会处理好的!”花妍摸了摸丁灵的长发。

“哦!妈，你觉得裴俊人怎么样?”

“那孩子不错!是个很有责任心、很重感情的人，可惜好人不长命!小灵和他活着的时候不能在一起，死了但愿能幸福地在一起。”

“妈!如果裴俊没死的话，你能不能认得出来?”

“怎么这么说呢?孩子!死了都这么多年了!”

“妈!我怀疑裴俊没死!当年的那起事故死的是另一个跟裴俊长得很像的孩子，有可能那个人是裴俊的亲兄弟?而且那根本就不是一起单纯的车祸，而是谋杀!”

花妍急忙捂住丁灵的嘴巴说:“你这孩子!连警察都查不出来的案子，哪是你能胡乱猜测的?你是不是要气死我啊!”花妍生气地向外走去。

丁灵看着花妍生气地走出去，一点吃饭的心情都没了，难得跑回来，偏要讲些让她难过的话。

门外满地的落叶，飘来泥土清新的味道!接近自然的感觉真好!那么安心，大地的厚实，土葬原来只是为了能让人死后回归大地，更贴近生命的本原。

“姆妈!”看着花妍孤寂的背影，脸上有冰冷的液体慢慢地滑落。

丁灵回到杭州，就顺路见了裴俊的父亲裴松仁，她希望能从裴松仁的嘴里得到些什么。进到裴俊家的院子，有着熟悉的影子。

来开门的是裴松仁。

“是你啊?小灵!今天怎么有空过来?”

“爸，真是不好意思来打扰您。”

裴松仁倒是笑着把她让进屋里去。

丁灵和裴松仁面对面地坐着。

丁灵有点难过地说:“爸!裴俊出事那会，我没来裴家……”

裴松仁看上去显得有些疲惫，因着金融危机的影响，公司的危机还未完全解除，又加上人到中年，却孤家寡人，他现在一门心思就是自己的公司以及公司所有人的吃饭问题。

他说："小灵，你有什么问题就问吧！只要是我知道的，全告诉你。"

"爸！我见到裴俊了?"丁灵边说边看着裴松仁。

"俊儿？怎么可能？他已经死了！你就别来逗我老人家了。"裴松仁诧异地看着丁灵。

"难道爸你真不知道吗？裴俊他没有死。"丁灵愣愣地看着裴松仁。

"小灵，你不要寻我老人家开心了！俊儿他死了。你到底要听我讲几遍！你为什么还不能接受这个事实!"裴松仁大发脾气。

"爸！你说只要你知道的，你全部告诉我，所以不要再瞒我了，我全知道了，当年裴俊发生车祸，喝酒撞死了他的亲生兄弟，你为了保全他就将错就错把裴俊当成了伊凡。"丁灵就像没有看到裴松仁的不满自顾说着。

裴松仁的脸变得铁青，震惊极了。

"那就是说那件事是真的了？可裴俊似乎对这件事一无所知!"

"是的。"裴松仁轻轻叹了口气。

"到底是怎么回事?"

"他失忆了，与其说是他失忆，更确切地说应该是我不想让他记起那些惨痛的过往，现在他不是过得很幸福吗？所以你就当他死了吧！丁灵。"裴松仁的话中有着一丝丝的哀求。

丁灵对裴松仁的话感到一丝丝的恐惧，这真的是现实中发生的事情吗？太难以想象了，她轻轻抖了一下，虽然她早就猜到有这个可能，但听裴松仁亲口说出来就觉得有些害怕。

"爸！可你有没有想过那次车祸也许并不是一个意外?"丁灵调整了一下自己试图更深入的询问，她想知道更多的事情。

裴松仁虽然很反感丁灵问起那些已经过去的他不愿再去回忆的事情，但他还是践行了自己当初的那句"只要我知道的，全部告诉你。"

"是的，那不是一件简单的车祸，是有人蓄意谋杀。"

听到谋杀两个字，丁灵握在手上的杯子啪一声掉到了地上，碎了。恐惧再一次向她袭来，已经很明显了，这所有事情都像是有人在背后一手策划的。

裴松仁看着一地的玻璃碎片，并没有动，因为他陷入一种空无之中，眼神却是冷冷的。

“真的是谋杀，跟我想的一样。爸！为什么有人想要杀裴俊？”

丁灵焦虑地看着裴松仁。

“应该是冲着我来的！”裴松仁回过神来情沮丧地说，“你还记得你的老师韩兆基和他的儿子韩易悠吧？”

又中了，难道LEI所说的全是事实？丁灵心里面微微抖了一下，会是眼前这个和蔼可亲的如同自己父亲一样的男人杀了韩易悠的母亲月吗？这有可能吗？她在心里叹了口气。

## 5

丁灵看着神情哀伤的裴松仁知道他要开始述说了。

“二十几年前，我和韩易悠的父亲韩兆基同时认识了俊儿的亲生母亲琴，韩兆基对琴一见钟情，而我也是，只是韩兆基光明正大地追求琴，而我则把对琴的感情放在了心里面。韩兆基家里人反对他们的这份感情，就偷偷送他去了美国，韩兆基因为受琴的所托照顾她患有白血病的妹妹，结果身在异乡的两人产生了感情，只是回国后，两人为了不伤害琴都压抑了彼此的感情，而我亦在韩兆基在国外的期间与琴培养了不一般的感情，但琴最终还是选择了韩兆基，因为对一个女人来说，她更需要一份富足、稳定的感情，而那时候的我跟韩兆基比起来还是相差太远，琴选择了韩兆基我并不恨她，那种年代，爱情太过奢侈，不知道是否心有不甘，我选在了他们的前面结婚，那个女人就是那年被你们气死的裴妈！后来琴在结婚的前夕发现妹妹跟自己的未婚夫有染，并怀有身孕，于是她在结婚那天留书出走，那时候她已怀有三个月的身孕，无处可去的她想到了我，因为她也只能找我。”

“那琴走后，韩家人为了不让韩家丢脸就让怀有身孕的月代替琴嫁给了韩兆基，然后月就生了一个叫韩易悠的儿子对吗？”

“不对！韩易悠并不是月的儿子，是琴的，当年月患有白血病，那孩子死了，琴生下孩子后把那小家伙托付给我，我经过辗转之后又交还到韩兆基的手里。”

“那也就是说韩易悠根本就不可能是因为患有白血病而死对吗？”

“话不能这么说，虽然琴没有白血病，但不代表有隔代遗传的可能。”

“可是这样跟裴俊的车祸又有什么关系呢？那裴俊又是琴跟谁的孩子？”

“裴俊是我跟琴的孩子，我背着妻子金屋藏娇，那时候琴怀了双胞胎，琴生完孩子刚恢复不久就带着其中的一个孩子离开了我为她准备的那个地方，那不能说是一个家，她留了纸条让我不要再去找她，我知道她的决心，因为她的要强。双胞胎中的另一个被我带回了家，我与裴妈说明了一切，她是一个识大体并且善解人意的女子，她说能接受这一切，并把裴俊当自己的亲儿子般对待。”

难怪那时候觉得韩易悠跟裴俊长得有些相似，原来是同母异父的兄弟。丁灵沉思着，呆呆地看着自己的手。

“所以即使是到发生车祸的那刻，裴俊都不知道自己的亲生母亲是琴?”

“是的，不想俊儿因为这些而受到伤害!”

丁灵沉思了一下，想到之前 LEI 跟她说的。

“还有什么想问就问吧!”裴松仁脸色显得不是很好。

“爸！那这些也不足以说明裴俊的车祸就是蓄意谋杀啊?”

“你说的对！接下来还有事情发生。六年后，一个偶然的机会，我带着俊儿到韩家，正碰上他们夫妻吵完架，我明明找遍了所有的房间都不见人，但却无意间看到花琴从门口出来，当时真的很纳闷，可是当时的情形却容不得我多想，我怕出事，就尾随着她，俊儿一直很乖，也都没出声。”裴松仁提到俊儿的时候眼里闪过一丝哀伤。

“难道韩家有什么密道或者密室之类的地方?”

“听说这个地方原址是花家的府邸，如果真是那样的话，这些也就没什么奇怪了。”裴松仁看着丁灵肯定地说。

“那后来呢？后来发生什么事情了?”丁灵想知道之后是否也像 LEI 所说的那样，但 LEI 怎么会知道这些事情的呢？他确实有很多的事情瞒着她，因为他对韩家的事情十分的清楚，而且对韩家周边的地形以及南山这个地方也十分的了解，难道真的是为了宝藏？可妈妈说花家应该没有什么宝藏。

“琴左拐右拐地就到了半山腰，我跟着她在一块平地上见到了另一个琴，当时我很是愕然，为什么有两个一模一样的琴。”

“为什么说是两个一模一样的琴？应该一个是琴，一个是月才对啊!”

“不对，两个都是琴，因为月的下巴没有痣，而我见到的两个女人下巴都有颗痣。”

“难道是见鬼了?”

“这个世界上没有鬼，我怀疑是月假扮成琴。”

“可月为什么要假扮成琴呢？难道跟那个密室有关?”

“这个我就不得而知了!”

“那就是说到现在你还是不知道当时摔下悬崖的是月还是琴了?”

“可以这么说吧！摔下去的都已经面目全非了。”

丁灵看到裴松仁眼里闪过撒谎的眼神，他应该是知道掉下去的是月还是琴才对。

“难道就没有其他办法辨认了吗？”

“有是有，但我相信韩兆基应该是最清楚的。”他话中有话。

“可是爸！你还是没讲到为什么有人要谋杀裴俊啊？你不会觉得死的那个才是真正的琴，而活着的那个就是月吧？我认为是月先杀死韩易悠，再杀死裴俊？为的就是报复琴？”

“都过去了，你就别在那瞎猜了，好好过日子吧！忘了俊儿，他难得现在有了新的生活，你就别去打破这种平静了，就当是积德吧！这件事你就不要插手了，不是你该管的。”

又是一个让她不要插手的，这一件件的事情比想象中的更复杂了，既然裴爸已经这么说了，丁灵也不好再说什么！无论是裴俊还是伊凡没有那些血淋淋的记忆或许会更好些。

“你好些了吗？这次回家有没有什么收获？”丁灵从裴家出来后约了LEI见面。

LEI开口就问丁灵调查的情况，丁灵回家这件事是跟LEI提过的，但没想到他记得这么牢。

“根本就没什么宝藏，只是有一件事情你绝对预想不到。”

“什么事情？看你说得如此绝对，那真的有可能不是一般的爆炸性新闻。”

“韩家的孩子韩易悠竟然跟裴俊是同母异父的兄弟！可能是血脉相连吧！难怪两人以前的关系如此的好。”丁灵想起以前就说了这句话。

“什么？同母异父的兄弟？”听到同母异父几个字，LEI脸上的笑容凝固了，脸色变得十分的难看。

“你是不是觉得很奇怪？还有连你都不知道的事情？”丁灵抬起头看着LEI，脸上闪过一丝得意。

“你是从哪听来的？”声音有些颤抖。

“我顺路去了一趟裴家，裴爸经不住我的左磨右缠就告诉了我当年的一些事情。”

“那你的意思是裴俊并不是他母亲的亲儿子，而是月和裴松仁所生的？”

“错！比这更复杂！原来韩易悠是琴和韩兆基的儿子，而裴俊是琴和裴松仁所生的双胞胎之一。那次车祸死的另一个就是裴俊的弟弟伊凡，这么巧合的事情你觉得会是意外吗？所以裴松仁认为这是一次蓄意的谋杀，但他到现在还没想明白到底是谁要这么做，也没找到任何线索。”

“是吗？”LEI这会的情绪有些奇怪。

还是没有铭娟的消息，不敢报警，怕惹出更大的麻烦，丁灵心情很复杂，铭娟的失踪让她觉得自己现在已经大白天下，可能那策划一切的人正站在自己的旁边笑她的愚蠢和胆小。今天是晴熙的忌日，每年的这个时候，她都会去看她。

丁灵准备给方雪打电话，怀疑她下毒，到现在心里还是有些过意不去，不过这丫头也十分的拗！到现在都没联系过她，可能是不肯原谅她吧！叹了口气，推开门出去。

不过出门后还是给她拨了电话："是我，小雪！你在哪？那天约好的事情没忘吧！"

丁灵尽量让自己显得平静，就像没发生过那天的那件事情一样。

"姐！是你啊！我没忘记呢！不过要在哪里见面。"方雪可能也是等这个电话等了好久，所以接起来后倒是很配合丁灵。

"今天是你姐晴熙的忌日，想去看看她，一起去吧！"

"原来一直在那放花的人是你啊！可为什么每次都买两束呢？"

"两束？没有啊！我每次去都是买的满天星！一束。"

"这就奇怪了，旁边还有一束红玫瑰的，每年都一样！"

"难道除了我们还有其他人？红玫瑰？莫非是个男的。"

"姐，要不这样吧！我们快点过去，守在那里，也许就可以知道是谁了。"

"好，那你快点出来吧！"两个女人为了共同的目标又冰释前嫌重新走到了一起，说女人比男人复杂，其实有时候女人与女人之间也可以很简单，比男人更容易沟通。

丁灵走在路上，觉得特别的惬意，是因为和方雪和好了吗？还是因为两个人又重新回到了过去，说不上来，反正有点跃雀，她没有开车出来，可能是去见晴熙吧！她会不喜欢，因为晴熙生前就讨厌人家比她过得好，如果她知道丁灵现在的生活，也许在地下都不得安宁了。

# Chapter Sixteen

# 滴血红玫瑰

男人与女人，只要是相爱，好像彼此间只要皮肤一接触就能产生一种春恋。

# 1

前面左拐有家花店，那里的花很芬芳、很娇艳！每年的这个时候，丁灵都来这里买，老板也跟她很熟了，是个四十几岁未婚女子，主张独身，也许并不是她真的想要独身吧！丁灵相信这个世界上没有真正想要过单身生活的女人，只是无人可嫁或者没人要娶！无人可嫁就是纵观活着的人，没有一个愿意想要相伴一生的，而无人要娶，就是走到今时今日，没有人向她提出结婚的，无论是相好还是一夜情缘。

每年的这一天，她都会早起为丁灵准备，丁灵觉得老板经营有道，因为她记忆力很好，买过一次的，下次再来，都能记得住。

丁灵远远地就看到那家店的门开着，心里有点暖暖的。

“来了！你还是很早啊！还是满天星吗?”老板笑呵呵地说。

“恩!”

“来，给你，都已经准备好了!”她笑盈盈地说。

“看你这么多年，一直这么坚持，也不知道是送给谁的！想必感情一定很好吧!”

丁灵笑笑，“其实我一直没有什么事情能够坚持的，这是我唯一一件坚持的事情!”

老板脸色变了一下，有些感触地说：“那死去的应该是很亲的亲人吧!”

“不是！是一个朋友!”

“死去的朋友？刚刚也来了一个人，跟你一样，每年的这个时候都会来，说是送给一个朋友，看来这年头重感情的人还是多。”

“什么？老板，那人是不是买了红色玫瑰花？就是这种颜色的。”丁灵显得有些急促，指了指那盆红色滴血的红玫瑰。

“你怎么知道?”老板吃了一惊。

“我猜的。”丁灵指指地上还未打扫的玫瑰茎梗和叶子。

“你这孩子吓我一跳！”老板抚了抚胸口。

“买这花的是男是女？”丁灵吻了吻手中的满天星，虽然她知道这小花并没有香味。

“是个女的，很漂亮，不过一脸的冷漠，真看不出还是个重情义的人，跟你差太远了，你就显得温和、容易亲近多了？”老板边整理着花边说着。

“好的，谢谢！”丁灵给了钱出了花店，心里想着这冷漠的美艳女子究竟是何人？是杨漾还是杨梦柳？杨漾？杨梦柳？难道是姐妹？因为最近见多了姐妹、兄弟的关系，自然而然地便想到那一层。难道是杨梦柳？不是吧！杨梦柳会是晴熙那个爱人？如果是这样，那她们是怎么相遇的？又是怎么好上的？为什么杨梦柳又爱上了韩易悠？太复杂了！丁灵甩了下头。去看了就知道了，那人究竟是何方神圣。

八点，和方雪在陵园门口相遇，方雪手里拿着一束百合花。

进去的时候和一个气质冰冷戴着大大墨镜的黑衣女子擦身而过，回过头去多看了两眼，没有熟悉的味道，于是回过神和方雪一起进去。

“姐，你说我们今天能碰到那个人吗？”方雪又恢复了以前的依赖和没心没肺的模样，她是个不记仇的孩子，她今天心情不错，虽然是来陵园见她死去的姐姐。

“不知道！如果没猜错的话，那人已经来过了！”丁灵有个直觉，刚才出去的那个女子应该就是放红玫瑰的人。

果然，在晴熙的墓前安静地躺着一束刺眼、妖艳，像是染了血的红玫瑰。

两个人都不由自主地抖了一下。

“姐！我的姐姐晴熙是怎样的一个女孩？”方雪突然问。

“是个很好的女孩子，重情意，很孝顺！”丁灵放下怀里的满天星说着，既然逝者已逝，还有什么好说的呢！

“听妈说姐姐很孤独，我以为姐姐就你一个朋友，却没想到还有其他人。”她笑笑说，“我妈让你今天去家里用餐，说有些话要跟你说，我想可能跟这个送玫瑰花的人有关系吧！”

很难否认，方雪有让人难以讨厌的气质，也让人难以拒绝，丁灵看了看方雪点点头。

丁灵觉得自己应该追出去，也许追出去拉住那个人就知道她是谁了，可是她在害怕，害怕证实那个人就是杨梦柳，证实这所有的一切都跟韩易悠有关，证实她只是一个被人利用，卷入这所有纷争的小人物，当真相就在眼前的时候她害怕了，畏缩了。叹了口气，有回声，好像这气并不是自己叹出来的，是从晴熙的墓里吗？连死人也瞧不起她！

“要不要搬回来住？”两个人走在出陵园的路上，丁灵问。

这是条死静的路，天气也阴沉沉的，风吹在脸上倒没有很凛冽的感觉。

外面的路灯还亮着，虽然天已经大亮，两个人就坐在站牌的椅子上等着公车。

“好多年没坐公车了！感觉是很遥远的事情了！”丁灵抬头看看天，真的很想念她。

“姐！有准备零钱了吗？”方雪摸摸自己的口袋，掏出四枚硬币来。

上了车，投了币，与方雪并排坐着，然后看着陵园。

隐约中又看到了晴熙，她站在那个破旧的站牌在向她挥手道别。

因方雪的邀请，丁灵再一次去见了晴熙的生母。

她最近有些消瘦，可能是操了很多心，但依然是慈祥的，就像当年丁灵第一次去晴熙家看到的一样，只是现在她的白头发又新添了不少，房子依然是打扫得干干净净的，是个操心的好女人，她坐在藤椅上，家里却没有安置空调，一把风扇呼呼地响着，见到丁灵就开口说：“你来了。”

丁灵点点头在她旁边的椅子上坐下，环视了一圈说：“小雪呢？”

“小雪她出去了，知道你晚上要来吃饭，就去菜市场买菜了。”她站起来给丁灵倒了一杯茶。

“您找我有什么事吗？听方雪说你有话要跟我说。”丁灵喝了一口茶，是碧螺春，味道不错。

“是啊！听方雪说你最近碰到了些棘手的问题，可能跟晴熙有关系，本来以前的事也没必要再提，但觉得那事可能对你有帮助。”

“阿姨，那到底是什么事情？在我认识晴熙之前，她到底发生了什么事情？”

“晴熙这孩子原本品学兼优，天资聪慧，酷爱画画，平时打扮得像个小公主，但一到画室就像变了个人似的，喜欢穿着牛仔背带裤，托着调色盘整天像个假小子一样地窝在画室里画画，后来她在画室里好像又认识了几个朋友，从那之后，整个人就变了个样。”

“是不是谈恋爱了？”丁灵问，因为她想到了那个沙漠狼。

“应该是吧！他们经常结伴出去，那几个孩子也来过家里，两男两女，如果没错的话，应该是两对吧！熙熙是和裴家的少爷一对，另外一男一女是一对，四个很优秀的年轻人，所以所有人都没有反对他们来往。可是他们出去旅游回来之后，一切就都变了。熙熙突然性格变得怪异，一点都不像以前的那个熙熙！因为就在那天，熙熙的养母就死了，我怀疑她的死并不是一个意外，但也没有多嘴。那次旅游到底发生了什么！没有人知道！熙熙死了，裴家少爷裴俊也死了，其他两个人也应该难逃厄运吧！至于其他两个人，我想你去熙熙当年的画室打听一下，应该就能知道！知道是哪两个人，你要么去熙熙的房间再看看，也许能发现点什么有用的信息。自从熙熙走后，这里的所有东西都没动过。”

“阿姨，既然熙熙经常跟他们出去旅游，难道就没有留什么照片之类的东西吗？应该有合影这些才对。”

“恩！我想想！以前好像是有这样的一个本子，可是自从熙熙出事后，那本相册就不见了。”

“阿姨！要不这样吧！我去熙熙的房间再看看。”

“也好！”

打开晴熙的房间，丁灵疲惫地坐在房间的书桌前，她拉开抽屉一个一个地看过去，可是并没有发现所谓的相册。

难道晴熙自杀的那晚真有人摸进她的房间拿走了那件东西？但即使没有相册，应该也有相框这些才对啊！裴俊，对，如果是合影的话，裴俊应该也留有一份才对。想要知道当年的另两个人并非难事，只是当初到底发生了什么？如果另一个人是韩易悠的话，那另一个女的又会是谁？杨梦柳吗？

难道沙漠狼是韩易悠？他喜欢的那个女人是晴熙？难道是他跟晴熙发生了关系，在那次旅游中！她的脑子突然嗡的一下炸开了，所以那次事情之后，杨梦柳出国，她回来只是为了报仇，为了报韩易悠和晴熙的背叛之仇，如果有仇，她却为何每年都来看她，这很难解释？莫非她是变态到想要跟她炫耀，炫耀没有人可以在夺走她的一切之后还能在天堂里幸福地再续前缘。

丁灵拿来自己的包，掏出上次的那本日记本重新翻阅着，心里想，既然晴熙有写日记的习惯，那不可能之前的都没写啊！难道是那本已经写满了？如果真有的话，那日记本去了哪里？

“在想什么呢？这么入神？”门口站着方雪。

“我在想，你姐的另一个日记本。”

## 2

“早烧了！女人就这样，恋爱的时候会写日记，跟心爱的人一起拍合照，互留情侣饰品，一旦翻脸，撕照片，烧日记，扔饰品，总之就是毁尸灭迹！找也没用，这些东西是不可能再留的，不过，那红色玫瑰花我倒是记忆有些深刻，每次姐收到那花好像心情就特别的好，就像打了鸡血一样的兴奋，反正后来的很长一段时间，她就再也没收到过那花了，她也就慢慢变得堕落，慢慢变得不可思议！”

“难道真的跟那花有关，你还记不记得你姐当时交往的那几个人？”

“都那么长时间了，谁还记得，反正都是些有头有脸的人物，一个就是裴家少爷，还有一个是大学的一个讲师以及他的女朋友，好像是因为裴家少爷才认识的吧！”

那大学的讲师应该就是韩易悠没错，三个都死了，只留下了杨梦柳，如果没猜错的话，那天放红色玫瑰花在晴熙墓前的应该就是她了，不管是哪种猜测，反正跟她是脱不了干系的。至于那天到底发生了什么，也就只有她才能给得了这个答案了。

红得像血一样的玫瑰花，这妖艳的花朵到底要用血染到何时才能开败?!

这毒蝎子一样的女人想要杀掉多少个人才肯罢休，仗着父亲是院长，仗着医学博士头衔暗地里做了多少黑心的事情，丁灵突然觉得无限愤慨，是被利用还是被欺骗?什么韩易悠，什么裴俊，却原来都是些披着神圣光环的恶徒而已。

丁灵吓了一跳，为自己脑中这种悲观的想法。

“你怎么呆呆的，是不是想到了些什么有用的线索?”方雪有些热切地看着她。

“有点眉目了，但还不到说的时候，等我整理得差不多了，并且有十足的把握之后，就会告诉你。”

“你啊！就是喜欢卖关子！知道你逻辑推理能力强，但可别推出个贻笑大方的结果来。”

“所以说嘛！不想现在就说，说了怕你到时候又来取笑我了。”

“在说什么呢？聊得这么开心。”阿姨手里还粘着些面粉，看来她也对这件事情很是关心，毕竟是自己的亲生女儿，她也不愿看到熙熙死得不明不白的。

丁灵开车到了人民医院，找到了服务台。

“你好！我想问一下，杨梦柳医生在哪个科室?”

“你说杨医生啊！她已经辞职回美国好多天了。”

“辞职？那她在这里还有没有存留什么资料档案？我能不能看一下她的照片?”

“不好意思！这个没办法帮你！关系到个人隐私，不方便透露。”

杨梦柳辞职了！好不容易燃起的希望又破灭了！是不是要去拜访一下杨梦柳的父亲？不是说他是人民医院的院长的吗？可这样做会不会打草惊蛇？也罢！是不是可以去问一下铭娟的下落?

丁灵这么想的时候又折回去到了医院！

“你好！我想再问一下你们这里的铭娟医生在不在？我是她的同学，好久没见到她了。”

“你还真麻烦！好拉好拉！帮你查一下！”

“谢谢！”

“铭娟医生也在不久前请假了，不过请假条好像是杨医生帮她递的。”服务台的护士敲着头像在回忆，因为那天杨医生看起来有点匆忙，我不小心跟她碰了一下，她手上的纸张掉了下来，我慌忙捡起来递给她，所以无意间就看到了。

“哦！谢谢！”丁灵有点垂头丧气的转身，快到拐弯的时候。

护士像是又想到了什么，热心地告诉丁灵：“她们可能一起出去旅游了吧！杨医生跟你的朋友是同一所学校的学姐跟学妹。”

学姐，杨梦柳是铭娟的学姐？她整个人一下子就开始热血沸腾了起来，那说明了什么？她们是一伙的还是铭娟调查的时候被杨梦柳发现了，所以就杀人灭口？事情好像更加的复杂了。

她去找院长的时候，看到文笙有点行色匆匆的背影。

他来医院做什么？本想叫他，却发现他早已消失的没有踪影了。

丁灵走进宽阔整洁的院长办公室，只见一个头发斑白，神情严肃的中年男子正伏案认真地工作。

“院长伯伯，您好！我是杨梦柳医生的朋友。”丁灵大方地走到男子前面。

男子听到声音终于抬起头，这是一位慈眉善目的长者。

“你说梦柳啊？她前段时间回美国了，可能心情不是很好吧！作为医生看到自己的病人死在自己的面前是一件很悲痛的事情！”

“您说的死去病人是指一个叫瑗悦的女孩吗？”

“好像是吧！得了白血病，跟梦柳的未婚夫一样的病！这个孩子就是死心眼，这么久了！还是无法从那阴影中走出来。我知道她是尽力了！这个女孩转到我们医院的时候已经差不多了，梦柳一看是跟易悠一样的病，就接手了这个病人。”

“她辞去工作也是因为这件事情吗？”

“是啊！我做父亲的看着女儿这个样子，心里比谁都痛！希望她离开这里，心情能够变得好些。”

“哦！院长伯伯！你有梦柳姐的电话吗？我也很长时间没见到她了，最近因为医学方面的有些问题想要请教她。”

“电话？你等一下！我给你写一个。”他写完后递给了丁灵一张小纸条。

走出医院，丁灵变得很沮丧，杨院长的样子一点都不像是装出来的，自己就因为主治医生是杨梦柳，朋友死了，就把责任都怪到她的身上，好像显得有点小气跟无知，这里面会不会是因为夹杂了当年韩易悠最终选择了杨梦柳的缘故？难道这所有的事情都只是个意外，并没有所谓的阴谋？只是自己的心理暗示？金在一边看得很清楚，所以他才说了那些话吗？还有文笙以及裴爸都让她不要再管这些事情都是因为这个原因吗？是自己生病了？只是所有人都没有说出来。

丁灵回到家一头钻进房间，把门、窗全部严严实实地关闭起来，躲在角落里抱着自己哭泣。哭了一阵之后，她站起来拿出手机，把杨院长给她的手机号码输到手机里！她觉得就算自己真的是患有什么奇怪的毛病，她还是想要弄清楚他们四人之间的关系，以及当年到底发生了什么！至少方妈妈不可能说谎才是！但那些能证明杨梦柳就跟此事毫无关系吗？如果毫无关系的话她为什么每年都去晴熙的墓前送那红玫瑰？反正她要找杨梦柳谈一次才好。

哭够了之后，重新树立了目标，丁灵才从房间里出来。

“躲在里面做什么呢？又哭了？那滴血红玫瑰有进展了吗？”金打趣道。

“我肯定会找到真相的！那滴血的红玫瑰！”丁灵气呼呼地看着金。

男人与女人，只要是相爱，好像彼此间只要皮肤一接触就能产生一种眷恋，彼此的声音，彼此的怀抱，彼此的温度。哪怕是几十年，都会清晰、深刻，无法忘记。

“金！这是熙熙的日记！她喜欢我，却也因为我而死，所以我觉得有必要为她查清楚真相。”她递给金一个本子。



“因为心里的愧疚吗？这种愧疚让你过了十年都无法忘记对吗？是不是只要查清楚了，就能解开你的心结？”金有点痛惜地看着丁灵。

丁灵沉默了一下没说话，只是看着金翻着他手里的日记本。

“这是什么？怎么感觉这里厚厚的，这空白页好像跟下面的封皮贴住了。”金用手平摸了一下那空白页。

“我看看！”丁灵把日记本拿了过去，“是啊！里面好像真的有东西。你看看能看出是什么东西吗？”

“黑黑的！去拿把小刀过来。”金接过日记本看着。

“哦！”

丁灵很快从房间里摸索出了一把薄薄的刀片。

金小心地把日记本割开，原来是一张照片。

“证据，金，证据啊！我找的就是这个！这张照片我十年前在韩易悠的家里看到过，不过那张照片被烧毁了。”

“你们女人真奇怪！干嘛把照片这样藏起来。”金又是皱眉。

“这你就不晓得了吧？女人都这样的，对还有感情的人和物，想要舍弃，但又不忍，怕自己将来后悔，所以留有余地了。”

“你是说晴熙对这里面的有个家伙留有感情吗？”

“应该是吧！”丁灵叹了口气。

“其实我早就想到这四个人之中有一个就是杨梦柳了，找到这张照片只是为了证实心中所想。”

“那接下来，你决定怎么办？要不要交给警察处理？”金有点担心地问。

“不要！这件事我想自己处理！只要查清楚，并不想毁了谁？”

“如果杨梦柳是杀人犯，你也决定放过她吗？”金把丁灵的头扳正严肃地说。

“不知道！跟着心走吧！到时候该怎么样就怎么样！也许我会劝她自首。”

晚上，丁灵躺在床上辗转反侧，她拿出手机来回翻着，看着杨梦柳的手机号码心里有些按捺不住。

她编辑了一条短信发过去。

丁灵：你好，是梦柳姐姐吗？我是易悠哥哥的学生，你能见我一面吗？

杨梦柳：韩易悠已故！你有什么事！

## 3

丁灵：有样东西我要交给你！有关晴熙墓前那滴血的红玫瑰。

杨梦柳：你想怎么样？你到底是谁？

丁灵：想知道的话，你告诉我怎样才能找到你，我并无恶意，只是想知道一些事情。

杨梦柳：好吧，那你来美国吧！到了之后，你再联系我！

丁灵坐在飞机上，她不知道自己是从什么时候开始不再惧怕一切的，她总觉得自己变得不同，有着一股劲，想要弄清楚一切，好像可以为着真相不顾一切，就像她有时候想要知道飞翔的感觉，想要知道从高处跳下去的感觉，一种很迫切的情绪。

现在，她坐在飞机上，心里却想着，如果我跳下去会是怎样的，只是她不再有这种勇气，因为这种逼近死亡的感觉她已经有过体验，蹦极，当她从差不多十层楼高的地方跳下去的那一刻，她知道那种想象飞翔的感觉实际上原来只是快速的坠落。

是颓废还是对生命的不尊重，她只是茫然，青春，就像一把刀，整齐地割去了那段岁月。

在那青春的岁月里离去，是幸还是不幸？韩易悠、裴俊、晴熙他们是否在天堂里笑着。

丁灵站在机场，她上飞机的时候已经跟杨梦柳说过自己的班次，此刻，她应该在大厅里接机了吧！

墨镜女，那冰冰冷冷的墨镜女，还真没想到亲自来接机。

莫名的一阵感动。

穿过人群，扑上去就是一个拥抱。

“你谁啊！放开！”墨镜女皱着眉，不耐烦地将她的手使劲地掰开，吓得不轻！脸色惨白，全身颤抖。

终于放开，两行热泪，她乡遇故知，能不感动吗？

“梦柳姐姐，终于见到你了！”

“你就是那个深更半夜装神弄鬼的人！”气质依然冰冷。

“哪呢？不装神弄鬼你会答应见我吗？”她耸了耸肩一副天不怕地不怕的表情，哪像是飞过来威胁别人的。

“你想怎么样？”

“放心，别这么严肃，我又不是来敲诈的！”

“你是晴熙什么人？”

“朋友，因为上次在晴熙墓前看到你放了红色玫瑰花，所以好奇就来找你了！”

“你怎么知道我的手机号码？”

“院长伯伯给我的！”丁灵扁了扁嘴。

终于没再说话，她把车子开到一个安静的地方停下。

“你想知道什么？问吧！”靠着椅背，她闭上眼睛，眉宇间有着深深的疲惫，也许是丁灵那天晚上吓到她了。

“我只是想知道十年前，你、韩易悠、晴熙、裴俊那次结伴旅游到底发生了什么！因为韩易悠、晴熙、裴俊都死了。”

“你很聪明，过了这么久，你都还能查到我的身上来，可惜我不想告诉你，因为你是外人，无权知道所谓的真相。”

“为什么说我是外人，还记得当年被韩易悠送到画室才认识晴熙的徒弟吗？还记得裴俊的未婚妻吗？还记得死去的晴熙的妈妈？我就是那个女人的亲生女儿！就是那个因为韩易悠才认识晴熙和裴俊的女孩，因为遇见了你们，我的人生不再平静，你觉得我还是外人吗？你觉得我还没有权利知道这些所谓的真相吗？”丁灵突然激动起来。

“是你？”杨梦柳突然睁开眼睛，变得有些凶残。

“是你，是你害死晴熙的！”

“你为什么这么激动！晴熙是自杀的，为什么说是我害死她的。”

“好吧！既然你想知道！我就告诉你吧！反正现在我也无所谓了。”她终于不再抵抗。

“那时候，我因为韩易悠的关系认识了晴熙和裴俊，我们几个人关系一直很好，我和韩易悠一对，晴熙和裴俊一对，他们经常一起画画，晴熙就更像个假小子，我因为从小的志愿是学医，所以对画画的兴趣并不浓，最多也就是看着他们画或者偶尔充当一下模特。

韩易悠和裴俊关系本来就很铁，从小一起长大，做什么事情都基本上在一起，感情比自己的女朋友都还要好，老实说，他们俩在一起的时间比我们要长得多，因为他们的疏远，我跟晴熙就走得更近了，经常在一起，后来一起时间长了，彼此间好像就真的有了些特殊的感情，只是这件事情很快被晴熙的妈妈发现。”

“因为她反对你们这种病态的感情，所以你们就残忍地杀了她是不是?”

“没有！我们怎么可能会有那胆子！怎么可能那么凶残!”杨梦柳叹了口气。

“我和晴熙都觉得这并不是件什么光彩的事情，传出去多丢脸！我们也努力地压抑着自己的感情，不再见对方。”

“那怎么会发生之后这么多悲惨的事情?”

“后来，晴熙无意间发现自己并不是她妈妈的亲生，而他爸爸又是个有暴力倾向的男人，她本来就很畏惧，她怕裴俊会因此看不起她，也就不敢找他倾诉，偷偷的，她又联系上我。为了不让晴熙再受到伤害，我们缔造了一件伟大的作品。”

“你用自己在化学方面的天赋配制毒药让晴熙的父亲吃下，使得他产生幻觉自己从楼顶跳下去！造成一种自杀的假象?”

“你很聪明！不过这件事情最后还是被晴熙的母亲发现，她没办法揭发自己的养女，但又感到万念俱焚决定离开这个家。”

“你们怕她要去公安局揭发，所以就杀了她，结果正好被裴俊撞到?！而你们决定杀人的那天晚上正好是你们几个人结伴出游的时候。你们给裴俊和韩易悠下了药，制造你们不在场的证据。可是没想到，那晚，他们不知道什么原因偏偏没被迷晕。”

“你既然已经知道了！为什么还要来问我？不过晴熙妈妈的确是意外身亡的，我们并没有杀她。”

“之后一切不是都平息了吗？韩易悠和裴俊并没有去揭发你们，为什么还要杀害他们？甚至连你爱的晴熙都不放过？为什么?”

“他们都不是我杀的，那件事之后，我爸好像知道了些什么，就急着把我送到了国外。至于晴熙自杀那晚，我是去看过她，只是我真没想到她要去死，如果我知道，就绝对不会离开那里！虽然我已经答应跟易悠结婚，但心里对她还是有感情的。”

“不是你？那还会是谁?”

“我也很奇怪！接到那个小悦的病人时我就很纳闷，因为我在易悠身上也同样发现了这个毒，只是我虽然会配毒，却无法解毒，我只能看易悠离去。”

“你家里是不是还有个妹妹?”

“你怎么这么问?”杨梦柳点点头说。

“她叫杨漾对吗?”

“难道你怀疑是她做的?”杨梦柳转过身一把抓住丁灵手臂，拉她靠近自己，瞪大眼睛看着她！

丁灵感觉她的鼻息已经喷到自己脸上，虽然吓得魂不附体，但她依旧强装镇定地说：“铭娟在你这里吧?”

杨梦柳停了一下，眼睛依然冷冷地像钢针一样！她直视丁灵，手则把她拽得更紧：“哈！你就这么肯定她在我这里？你跟我要人不觉得可笑?”

“请你现在就放了她吧!”丁灵对着她的注视而显得有点局促不安，这让她觉得时间过得非常的慢，慢得就像永远都没有尽头一般。

杨梦柳松开丁灵的手臂，车里安静极了，连同整个世界都变得安静，只是那静却带着几分不好的预兆，让人觉得有些异样的恐怖。

透过车玻璃向前面望去，便能看见远处的海湾，远远看过去风平浪静，但谁都不知道这海里到底积蓄了多少的能量，丁灵有幸见过钱塘江那汹涌而来的巨浪，有着一种狂暴和绝望。每年农历的八月十八，那呼啸席卷而来的天下奇观让人无不为之动容。此刻她居然想到了这些。

“你回去吧！带着铭娟，以后不要再阴魂不散地缠着我了，也不要再去打扰我的父亲。你能做到吧?”她在她耳边低语。

就在这时，电话响了起来，是杨梦柳的手机，她犹豫了一下接起来。

杨梦柳安静地听了一会，然后显得有点不耐烦地打断说：“行了，告诉那些人，说我不在家。还有其他事要办，我正忙着呢!”

见她从耳边拿下手机，丁灵想说点什么，但还没说出口，就见她拉开车门出去了。

她一直走到海湾的岸边上才停下来，一手扶着栏杆，一手拿起手机，拨了个电话，她对着手机说着丁灵听不清楚的话。

丁灵把头贴在车玻璃上，呼出来的热气在车玻璃上形成薄薄的灰蒙蒙的雾气。

过了一会，她走到车子前，一把拉开车门坐进来，一看到她，脸上的表情又换了个样，眼睛里射出的光芒让她无法判断此刻她心里的想法和决定。

她望着她，显得有点小家子气地说："你准备带我去哪?"

"走吧！带你去见铭娟。"说完她发动车子，车子引擎的声音终于让丁灵有点回到了现实的感觉。

丁灵是在机场见到铭娟的，杨梦柳的那一通电话应该就是让人把铭娟带到这个地方来。

## 4

她从车上下来的时候并没有料到杨梦柳真的会这么轻易地放铭娟走，心里却没有一点底。

直到见到铭娟，那颗悬着的心总算是放了下来。

丁灵看到铭娟的时候，她正坐在候车室里，脸色苍白，神情憔悴，看来是吓得不轻，旁边站着两个神情冷漠，体型魁梧的男人。

铭娟被绑架的这么多天可能是真的吓坏了，她一见到丁灵，就哇哇大哭起来。

丁灵倒是意外的平静，一言不发，她只是走过去抱了抱她。

"没事了，我们可以回家了！我带你回家，"丁灵说着轻轻拍她的背。

"少在我面前肉麻了！要走就快走吧！趁我还没改变心意。"杨梦柳塞了两张机票在铭娟的手里。

铭娟则微微转下头，眼泪扑簌簌往下掉。

"走吧!"丁灵放开铭娟，牵着她的手头也不回地往登机口走去。

"等等!"杨梦柳突然叫住她们。

"什么事?学姐!"不知道什么缘故，铭娟走了几步就转过身看着杨梦柳，几乎跟她是同步的。

"在这里发生的事情，不要对任何人说起。"杨梦柳靠近铭娟附在她耳边轻声说。

"好，学姐。我保证不对任何人说起，包括丁灵，你放心吧!"她说。

"去吧!"缓和了点神色说。

飞机终于爬上高空，丁灵舒了口气。

眺望窗外，空荡荡的马路上巡逻的警车停在路旁边的某处，上面的警灯还在那里一闪一闪的。

这里的绿化搞得不错，夜里已经能感觉到深秋的冷意，不远处霓虹灯闪烁着，搬家是一件十分烦人的事情，哪怕是到现在，铭娟依然对这一切十分的讨厌！从一个房间搬到另一个房间，好像已成为她生活的一个约定俗成的规律，但每次搬家，她都觉得十分的悲凉和惆怅。

一个人无论对一个房间多么的熟悉，多么的有感情，终究都不会是她可以躺着离开人世的那张床，那个房间。

这里真的好脏，布满灰尘，不过真的要搬了！好歹搬一次家就是一个大的扫除吧！今天晚上还是去丁灵那里吧！真的没有心情打理这一切，看着都觉得全身乏力，有个家，简单的想法，简单的温暖。

“丁灵，晚上我还是去你家睡吧！这里真的让我烦恼透了！看着真有点想吐，一段时间没住，就变得死气沉沉的，看着都有点心痛。我是不是一个很喜新厌旧的女人，我总是无法长时间地在一个地方住下去。”她唠唠叨叨地说了一大段，这种内心决绝的力量十分的强大，就像她当年背着包要一个人独自远行的时候一样，有钱就是好，想要住多大多好都行，这在很久以前她就知道钱的重要性一样。

“好了，好了，我也巴不得你搬进来呢！那要不要我来接你呢？你还没吃饭吧？那我们就去蓝吧吃好了，肥水不流外人田。”她笑得奸诈。

“恩，也好！肚子确实蛮饿了！”她不再装模作样的欲迎还拒，她可以选择，选择那种安全、舒适的生活。



丁灵开车来到铭娟的楼下，远远地就看到铭娟等在那里，两个人一对上眼睛就笑了，两人都属急性子。

车子掉了个头往蓝吧方向开去。

快到蓝吧的时候，丁灵突然说：“我记得这附近有一家挺好的羊杂沙锅面，一份只要二十五元，味道真的很不错，要不我们去吃羊杂沙锅面吧！”

“恩！这样真的挺好，让我想起大学时候的生活。”铭娟说，有时候她只是一个面对一碗羊杂面就能知足的女子。

经历过美国那事之后，两个人都觉得自己阅历增加了不少，好歹是成熟了许多，她们也都觉得这件事情使得她们在自己的人生道路上迈出了坚实的一步。

“铭娟，你不怕死吗？”丁灵望着她说。

“人总觉得自己是不死的，在她还没做完自己想做的事情之前，我们也称之为理想，人也总觉得老天派遣她来到这个世界上是有特定指示的，所以在那之前不害怕。因为那时候人充满了不甘，所以会努力地迫使自己活下去，哦！丁灵，你都到美国了，怎么不回家去看看你爸爸？”铭娟有点不理解地问。

“喔！有点无地自容吧！也怕他担心，怕他难过，树欲静而风不止，子欲孝而亲不在。我现在几乎都是昧着良心活自己的，没有一天回家去尽过孝，如果还拿自己的事情让他们担心，那我就真的是太混蛋了!”她说。

“我不是那意思，那你真准备一辈子都不回家去了吗?”铭娟认真地看着丁灵的脸。

她胡乱地翻了翻放在桌子上的菜单，最后干脆就合上说：“因为我不是一个好女儿，好妈妈，好妻子，当年姆妈嘱咐我的，我一样都没做到，我什么都不是！我也想自己过得安心，可是晴熙死了！我本来可以救她的，但她死了！虽然不是我的过错！但那阴影却一辈子都去不掉了，我一辈子都无法得到安宁了。”

没过多久，老板用钳子端出一碗热气腾腾的羊杂面来。

两人说了谢谢后把脸埋在羊杂面那热气中拿起筷子准备大干一场。

“老板，给我们一人一个小碗吧!”铭娟大声叫着。

老板听到后马上拿来小碗，碗里放着两只汤勺道歉后离开。

铭娟舀了一口汤在嘴里喝下说：“别想那么多了！你不是这样的人，再说那又不是不能得到宽恕的事情，我知道！碰到那样的事情谁都不想。”铭娟将身子往前靠了靠，“那真的不是你的错！那时候你也还小，你做不了任何事情!”

“他们都死了，韩易悠、晴熙，他们也许会在天上再相遇。”她说。

“不过你提到韩易悠，我就想到之前调查到的，韩易悠可能并没死!”

“没死?”丁灵被惊得张大嘴巴。

“我是说他可能还活在这个世界上，我没必要欺瞒你。我去韩易悠当年住院的地方查过，那里并没有记录韩易悠在那家医院死亡的相关证明。”

“易悠没死？这是真的吗?”丁灵一脸的兴奋，可随即她又沉下脸去，“你少骗我了！如果易悠还活着，他不可能不来找我!”

“他为什么要来找你？你也说过他并不爱你，既然不爱就没理由要来找你，当初是他让你去杭州的，他分明是为了跟你保持距离。”她下意识地提高嗓音，有点不能理解丁灵的想法。

“算了吧！铭娟，你到底是怎么了？易悠死了，不会再活回来，当年，他身中剧毒，没有可能还活着。”她一点点地加重肯定的语气。

“原因我到现在还没查到，但我觉得韩易悠没死，如果没猜错的话，他现在应该是以另一种身份活着。”她的手指轻轻地敲击在桌上，眼睛看着那有节奏的动着的手指。

“你也说只是猜测了，没有真凭实据，我不能接受这种毫无根据的猜测。”丁灵扭过头去不看铭娟。

“是啊！也只是猜测，那就不要多想了，这个谈话就这样告一段落吧。”

“娟？杨梦柳为什么绑架你？不会只因为你查瑗悦这么简单吧？”

“这……”铭娟一时语塞，忙端起桌上的饮料来喝！

“有点渴了！呵呵！讲了这么多话。”她的表情极其不自然，很明显是在回避什么。

“你是不是有什么隐瞒着我？娟！现在我已经够孤立无援了，我不希望你也这样，需要我去猜测！”

“说实在话，有些事情真的是一言难尽，你要相信自己，也要相信我，如果你连我也要怀疑！我就真的不知道应该怎么办了！”她说，语气很是诚恳。

“那你为什么不说你在美国碰到的那些事呢？有什么不能让我知道吗？”丁灵依然焦虑。

“是啊！如果可以说的话，我早就说了，这件事真的没有办法，等到可以的时候，你便会知晓，只是真的还不到时候，对不起！”铭娟继续低头喝着饮料。

丁灵知道自己再怎么问，都不会再有结果，铭娟这个人保密性很好，只要她认为不能说的，就绝对是滴水不漏的。没办法，她也只好偏着头生着闷气。

她想，自己身边的人为什么一个个都变成这样了！到底有什么事情需要大家集体隐瞒！难道真的是跟韩易悠有关？铭娟刚才的话会不会是来探探自己口风的？莫非韩易悠真的没死，如果是这样，那真的太可怕了，他在结婚的前夕突然跟杨梦柳提出分手，难道是因为发现自己最爱的还是我，所以打算跟杨梦柳解除婚约，一定是这样的！最后杨梦柳一怒之下把韩易悠软禁在美国，然后联合韩易悠的父亲韩兆基一起出演了对外喧称韩易悠已死的戏。铭娟说的对，活要见人，死要见尸，她不是没见到人嘛！不对！不对！也有可能是韩易悠得病之后毁容了或者痴呆了，大家都知道我喜欢韩易悠，怕我伤心难过，所以刻意隐瞒，对了！对了！应该就是这样了。

对面的铭娟看着丁灵一会傻笑，一会又沮丧，一会点头，一会又摇头，对着她不停变化着的表情十分惊讶！

## 5

“在想什么？”铭娟睁着眼睛，表情怪异地看着丁灵说。

“呵呵！没什么！没什么！”丁灵用手擦了擦下巴。

“你快多吃点啊！等会又该叫肚子饿了！”丁灵终于露出点笑容来。

“肚子饿了可以爬起来煮夜宵吃，想想以前在学校，熄灯后，泡一碗桶面，放上榨菜、火腿肠、真空包装的卤蛋，然后寝室里所有人你一口，我一口地抢着吃，啊！那味道至今都叫人难以忘怀哈！”

“你们这帮人真恶心！”铭娟做出一副十分嫌恶的表情来。

“什么啊！你别装的自己好像有洁癖似的，也不想想你高中的时候，被子从来都不叠的，还有衣服虽然一天换一件，但都是要压上好几个星期的，你那床上，不说是被子，光是脏衣服都可以过冬了！”虽然她在说之前犹豫了下，但最后还是全倒了出来。

“你这死丫头！人身攻击啊！小心我告你诽谤，不过看你这几年恢复得很不错嘛！连那么早的事情都记起来了。”

“吃好了吧？出去走走！刚车子过来的路上好像有展销会，挺热闹的。”铭娟说。

“恩！我也看到了。”丁灵付了钱，拿餐巾纸抹了抹嘴，没有去开车，只是满足的和铭娟走在路上。

“你记起的事情越来越多了！真太好了？”铭娟边走边开心地笑着，“也许过不了多久应该就能痊愈了，这么多年的努力是真的没白费。”她有点没头没脑地说。

“是啊！真的挺有意思的，记起了很多很多过去的事情，时间就像流星一样的划过了！娟，不给你家里人打个电话吗？”她说。

这时候两人已走到了闹区，人很多，路的两边摆满各式各样的物品，吃的，穿的，用的，一应俱全。

“不会有人管我的！我家老头正准备同整天在外面拈花惹草的老太离婚，正算计着怎么瓜分着家里的财产，这倒是便宜了我，不用整天被念叨着快点找个男人结婚什么的！这年头哪还有可以用来结婚的男人。”铭娟笑笑。

“你爸妈也是的，都老头、老太了！还学人家闹什么离婚啊！你还是抽空赶紧回家劝劝吧！”丁灵看到一个卖枕头的摊子，被那蕾丝花边所吸引。

“我倒是举双手，外加双脚让他们离婚，反正都没感情了，整天一见面就跟个仇人似的，真怀疑当时怎么就走一起了，我看再呆一起久点，他们都要少活几年了。为了他们能活得更久一点，我巴不得他们早点办好离婚手续，让我也清静清静。”她抽出一根烟点燃抽着，笑容十分淡然。

丁灵被烟呛着又开始剧烈地咳嗽起来。

“你身体变得好差！”她说，然后捻灭了烟。

丁灵咳嗽了一会瞪大眼睛看了铭娟一眼，像是见到了外星人！然后转过头开心地笑着，俯下身拿起一个枕头仔细地检查着。

一会，她说："这挺好看的，放在床上应该会很好看吧！"

"是，是，是，你啊！看到什么都好看。"铭娟笑着。

丁灵和铭娟一起回到家的时候已经八点多，金还是像往常一样坐在那里等着，只是很意外，这次他没有问她那几天去了哪里！可能是看到铭娟的出现，一切就全部明了了！也许他会觉得奇怪，自己喜欢的女人为什么总是捡些无家可归的人回来。

他并不十分喜欢中国，至少在这个地方，他并不成功，无论是爱情还是事业，他只能用一败涂地来形容。虽然丁灵现在就站在他的面前，但他总觉得缺少了点什么！伤口是自己不断坚持的幻影，人总是在爱与不爱之间彷徨、抉择，所有人都已经在生活中学会如何保护自己，不停地计算着付出和得到的差距和比例，爱在算计中失去了原有的色彩。

"回来了？"他用那双蓝眼睛打量着她，看她抱在手里的枕头皱了皱眉。

"是的！你又在等我？"她侧过脸对着他说，心里流淌着一股暖流。

"是的！"他有点无力地继续靠着。

"等了多久？"她问。

他没有说话。

"哦！"丁灵转过身看着怔怔地盯着自己和金的铭娟，她正用一副好玩的神情看着眼前这僵硬、简短交流的男女。

"走吧！"丁灵拉着铭娟进房间！

"哦！金，这是我同学铭娟，她在这里住到找到房子为止。"她突然转过身去跟他解释。

"这是你家！你做主就好。"他难得露出点笑容来。

进到房间！铭娟首先拿出自己那台苹果笔记本电脑来，速度不是盖的，三下五除二就整理好了可以上网，这是她唯一从那布满灰尘的房间里捡出来的宝。

"你这个女人还真是自来熟啊！在哪里都上手快！"丁灵笑呵呵地扔给她一个枕头说，"睡地上！晚上！房间没为你整理好！"

"干嘛睡地上？我又不是男人！"她大叫。

"可我也不是同性恋！"丁灵翻翻白眼。

"睡地上就睡地上，你变得真特别！脑袋坏过的就是不一样！"铭娟笑着挖苦。

丁灵和铭娟也不知道是多少年的朋友了！她模糊地记得自己曾暗暗嫉妒过她那天生丽质的容颜，可这么多年，那娇滴滴的女人怎就变得如此粗鲁。

丁灵觉得自己的记忆是越来越清晰了，首先，她发现自己的经历并不像那个老爷爷说的那样，她并没有替换过谁，她就是她——丁灵，她并没有死，可那老爷爷和

LEI为什么要欺骗她，说她是皇军的孙女，说之前的那个丁灵已经死了，她只是替身。还有老爷爷的孙子LEI，他对韩家知道的事情实在太多了，易悠的父亲韩兆基怎么突然之间成了LEI的司机！真的是百思不得其解。铭娟说韩易悠并没有死！虽然没什么证据，但那口吻不像说谎，而且她也没必要说谎才是！莫非LEI就是韩易悠？可这真的太荒唐了，LEI的爷爷会易容，LEI多少也得到点真传才对！如果LEI真的是韩易悠，那到底哪张脸才是他的真面目？还有LEI如果是韩易悠，那他为什么要设计杀害裴俊？他们不是同母异父的兄弟吗？莫非韩易悠不知道裴俊和伊凡是自己的弟弟？

“在想什么呢？这么入神！”铭娟从浴室里出来，裹着浴巾，头发上虽然也裹着毛巾，但可能是头发太长了，仍有水滴滴答答地掉下来，“借我几件衣服穿穿！我没带衣服出来，主要是那些衣服都发霉了！”

“记得付钱！”

“什么钱？”

“衣服钱，房租钱，还有排遣你孤独寂寞的钱。”丁灵说着还真伸出手来。

“要钱没有，这块洗头布给你抵了。”铭娟扯下包裹着头发的毛巾，然后扔到丁灵的脸上蒙住。

“真脏！怎么过了这么久还是死性不改！”丁灵用两个指头拎下毛巾，鼻子、眼睛几乎皱一起的看着。

“喂！女人，您家男人感觉怪怪的，像个幽灵一样！怪阴森恐怖的！”

“说什么呢！他这是内敛！我最讨厌那些话很多的男人了！烦得要死！”

“他除了整天一声不吭地在家等你回来，做一个完全听你话，任你调派的宅男之外，他平时还做些什么？难道你一点都不好奇吗？”

“为什么要好奇？两个人在一起要相互信任。”

“是吗？”

“你要不要什么时候抽一天空跟着他看看，看他都干些什么？！”

“你真无聊！早点睡吧！床下。”丁灵眼睛斜斜地上那地上的地铺。

“这个你之前是为谁准备的？”

“那个奇怪先生！”

“Why?”

“我不喜欢跟别人同床睡觉！不然一晚上都无法安睡！”

“你不会这么残忍吧！你真变态！那个男人也怪！要是我早把你休了！”

“休个屁！我们本来就还没结婚！”

“真粗鲁！真恶毒！是不是真的！可怜的男人！”

“我好累！睡了！”

“你真脏！还说我！脏人！”

“我去见你之前就已经洗过了，少来烦我啊！”丁灵抱着枕头狠狠地倒在床上。

睡着，又做了很多梦，临睡前还是想了很多，比如她突然想到那天LEI跟她讲述的关于韩易悠家的那个悲剧，从那悲剧里，丁灵觉得韩易悠不但不知道裴俊是他的弟弟，也不知道自己并不是花月的儿子而是花琴的，如果现在还不知道是生是死的那个女人是花月假扮的话，那她也应该还不知道韩易悠其实不是自己的儿子。

事情会不会是这样，韩易悠看到母亲掉崖的时候，也看到了山上站着的那个女人和小孩，他以为那个女人和小孩就是杀死了自己的母亲的凶手，多年后，当他发现那两个站在山头的人就是自己的阿姨和亲如弟弟一样的裴俊时，仇恨蒙住了他的双眼，于是他就狠下心一把火烧了韩家，于是就有了她到韩家后所看到的满目疮痍。同时，韩易悠是LEI也就可以解释伊凡跟LEI见过面之后就发生了车祸事件。

# Chapter Seventeen

# 惊 梦

他说我们是两个世界的人？两个世界？多么可笑！脚踩同一块大地，头顶同一片青天，何来两个世界？

## 1

如果韩易悠真要杀死裴俊的话，直接杀掉不就可以了，却为何要把她这个无关的人牵扯到里面？难道韩易悠真正喜欢的女人是晴熙，所以他故意安排自己去接近裴俊，使得两人日久生情，只有这样，裴俊才能和晴熙真真正正地断绝关系，可他千算万算，唯一算漏的一点就是晴熙旧病复发，又喜欢上了女人，这次喜欢上的却是韩易悠亲手送到她身边的，她甚至为了自己所爱的女人放弃了自己的生命，如果晴熙不曾自杀，韩易悠可能不会痛下杀裴俊之心也不一定。

好吧！丁灵转了身，继续畅想吧！把疑点无限放大！比如很多年后，用 LEI 身份出现的韩易悠突然发现当年晴熙的妹妹方雪已经长成一个酷似晴熙的女孩时，他就开始追求她，在追求方雪的时候，意外发现蓝吧的主人竟然就是十年前自己准备杀死的女孩丁灵，那个被她利用，几乎被毁了一生的女孩竟然奇迹般的像杂草一样顽强地生存着，而且她始终对他念念不忘，对他抱着极大的崇敬和爱恋。这个时候，他才发现自己其实爱了她很久，只是到现在才明白，于是他决定放弃毒杀丁灵，可他已经没有再回头的办法！但他还是决定收手，并想带着她远走高飞，而且要让真相永远石沉大海，哪怕是到死，他都不会告诉她所有的真相。而就在这个时候，那个女孩突然告诉他，裴俊并没有死！他怕他记起所有的事情，于是又开始着手谋杀裴俊，但还没等他开始杀裴俊，女孩又告诉他，裴俊和伊凡是他同母异父的兄弟，真是因果报应，他当年一把火烧死的女人竟然是自己的亲生母亲！真是人间惨剧！变故来得太快，他完全乱了阵脚！而就在这时，他亦发现女孩的同学兼好友铭娟正在调查自己，为了掩盖事情的所有真相，他于是利用自己当年的未婚妻杨梦柳要去杀掉铭娟，结果铭娟却又被女孩所救，于是她就破解了这十年来的悬案，找到了这所有事件的元凶。

丁灵再翻了身，叹了口气，这世界上哪有这么复杂的阴谋故事，我到底要天马行空到什么时候，想再多也不过是空想而已！还是安心睡觉吧！不然又该黑脸肿眼睛了。

铭娟让丁灵多关注一下金的举动，实际上应该是让她调查他的意思吧！住在同一个屋檐下的人之间却没有勇气彼此信任。

这段时间，丁灵对金确实是太漠不关心了，这么长时间以来，他真的就像是幻觉一样存在这个家里面，没有太多过激的言语，也没有太多过激的举动。

车子开出大门，丁灵决定还是去一趟蓝吧！她无意中看了一眼手表，15号，她觉得自己这些天好像一直在外面流窜，整天的忙碌，一个人吃饭，一个人出门，一会到这，一会到那，整天好像都在为调查所谓的真相而不停努力着，好像周边的人和物都是静态的墙纸。

这会，她这个唯一能动的生物又开着车子出去了，今天去蓝吧！为什么又是蓝吧！难道自己除了调查之外生活的范围就只有蓝吧了吗？这么多年，除了出了几次国，然后莫名其妙地调查了几件没有结果的和自己相关的案件之外，她的交际范围也就只有蓝吧了！难道这么多年就是如此乏味地过来的吗？这真的就是她的人生吗？车子在一个转弯处，她突然看到了一个熟悉的身影在前面开着车子进入车道。

这不是金吗？他从哪弄来这么好的进口车？他不是来逃难的吗？他要去哪里？好吧！今天就跟着金去看看吧！

于是她马上也把车开到车道跟上去。他没有注意到她，当然他也不会想到对自己漠不关心的人突然有一天会跟在身后。

他在医院的停车场停下，然后往医院门口的方向走去。

“难道他生病了吗？”她把车子在他车停着的不远处的一个转口停下，因为她不能让他看见自己的车子。

下了车她又急忙跟上，这不是人民医院吗？脑袋突然冒出这个想法，但也没去多想。

她跟着他，一直到了院长办公室，他好像是熟门熟路，畅通无阻！他什么时候跟院长认识的？而且这么的熟，心中顿生疑惑。

“杨院长，怎么样？这次的检查如何？她的记忆是否已经完全恢复？”她听到金的声音。

检查？到底是谁生病了？她？到底是谁？丁灵把头贴着门。

“金先生，恭喜你，这次的治疗很成功，你太太的记忆差不多已经完全恢复。”

太太？金什么时候结婚的？难道他在国外是有家室的吗？

“金先生，你太太是不是还有另一个名字？”

“恩！她还有一个名字叫菲娅，可这有什么问题吗?”

菲娅，难道是在讲我吗？我什么时候变成金的太太了，这世界是不是乱了。丁灵奇怪地看着门缝发呆。

“这就对了，六年前，我曾接受国外一所研究院的邀请一起负责研究治疗一个女孩的失忆，她的名字就叫菲娅，当时，你拿来这个女孩的资料时，我就发现这两人的病情惊人的相似。她在失忆之前就患有严重的精神分裂和抑郁症，病人性格古怪，总怀疑别人在说她坏话或者是要加害于她，不过一般患这种病的人往往比较善良，却往往过低评价自己，贬低自己，即使在情绪正常的时候，她们也总是觉得自己没有资格享受欢乐，她们不值得欢乐，总是把别人的需要放在第一位。”

我有精神分裂以及抑郁症，怎么会呢？我很正常，怎么会有病呢？丁灵有如五雷轰顶似的瘫坐在地上。

“她的病一度时间没有发作，可能是随着记忆的慢慢恢复，病人把心中不愿想起的那部分记忆也一并带了出来，这种不好的记忆又开始在她头脑中慢慢复苏。我之前跟你说过，精神分裂症患者与别的病患最大的不同就是越有病越说自己没有病，拒绝治疗。”里面的声音继续传出来。

为什么会这样？那些症状我好像全对上了，我病了，而且病了很多年，她咬着嘴巴，用手捂住无声地哭泣，她从地上站起身，准备默默地离开，但她又想知道的更多。

“那这么多年，你们都是怎样神不知鬼不觉得给她治疗的?”金有些惊奇地问。

“呵呵，我想凭普菲勒先生的财力，想要治疗一个人也不是什么特别大的难事。这种病的新治疗模式就是先找出产生这种病的根源，然后动用社会的力量。让每一个在她身边人都像演员一样真实逼真地演绎，让她慢慢地解开心结，并在生活中拥有更加独立、自由的生活，提升她的自信和自尊，并最终回归社会，得到社会的认可。不过每个人都不一样，因为每个人发病的原因也不同，但总的来说，这种病最重要还是要看病人的意志力，还有来自社会的力量。”

杨院长拍拍金的肩膀笑着，“其实你什么都知道对不对?!”

“是啊！我们什么都知道，就只有一个人不知道!”

“慢慢来吧！年轻人，你知道约翰·纳什吧！他是一位天才级的数学家，他因对博弈论的发展作出了巨大的贡献而在 1994 年获得了诺贝尔经济学奖，但同时他也是一位精神分裂症患者。有没有看过一部名为《美丽心灵》的电影？就是通过他的传奇人生改编的，所以你也不要太担心，我看你真的很爱你的太太，这么长时间一直陪伴在左右，还经常来了解病情，她真的是一个十分幸运的女孩！身边有这么多默默爱着她的人。”

两个人不约而同地看了看门的方向。

“你回来了？这么大早去干嘛了？”丁灵觉得自己心中正有一股莫名其妙的冲动在往上蹿。

她要这样一直问下去，直到他说出一切的真相为止，这是他住到这个家之后，她第一次在家里等着他。

他显然是觉得太意外了，竟然吃惊地张大嘴巴看着她。

看着他惊讶、激动的眼神，她就再也问不出口了。

“算了，没什么！”她走回自己的房间，对着镜子，看着自己苍白的脸孔，觉得自己像个鬼一样。

洁白的手指放在脖子的一小块肌肤上，凉凉地，心里却想着复杂的事情。

她想，照这么说来，是否表示在她现在的躯壳里住着两个完全独立意识的灵魂，她使得她过的不得安宁。丁灵不知道自己恨不恨她，那个住在自己身体里的恶魔，她对她没有任何办法，无法与她一较高下，无法与她谈判，不知道她是怎样的女人！看不到，听不到！她拥有着所有人的爱，而她却一无所有，被她驱赶到角落里。现在她知道了，什么事情都没发生，一切都只是幻觉。

那现在她能去干嘛！并没有人杀了晴熙，只是她自己的幻想，幻想晴熙是被杀的，然后为自己开罪，也许瑗悦假死后终于摆脱了演戏的命运，现在正开开心心地坐在乡下的家里吃着她妈妈做的小米馒头，还有裴俊，他也正搂着菲烟心满意足地亲热呢！大家都功成身退，功德圆满，他们一起演了一出戏，然后拯救了一个重度精神分裂患者。

## 2

其实也不烂，很不错，有一位好父亲，伟大的父亲，如果没有普菲勒先生，她想这出戏没有这么成功，是他的财富和仁爱救了她，让她又重新回到了主流社会，并能让她拥有被社会认可和接受的机会，她的青春并没有被任何人埋葬，她的康复证明了这付出的所有时间都是值得的。她用六年的时间换取了这么多诚挚的情谊和今后几十年的健康岁月很值得。

而杨院长，那个慈祥的院长也用自己的双手缔造他人生中第一个获得完美成功的治疗精神分裂症的病例。

多好啊！一个大圆满的剧本，真的不错。而她才是这所有人中最幸福的，她被所有人爱着。

只是突如其来的现实，压得她无法喘息而已，有些真相来得太快，自己却无法消化，有些仓促，有些粗糙，难道生活本就该如此吗？精妙、完美的情节和构思只能是源于社会却又高于社会，而她的仅仅只是生活而已，一个精神分裂病人的传记吗？

美国总统亚伯拉罕·林肯一生都在与抑郁症搏斗。他曾经表示自己是“活着的人中最痛苦的一个”，一度甚至险些自杀。

晴熙死了，死于抑郁症所引起的自杀，而她活了，患有重度精神分裂以及抑郁症。

笑对人生是林肯缓解压力与抑郁的最佳药方，所以他并没有因为患有抑郁症而自杀。

只是接下来，自己该如何面对金，这个一直陪伴在自己身边，像个幽灵一样默默付出的男人，可她有精神分裂症不是吗？万一哪天突然发起疯了，杀人也不一定，她有什么资格拥有这一切美好呢？只要永远都不让他知道她已经恢复了健康就可以了，这样她就无需面对所有的一切不是？只要永远不让别人知道，那么他和她就可以一直在这个房间里住着，他们可以继续彼此面对不是，只要能看着不就好了，他怎么能够这么的傻呢？

每个人的记忆中留下的都是些美好的东西，其实那也不过是雾里看花，因为你要找的，跟你看到的不过是蒙着尘的美丽。记忆是一个旋涡，又有多少人能不陷进去，陷进去了也未尝就不是一种幸福。很多人都痛苦，痛苦于自己所生活的现实，痛苦于自己的理想，痛苦于自己的手，总也握不住想要握住的美好。

再醒来的时候，丁灵发现自己竟然和铭娟睡在同一张床上，她正抱着枕头，流着口水。

抬起手习惯性地看看时间，赫然发现竟然是 15 号！15 号，难道我昨天晚上做梦了，梦到 15 号要发生的事情？为什么？可是为什么会这么的真实呢？就好像真的一样！那个梦太真实了，可是再想想又觉得不可思议，如果是真的话，那什么医院会没人呢？难道真的只是一个梦？是啊！原来那时候街上好像也没人！是梦吧！

昨天晚上就做到了自己患有神经病的梦，难道是一个前兆吗？一个暗示自己要患神经病吗？可是那个梦也不赖，所有人都平安无事，都活着，要如果不是一个梦该多好啊！肯定是自己心中有过愿望的原因吗？

“醒啦！”铭娟睁开眼睛对着丁灵。

“真不乖！不是让你睡地上吗？”

“不能怪我，梦游上来的！不犯法！”铭娟站在床上，居高临下地看着丁灵。

“你又做梦了！”

“做梦？”

“我说什么了吗？”丁灵偏着头一副很紧张的样子。

“没什么！骗你的，我睡得比猪还死！谁知道你做了什么！哈哈！”她跳下床拉了条毛巾去浴室。

这个大胸的美丽女人怎么还不找个人结婚！丁灵知道她从高中谈过一次只有在电视上才有的爱情之后就没再谈过恋爱，大学的时候，亦拒绝了所有人的追求，真是暴殄天物了，她眯着眼睛想着。

“起床了！”朦胧中有人在推着她。原来她趁铭娟洗澡当会又睡着了。

“轮到我了！”她迷离着眼睛下床，然后也拉了条毛巾进去浴室。

水从头到脚的淋下来，感觉真是舒服！在浴室里看着镜子中的自己，脸部的立体感因为灯光的照射而更加的深刻，眼神显得慵懒而迷离。

出来后，铭娟递了一杯水给她。

她接过来喝了几口，清甜清甜的。

“放了什么？”她问。

“毒药！”她笑，嘴唇的线条很好，她又说，“感觉怎么样？”

有点费力地揉着头发！头好晕！人好像又开始兴奋起来了。

“娟，你到底在水里放了什么？我怎么感觉自己突然好晕！”她坐到床上，努力地抓住床头试图撑住自己。

“不是吧！是灵丹妙药的话，药效也没这么快！”她的眼睛突然变得像把刀一样锋利。

迷迷糊糊中，丁灵看到铭娟似有深仇大恨般的死死盯着她。然后她昏倒了！但她的意志还算清醒，她听到房间里有几个人来回走动的声音。

“她怎么了？你到底对她做了什么？你为什么还不走，你收手吧！让一切就这样结束不好吗？你到底想怎么样？”文笙的声音。

他什么时候来的，为什么他说这么奇怪的话，难道又开始做梦了？

她的身体被人抱离了那张床。

“文笙，你敢走出这个门一步，从今以后我们就一刀两断。”身后传来女人的尖叫声，是铭娟。

“我们回不去了！你放手吧！”上面传来一个冷冷的声音。

她好像又被放在另一张床上了，可是神智也越来越模糊了，好多人，来来回回，吵吵闹闹的，一切都开始远去，离自己好远好远。什么精神分裂，什么抑郁症，什么记忆植入，乱七八糟的。

她现在是被绑架了吗？为什么四周都是黑漆漆的一片？文笙呢？她明明听到他的声音了，可是为什么就又只剩下她一个人躺在这冰冷、黑暗的地上呢？这是哪里？

就要见到真相了？真的有真相吗？那到底谁才是凶手抑或她真的患有精神分裂症，所有人都在帮着她，两个故事，两种结局，莫名的兴奋，无论是好还是坏，她都要面对这最后的结局了。

终于要来了，等外面的光线从打开的门或者窗照射进来的时候，她就可以看到一个或者几个人，会是谁呢？第一个进来的会是谁呢？她不觉得害怕，只是好奇。

她或者他，还是他们一起告诉她一个或者几个故事，听完后她就跟这个世界88。只是她就要死了，金呢？他去哪了？他发现她失踪了吗？小冰呢？为什么这么长时间都没见到小冰呢？难道小冰也失踪了，她太粗心大意了，只顾着自己的事情，好像都没发现小冰不见了。

金？难道小冰？她突然感觉到了点什么？得到了启示一般。

外面有脚步声，好像越来越近了，是往这里靠近，这脚步为什么这么的熟悉，是金吗？为什么是他的脚步声，难道真是金吗？这是绝对不可能的。她摇着头。

有人就好了，她站起身对着外面喊叫，可是却只能听到自己的回声，这里的密封效果好像真的很好。

终于有钥匙旋转的声音了，然后光射了进来，刺得她眼睛生疼。

“金，是你吗？你在哪里？”她感到有点渴，嘶哑地叫唤着。

有人塞给她一样东西，然后抱着她出去！没说一句话。

“你来了！金！我以为你不会来找我，也找不到我！”她闭着眼睛把头埋在他胸膛里，他身上传来的热量让她终于活了过来，就算是不睁眼，她都知道现在抱着她的是谁。

“站住！你们谁都别想走出这个房子！”身后传来LEI的声音，那声音很冰冷，冷的就像冰块一样驱散了那唯一的温暖。

丁灵终于能够适应外面的光亮，她睁开眼睛，那破败的地方，她再清楚不过了，她现在在韩家，那个被大火烧过的韩易悠的家，而关她的地方就是韩家所谓的密室吧！他为什么要抓她，为什么？

金转过身，他仍然抱着她。

“不准带她走！”

“为什么？”

“她是我爱的女人，谁都别想带她走！”

“可她并不爱你！”

“放我下来，金，你到外面等我，我想跟易悠谈谈，我会出来的。”

看着金出去，丁灵深呼吸了一下。

“放我们走吧！LEI。”丁灵睁开眼睛看着LEI，不，应该是看着韩易悠。

“不要叫我LEI，我不是LEI，我是韩易悠，你看清楚，是你爱过的韩易悠。”

“别说了，我想我什么都知道了！看到你，我觉得自己什么都知道了！”

“你不知道！你不懂！”

“我懂，我明白！你只是想为你的母亲报仇！只是造化弄人！你没什么错！真的没什么错！你走了不就好了，我就可以当自己做了一场梦！你为什么要把我带到这里来？为什么？”

“我只是为了救你，你要相信我，铭娟不是好人！她要杀你！”

“那你呢？你是好人吗？”身后传来一个女人的声音。

## 3

“铭娟!?”丁灵惊讶地转过身看着铭娟，她的手上握着一把枪，那黑漆漆的枪口正对着韩易悠的头，她的身后站着一脸冷漠的杨漾！

“铭娟，放他走吧！放易悠走吧！算了！”

“你觉得你有资格要求我什么吗？解决他之后就会轮到你了，放心！”铭娟的那张脸依旧漂亮，只是却让人感到无比寒冷。

“为什么？”

“什么？”

“你为什么要这样做？”

“其实我才是那个皇军的孙女！我才是那个被送到中国来赎罪的女婴！”

“那跟我们有什么关系？”

“因为那时候我把挂在身上的唯一值钱的东西给了你。”

“你是说这个？”丁灵从脖子上拉出一块玉来。

“是的！就是这个。因为这个韩易悠才误认你是皇军的后人，你以为你的人生充满奇迹和巧合吗？那都是别人安排好的！从你遇见韩易悠那刻开始，你的人生就再也不是你的人生了！本来这一切都是我的，你为什么什么都要跟我争？”

“我从始至终都没想过要跟你争任何东西，你又是什么时候知道的？你怎么知道他们是凭这个才以为我是那个什么日本人的孙女？老实说，我一点都不稀罕！你想要就还给你！我把你心中所谓的好运还给你！”丁灵用力扯断绳子把玉扔还给铭娟说，“我只想知道你为什么要杀死瑗悦？她是这么可怜又无辜的女孩，她跟这所有事情毫无关系。”

“很简单！她不但夺走了我的挚爱！还知道了我的秘密，所以她就必须要死？我得不到的，别人也别想得到，这个世界上，除了害我的，从来就没有一个真正爱我的人，人多么的自私。”

“文笙吗？你爱的人是文笙？所以你故意误导我，让我误以为瑗悦是杨梦柳杀的，刻意让我知道韩易悠没有死！让我对你放松警惕，让我完全信任你？对不对？你这样做又是为了什么？只要你想，你可以随便配些毒药就可以杀了我！费尽心机是为了什么？”

“你更可恶，明明不喜欢文笙却要如此痛苦地折磨他，还把一个将死之人扔给他，你真不是一般的可恶！像你这样的女人留着只能是害人害己！从你害死晴熙开始，你的罪孽没有一样是可以被老天饶恕的，像你这么自私、冷血的女人少一个都是对社会造福，现在多好，我也算是替天行道！”

“那杨漾呢？她又是一个什么样的角色？我到现在都想不明白她为什么要出现在我的身边。”丁灵在铭娟的眼里看到陌生。

“很简单，她才是真正的沙漠狼！晴熙的女朋友，不过我们只是合作的关系，你不要觉得太冤枉！能死在我们的手上，很值得！再说让你偷活了这么多年，也该还回去了。你再拖延时间也没用，不会有人来救你。”她用一种冷笑和蔑视的眼神看着丁灵。

“我就没想过自己还能活着出去，易悠呢？你为什么连他也不放过？如果你是那个什么日本人的孙女，那跟易悠也有点血缘关系才对。”

“血缘关系？哈哈！他知道的太多了！知道太多的人就只有一条路可走！再说谁会愿意跟别人分享那个宝藏和藤堂家的遗产！”她的脸上流露出一丝凄凉的胜利与满足。

## 4

“遗产？宝藏？你就是为了这些才杀人？”丁灵望着铭娟，脸上有着一种震慑。

"这些都是好东西不是吗？难道你能说钱不是好东西吗？"她捏着她的手，笑着说，"我原本以为自己的手是最漂亮的，却没想到，你的手竟然比我的还漂亮，听说手长的漂亮的女人好命，却没想到你会有今天吧？"她冷笑着，脸背着光，就像是开在黑暗中的花朵，有着一种潮湿的阴冷。

"回头吧！娟，我不想看着你一再错下去了。"

"回头？我做错什么了？我只是拿回我应得的，你不要假惺惺地装好人，看着让人恶心。"

铭娟讲这些话的时候，她脸上浮现出的冷酷表情让丁灵很是受不了，心底凉飕飕的。

"钱在你心里就真的这么重要吗？你真是个可怕的女人。"她冷冷地看着铭娟。

"不是因为我没钱吗？不是因为你夺走我的一切吗？钱，当然重要，有钱我就可以自尊地活着，有钱我就可以不让我的爱情受到别人金钱和人性的考验，有钱我今天就不用站在这里，知道文笙为什么离开我吗？因为他觉得我配不上他，他说我们是两个世界的人？两个世界？多么可笑！脚踩同一块大地，头顶同一片青天，何来两个世界？他是想告诉我，他是尊贵的，而我是贫贱的，天地有别。我一直都是一个人，在我最困难的时候渴望过，奢求过，有人会来帮帮我，哪怕是滴水之恩也好，可人就是那么的冷漠，冷漠得让人绝望。"她神情激动，那纤细、美丽的手指死死地抓住自己的衣服，眼神凌厉地望着丁灵，似要把她所经受过的一切都转到她的身上，让她也经受她所经受过的一切。

"文笙呢？你把他怎么样了？"她有点经受不住铭娟的这种目光，猛的移开自己的视线，她想揍她一顿，这种想法让她彻底清醒，不由自主地想到晴熙。

"哈哈！你倒是重情义，自己小命都快保不住了，还在想着别人，其实对那些人来说你还算有点人性，所以我一直迟迟舍不得杀你！我有过犹豫，真的。我为要不要杀你烦恼了好久！让你什么事情都不要管，可你却偏偏不听话！什么都要查？你不是神经分裂症患者吗？你都经神分裂了，还查那么多做什么？"她的眼里有着一种仇恨，明明白白地写在脸上，她觉得此刻的她就像是一只受伤的野兽，狰狞的面孔露着白森森的牙齿想要撕碎一切，她知道她受过很沉重的伤害，爱上一个不爱自己的人其实就是一种自我毁灭。

"我一点都不认识你。"她说，表情里有着一种难以名状的痛苦，刻骨铭心让她渐渐忘记铭娟那张年少时镌刻在她记忆里的那张天真美好的脸孔，那第一面的惊诧，淡去的是岁月的痕迹，就像橡皮擦一样一点点的抹去，不再有惊动和欢喜。

"你是很幸运，你的人生真的充满惊喜，你算什么？你什么都不是，只是一个和我一样被遗弃的私生女而已，你有如此好运还不是因为我当年送给你的这块玉佩！你不感恩也就算了，还要对我呼来喝去破坏我的好事。你以为这些在你身边围绕的人都是真心帮你治疗精神分裂症吗？还不都是为了钱？还有普菲勒先生，他为什么安置金在你身边，你以为金真的爱你吗？他们也还不是为了宝藏。人是不会做没有目的之事的，当年日本在中国的大屠杀没忘记吧！为了什么？还不是为了自己的利益。赎罪？你真的以为会有人能真心赎罪吗？赎罪要么就是自欺欺人地让自己心安，要么就是为了更大的阴谋，人只有不得已才屈于人下，只要一有翻身机会，会比谁都凶恶、嗜血。”

“我从没想过你会有如此病态的思维模式！铭娟！我总以为面相不好的人才凶残，却没想到人是不可貌相的。”她艰难地抬头，无法相信，疲倦得想要长时间地睡过去。

“还有我身上的毒是你下的吧？怎么下的？”她继续说。

“有病，都快死了，话还这么多，你就这么想要死得通透吗？”她盯着她。

“是啊！反正都要死了，就让我死得明明白白。”感觉什么堵着胸膛，很难受，心里在哭泣，却不知道是在为谁哭！

“很好！你其实真的很聪明！你猜到杨漾每天给你的那营养液有问题，也想到那盆寒兰花可能有毒，其实两样分开是没任何问题的，但只要喝了营养液，然后再闻了杨漾放在那盆寒兰花里的粉末就会产生一种慢性的毒药。你虽然聪明，但又能怎样！”

“真的是你下的毒？”丁灵愤然看着铭娟身后的杨漾。

她低着头沉默。

“所以你故意让丁灵怀疑我，让她误以为我才是那个要毒杀她的那个凶手？让她转移视线，好让自己脱身？”被铭娟用枪指着的韩易悠终于出口，他也许是对这一切太过惊讶！谁会想到铭娟就是那个凶手！

“让他闭嘴！”铭娟对着杨漾吼叫，她的眼里有着一种强悍，一种凛冽，一种绝情。

“你看着他，如果他敢耍什么花招，立刻杀了他，给。”她从口袋里拿出一把小刀递给杨漾。

“不用，我有枪！”杨漾依然冷漠，没有一丝笑容！缓缓地拿出一把擦的铮亮的微型手枪，然后慢慢地抬起手对准铭娟的头。

“你在干什么？你疯了？杨漾！”

“其实我并不是什么晴熙的女朋友，我只是普菲勒先生雇的保镖，负责菲娅小姐的安全，那盆寒兰花其实是我临走前摔下楼去的。”

“所以你联合了杨梦柳欺骗了我！”铭娟愤恨地圆睁着眼睛看着杨漾。

"哈哈！随你怎么说都好！"

## 5

"快走吧！菲娅小姐。"杨漾的声音传进丁灵的耳朵里就感觉是一种虚幻，她的整个意识被一种难以解释的古怪感觉环绕着，现在是不是又在梦里了！这一切都不是真的，她是不是坠入了那个古老而有陈旧的梦境老屋里。她多么希望这一切都只是一个梦。

"娟！当一切都没发生过好吗？我们所有人都一起离开这里好吗？其实根本就没有所谓的宝藏，妈妈告诉我的，没有宝藏！求求你了！让这一切就这么结束吧！如果你想，我的一切都可以给你！我什么都不要！我根本就没想过要这些东西！我本来跟妈妈说好了！等解决好这里的一切后就回乡下去，去那里陪她一起生活。"

"回去？你说的倒是轻巧，我的血液里流着日本军人的血，哪是那么容易妥协的，其实我并没有相信你！杨漾，因为我在这之前就调查过晴熙，她并不是同性恋，我表面上信你，也只是想要先稳住你，你的那把枪并没有子弹！你扳扳看证实一下。"她笑得更是邪恶，带着点扭曲的狰狞，也许真正精神分裂的是她。

动了动嘴角，她没有太多的惊讶，举起刚才金抱她出来时塞在她手上的那样东西对着铭娟的头。那也是把闪着寒光的袖珍型手枪。

"其实，我谁都不相信！"丁灵在说出这句话时，眼中有着一种冰到极点的寒光，冷得刺骨，冷得心疼。

说出这句话，她觉得自己对这个世界终于有了一定的控制权。

"起床了，起床了！真是懒猪，再不起床我就要踢你们的屁股了。"一大早就听到小冰的大叫声。

"知道了！你小声点，你姐昨天晚上没睡好，让她多睡一会。"

铭娟摇摇头走出房间，看到金正吃着早点。

"你好！昨天晚上打搅你们了。"

"哪呢！别这么说，没这回事。"金抬起头对着铭娟笑。

"今天是几号啊？我都忘了。"她问。

"十五号！"

"姐昨天晚上又做噩梦了。"小冰黑着眼圈从丁灵房间里出来，最早叫起床的人是他，起来晚的还是他。

“是啊！小冰。”金有些平淡地说，“我们要不要打电话告诉普菲勒先生?”

“看来我姐又发病了！不过她经常这样，就不要汇报这些了，反正是芝麻绿豆大的小事，大叔，你说我姐为什么总是这个样子?”

“精神分裂嘛!”铭娟有点漠不关心地接口。

“人为什么无缘无故就会精神分裂的!”小冰疑惑地问。

金看看小冰说：“其实，你姐是因为一场车祸才这样的。”他抬头把目光停留在很遥远的天边继续说：“我也是听普菲勒先生说的，你姐在杭州的时候怀上了一个男人的孩子，但那个男人在不知情的情况下抛下她去了美国，不久你姐生下一个儿子，孩子一岁大的时候，你姐因为和她的父亲发生了口角而离家出走，她父亲想想有些后悔，怕女儿寻死，就抱着你姐的儿子出门找她，结果到了路口就被一辆摩托车撞了，老人为了保住孩子结果因为伤势严重去世了，当你姐回到家里以为父亲和孩子都死了，而她母亲也因为丧夫之痛就把一切的怨气都发在你姐的身上，她因为受不了刺激和自责一夜间失忆了，医生说那是一种强迫性失忆，就是病人强迫自己忘记跟那件事情有关的一切。”

“哦！难怪！医学上是有这么一种说法，其实这是一种人体的自我保护。而这种自我保护意识在人进入睡眠状态就会失效，所以人在睡觉的时候就把遗忘的东西通过梦的形式传达出来。梦不一定就是当时的那种景象，而是把一种恐惧的情绪发泄出来。”铭娟理解地点点头。

“自从菲娅和普菲勒先生相认之后，普菲勒先生想尽办法为她治疗，六年了，他动用了社会上方方面面的力量，一直都没有放弃过。”

“丁灵真的很幸运，至少还有这么多爱着她的人，有时候生活就是忧喜参半，绝望和希望同行，只是你们有没有试过找到那个孩子的亲生父亲，然后把孩子一起带到她面前，再告诉她全部事情的真相。”

“其实我就是那个孩子的父亲，就是那个不负责任的男人，小冰就是在车祸中活下来的她的儿子，有些悲剧其实都是由一些完全可以避免的很小的生活小事引发的，不过，我还是觉得有些过去的不快乐记忆能抹去的，不再记起或许会更幸福一点。”

“是啊！妈妈喜欢一直当我是她弟弟，那我就委屈点好了!”小冰依然是一副没心没肺地笑着。

“今天，其实是伯父的忌日!”金像是对自己说一样，然后抬头看着墙上的挂钟，上面显示着 15 号早上 8 点 15 分。